———— 阅读之前 没有真相

午 夜 文 库

米克·赫伦作品

米克·赫伦
Mick Herron（1963— ）

米克·赫伦，一九六三年生于英国纽卡斯尔，英国间谍小说巨匠、著名悬疑小说作家。他毕业于牛津大学最古老、最负盛名的贝利奥尔学院，获得英语学士学位。代表作为"流人"系列。该系列目前已出版八部，前五部已改编为APPLE TV大爆剧集《流人》，由奥斯卡影帝加里·奥德曼领衔主演，新生代人气演员杰克·劳登倾情加盟，携一众英伦戏骨精彩飙戏，演绎后冷战时代的失意间谍群像，写就当代打工人的辛酸苦难史。目前本剧已播放前三季，在国内外均获得绝佳口碑，在豆瓣更是取得9.1分的亮眼成绩。

赫伦凭借"流人"系列第二部《亡狮》获得二〇一三年英国犯罪作家协会金匕首奖。他被誉为约翰·勒·卡雷的继承者、新时代的间谍小说之王，《纽约时报》《星期日泰晤士报》等媒体盛赞他为英国在世悬疑作家中最杰出的一位。

"流人"系列 03

# 猛虎
*Real Tigers*

[英]米克·赫伦 著
吴船 译

新星出版社　NEW STAR PRESS

# 主要人物表

**斯劳小队**
杰克逊·兰姆
瑞弗·卡特怀特
凯瑟琳·斯坦迪什
路易莎·盖伊
明·哈珀
罗德里克·何/罗迪
马库斯·朗里奇
雪莉·丹德尔

**军情五处**

| | |
|---|---|
| 英格丽德·蒂尔尼 | 局长 |
| 戴安娜·泰维纳 | 副局长 |
| 尼克·达菲 | "看门狗"头目 |
| 詹姆斯·韦布 | 泰维纳的心腹 |
| 查尔斯·帕特纳 | 军情五处前局长 |
| 茉莉·多兰 | 档案馆看守者 |

| | |
|---|---|
| 彼得·贾德 | 内政大臣 |
| 西尔维斯特·蒙蒂思／斯莱 | "猛虎队"首领 |
| 肖恩·多诺万 | "猛虎队"成员,斯坦迪什旧识 |
| 本杰明·特雷纳 | "猛虎队"成员 |

致 埃莉诺

**目 录**

| | |
|---|---|
| 5 | 第一部分　假朋友 |
| 157 | 第二部分　真敌人 |

# 1

  大多数腐败总是始于穿西装的人。
  在伦敦金融城的边缘，一个工作日的清晨，还不到五点，潮湿、昏暗、雾气氤氲。附近几栋大厦有的高达二十层，一些窗内零星亮着灯，在玻璃与钢铁打的格子上制造出随机图案。其中有的灯光意味着某些早起的金融家已在办公桌前就位，准备投身市场抢占先机；但大多数还是代表金融城里的另一类员工也已上岗——就是那些身穿连体工作服，每天天还没亮就要开始吸尘、擦拭和清空垃圾桶的人们。保罗·洛厄尔同情的是后者。你要么替别人收拾烂摊子，要么无须如此——这就是你要面对的阶级系统，现实如此。
  他瞥了一眼下方的马路。从上向下看，十八米真是相当远的距离。他一屁股坐在地上，立刻感到臀部周围肌肉紧缩，廉价的布料绷在大腿上非常不舒服。他这套衣服太小了。洛厄尔本以为它的弹性很大，尺码小点也无妨；结果却发觉自己被它束缚住了，想象中它能赋予自己的能量也丝毫未现，无法为他增色。
  又或许，他只是变胖了。
  洛厄尔所在之处是一个平台——可能这并非它正确的建筑学名称，位于一座拱廊上方；拱廊之下，一条名为"伦敦墙"的双车道干道贯穿而过，连接起圣马丁勒格兰德街和沼泽门街。他的头顶上方是另一座摩天大楼，属于成角度并立的双塔中的一座，其中进驻了一家世界顶级投资银行，以及一家全球最知名的披萨连锁店。约一百米开外，在干道旁那片与之同名的绿地上，残存着一段曾将古伦敦城围合其中的罗马城墙。当昔日的建造者们弃城而去后，这段城垣又伫立了几个世纪之久。这是一个象征，洛厄尔忽然意识到，它代表了某些经受时间考验、历尽世态炎凉的东西，只要它们尚有遗留都值得奋力保存。总之，这也正是他现身此地的理由。

他卸下身上的背袋，放到两膝间，拉开拉链掏出里面的东西。再过一小时左右，穿过他所在拱廊的车辆——无论是进入金融城还是朝东走的，都会逐渐多起来。所有私家车、出租车、公交车和自行车，都将别无选择地成为目击者。并在第二天一觉醒来，无可避免地迎来新闻记者和摄像机，将他的讯息传递到全国。

他只是希望自己的声音被听见。在自己的权利被年复一年地剥夺后，他准备要反击了。像之前的行动者一样，他也选择了这种特定的反抗方式。传统就是这样诞生的。有那么一段时间，他也不觉得自己今天的所作所为能够引起什么重大改变；不过，别的与他处境相同的人会看到、会学到，还有可能付诸行动。总有一天，改变会发生的。

一阵响动传来。洛厄尔扭头，只见一个身影正从平台的另一端冒出头，也是从下方街道一路爬上来的，和自己十分钟前做的一样。他花了些工夫才逐渐辨认出对方，可一旦看清楚，立刻感到一阵兴奋的心跳，就像回到了十二岁一样。因为这正是每个十二岁的孩子都想见到的场景，他注视着新来的人越走越近时心想。这就是小男孩们梦寐以求的东西。

高大、壮硕、坚定的蝙蝠侠，穿过四周缭绕的潮湿雾气，大步向他走来。

"嘿，"洛厄尔喊道，"造型不错。"

他低头看看自己的装束。蜘蛛侠，对他这个年龄的人而言并不合适，但又不是要让别人为他的衣着风格打分；登上晚间新闻才是目的，而超级英雄的服饰最能博得媒体的青睐。这招此前屡试不爽，此后也仍会奏效。于是他就化身成超凡蜘蛛侠，他那位初次谋面的同志则扮作蝙蝠侠。他们完全是通过一个网络留言板匿名策划这件事的。这对动态二人组仅仅会存在一个早晨，却将迅速席卷这周其余时段的新闻播报。洛厄尔一手撑着他已解开的那卷帆布从地上爬起来，并伸出另一只手，因为这也是一种古老叙事的一部分：男人们见面互致问候，然后在共同的事业中结成兄弟。

蝙蝠侠无视蜘蛛侠伸出的手，一拳打在他脸上。

洛厄尔向后摔倒时，感到整个世界都在失控：亮着灯的办公室窗户像星星般旋转起来，当他的身体砸在潮湿的砖地上时，仿佛所有空气都从体内排空了。但他的头脑已经进入状态，于是当蝙蝠侠抬脚狠狠踩下来时，他立刻向远离平台边缘的那侧一滚，手肘勉强躲过一劫。他需要直起身来，因为没人能用卧姿打赢一架。于是此后两秒间，他将注意力完全聚焦在努力站起来，都无暇思索蝙蝠侠到底为何对他下此狠手。他的这份专注差点取得了回报，因为当他再度被拳头击中头部时，已经设法跪了起来。鲜血浸透了洛厄尔的蜘蛛侠面罩。他试图讲话，却只能勉强发出一串语意不明的咕哝。

然后，他被拖向平台的边缘。

他尖叫起来，因为接下来会发生什么，已经显而易见。蝙蝠侠拽着他的肩膀,令他无法挣脱——这个男人的双手感觉就像钢铁铸就的一般。乱踢乱蹬间,他踹到了那堆帆布,于是它滚向平台边缘,边滚边松散开来。他抡起胳膊想袭击蝙蝠侠的胯下,却击中了对方肌肉坚实的大腿。然后他就升到了半空,维持着他悬空姿态的全靠那名披风斗士的手臂。

有那么片刻他们几乎锁死在一起,蝙蝠侠稳稳站定,蜘蛛侠则晃来晃去,就像在为漫画书的封面插图摆姿势。

"可怜可怜我。"蜘蛛侠有气无力地说。

蝙蝠侠把他扔了下去。

那卷帆布先于保罗·洛厄尔摔到路面上,不过彼时已经不成卷了。它沿着柏油马路散开,变成了一条地毯,而不是他本意要做的条幅,上面用约三十厘米高的字母手写着斗争口号:给父亲公平待遇。潮湿的地面连同洛厄尔的大片血水将布料浸湿,模糊了上面的字迹,但仍不失为一个颇具新闻价值的画面,不出当日,就将占据许多新闻节目的头条。

虽然,保罗·洛厄尔再也看不到了。

至于蝙蝠侠,早已消失不见。

## 第一部分　假朋友

# 2

在芬斯伯里区一个酷热难耐的夜晚,一扇门打开了,有个女人走入院子。不是在正门外的街面上——这里可是斯劳屋,众所周知,斯劳屋的正门从不打开、从不关闭;而是一处完全不见自然光的院子,四壁也因此布满霉菌。这里充斥着一种被忽视的气息,若是细加辨认,构成其味道的成分有外卖里的食物及油脂、旧烟头、早已干涸的水坑,以及角落里咕噜作响的排水管散发出的某种味道——最好就别凑近去看了。天还没有完全黑下来,正值"紫罗兰时刻",但那座院子里已暮色四沉。女人并未多做停留,这里没什么可看的。

但是假设被观看的是她本人呢——假设在她关门时掠过的那一小股气流,并不是令大家期盼已久的、仿佛已被八月弃绝的微风,而是一个正在寻觅安身之所的游魂;那么,在那扇门紧紧关闭的前一刻,或许就蕴藏了转瞬即逝的良机。它如一束日光般迅速滑进门去。而鉴于鬼魂——尤其游魂都不是什么省油的灯,接下来眨眼间它就会行动起来;迅速检视一下这处几乎已被遗忘、完全无人问津的附属建筑。曾几何时,此地被人戏称为情报部门的"行政地牢"。

我们的这位游魂沿着楼梯飘然而上,不然也别无他路。它边上楼、边注意到了楼梯侧墙上的线条印记。那是一些参差不齐的、棕色皮屑似的印子，好似一块尚未成形的大陆的轮廓，指示出潮气攀升的高度。在昏暗的光线中，这些波浪状的涂鸦几乎会被当成火焰舔舐过的痕迹。这是个臆想，然而弥漫在房屋内的燥热与压抑的气氛强化了这种感觉。仿佛有什么人或什么物质，正对被他或它所奴役的人们施加邪恶的影响。

　　在第一层楼梯平台上，有两扇门。我们的游魂随机选了一扇，进入一间杂乱而破旧的办公室。其中有两张工作桌，各放了一台电脑，显示屏的待机指示灯在黑暗中静静闪烁。泼溅在这里的饮料已经太久无人擦拭，变成了污渍；而污渍被忽视久了，便融入了房间的配色系统。每样东西都是黄色或灰色的，不是破损的就是被修补过。一台打印机被塞在不够大的空档里，机盖上贯穿着一道锯齿状的裂痕。头顶上方，其中一只灯泡外面套着一个纸灯笼，被撕破了，斜挂在一边；另一只灯泡则全无遮拦。一张桌上放着一只用过的马克杯，没了把手。另一张桌上有只边缘缺口的脏玻璃杯，杯沿上那圈唇印恰似一个蛮族的吻，一句油腻的讥笑。

　　这里，对一个游魂而言就没什么意思了。在从这个房间消失前，我们的游魂悄无声息地嗅了嗅，然后出现在同层的另一间办公室里，然后是往上一层那两间，然后是再上一层的楼梯平台，最好由此看去，就能对这栋楼的结构有个整体认知……结果，位置并不理想。这些看似空空如也的房间，其实充满内容：里面可谓丧气（而非怒气）冲天；还翻腾着被迫怠惰行事而造成的痛苦。其中只有一个房间——就是那间拥有最高级电脑设备的，似乎还没怎么经受过永恒无聊的折磨；而只有另一间——顶楼这两间里较小的那间，多少体现出了一些高效和勤勉的迹象。其余那些，则在忙忙碌碌地反复折腾着毫无意义的任务，都是些专门打发闲人的工作，看似包含对海量信息的处理，不过那些原始数据同一大堆夹杂着随机数字的散乱字母也没太大区别。就好像某个记录狂魔的行政工作被划拨出来、落在这群人头上，变成需要他们无休止干下去的家务活儿；一旦有所闪失，就会被打入更偏远的黑暗里——做不好就完蛋，做得好也完蛋。而令这些参赛者放弃一切希望的征兆之所以还没出现，唯一的缘故就是——其实每个办公室职员都清楚，杀死你的并不是希望。

而是心里总想着杀死你的是希望，才会要你的命。

"这些房间……"我们的游魂说着，但还有一个房间没访问过，就是顶楼的两间里较大那间。它虽笼罩在一片黑暗里，却并非空无一人。如果我们的游魂有耳朵，几乎用不着把其中一只贴在门上就能察觉此事。因为屋里传出的动静可真不小：隆隆的响声，简直像一头牲口发出的动静。我们的游魂微微颤抖了一下，几乎逼真地模仿了一个人类身处危急时的反应；随后，在那部分打鼾、部分打嗝、部分咆哮组合成的噪声完全消散前，游魂再次穿越整栋斯劳屋，款款降落。它经过二楼和一楼那些糟糕透顶的办公室；走下最后一段楼梯——对于挤在中餐馆和小杂货铺之间的地面层，楼梯是这里唯一略具存在感的东西；然后出门进入那个充满霉味、不透风的院子。时间仿佛重新流淌起来，像挡风玻璃上的雨刷扫掉一只虫子般，抹去了我们这个游魂的踪迹。然后突然间它在身后留下"啪嗒"一声，但那声响太过细微、轻柔，并未引起那个女人的注意。反而，她还拽了拽门，以确保它是关上的——不过她记得自己似乎已经做过这个动作了；然后，带着她倾注在顶楼办公室里的那种高效和勤勉，女人从院子走进小巷，绕到奥尔德斯盖特大街上，又向左转。刚走出去五码，一个声音就吓了她一跳：那不是啪嗒声，不是砰砰声，甚至也不是杰克逊·兰姆那特有的爆破性的打嗝声，而是她自己的名字，包裹在一个来自她另一段生命时期的嗓音里：凯——

"——瑟琳？"

谁在那儿？她心想，是敌是友？

仿佛如此区分有什么意义似的。

"凯瑟琳·斯坦迪什？"

这次，声音中传来了熟人相认的颤音。她虽然面如平湖，却在头脑中好一通搜肠刮肚，试图找出一段被黯淡的玻璃遮挡住的闪光记忆。随后，它就变清晰了。她想要看透的那片玻璃是个杯底，现在杯中物已空，但仍覆着些许残留物。

"肖恩·多诺万。"她说。

"你还记得。"

"是的。我当然记得。"

因为他是个令人过目难忘的人。个子高、肩膀宽，有个破过一两次的鼻子（他曾开玩笑说，是偶数次，否则鼻子看起来就更歪了），还有他的头发，如今已然花白，就算比她记忆中的长了一点，也还是比寸头长不了多少的样子。至于他的眼睛——它们依然很蓝——又怎么可能不蓝呢？但即便在这光线渐暗的傍晚她都能看得出，今晚这双眼睛，是他陷入黑暗时刻才会显露的暴风雨般的蓝色，而不是那种九月天空般的色调。她已预估了他身型的高大魁梧，一个顶她两个不是问题。他们于"紫罗兰时刻"站在这里，看上去一定就像一对：他，浑身散发着骁勇善战的气度；而她，身穿一件扣子系到衣领的连衣裙，袖子上有蕾丝花边，鞋子系着带扣。

有个话题是回避不掉的，于是她说："我还不知道你已经……"

"出来了？"

她点点头。

"一年前——十三个月吧。"这副嗓音同样令人难忘——那爱尔兰口音的质感。她从没去过爱尔兰，但有时听他说话，她的脑海中就会充满一片柔软的绿色图景。

当然了，酒鬼的身份也起了作用。

"我可以告诉你具体天数。"他补充道。

"一定很难熬吧。"

"哦，你可想不到，"他说，"你绝对想不到。"

对这句话，她未作回应。

他们一直站在原地，这可不是专业特工的行事风格。即便是从未做过特工的凯瑟琳·斯坦迪什，也十分清楚这点。

他从她的姿态中读出了这个心思。"你是正要往那边走吗？"他指着老街交叉路口的方向。

"是的。"

"可以的话，我陪你走走。"

他就这样做了，仿佛事情正如表面看起来的那样——是在日光逐渐消隐于天际的夏日傍晚，发生的一场偶遇；一对老朋友（如果他们曾是这种关系的话）一个恰好撞见了另一个，于是想要多逗留片刻。凯瑟琳想，这要是在另一个时代，或许甚至在这个时代的某些角落，他可能就会边走边挽起她的手臂。这很贴心，也有点老土，但最重要的是这些都是假象。因为凯瑟琳·斯坦迪什虽然从未做过特工，也十分清楚：这种偶遇可能会发生在某些地方、某些人身上，但它们绝不会发生在这里，在谍报人员身上。

\*　\*　\*

　　斯劳屋附近的一间酒吧里，罗德里克·何正在盘算自己的风流韵事。

　　他之所以最近一直在琢磨这个，是有充分理由的。事情很简单，人人都认为罗迪[①]和路易莎·盖伊如今早该凑成一对了。她和明·哈珀的事已是老黄历，而如果说，互联网教给了何什么道理的话，那就是女人也有需求；还有就是，再明显得可笑的骗局都会有人上当；以及，若你想在网络留言板上当个搅屎棍，只要针对"9·11"、迈克尔·杰克逊或者猫，发表些微词即可——没错：无论如何，互联网把何塑造成了现在这个样子。作为一名自学成才的二十一世纪大不列颠公民，罗迪对于如何游刃有余地在这里生活有着十足把握。

　　婊子都是熟女，他是这么理解的。

　　婊子随时都在状态。

　　而他只要伸手去摘就可以。

　　然而，虽然事情的成败九分取决于理论，他却在剩下那一分上遇到了困难。大多数日子里他都能见到路易莎，每次她去煮咖啡，他也开始频频出现在厨房，可她却一直在误解他的暗示。事实上——就在一个多星期前，他还提出过：既然他们都受制于对咖啡因的需求，那么她做出足够两人喝的量也在情理之中。然而，这句话到路易莎那里变成了耳旁风，她还是把咖啡壶拎回了自己办公室。你没法不嘲笑她对于男女匹配的常规流程领会得多么匮乏；但与此同时，何也遇到了瓶颈，不知用什么方式才能令自己降低到她的水平。

---

[①]罗迪，罗德里克的昵称。

何甚至并不喜欢咖啡。他打算做的让步，也就这么多了。

至于策略嘛，他也见识过、听说过一些：什么要体贴，要专注，倾听他人。老天——这些人还生活在小木屋里吗？按这些屁话说的做要花好久时间，而路易莎可不再年轻了。至于何自己——坦率地说——他也有自己的需求，虽然互联网满足了其中绝大部分，他还是开始有点紧迫感了。路易莎·盖伊是个脆弱的女人，可能会有男人伺机占她的便宜。首先，他不会让瑞弗·卡特怀特得逞。鉴于卡特怀特是个白痴，一个脆弱的女人会做出什么来简直一猜便知，尤其是一个总在误会别人暗示的女人。

于是何觉得，自己需要一点实实在在的协助。这就是他和隔壁办公室的马库斯·朗里奇及雪莉·丹德尔一起坐在这间酒吧里的缘故。

"最近和路易莎说话了吗？"他问。

马库斯咕哝了一声。

这两个人都是最近才加入的下等马，这就解释了他们为何都不太爱讲话。斯劳部门没有固定的层级结构，但很显然，一旦你把最顶端的兰姆划掉，接下来就要数罗迪·何了——这里是脑子说了算，可不是拼肌肉。所以，他俩肯定理所当然地把他当成上级，因而表现出过度敬畏。设身处地想想，何也会有同样的感受。他喝了一口自己的无酒精啤酒，又问了一遍。

"说过吗？在厨房或者其他地方？"

马库斯又咕哝了一句。

马库斯已年过四十，这个何知道，但这并不意味着你可以完全不把他放在眼里。他个头很高，是个黑人，已婚，而且肯定至少杀过一个人。不过，这些特征都不妨碍何认为马库斯很可能将他——也就是何，看成年轻时的自己。马库斯一定有些实践经验乐于传授，这正是他选中马库斯晚上出来小聚的理由。几杯黄汤下肚，发出几阵笑声，心扉就随之敞开那么一点。然而，想要达到那个效果可谓困难重重，因为在他另一侧坐着雪莉·丹德尔，活像个灌满恶意的消防栓。他也没搞明白她为何要不请自来，但她着实把他俩弄得都很不自在。

雪莉面前有一包打开的薯片，像块野餐毯子般摊开放着。然而当何伸出手想要拿一片时，她打了他的手："自己买去。"接着就把约占总量百分之十五的薯片塞进嘴里，随便嚼了几下又说："关于什么？"

何瞪了她一眼，意思是这是男人间的谈话。

"怎么了？"她问，"柠檬水呛进气管了？"

"这不是柠檬水。"

"好，行，"她用自己那杯绝非无酒精的拉格啤酒把喉咙里的薯片冲下去，然后回到话题，"和路易莎说什么？"

"就，你懂的，任何事。"

雪莉说："你在开玩笑吧。"

马库斯正盯着自己的酒杯出神。他喝的是健力士黑啤。何颇费了几分钟工夫琢磨出一个关于这个的段子，就是马库斯和他喝的东西是同一个颜色——源于观察的喜剧，但他将它含在嘴边，想等时机成熟再讲。本来很快就能实现的——如果雪莉闭嘴的话。

而她没有。

"你一定是在开玩笑。"

"我不懂你的意思。"他说。

"路易莎。你觉得你和路易莎有可能？"

"谁说的——"

"哈!可真棒啊。你真的认为你和路易莎有可能?"

马库斯说:"哦,老天。毙了我吧。"但看起来这话并不是对任何一位同伴说的。

这不是头一遭,罗德里克·何怀疑自己是否在社交生活中犯下了一个战术性失误。

肖恩·多诺万说:"你不在总部了。"

既然这不是一个提问,凯瑟琳也就没回答,而是说:"我很高兴你出来了,肖恩。我希望你今后过得更好。"

"桥下流水,过去就过去了。"

但他说这句话时的神情,就像一个已在桥上徘徊良久、只等敌人的尸体从下方——漂过的人。

他们走向那个交叉路口,有些汽车在那边排队等待,多数是出租车。透过街对面那家酒吧的窗户,她能看到人们在交谈和欢笑中晃着脑袋。这不是一个供人认真品酒的地方,只服务想来休闲放松的人。她强烈意识到肖恩·多诺万在她身边的存在感,意识到他那魁梧的军人体格。虽已年过五十,他的身体仍很结实。他在狱中总出没于健身房:在单间里也一直在做俯卧撑、仰卧起坐,所有那些能保持肌肉强壮的练习。

一排公交车缓缓驶过。等它们发出的噪声减弱后,她才说:"我该走了,肖恩。"

"我不能留你喝一杯吗?"

"我已经不喝酒了。"

他低声吹了个口哨。"说到吃苦,这才真的是苦日子……"

"我过得还行。"

然而，是也不是。多数日子里她过得还行。但也有一些艰难时刻，在初夏的傍晚——或冬末的深夜，她总会感到不饮自醉，仿佛自己一不留神摔倒，然后又以她从前的方式醒来，继续做着同样的事。酗酒，将为她开启一段或许永无休止的崩塌。

再喝一杯，不是陷入恶习的问题，是会令她变成自己再也不想成为的样子。

"那就喝杯咖啡。"

"我不能喝。"

"老天，凯瑟琳。这都过去多久了？我们曾经……很亲近。"

她不想去想那些。

"肖恩，我还在安全局工作。我不能被人看到和你在一起。我不能冒这个险。"

话一出口，她就后悔了。

"冒险，是吗？近墨者黑[①]什么的？"

"我不是那个意思。但说真的，我确实不能和你在一起，和你消磨时光。不是因为……你的麻烦。而是因为我的身份、我的职业。"

"'你的麻烦'，"他笑着摇摇头，"这话像我妈说的，愿她的灵魂安息。'你的麻烦'，是个她会对一位悲伤的寡妇或大惊小怪的孩子说出来的词。她不是一个擅长对事情做细致区分的人。"

而这句话本身，就是在进行区分。

"看到你挺好的我很高兴，肖恩。"

"你看起来也不错，凯瑟琳。"

两人都把确认个人状态好赖的责任留给了对方，这种行为本

---

[①] 原文中的 "touching pitch" 来自谚语 "Touch pitch, and you will be defiled"，意指总接近肮脏或非法的人或事，自身也难免被玷污，引自《圣经》。

身可能就暗示出了他们各自的状况。

"那，再见了。"

正好是绿灯，她就立即过了街。到了路对面也没有回头，但心里知道如果她这么做，就会看见他正注视着自己。虽然从这么远的距离看不清他眼睛的颜色，但它们仍会是当他陷入黑暗时变成的那种暴风雨蓝。


"你看起来需要陪伴。"

路易莎没回应。

男人没有气馁，攀上她身旁的吧台凳。向镜中一瞥，她就知道他还算过得去——三十五岁上下，衣着得体；穿着一身定制的深灰色西装，一条图案复杂、蓝金相间的领带松弛地打着，恰到好处地彰显出其内心绽放的自由灵魂。他戴着细细的黑框眼镜，路易莎愿用下一杯酸橙伏特加打赌，镜片是平光的——书呆子时髦风。但她也懒得转身去仔细查看。

"只是你已经在这儿待了三十七分钟了，一次都没往大门那边看。"他停下话头，以便让她更好地欣赏那个精确时长的可爱之处，以及他敏锐的观察力。坐在这儿三十七分钟，不是在等任何人。毫无疑问，他也在数她喝的酒，知道这是她的第三杯了。

然后他发出一阵咯咯的笑声。

"这么说，你是安静型的。在这边可不太常见。"

所谓"这边"指的是泰晤士河南岸，但也不是太靠南，那些定制西装和优雅的领带在此还不至绝迹。这里离她的单间公寓一站地远，自从天气发生变化、街道上开始弥漫沥青和炙烤灰尘的气味，她的住处就显得前所未有地狭小，仿佛被高温热缩了一般。屋里的每样东西似乎都在躁动。一进家门她就会被不断提醒：自己宁可待在别处。

"但你知道吗？美丽的女人，但凡这种神秘和安静，都是在对我这样的男人发出邀请。请给我一个机会展示自己。这么说吧，任何时候你想打断我的话，都请便。或者点头、微笑，做什么都行。我很乐意就这样欣赏靓丽的风景。"

她已经冲过澡，换了身衣服，现在穿的是一件牛仔衬衫，袖子卷起，搭配黑色紧身牛仔裤，脚蹬一双金色凉鞋。她头上挑染的金发是最近才做的，还有脚上血红色的美甲。他也没有完全说错。她确信自己并不是个漂亮女人；但她也能肯定，自己看起来很漂亮。

再说，在一个炎热的八月傍晚，吧台上放着冰凉的酒水。只要氛围对了，任何人都可以看起来很美。

她举起酒杯，其中的冰块轻声发出悦耳的许诺。

"我呢，是做解决方案的。客户大多来自进出口行业，今天早上刚接到一件特别恶心的案子，两百五十万台高配置的平板电脑，要从马尼拉发出去，谁知文件都被扣了……"

他继续抱怨着。他还没提出请她喝一杯——他在计算进度，以便先她一步把自己的酒喝完，再冲吧台后的女孩抬起一根手指："酸橙伏特加，多加冰。"之后继续讲自己的故事，免得让对方注意到他自导自演的这出小小奇迹。

这种事，总归就是这样或类似这样的情形。

路易莎将一根手指放到杯口，沿着边缘滑动，然后又把一绺头发别到耳后。那个男人还在说着，而她无须环顾四周也知道，他的同伴们正坐在靠近门口的一张桌上，关注着他成功或失败的迹象，已准备好无论成败与否都要大笑一场。或许他们也是做

"解决方案"的。这个职业名，看起来似乎往任意方向都能延伸很远，只要你不挑剔它所涵盖的问题门类。

而她自己手头（在刚刚度过的这天，以及过去两个月来每个相同的工作日里）要处理的问题，是比对两组人口普查数据——二〇〇一年度和二〇一一年度的。她的目标城市是利兹，关注的年龄段是十八至二十四岁，要寻找的对象是那些不知所踪，或不知从哪儿冒出来的人。

"有什么特定的语言组吗？"她没忘问上一句。

"按种族特征做分析是道德上的败坏。"兰姆这样告诫道。

"我还以为人人都知道呢。不过好吧，你要注意的是那些在沙漠里骑骆驼的。"

有些人消失了，另一些人现身了。这样的人有数百个，当然了，其中多数人有着确凿无疑的理由；其余的，大多也可能如此。可是追溯这些理由的过程着实令人厌烦。她不能去接触那些调查对象本人，所以不得不从侧面切入：社保、驾驶证、水电费、国家医疗服务体系（NHS）记录、互联网使用——任何留下纸面线索，或透露其行踪的东西，诸如此类。与其说这是草垛里寻针，还不如说更像一根一根地重新整理草垛，将每根草按长度和宽度排列，还要朝着同一个方向……她真希望自己也是做解决方案的。眼下的项目看起来更像是在制造不必要的麻烦。

这就是重点。没人会在结束一整天的工作、下班离开斯劳屋时，感到自己为这个国家的安全做出了贡献。他们下班时只会感到自己的大脑好像被放进榨汁机榨干了。路易莎曾经梦见自己被困在一本电话簿里。导致其跻身下等马之列的那件祸事，很糟糕——一次监视工作中的失误，导致大量枪支被扔在了街上；可她接受的惩罚确实已经够多了。然而问题的关键在于，这些惩罚没有尽头。她可以给自己设定期限、自觉服刑,一旦受够了就随时放弃。这正是她应该做的:放弃希望,一走了之。于是同其他所有人一样,这就成了她最终才会做出的选择。明曾经说过——不,不要想到明。总之,虽然从没和他们讨论过,但她知道大家都是这么想的。除了罗德里克·何,此人过于混账,以至根本意识不到自己是在接受惩罚;而他正是因为表现得太混账才被惩罚的,这样看来,也算恰如其分。

而与此同时,她感觉大脑就像被放进了榨汁机。

那个男人还在滔滔不绝,或许就要讲到他奇闻逸事的高潮部分了。而路易莎无比确信的是,无论这个故事最后怎么样,她都不想听。她没有转身面向他,只把一只手放到他手腕上。就像按下了一个遥控器:他的故事戛然而止。

"我还会再要两杯这个,"她说,"等我喝完时如果你还在这儿,我就和你回家。但与此同时,闭上你的嘴,行吗?一个字都别说。很倒胃口。"

他比此前表现出来的要聪明。一声不吭地向调酒师招了招手,指着路易莎的酒杯,竖起两根手指。

路易莎则忽略了他的存在,专心喝起酒来。


快毙了我吧,马库斯又在心里想,这次他没有说出声。

雪莉正在拿何幻想和路易莎有机会的事取乐。"那可太棒了。我们办公室里有布告栏吗?我们太需要一个了,"她用手指比了个交叉线的标志,"标签:*痴心妄想男*。"

这间酒吧位于巴比肯中心的另一侧。何还以为马库斯提议来这儿,是因为这是他最喜欢的一家店,是他和朋友聚会的地方;

而事实上，马库斯此前从未踏入过这家店半步，且正因如此，他才选了这里。它完全是那种能让他出钱赌自己真正的朋友谁也不会涉足的地方，所以被他们撞见自己在陪罗德里克·何喝酒的可能性非常低。

另外，赌钱正是令他落到如此田地的根本原因。所以，再下更多赌注对他而言可不是什么明智的做法。

装在墙上的巨大电视屏正在滚动播放新闻。头条新闻的标题带滚动得太快，来不及看清，但那画面让人很难认不出来：蓝色西装，黄色领带，精心打理得乱蓬蓬的头发，和只有白痴或选民才不会去注意的做作笑容；而那背后暗藏的利己主义，程度让贪婪的鲨鱼都退避三舍。这就是新上任的内政大臣，也就是马库斯、雪莉以及何的新上司[①]。但这种人际关系彼得·贾德可不会在意——要吸引他的注意力，你必须有皇室人脉、一档电视节目或是隆过的胸部（"据说"）。他常年游走在媒体妓女和政治野兽之间，早就从"搞明星的人"摇身一变成了"被明星搞的人"，用哗众取宠的表演攫取公众好感，并通过践行好莱坞鼓吹的至理名言"与你的敌人保持亲近"来获得政治优势。这句话，倒是个对付他的好法子；但那些老资格的国会议员们一致认为，如果让他一直待在反对党的席位上，则会对首相构成最大威胁。如果反对党看起来马上要赢得一场选举，那赢家无疑就是他了。

借用一句别人对此君的评价，"糟糕的货色"。

再换一句，"卑鄙的白鬼子[②]。"马库斯嘟囔着。

"仇恨言论。"雪莉警告道。

"当然是仇恨言论。我他妈的就是恨他。"

---

[①]英国内政大臣负责领导国家安全局的工作；安全局局长也由内政大臣经首相同意后任命。
[②]原文为"honky"，是黑人对白人的一种蔑称。

雪莉瞥了一眼电视，耸耸肩说："我以为你是个执政党的忠实信徒。"

"我是啊。他不是。"

何看看这个又看看那个，仿佛完全迷失了方向。

雪莉的注意力回到了他身上。"那么，你是什么时候开始有这个疯狂念头，觉得你和路易莎可能有戏的？"

何说："我可以读出一些迹象。"

"你是不可能从一块门垫上读出欢迎来的。你当真觉得自己能读懂一个女人？"

何耸肩。"婊子都是熟女，"他说，"婊子随时都在状态。"

雪莉反手扇了他一巴掌。他的眼镜飞了出去。

马库斯说："那，这轮我请。"


是敌是友？

无法回避的是，所有来自她生命中那个时期的人，都是敌人。

凯瑟琳住在圣约翰伍德，但她现在还不想直接回到那边。制造假行踪是自然要做的——酗酒者学会了伪装。于是她向北走去，模模糊糊朝着天使酒吧的方向。这个女人有自己要去的地方，但并不是特别匆忙。与她擦肩的每个人都比她年轻三十岁，浑身衣着的全部用料差不多刚够她盖住两只胳膊。有人因为这种种差异，向她投来充满惊异的一瞥，但她对此并不介意。不是所有突发情况都是非友即敌。这些陌生人两者都不是，而她头脑中还有别的事要想。

肖恩·多诺万是个敌人，因为，所有来自她生命中那个时期的人都是敌人。但他也是个正派的男人，或者凯瑟琳印象中是这样。他是一名军人,尽管这在时态上多多少少有点错误——肖恩·多诺万曾经是名军人;他名誉扫地,被开除了军籍;但这句话仍然是凯瑟琳能想起的最精准的描述:你看他一眼就知道了。现年五十五岁上下,按理说,他应该在阅兵场上行军礼,让白厅的大人物们听取他的意见。不难想象他在镜头前为最近的军事行动做解释的样子。然而,他最近一次出现在镜头前,却是戴着手铐从军事法庭被带走的场景:犯有危险驾驶致人死亡罪,被判处五年徒刑。

对于凯瑟琳,这件事只是一则新闻报道,算不上个人打击。她那时已经戒酒,而整个戒酒过程的环节之一,就是要疏远她在酗酒时来往的伙伴。这就意味着男人——肖恩·多诺万也是其中之一。他并非格外重要的一个,或者说,不比那时候她身边的其他哪个男人更加重要,但话说回来,那是个很长的名单。

她穿过一条马路。这令她感到有点眩晕。不是因为这个动作本身,而是从记忆中回过神,再把注意力集中在这个动作上导致的。窥视自己的过去是需要一番努力的。那并不令人愉快。不知为何,杰克逊·兰姆蛰伏在他那间阴暗办公室里的形象浮现在她的脑海,但随后又消散了。安全过马路后,她冒险回头看了一眼。肖恩·多诺万没跟上来。她也不是真的预计他会这么做。至少,她不指望自己能够发现他在这么做。

他是她过去的一部分,但除了这点认知,她就没什么更深刻的记忆了。关于他们做爱的真实情形——如果可以这样定义的话,她已毫无记忆。在那些日子里,两杯酒下肚,她眼前的未来就变成一片空白,上面涂写的一切在出现的瞬间就被抹去。他可以为她写十四行诗,也可以为她抄写咏叹调,对她而言都是一样的。但她也知道,那些并没有发生过;他们之间从来都是炮友式的性爱关系。因为在那段日子里，只要当她滑入黑暗之际有个人来依靠，换谁都行。诗歌和歌剧都不需要，一瓶酒足矣。

有很多人，她确实已经忘记了，那些男人即便在进入她身体后都没能引起她太多注意；但至少有过一两个早晨，肖恩·多诺万给她留下了印象。他自己也喜欢喝酒，出于对她虚假的善意，他曾装作他俩在宿醉后感觉同样难受。"天哪，今天早上我的头好疼。我们还真是喝了个痛快。"但对她来说彻底断片的记忆，在他眼里则是彻夜狂欢。在这段关系里，她作为伙伴是相当自愿的，因为那时候她一直甘愿如此。而如果当初她是另一个样子，凯瑟琳现在思考着，如果她那时不酗酒，他们会有机会在一起吗？但这没人能回答。

她离一座地铁站不远，从那里坐车就可以回家了。但她首先掏出手机，打了个电话。电话另一头直接导入了语音信箱。她没给对方留言。

将手机放回包里，她继续沿这条路往前走。

在她身后一百码开外，一辆黑色厢式货车没有熄火。

雪莉看罗德里克·何慌乱地摸着眼镜，不免在想自己是否应该那样扇他。当然了，反手制造的落点通常会让被扇者大吃一惊。但如果她再花点力气攥个拳头，就可以把这小兔崽子的鼻子打爆。如果她愿意，还可以事先给他下一纸战书，表明意图。但对何而言，有备也不代表无患。事先被警告可能意味着鼻子终究还是会被打的，只是之前先恐慌上一阵罢了。

不过，令人略感不安的是，这通发作似乎并未让她平静下来。

依照事情的常理，动手打人就像拧开一只阀门，释放出内啡肽，之后你就能感受到那种介乎疼痛和爱抚之间的、甜蜜的昂扬情绪——按理说，她应该看着何笨手笨脚地摸索，脸上浮现出大大的笑容，甚至可以心平气和地帮他一把，尽管这不知感恩的小浑蛋并不会谢她。可相反，她仍觉得自己很受伤，气愤得想再扇他一巴掌。显然，她不是办不到，但这样一来可能会使今晚剩下的时间变得剑拔弩张。

马库斯不在酒吧里。他要是还没从侧门悄悄溜走，就一定是去洗手间了。他肯定有逃跑的意图，但照目前的情形看来，他应该没这个胆子。

当天早上，他对她说："你知道那个小浑蛋在干什么？"

可以被称作小浑蛋的人要多少有多少，但在名单上位列前茅的永远要数罗德里克·何。

"网络跟踪你？"

"呵，废话。除了那个。"

"他出卖了你？"

"还没有。但他说他会的。"

"这个浑蛋。"

"你还没听全呢。猜猜让他保持沉默的开价是多少。"

雪莉事后发觉，要是当他告诉她时自己没笑，可能更明智。

"陪他在酒吧待一晚？就这样？"

"我宁可付他现金。"

"哦，那可太妙了。做个笔记。我想听所有细节。"

"那不是问题。你也要来。"

"做梦吧。"

"因为如果只有我和何，谁知道话题会跑到哪儿去？一旦我们聊完了体育和政治，大概最后就要议论我们的同事了。比如，你懂的，谁会趁没人注意的时候早退，谁把喝过的脏马克杯留在水槽里。"

"有趣。"

"还有，谁在吸可卡因。"

雪莉扔下手里的笔。"你不能说。"

"如果你也去的话，我就没机会说了。"

"这是敲诈。"

"我能说什么？和某位大师学的。"

于是她就来了，两个人一起忍受同罗德里克·何为伍。难怪她感觉……

但她不想用"暴躁"形容自己。

雪莉上星期去看牙医，在候诊室里翻阅一本生活方式杂志时看到这样一则诊断式测验："你有多暴躁？"于是开始在脑子里勾选答案。"你会被插队的人激怒吗，即便那时候你并不着急？"这个，毫无疑问，因为这是原则问题。不是吗？但其他问题看起来就像专门为激怒她而设计的。"你发现自己的伴侣看在过去的分儿上，约他／她的前任喝了一杯。"她不需要再看其余的了。这是为了显示你有多"暴躁"？在雪莉看来，这就是根据常识给你这个人打分……她将杂志一把扔到门上，让刚刚转过头的牙科护士吓了一跳。五分钟后，过度沉迷于水牙线的她才找回了自己。

没错，除此以外，她是偶尔喜欢吸两下，但谁不喜欢啊？马库斯告诉过她，自己一次也没吸过那种成排的老式白粉——马库斯曾是战术小队的一员，也就是负责踹门的队伍。一旦你尝过那种肾上腺素带来的快感，就会想要再来一次，对吧？他说他从没那么觉得，但他会那么说的。再说，雪莉又不是个瘾君子，这只是她周末的消遣,严格说就是周四到周二。

罗德里克·何"砰"地一声重重坐下。他右侧的脸颊通红,眼镜歪戴着。

"你为什么那么做?"

她深深叹了口气。

"这是需要做的。"她半是自言自语地说,但愿自己身在除此以外的任何地方。


不过或许,考虑到各方面情况,不包括瑞弗·卡特怀特所在的地方。

瑞弗在一间病房里,正站在一扇没必要去打开的窗户跟前。好多年前它就被漆上了,那时国家医疗服务体系(NHS)偶尔还会安排一点油漆活儿。而即便那窗户能打开,涌入的空气也会像浓汤一样黏稠,咸味直冲喉咙,令你喘不上气,急需喝口水缓缓。他望向下方一条带顶棚的人行道,轻敲着窗玻璃,敲击声大致呼应着床边某台设备发出的闪烁。床上躺着一个身型日渐消瘦的人,他在这间屋内制造出的动静,自过去多少个月以来始终没有太大变化。

"你可能想知道最近我在忙什么,"瑞弗说,"你知道的,就是在你享清福的这段时间里。"

床头的置物架上有台电风扇,但系在它外框上的那根几乎不怎么飘动的丝带,显示出它的风量有多么微弱。瑞弗几次试图把它修好——具体做法就是将电扇的按钮开了又关。自己动手令人筋疲力尽,他就凑合着把供访客坐的椅子推到有穿堂风的地方,一下瘫坐进去。

"嗯,是件让人着迷的事。"

躺在床上的人没有回应,但那也不意外。此前三次,当瑞弗坐在这里或沉默不语,或自说自话地与对方聊天时,都没有任何迹象表明这张床的主人意识到了他的存在。事实上,连这名病人自身的存在也尚无定论:瑞弗在想,身体躺在这里时,思想去了哪里呢?是否在它被打断的生命长廊中徘徊,或是陷入了它自己设计的某种噩梦——一个充斥着双面豺狼和多头蛇的达利式世界。

"那是在你出生之前的事了,也在我出生前。总之一九八一年发生过一次公务员大罢工,持续了几个月。你能想象他们案头积压了多少文件吗?每样东西都需要一式三份,而在二十多周的时间里一件都没处理……当消防员开始罢工时,他们调了军队顶上。而当政府文员们撂挑子时,你叫谁来替代呢?"

瑞弗自己也是个文员。如果他辞职了,有谁愿意来做他的工作呢?他的眼前突然浮现出一个自己不愿看到的幻象,只见他本人的幽灵在斯劳屋里飘来荡去,筛选着那些尚未完成的任务。

"总之,看出来要出什么事了吗?稍等一下你会明白的,只要你对杰克逊·兰姆的思维方式略知一二。因为他喜欢做的就是凭空创造出一些任务,它们不止无聊、不止毫无意义,也不止要花费几个月时间梳理姓名和日期列表,来寻找你都不知由什么构成、因此也无法预料是否存在的异常情况……还不止是所有这些;这些任务设计得不仅令人厌倦透顶,还在用一个又一个刺眼的像素反复消磨你的灵魂……但你知道最糟糕的部分是什么吗?真正最糟的?"

他不期待得到一句回答。也并没有人回答。

"真正最糟的是,他可能真的有点什么线索——概率近乎无限小、然而可以想见仍是有可能的。如果你的方法正确,再把每块石头都翻个底朝天,或许就会找到某些深藏不露的东西。这正是我们本应去寻找的东西,对吧?我们在……情报部门的人。"

瑞弗追随外公的脚步,年纪轻轻就加入情报部门。大卫·卡特怀特是个业界传奇,瑞弗则是个业界笑话——在一场训练演习中,他让高峰时段的国王十字车站陷入瘫痪,结果就被流放到了斯劳屋。这个笑话里真正的笑点是:他是被人陷害的。但很多人从没听说过这回事,瑞弗对此也从没笑出来过。

"是护照管理局,"最后他说,"积压的护照申请量那么庞大,有数百份申请,那些公务员一回到岗位就把它们全部通过了。那么,或许有什么人预料到了会发生这样的事,对吧?或许那次就成了一场老旧假身份的清仓大甩卖。而还有什么比一本真正的英国护照更好用的假身份呢?已经更新过那么多次,早就查不出任何毛病了。"

那些仪器又是吱吱嗡鸣、又是呼呼作响,还在边闪烁边发出哔哔声,而床上的那个人一动不动,也一言不发。

"有时我觉得宁愿和你待在一起。"瑞弗说。

但他几乎肯定这不是真心话。


凯瑟琳没看见那辆厢式货车。她看见的是那个在地铁站口附近徘徊的军人。

他没穿制服,否则她不会再看他第二眼——伦敦市里总有士兵。但是他表现出一种好似占领了敌方领土般的警觉,一种谨慎的定力。算上他,今晚她已见到了两个,那挥之不去的关于偶遇的疑虑全都消失了。他握着一份卷起的报纸,好让手有地方放,也让自己在吸收周边信息、记录往来动向、留心异常情况时，看起来不那么像在执行监视任务的样子。或者说不是留心异常情况，她纠正自己，他留心的是她。

如此说来，他已经看到她了；如果之前还没看见，那现在也看见了，因为她骤然拐了个一百八十度的弯——蹩脚的技术，但她不是个出外勤的特工——从没做过特工。她最接近"动手"①的一次是切除扁桃体。这是她的妄想症吗？当那糟糕的旧日时光重现，当她感觉自己坠入一场酩酊大醉时，任何事都可能发生……

她没有回头看，而是专心盯着前方的人行道。一辆黑色厢式货车缓缓驶过，而她不得不退向一侧，给一帮青少年让路，但她还在继续走着。前方不远处有一个公交车站。幸运的话，当她到达车站时正好会有一辆公交车进站。如果能来一辆的话，上了车，她就给兰姆打电话——如果能来一辆的话。

街面一点都不空旷。有人穿着办公室正装，其他人则穿着T恤和短裤。虽然银行、博彩店和小摊已经关灯打烊，但商店都还开着门。小酒馆和酒吧也开着门，让热气混着音乐和人声飘散而出。运河离得不远，在这样一个夏季傍晚，年轻人会沿着街道漫步，坐在长椅上分享野餐和葡萄酒，或在草坪上铺开毯子躺在上面，并在舒服得昏昏欲睡时互相发发短信。而凯瑟琳唯一要做的，是提高嗓门，大声呼救……

那会让她得到什么呢？一圈隔离区。一个在热浪中精神崩溃的女人：大家避之不及的人。

她冒险回头看了一眼。没有公交车。也没人跟踪她。那个军

---

① 原文"op"即 operation，既可指行动，又可指手术，此处是双关语。

人——如果他是军人的话,不在她的视野里,而肖恩·多诺万也不见了踪影。

在公交车站,她暂时停下脚步。下一趟车会沿着她来的路把她带回去,把她放到斯劳屋的马路对面,将这个夜晚倒转回她从后巷走出来的时刻。那么这些就都不会发生,第二天早晨她回想起来,会觉得那只是个小插曲;就像戒酒的醉汉学着应对的那些路上的磕磕绊绊。那边的路口变灯了,一股新的车流开始向她这边涌来;她期盼着能来一辆公交车,但车流当中最大的一部是辆黑色厢式货车,就是刚刚从路对面反方向开过的那辆。凯瑟琳离开了那个车站,心跳得更快了。一个军人,两个军人;一辆反复出现的黑色货车。有些事是那段醉醺醺的过往再现,其他部分则不是。

到底为什么会有人把她当成目标呢?

这个问题以后再说吧。而眼下,她必须躲起来。

趁着朝她驶来的车流还没开到跟前,她飞快地穿过马路。

往吧台走时马库斯先去了趟厕所,以便独处几分钟,放松一会儿。他发现隔间里没人,就占了下来,开始思考自己的生活是怎么回事。过去一段时间——自从他被流放到斯劳屋以来,当然了;但更精确地说是过去两个月来,他的日子每况愈下[①]。无怪乎他觉得在这屎溺之所比在外面更平静了。

当初在一切如常时,马库斯的一位战斗教官曾制定过一条法则:关键在于控制。控制环境,控制你的对手;最重要的,控制你自己。马库斯第一次听到这句话就明白了,或者说,自以为明

---

①此处原文是"heading down the toilet",故下句那样说。

白了；但很快他就发现自己先前看到的只是大字的版本：控制，不只是去压制一下，它意味着要压制得牢牢的。这就意味着，你得将自己打造成一套军刀工具，就是那种可以全部折起、不露刀刃、只剩刀柄的，只有在需要时才会"啪"地弹开。

但关于他们的训练，问题是它给你灌输了许多技能，却始终无法活学活用——马库斯不是第一个注意到这件事的人。很多塞进他脑子的东西——好比如何连续四十八小时将自己隐藏在林地里，此后就一次也没用上过。他踹开过几扇门，不久前还把一圈密集的子弹射进了一个人类的身体；但总体而言，他的职业生涯还没对他提出过什么需求。而如今进了斯劳部门，这里就成为慢慢摧毁他所有雄心壮志的地方……唯一令他保持着理智的，就是自我控制的能力。每一天，他都将自己压制得牢牢的，让做什么就做什么，仿佛久而久之就能证明这样做是值得的。尽管在他刚入职时，凯瑟琳·斯坦迪什就告诉过他，每个下等马都知道来了就回不去了；然而每个下等马的心里也都有那么一小部分会想：或许，我是个例外……

提起控制，无疑就要说到赌博了——放弃控制，正是他被部队踢出来的原因。无论他多么努力地自我欺骗，觉得自己的行为是保持平衡的，觉得自己只是对环境妥协、但始终保持着自制——设边界、定限额；但事实上，他每次走进一家赌场，都是踏入了一片未知的情境。此前这还不成问题，直到最近，因为最近他已不再习惯输钱的感觉了。

是赌博机困住了他，那些见鬼的轮盘赌机器仿佛一夜之间出现在博彩店里。对"独臂强盗"[①]，他就从来没去招惹过：看名

---

[①] 独臂强盗，一种一侧带手柄的老虎机。

字就知道,那些东西总要把你洗劫一空。但是出于某些说不清的原因,轮盘赌更吸引人、更有诱惑力……一开始你投入几个币,然后就会吃惊地发现,虽然自己没赢钱,但离成为赢家竟是如此接近。于是你又追投一些,然后终于赢了一把。赢钱会将赌桌清空重来。所以你一旦赢了,就又回到原点,只是手头的钱少了一点……他曾和拉斯维加斯的高手们玩过扑克,离开赌桌时还能走路;也成功押中过被视为"行走的狗粮"的冷门赛马。而现在,他沦落到被一台该死的机器洗劫一空,像对待自己的长子似的,将一张张二十美元喂给了它。他曾经自诩为赌场最可怕的噩梦:一个按时来去的赌徒。他会说,我打算十点前后走人。但最近这段日子他每次看表,时间就会往后推迟三十分钟。而每一次推迟,他的下个发薪日就显得更遥远了。

他开始动用储蓄里的钱,还不由得去研究地铁里的贷款广告,就是那些年化利息超过百分之四千的产品。凯西会杀了他的——如果他没先崩了自己的话。

最糟糕的是,当他在上班时间搞补救——登录赌场网站以挽回午餐时间的损失时,就被斯劳部门的内部记录仪、该死的罗德里克·何逮了个正着。这就是他今晚来陪何喝酒的原因,只有瘾君子雪莉·丹德尔前来增援。没错,厕所才是适合他的地方,但他不能永远待在这里。马库斯直起身,径直向吧台走去。

当他回到同事们中间,只听雪莉正在问何,他的嘴是不是连着脑子。"'婊子'?我只是扇你一巴掌算你走运的。"

何赶紧转向马库斯,如释重负地说:"你能信吗,狗[①]?"

---

[①] "dog" 是一种非正式、俚语化的称呼,类似 "buddy" 或 "mate",年轻人多用。何的本意是想显得亲近,但马库斯没有理解。

"你刚刚是叫我'狗'吗?"

雪莉举起一只手,愉快地看何表现出畏缩的样子。"注意你他妈的措辞。"她警告道。

"他刚刚是叫我'狗'吗?"

"我觉得是。"

马库斯从何的鼻梁上一把抓下他的眼镜,扔到地上。"我是狗?你才是狗。去捡!"

当何再次忙于摸索时,马库斯对雪莉说:"我还不知道你和路易莎关系这么铁。"

"我们没有。但我是不会把何介绍给一头母山羊的。[①]"

"姐妹情谊真强大。"

"说得没错。"

他们碰了个杯。

何重新坐下,用两根手指托着眼镜。"你为什么那样做?"

马库斯摇摇头。"我简直不敢相信你叫我'狗'。"

何先瞥了雪莉一眼才说:"你忘了我们约好的——呃——条件了吗?"

马库斯用鼻孔出气,近乎不屑地哼了一声。"好啊,"他说,"原来如此。我们这是在重新谈条件,对吧?那就这么办。关于那些赌场网站,你敢对任何人透露半个字,我就把你弱鸡一样的小身板里每根骨头都打折。"

"我不是弱鸡。"

"注意重点在于骨折。我们说明白了吗?"

"我不是弱鸡。"

---

[①]原文是"nanny goat",指代挑剔或难相处的人。

"但是你会被打骨折。"

"我会被打骨折。但我不是弱鸡。"

"你在意的点很奇怪。还有你知道你的问题是什么吗?"马库斯现在热身完毕,要展开他的主题演讲了,"你从来不做任何事。你就坐在自己的办公室里,泡在你的设备上,就像,就像一只他妈的小地精。一天又一天,在大量毫无意义的信息里翻腾,只为让见鬼的杰克逊·兰姆满意。"

"你也是如此。"

"对,但我痛恨它。"

"但你还是要做。"

雪莉摇摇头。

马库斯解释道:"你是个呆子,何。不仅现在是,未来也只会是个彻底的呆子。一个像路易莎那样的女人永远不会看你第二眼的,其他女人在没看到你信用卡之前也都不会搭理你的。而我呢,我就没有那个问题。你知道为什么吗?因为在我被迫来干这摊破事之前,我还干了其他事,正经事。而你呢,你干过的只有这摊破事,而且你还喜欢干这摊破事。"

何说:"所以你这是在说什么呢?"

"真受不了你……做点什么吧,这就是我要说的。你想获得成功,你想打动别人,那就做点什么。无所谓做什么,只要不是坐在一块屏幕前鼓捣……数据。"

如果结尾那个名词指代的不是信息而是和什么体液相关的话,马库斯的描述就是再恶心不过了。

现在他站了起来。"我要走了。骨折,记得吗?如果你没记住别的,就记住它吧。骨折。"

"我们不再喝一轮了吗?"

雪莉又用手指比画了一下。"标签：抓不住重点。"

"别做那个动作了。"马库斯说。他低头看看没喝完的啤酒，耸耸肩，然后冲着大门走去。

雪莉伸出手，小心地摘下何的眼镜、折好，然后扔进了马库斯的健力士里。"行了。"她说。

何张嘴想说点什么，但明智地改变了主意。


马路对面有一片工地，和其他那些似乎到处都是的工地一样：一栋办公楼被拆除了，一栋新楼即将拔地而起。与此同时，这块空地被板子围了起来，以免让人注意到，不是每块地上都一定要有栋建筑。凯瑟琳匆匆而过，系扣的鞋子在人行道上发出哒哒的声响。一个向她走来的男人投来困惑的眼神，是针对她的走路速度还是她的衣着品位，就不得而知了。

这片地区在她脑子里只有模糊的印象，但她知道如果自己往右转，很快就能进入通向国王十字车站的主街；往左转，则会进入伦敦特有的那些飞地中的一处，其中留存至今的小小历史断章大部分未受干扰。这就是乔治王朝风格的广场，它们当中有很多仍完好无损；也有一两处因战争或地产开发造成的破坏，导致一侧已被拆除。汽车沿着路牙停成一线。这幅情景打动了她，感觉就像来自别人的观察一样。从对的角度、在对的光线下，伦敦可以显得如此宁静。

在主干道上，大声呼救会引起混乱，而混乱是敌人的朋友。这里，在远离繁忙交通的地方，她就可以敲开一扇陌生人的门，请求庇护……她冒险向后看看，没有黑色厢式货车的踪迹。也许由于路中央有隔离带，它不得不沿这条路往前开一段才能掉头。

但是有个什么人就在她身后一百码处；或者说刚刚一直在——而当她转身的那一刻，就消融在傍晚的高温里。是她潜意识里的一个小恶魔，戏弄着她的心智。

又或许，那是个男人，止步在了一辆停在路边的车后面。

也可能完全是酷暑里的一场幻梦。妄想症，清醒酒鬼的老朋友，在傍晚的闷热中发作。但那感觉很真实。先是肖恩，然后是另一个军人，在附近兜圈的那辆厢式货车，仿佛是来抓她的。凯瑟琳内心涌起一阵恐慌，不过应该只有专业人士才能察觉。表面看起来她只是有点心不在焉，仅此而已。若是在斯劳屋，这样的情况可能已经让她设起街垒路障了；而在这里、在街面上，她没有将恐慌流露出来。

她确信自己被跟踪了，他等在一辆汽车后面。

她还确信，那辆黑色货车随时都会出现，而且出于某些未知的原因，它是冲着她来的——以及，肖恩·多诺万对一群监视者指认了自己，他们正在集结，很快就会猛扑出来。

她走得更快了些，找出手机，又给兰姆打了一次，还是直接进入语音信箱，挂断。她再次考虑起去敲陌生人的门：但然后呢？她不是没有注意到，雪莉·丹德尔在提到她时说的是"那个疯狂的家庭女教师"。当你的身高只有不到一米六、喜欢把头发剪得很短，却还在挖苦他人的外貌时，恐怕是很危险的；但实际情况就是——凯瑟琳自己觉得舒服的裙子样式给她贴上了古怪的标签。你会让这个女人进入你家吗？再说，去敲门就意味着停留，而移动起来感觉才是最安全的。兰姆，她心想，要是他的话就会继续移动。不是今时今日这个兰姆，而是回到过去，那个过着令他成为今日自己的日子的，那个兰姆。

她快速穿过广场，进入一条排屋相连的小路。街灯亮了起来，热气的性质在变化，从人行道的路面辐射而起，而不再是从天空降下的滚滚热浪。夜晚并不意味着可以有所放松。但当夜幕降临，她还是希望回到家、锁好门，琢磨着让自己差点变成猎物的是怎样一场短暂的疯狂，再出门时，街道已经阳光普照。

这段排屋有三十栋房子，尽头是另一个广场。在下个路口，她就要掉头回到主路上去：在路面不拥堵时，跳上一辆公交车，重新汇入连接起整个伦敦的交通网。再往后看一眼，没有人。那躲在车后的人形就是个上边投下的影子，仅此而已。那辆黑色厢式货车乖乖保持着正常距离。一辆正在寻找停车位的轿车缓缓驶过，在前方拐了弯。它刚从视线中消失，黑色货车就拐到马路上。凯瑟琳踩着带跟的鞋摇摇摆摆地走着，肖恩·多诺万像个童话里的英雄一把将她抱在怀里，双手托住，只用一个拥抱就让她叫不出声。那辆黑色货车慢下来，黑色的车门打开，多诺万抱着凯瑟琳走了进去。车门一关，货车就疾驰而去。

七秒——要是算起来的话。

大街小巷静默地散发着热气，"紫罗兰时刻"已幻化成深紫色。


当杰克逊·兰姆从斯劳屋里冒出头、走进后院时，天气仍然酷热难耐。他在口袋里摸索打火机却摸到了手机，发现有两通未接电话——斯坦迪什。未接电话，一些办公文具送错了地方，或者抱怨打印机坏了。斯坦迪什坚持把这类问题推到他跟前，无论他将部门政策重申上多少遍——那就是他根本不在乎。他手持燃着的香烟，晃晃悠悠走进小巷，一团烟雾在他身后的空气中久不消散，仿佛一个游魂……

烟雾滞留的时间很短暂，不过在消逝前的一刻它向外扩散开来，仿佛充斥着对这栋建筑里居民的种种印象，已然不堪重负。他们背负着悲伤和赌债，毒瘾和自我沉溺；借助昏迷不醒的人，酒吧里的口角，在陌生人的床上寻求遗忘，或者变得懒惰、肥胖和自满，以求自我解脱——在所有这些角色当中细细筛寻吧，仿佛其中就藏着一个问题的答案；那个问题来自一个颇为遥远的地点，刚刚才被提出："你的同事中有哪一个，让你愿意以命相托？"

然后，空气流动起来，烟雾散了。

# 3

　　这个房间在屋檐的悄然庇护下。以前肯定是一间儿童起居室——因为在纯白的天花板下，凯瑟琳能隐约看出先前的房间主题残留的痕迹：星星和新月，都是用来吸引婴儿床上小主人的装饰。但从踢脚线边一堆堆糖霜般的石膏墙灰可以断定，那都是很久以前的事了。地面也一样变得裸露——没有对婴孩小脚的保护，只在单人床旁边铺了一条薄地毯。大门外侧的挂锁很结实，即便对付最调皮捣蛋的孩子也绰绰有余。这里不再是一间儿童房，但也算不上什么特别保险的监狱。

　　他们开了至少有一小时。起初缓慢穿梭于从不空旷的伦敦街道，随后，一开出市中心就快了起来。刚过一小时——她心想——但是她的手表被摘走了，而且心神不定得无法慢慢计数……除此以外，她被扔进货车时还一度晕了过去。部分由于肖恩·多诺万掐住了——那是她的颈动脉吧？再加上惊吓和炎热，以及更加疯狂的——在得知最糟糕的情况已经发生、她不再需要为它的到来担惊受怕后，一瞬间的如释重负。她开始头晕目眩，眼前陷入一片黑暗。所以她没有累计车行转弯的次数；也没记住什么听得到的地标。如果教堂的钟声曾经响起，它们也未被听闻；如果货车曾途经一处瀑布，她也未能留意。

　　车里还有另外两人。有一个在开车，那是自然；还有肖恩本人，刚才从路边像拾起一袋回收垃圾般拎起她的，就是他；以及第三个，就是那个她看到在地铁站旁徘徊的军人。现在回想起来她才发觉，被她发现并不是他的失误：她注意到他、然后转身逃跑，正是他们刻意造成的局面。否则他们的货车在地铁里还能派什么用场呢？

此时此地，同任何囚犯一样，她先查看了窗户。它嵌在一个由屋顶斜边构成的凹室里，并做了菱形图案的窗棂。窗户只用一根简单的插销关住，打开以后非常大，很容易钻过去；但外面的窗台上装了铁栅栏，轻轻拽一下就知道，纹丝不动。倒不是说，她知道该如何从一栋房子的外墙爬下去。这地方算不上特别保险的监狱，但也没必要弄成那样——她是个中年女人，从没做过特工；她也是个正在康复的酒鬼，还在给另一个仍在酗酒的酒鬼当私人助理。他们为什么首选要抓她呢？而这个包括肖恩·多诺万在内的"他们"，又是谁？

既然无法从窗户挤出去，凯瑟琳索性就让它们开在那里，只能让空气稍作流通罢了，连一丝微风也没有。远处传来车辆的嗡嗡噪音，但从这里无法看到马路。听上去像是条高速公路，但这并不能把范围缩小多少。距伦敦核心区大约一个小时，高速公路附近的某个地方……这栋单独建起的房屋肯定位于乡下，因为周边太黑了，不可能是在其他地方。

在货车里时，她的眼睛被蒙住，嘴巴被塞上，双手也被捆了起来，但都并非粗暴为之——就好像一场性爱游戏，一个派对承诺。接下来的行程中一直如此。她也考虑过剧烈反抗，但图什么呢？最好为接下来要发生的事保存体力。

当他们下了高速，路面的地形条件急转直下：匝道，B级公路——她听到了灌木拍打厢式货车侧板的声音。然后是路面砾石的嘎嘎作响，还有坑洼路面突如其来的颠簸起伏。货车晃晃悠悠地停住了，没有前后回旋、调整，以便开进一个空间的过程。他们给她松了绑，但眼睛仍被蒙住，由他们帮着下了车，一条强壮的手臂（不是多诺万的）扶着她的腰，直到她在地面站稳。随后，他们离开比城市里的空气更柔软、更清新、更充足的乡间空气，进入一栋有木质地板的房子，她那系着扣的鞋踩在上面声音很响，还制造出轻微回声。

"有台阶。"

这次又不是多诺万。

有台阶，是的，随后是更多的台阶，足够爬上三层楼。而后她就到了这里，这间昔日的儿童起居室。此时，眼罩被摘掉了。

"你的住处。"

是第二个军人，从地铁站过来那个——和多诺万就像一个模子里刻出来的。她还没来及得更仔细地端详，他就走了。她听到他把挂锁安好，一路下楼去。

然后，她就到了这里。他们拿走了她的包：钱、纸巾、口红、电子书阅读器、交通卡和其他东西；她的手机也被拿走了，那当然；还有她的手表。不过他们没有对她搜身。如果她习惯随身携带暗器，或有临时制作暗器的本领，这就很容易成为他们的致命失误。而对于他们想要什么，她依然毫无头绪……现在，一丝微风从开敞的窗户吹进来。远处有些小山，没有星光的广阔天幕遮蔽了苍穹。遥远的点点灯火，那一定是其他宅院；一处灯光更加集中的地点可能是一间修车行，为邻近的高速公路服务。以上全部一览无余。这几乎是一次十分业余的行动，除了有肖恩·多诺万的参与。没人会说他是业余的。

她又向下看看近处的周边环境。借助楼下窗内泼洒出的光晕，可以依稀辨识出其他建筑。它们看起来像是某种附属建筑——谷仓吗？这就进一步证明了这里是一座农舍。在黑暗里，还有其他什么东西。一辆大小和形状都像伦敦公交车一样的汽车，就是那种老式双层公交车。你可以说它们已经停用了，也可以说即将重新投入使用，取决于当天早晨执行的交通政策是什么。这也为整件事又增添了一抹怪异的色彩。这是怎么回事？

她不相信是私人恩怨。多诺万可不像那种会纠集一帮人来绑架自己前女友的人。甚至都不算女友，只是他从前睡过的女人之一。其他原因的话，那……他已经知道她不再为总部工作，因为他在奥尔德斯盖特大街上时讲了那么多话。他对斯劳部门了解多少？是否认为它很重要？如果真是这样，他可要大失所望了。

房间另一头还有一扇门。凯瑟琳过去试了一下，本以为会发现它是锁上的，却毫不费力地打开了。这是套间里的卫生间，有马桶、盥洗池、浴缸。墙上没有镜柜，但螺丝留下了痕迹，还有一块矩形的玉兰色墙漆没怎么褪色，证明这里此前曾有个镜柜。对啊，好吧，她心想，给女孩一面镜子，她就能给自己做一把刀。想必对于洗发水、牙膏管、发胶罐等东西的武器化潜质，囚禁她的人也有类似看法。因为除了一卷厕纸之外，这里唯一的日用品就是一块还裹着包装纸的免费小香皂。往里面插根发卡，你就能得到一把一次性小刀，她想，但是她没有发卡；也很难想象即便自己真做出一把，会有任何比童子军年纪更大的人想要把它抢走。

卫生间里还有一扇天窗，但也被栅栏封上了，而且反正也够不着。

她回到卧室，意识到或许自己应该试着睡一会儿。除了来回踱步、然后变得越来越害怕之外，也没什么别的事可做。但她决定克服一下。一睡觉就会变脆弱。眼下这时候，如果没有其他事要她负责的话，她需要先照顾好自己。她决定坐下静观其变。消息早晚会传开的。与此同时，她需要继续保持自我：不能醉酒，不能屈服，并在情况允许的范围内，把事情尽量做得井井有条。

或许过了半小时，有人来了。凯瑟琳把灯关了，让自己更好地熟悉窗外的景象，但在黑暗中没有产生什么了不起的洞见。关于肖恩·多诺万，她记得，自己初次见到他那会儿，他的角色是一名联络员，曾和她的前上司查尔斯·帕特纳共同参加过一次会议。当时参会的还有国家安全局的一把手，以及形形色色的大人物——有的来自"走廊尽头"，也就是本地人对议会的称呼；其他人则来自"河对面"，也就是情报部门所在地。而在那一大帮人当中，只有肖恩·多诺万，在凯瑟琳分发上午的卷宗时直视她的眼睛。一件事牵扯到另一件事。在那些日子里，总归如此。

而此刻，她听到有人在摆弄挂锁，猜想可能会是他。但进来的是个陌生人。不是多诺万，也不是另一个军人，而是第三个人：更年轻、很敦实。他身穿一件原本是白色的短袖衬衫，胳膊上爬满文身；类似图案还从领口探出来，一直延伸到光秃秃的后脑勺上。他手里拿着什么东西——两样东西。其一是那副她在货车里被强迫戴过的手铐，另外那个是一部手机——看起来像凯瑟琳自己的。

"戴上它们。"他晃晃手铐。

"我为什么会在这儿？"

"女士，戴上手铐。还有这个。"

他从后边的裤兜里掏出口塞。

"那是我的手机吗？"

"是。"

他的元音发音很平，她认出来了：北方人。虽然并不精通各地区的口音，但她觉得是西北部而非东北部的口音。她还发现，作为回应，自己的发音更尖锐了，变得更接近英国广播公司的风格。或许是兰姆传染给她的——这正是他会玩的那种把戏。

"你叫什么名字？"她问。

"开什么玩笑？"

"值得一试嘛。"

他说："我们把手铐戴上，好吧？"

凯瑟琳说："行吧，既然传统如此。"

她交出自己的手腕。然后他俯身向前，在她身后把口塞绕过她的嘴系好。这时她可以闻到他的气味——汗味，没能完全被除臭剂遮住，令人略感不快。他弄完了就后退一步，用凯瑟琳的苹果手机对准她。她一动不动，被他拍了照；直到他边查看成果边自顾自地点了点头，她还保持着那个姿势。天哪，他以为自己是谁？

也许他从她凝视着自己的茫然眼神中觉察到了什么。因为他边给她解开口塞边说："我就检查一下。"

"谢谢你，大卫·贝利[①]。"

"谁？"

"没什么。"但从现在起他就是贝利了，这令她感到愉悦。信

---

[①] 大卫·贝利（David Bailey, 1938—），英国著名摄影师，以时尚、肖像和广告摄影而闻名，是二十世纪最具影响力的摄影师之一。

息，即便是你自己编造出的那些信息，也能提供给你一个把握事态的抓手。

他给她解开手铐就离开了，并由外面用挂锁锁上门。她想知道现在几点，估计已经过了午夜，不知他们是否打算给她些吃的。她并不饿，但要给她吃东西的话，某个人就不得不再回来，或许还能多说上两句……想到不饿，却让她感到口渴。于是她回到卫生间，捧起双手直接从龙头里接水喝。正常情况下，现在她会在哪里呢？在家，很可能已经睡着了。她经常睡得不太好。有些夜深人静时她会放音乐，不过是很轻柔的那种。即便在最艰难的日子里，酒精也曾帮她模糊掉现实与梦境的边界；而现在，她不得不依赖其他慰藉，而日子从没真正变得顺心过。

她一定是打瞌睡了，或正徘徊在半梦半醒间，因为房门打开时的动静吓了她一跳，把她带回了现实，心在狂跳。她坐起来得太快，感到一阵头晕。

这次，是多诺万。

起初他没有讲话，而是检查起房间来，就像是她支付了一笔安全保证金，而他正在寻找各种理由不予退还。在他检查时，她仔细观察着他身上有无愧疚的迹象。是有的，她想。无论发生了什么，至少，这种愧疚让他感到不好受。

当他最终看向她时，那双眼睛仍是当他陷入黑暗时的暴风雨蓝。

她说："贝利也没透露什么。"

"贝利？"

"个人玩笑。"

"很高兴看到你在交朋友。我以为你已经放弃友情了。"

"就是因为这个吗？这些年来你对我一直还怀有感情，肖恩?"

"你是这么想的?"

"我还不知道该怎么想。你到底经历了什么?"

他笑了,就算是笑吧。总之,他发出一个声音,有几分被逗乐的意味。"我们俩在这世道里都落魄了,不是吗?"

"哦,我还过得去。但是你,你看起来皱巴巴的。"

他低头看看自己。

"不是指你的衣服,是你本人,肖恩。你不是我从前认识的那个人了。就好像服了一种慢性毒药。"

"一种慢性毒药。"

她用自己标志性的姿势耸了耸肩,也就是手掌向上举起,表示她没什么可隐瞒的。

"真是一位淑女,对不对?现在你连酒也不喝了。"

他的行为举止有种比先前更灵活的感觉,仿佛往关节里上了机油。这就足以告诉她,他喝酒了,即便她还没从他的身上闻出来。她想象着他在楼下的样子,那个她还没见过的楼下世界。一间舒适而破旧的房间,窗外就是那片有附属建筑和双层公交车的庭院——假设那真是辆双层公交的话。屋里会有一座餐具柜、一座酒柜:来自五十年代的代表风格。他会从一只雕花玻璃酒瓶里倒杯酒,一饮而尽,然后再倒一杯,以一种接近沉思的方式小口品尝。没有什么能折损他的锋芒,他会这样想,因为大家都是这么想的。就像吸烟的人无法从自己衣服上闻出烟味一样,饮酒者总认为自己不会受影响。

她的手攥成拳头。一旦代入酗酒者的想法她就会这样。

她松开手,掸了掸自己的裙子,仿佛上面沾着面包屑似的。她的动作里有一种十足的精确感,这似乎让他很反感。

47

"扣子系得严严实实。看你这样子,谁能想得到我们从前度过的时光?"

"我是个酒鬼,肖恩,"她平静地说,"我度过了好多时光,做过好多事。我现在不会再做那些了。"

"现在过于美好了。"

"和美好没有关系。"

"可你就是啊。无论平躺还是跪着,你总是很美好。"

他等着看她如何回应,但她什么也没说,就那样毫不畏惧地注视着他,仅仅作为如今的自己,而不是曾经的自己;并且要让他知道,她不感到羞耻,也不自我厌恶。她的心里,只有绝不再做回那个人的决心。

直到他望向别处,她说话了。

"你想要什么,肖恩?如果你期待得到一笔赎金,就要非常失望了。但不管怎样,你上楼来干什么?聊聊天气吗?"

这些话似乎令他很开心,出于某种缘故。但他给出的回答是:"来搞清楚你相信谁。"

"我没心情谈论这个。"

"不是要谈论。我就一个问题,你的同事中有哪一个,让你愿意以命相托?"

"以命相托。"她淡淡地说。

他没有回应。

她说:"我曾经相信你。这算吗?"

"斯劳部门里的某个人,"他说,"我需要一个名字。朗里奇?卡特怀特?盖伊?"

这么说,不是针对她的,而是斯劳部门。

或许,如果你再细想下去,是针对杰克逊·兰姆的。

"凯瑟琳?"

她给了他一个名字。

他走了,出去后把门锁上。在此后很长一段时间里,她都保持同一坐姿:挺直身体,双手紧紧抱着膝盖。她又变成疯狂的家庭女教师了,不仅疯,还被锁在了阁楼上。这可够雪莉·丹德尔大笑一场的——假设她能领会个中典故的话。[①]

过了一会儿,凯瑟琳还是在床上躺了下来,又过了一会儿,她睡着了。

而不知在多少英里外,以及不知哪个方向的斯劳屋,一早正承受着热浪的煎熬。到九点钟,人都来齐了,除凯瑟琳和兰姆以外。前者罕见的缺席敲响了一个不和谐音符。反正瑞弗是有些在意。当他等在烧水壶旁、打算冲杯速溶咖啡时,就问正在用真材实料煮咖啡的路易莎知不知道另一位女士去哪里了。

她没回答。

"路易莎?"

"什么?"

"看见凯瑟琳了吗?"

她摇摇头。

何必呢?自从明死后,她就是一枚行走的定时炸弹:话也不多说,但若你仔细去听,就能听见她的嘀嗒声。

瑞弗端着杯子走进自己的办公室,又盘算起调查老旧护照

---

[①] 指《简·爱》里罗切斯特先生的第一任妻子、被关在楼上密室里的疯女人。后有学者桑德拉·吉尔伯特(Sandra Gilbert)、苏珊·古芭(Susan Gubar)于一九七九年出版了堪称二十世纪女性主义文学批评里程碑之作的《阁楼上的疯女人:女性作家与十九世纪文学想象》,进一步明确和探讨了"阁楼疯女人"形象的文化和社会意义。

申请记录的事来。它们被扫描、粘贴进了一个破烂透顶的数据库——它要是一艘船的话，眼看老鼠也弃船逃跑了。他拿起一支圆珠笔，在门牙上轻轻敲着。这样干上八个半小时，减去随便吃点什么、躲出去一会儿的午餐时间。乘以五就是一周，工作一整年有四十八周……如果他真死磕起来，或许能在四十岁之前迎来这项任务完结的那天。对啊——抓紧时间，这样他就能在四十大寿时一并庆祝顺利结案。

或者，他可以直接用一只打孔机把自己锤死了事。

他拿起一只打孔机，一边把它当减压工具一样按着，一边穿过房间走到窗前，窗户上装饰的金色印刷体字母拼写着：W.W.亨德森，律师兼宣誓公证人，好让街面上那些人知道，是什么可怜的傻瓜在这里辛勤工作。这栋楼里曾经有人发过一两个誓，这倒是真的。打孔机在他手里咔嗒作响。他听见楼下的门开了又关上，就想，凯瑟琳，又一想，不对。她上楼时安静得像个幽灵。兰姆只要愿意也能办到，但今天早上，他表现得一如既往地惹人厌烦：像河马推着独轮车般优雅地闯过楼梯间。他叮叮咣咣地走过瑞弗的办公室，然后进入楼上自己的房间；通常，这就预示着一支单人乐队即将开始表演：一段由放屁、咒骂、家具叮咣作响合奏的当日序曲。瑞弗回到办公桌前。桌上那堆护照申请似乎趁他转身离开时又增长了几分。这堆文件无处可去，而在它们被处理掉之前，他也哪儿都去不了。然而，他刚把那堆文件最上面一张单子揭下来，还没来得及看，就意识到预期中的头顶交响乐仍未奏起；而他此时此刻正听到的，是一棵大树即将轰然倒下前笼罩在四周的那种寂静……他站了起来。当沉重的脚步声响起时，他已经快出门了。

兰姆打量着他的手下——有人会说"团队",而他更愿叫他们"奴才"。一只眼睛充满恶意,另外一只紧闭着,以免被他手里香烟的烟雾熏到。百叶窗一如既往是拉上的,但阳光用上了一点杠杆原理,此刻正把条纹画到墙上,还有前面所说的那些"奴才"的头上和肩膀上。他们就像老式电影中的嫌疑犯一样挤在一起。

兰姆拿烟的那只手里,还摆弄着一只丹麦面包。现在他冲他们站的大方向挥了挥面包。"知道吗,看到你们所有人在一起,让我记起了自己为什么每天早上要来上班。"

金色的面包屑和蓝灰色的烟雾朝相反方向飞去。

"因为我的家里到处都是蟑螂。"

"真想不明白为什么。"瑞弗嘟囔着。

"嘀嘀咕咕是很失礼的。如果说有什么是我不能忍受的,那就是没礼貌,"兰姆咬了一口面包,嘴里塞满食物继续说,"天哪,简直像待在一部僵尸片里。你们这帮人需要振作起来。斯坦迪什在哪儿?"

"还没看见她。"何答道。

"我没问你看没看见她。我问的是她在哪儿。她通常在我之前就到这儿了。"

"但不总是如此。"

"多谢。下次我忘记'通常'指什么意思的时候,就知道该问谁了。"

"卫生间?"雪莉提出。

"那她拉的一定是世界上最长的一泡屎,"兰姆气呼呼地说,"说到这个我可是专家。"

"我们没人怀疑这一点。"

"也许她家里有什么紧急情况。"马库斯说。

"比如什么？她书架上的书没按字母顺序排列？"

瑞弗说："她的生活里总会有些你不了解的方面吧。"

"你的意思是，像你一样？你的老朋友蜘蛛怎么样了？"

指的是蜘蛛韦布，官方报告称其于执行任务的过程中负伤——倒更像是于做个白痴的过程中负伤（兰姆），仍有赖于生命维持系统；很可能无法彻底康复，甚至艰难恢复意识。瑞弗去看过他好几次，但杰克逊·兰姆是如何得知的？这就是兰姆之所以是兰姆的诸多成因之一了：你不知道他是怎么做到的，可你但愿他不要做。

瑞弗知道他还等着自己给出一句回答，就说："他身上接了大约七台不同的机器。大家都预计他最近不会很快醒过来。"

"他们试过把他关机再重启吗？"

"我会问的。"

兰姆露出泛黄的牙齿说："有人确实去厕所找过了吗？"

"她不在里边。"

路易莎说："她可能约了医生。或是什么的。"

"她昨天看起来还好好的。"

"有时人们需要看医生。他们不一定非要有肉眼可见的损伤。"

"这里是特勤部门，"兰姆说，"不是什么该死的《女性时空》[①]。此外，她也应该打电话说一声。"

"可能写在图表上了。"何提到。

"有个图表？"

"在她墙上。"

---

[①]《女性时空》，英国广播公司四台（BBC Radio 4）每天上午十点到十一点播出的女性话题类节目，一九四六年开播至今。

兰姆盯着他。

"说是如果我们不在的话——"

"是啊,我想出来了,智慧大师。我只是好奇你为什么还在这儿待着。去看一眼那个表。"

何走了。

"干嘛这么大惊小怪?"瑞弗说,"也许她的火车出故障了,经常发生啊。"

"是啊,因为上一次她迟到究竟是什么时候的事?"

但兰姆讲这句话时没有看着他们,而是扫了一眼自己的手机,就放在他面前的桌子上。

她试图联系过他,瑞弗想到,而兰姆忽略了她的来电。

我的天哪。他这是在内疚吗?

兰姆把烟头熄灭在昨天喝剩了一半的茶杯里。

"而且,"他说,"她不像一个会凭空消失的人。"

"'消失'有点言重了吧。"雪莉说。

"真的吗?那你会如何措辞?"

"……不在这儿?"

"那要是我们都这么干会发生什么?如果我就突然之间'不在这儿'了,会是什么样子?"

雪莉似乎正要说什么,但又改了主意。

"那就像没有王子的《哈姆雷特》。"瑞弗答道。

"正解,"兰姆说,"或者是没有戈多的《等待戈多》。"

所有人都对他这句话无动于衷。

何回来了。

"怎么样?"兰姆说。

"表上没有。"

"而这要花掉你五分钟?就是个白痴也能在一半时间内回来了。"

"对,那是因为——"

大家都在等。

何打住了。

"把你想说的写张明信片寄过来,"兰姆说,"不着急。"

他向房间里环顾了一圈。

"还有什么聪明的点子吗?"

瑞弗兜里的手机振动起来,他连忙祈祷手机是设在静音状态的。

"也许她在某个人的桌上留了纸条?"他说。

"什么时候?"

"她也许第一个就到这儿了,但不得不急着离开。我去查查。"

他溜出了房间。

"有人注意到自己桌上有纸条了吗?"兰姆问其余的人。

"那样的话我们早就说了。"马库斯说。

兰姆撇了撇嘴。"啊,谢谢你,行动派。知道你还没丢了看家本事我很欣慰。"

路易莎说:"现在我们能回去继续干活儿了吗?"

"你显得十分迫切。我们都发觉自己对整理文档产生了一种热爱,是不是?"

"呃,它既没意义又很无聊。但至少我们可以安安静静地做事。"

"天哪,天哪,我开始觉得我们应该去参加一次那种团队协作课了。不过或许我们得等你们的母鸡妈妈回到鸡笼里再说。那是什么声音?"

他们谁也没听见什么。

"是后门。斯坦迪什!"

他这句吼得既大声又出人意料,把雪莉吓得真切感受到了自己膀胱的释放,只有一丁点儿。但是楼下没有回应,凯瑟琳·斯坦迪什也没有现身。

"卡特怀特去哪儿了?"兰姆怀疑地说。

"卫生间?"雪莉说。

"今天早上你对所有问题的回答都是这句。是有什么事想和我们分享吗?"

"我去看看。"

"就他妈的待在那儿!再有一个员工失踪,我的存款就没了。"他再次吼起来,这次是冲着瑞弗去的,但瑞弗还是没有出现。

在紧随其后的寂静里,路易莎觉得自己能听见窗玻璃共振的声音。

"哎呀呀[①],"最后兰姆说,"并不是我不乐意看到你们各自去忙,但我们本该是一个运转有序的部门。"

马库斯用鼻子喷了一股气,但也有可能是因为花粉热。

"好了,"兰姆说,"不啰唆了。你,"——他指着路易莎——"去找斯坦迪什。如果她脸朝下倒在一个粪池里,我要看到照片。还有你们俩,"——这次是马库斯和雪莉——"看看卡特怀特去哪儿了,再把他带回来。"

"来硬的?"

"有必要的话就朝他开枪。我会签字同意的。"

---

[①]原文为"Jesus wept",是《圣经·约翰福音》中的一句话,描述耶稣在得知好友拉撒路去世后流露出的悲伤。这句话常用来表示某人对某事的悲伤、同情或无奈。

只剩罗德里克·何了。

"我和路易莎一起去。"他说。

"不,你别去。她单靠自己就能搞砸。有你协助只会花更多工夫。"

其他人已纷纷下楼,而何还在门口徘徊,并回头张望。

"什么事?"

何说:"那是因为,一个白痴不会像我检查得那么仔细。"

"好吧,你给自己省了一张邮票。感觉好些吗?"

何点点头。

"好,"兰姆说,"现在滚吧。"


信息是从凯瑟琳手机上发来的,瑞弗边跑下楼边打开它时,还在庆幸自己干脆利落地逃了出来。他以为自己会看到一段关于为何没来上班的简要说明:地铁晚点,突然生病,外星人入侵。然而他读到的,却是一条更简练的召唤:

人行天桥。现在。

这种语气听起来不像他认识的凯瑟琳·斯坦迪什。

这条信息还带了一个附件,他在楼梯平台停住脚步,看着它费劲地打开——他花了半秒钟才看明白眼前的画面是什么:一个女人,戴着手铐,塞着嘴,好似某个业余色情网站用来招徕生意的诱饵,除了她全身穿着衣服以及——天哪——这是凯瑟琳……

到底为什么会有人想抓凯瑟琳?

人行天桥。

现在。

只可能是那一座人行天桥——不到十二码开外,横跨在地铁站与巴比肯之间的道路上方。在去一探究竟之前，有件事值得他警醒：无论凯瑟琳是否是下等马，她都算安全局的一名特工；当有自己人面临威胁时，摄政公园就会发动攻势，全场逼抢……至于兰姆，如果自己再背着他擅自行动一次，他就会把他吊在外面直至风干。这些都需要动动脑筋，于是瑞弗边琢磨边把手机收好，迅速走完了剩下的楼梯。

外面已经很闷热了，充满霉味的后院里更是热得够呛。绕出小巷、来到大街上，只见有个男人正在天桥上看着下方的交通，仿佛这样的车来车往让他觉得有趣……距离太远了，看不清他的脸；但这是瑞弗在跑上马路、穿过车站入口、爬上台阶并来到天桥这一路上，对那个人产生的印象。

那个男人一手扶着栏杆，正在等他。瑞弗是对的：他看起来确实有几分开心。此人五十来岁，精瘦，穿着晨雾色的西装，深色头发里掺杂着银丝。他的黄色领带可能来自一家俱乐部，而那高高在上的假笑，是在伊顿公学或其他什么地方读到中途就已经被反复灌输的。他双手的小指上都戴着戒指，印证了瑞弗心里最深刻的偏见之一。[1]

当瑞弗走近时，男人将手从栏杆上移开，又伸了出来，好像预备握个手。

而瑞弗抓起了他的西服翻领。"凯瑟琳在哪儿？"

"她非常安全。"

"我没问你这个，"瑞弗把他拉得更近，"认真回答，慢慢说。"

"她－非－常－安－全。"

---

[1] 小指戴戒指在传统上象征较高的社会地位、财富水平等，同时在很多人的观念里它也与犯罪和黑帮相关。

他在元音发音上开着玩笑,口音就算不及上流社会那样雕花玻璃般清晰,至少也是经过精加工的。

瑞弗像摇晃一根棍子一样摇晃他。"那张照片显示她戴着手铐。嘴里还有块破布。"

"是为引起你的注意。你果真来了,不是吗?"

"在一条繁忙马路上方的天桥上,是啊。你还想翻过栏杆吗?"

这话在对方脸上引出了更得意的笑容。"你不是想要告诉我,你不懂这种事的规矩吧,是吗?斯坦迪什女士是安全的,且将一直如此,只要我能在接下来的三十秒内打个电话出去。所以我认为你最好后退几步,你觉得呢?"

越过晨雾色西装的肩膀,瑞弗看见下边街上有对夫妇停住了脚步,其中一人向他们指了指。

他松开了双手。

"这就好了,文明多了。"

"别得寸进尺。"

那个男人打了个电话,和某人简单说了几句。挂了电话后,他把手机放到一旁,然后说:"这么说你就是瑞弗·卡特怀特。名字不一般。"

"意思是制作马车的人[①]。"

"斯坦迪什女士说她相信你,愿以性命相托,这可巧了。"

"她在哪儿?"

他假装悲伤地摇摇头。"我们直接聊聊你要怎么把她弄回来吧,好吗?"

---

[①] 卡特怀特(Cartwright)可拆成两个词:"cart"是马车,"wright"是制作者。

他太享受以此取乐了,瑞弗想。就好像无论他想达成的目的是什么,都没有取得它的方式更要紧似的。

"你有什么目的?"

"情报。"

"关于什么的?"

"你不需要知道是关于什么。你只要把它偷过来。"

"不然呢?"

"你真的想让我展开细节吗?非常好……"

他停顿了片刻,瑞弗不用回头都知道,身后有人。原来是那对一分钟前用手指过他们的夫妇。他们走过这两个人,尽量不表露出好奇的神色;或许他们是那类颇有公德心的人士,想来确认不会发生暴力袭击;又或许,是巴不得发生点什么的本地人。当他们走到天桥的巴比肯那端时回头看了看,但也只看了一眼,随后就走了。

"扣押她的那帮男人……抑制冲动的能力很差。"

"抑制冲动的能力。"瑞弗重复道。

"抑制冲动的能力很差,是的。事实上,要我说,如果你想量化的话,还有八十分钟就要到达极限了。"

瑞弗伸出手,为男人抚平了被他的两只拳头抓皱的衣领。"以后你可能会想回忆起此刻,"他说,"当你一度觉得这一切都很有趣时。"

"我简直等不及了。另一方面,你还有差事要办。以及,"——男人看看手表,"还有七十九分钟,我说的那些男人就要开始松开裤腰带了。你还想把更多时间浪费在威胁我上面吗?"

"你想要什么?"瑞弗问。

男人告诉了他。

当瑞弗飞快地跑下天桥后,又过了两分钟,马库斯·朗里奇和雪莉·丹德尔从小巷冒出来,走上奥尔德斯盖特大街。马库斯看向一边,雪莉看向另一边。刚从地铁站涌上来的行人们,正按照交通灯的指挥列队穿过马路,更多人则集结在转角一座体育馆的入口处。路上双向都有公共汽车开过;一名骑行者——从他无视其他车辆的态度判断,拥有一张器官捐献卡并且急于使用它;一位穿着市政制服的女士推着一辆保洁车,冲他们这边走来;还有一名身着晨雾色西装的男人,正从接入巴比肯车站的人行天桥上观察着这一切。但没有瑞弗·卡特怀特的影子。

"看到他了吗?"马库斯问。

"没,"雪莉说,"你呢?"

"没。"他稍等了一会儿,好给瑞弗留最后一次现身露面的机会,然后才说:"想吃个冰激凌吗?"

"好,行啊。"雪莉说。

他们向史密斯菲尔德[①]走去,在那里他们不太容易被发现。

而天桥上的男人,已从视野中消失。

---

[①] 史密斯菲尔德,即史密斯菲尔德市场(Smithfield Market),伦敦最古老的市场之一,其中及周边有各种美食;距巴比肯车站及前述人行天桥约三百米。

# 4

　　凯瑟琳把一套备用家门钥匙放在一只火柴盒里，用胶带绑在自己办公桌的桌板下面。路易莎刚来斯劳部门工作时就在无意间发现了它们。现在，她翻出钥匙，乘出租直奔圣约翰伍德。气温已经有二十几摄氏度，明亮的阳光在玻璃和金属表面漫无目的地反射着，足以令你想要坐进一间黑暗的房间，即使你本不想这样做。她之前从没来过凯瑟琳的公寓。有那么一阵，她不禁想到，对于她、对于整个斯劳小队，以及他们之间那份纸片般单薄、潦草书写着日常生活的友谊而言，这次走访意味着什么；但大多数时候，只要没有坐在办公桌前，或是在找人填补明留下的空洞时，她就让自己不去思考，藏身在一个气泡里，穿行于伦敦。

　　那座公寓位于一栋装饰艺术风格的大楼里，门前围着一圈养护得很好的树篱。路易莎付了出租车费，把发票塞进兜里。大楼的圆形边缘和金属框窗户为它平添了一丝科幻气息：这一度就是未来可能的样貌。大楼里那铺着地砖的闪耀大堂，令她的凉鞋啪嗒作响，但这就是楼里唯一明显的噪声了。整栋大楼简直安静得不自然，就好像凯瑟琳并非这里唯一失踪的住户一般。路易莎真希望她自己的邻居遭此命运。不自然的安静在她的生活里可并不常见。

　　凯瑟琳住在大楼顶层。路易莎按响门铃，足足等了一分钟才自行进门，还边进门边喊着凯瑟琳的名字。没人回应。她迅速转了一圈，确定屋里没有人。床是铺好的，但这也不奇怪——凯瑟琳待在哪里，哪里就会看起来整洁许多。她绝不可能在身后留个烂摊子。客厅里有一台座机，但没有用来记录留言的便笺本；厨房墙上挂着日历，但除了两周后有一个美发师的预约，这个月内就没有其他标注了。冰箱门上的一张购物清单也未透露任何信息；床头柜上那摞四英尺高的书倒是证明凯瑟琳是个不知疲倦的读者，但路易莎从那些当做书签用的碎纸片上也没看出什么。这里并不是一个无菌环境——毕竟是一处居住空间，然而其中却没有丝毫线索，能透露公寓的主人可能去了哪里。衣橱里满满当当的，就像在麦钱特-艾沃里[①]某部电影里出现的一个碗橱架。门厅的壁柜里有个空的行李箱。也没看到任何凯瑟琳大概会随身携带的那些东西：钱包、手机、太阳镜、交通卡。乍看之下，凯瑟琳似乎度过了一个寻常的早晨：起床，像往常那样去上班，然后那件令她没能到达办公室的不知什么事，就发生在了半路上。但当路易莎查看洗碗机时，她发现其中摆满洁净而干燥的陶器，早已冷却到正常温度。而且也没看到堆在一旁、等待下一轮清洗的早餐盘。手掌摸摸烧水壶，也是冰凉的。凯瑟琳要么是没吃早餐就走了，要么就是夜不归宿。

"夜不归宿的下流胚。"路易莎嘟囔着，但也不是很当真。

当然了，她自己昨晚同样夜不归宿。早上七点回到家，还有时间冲个澡、换身衣服去上班。去年，她和明不止一次在酒吧里

---

[①]麦钱特-艾沃里（Merchant-Ivory），著名电影双人组合，即制片伊斯玛·麦钱特（Ismil Merchant）和导演詹姆斯·艾沃里（James Ivory）组成的电影公司。他们经常改编描写"二战"之前英国上流社会的文学作品，包括福斯特的《看得见风景的房间》(*A Room with a View*)、石黑一雄（Kazuo Ishiguro）的《长日将尽》(*The Remains of the Day*) 等。

共同消磨傍晚时光,并对发生在他们周遭的艳遇、对那些越到后来就越急不可耐地越来越多的邂逅评头论足一番,还曾祝贺对方已从这场游戏全身而退。路易莎一直谨慎地从不加"永远"二字,因为命运是那种你绝不想去逗弄的恶犬。但无论她有没有试探过命运,"永远"都没能实现。看来最终已成定局的,却是"永不"。

够了,别想了。她去检查浴室。空气很干燥,也没有湿毛巾。凯瑟琳有一整天或更长时间没回来了。

路易莎回到客厅,尽量不去和自己的单间公寓做比较。她的住处既狭小又歪歪扭扭,还需要时刻警惕,比如或许会发生纵火事件。而这里的每样东西,即使没有排成直线,至少也放在了各自适宜的位置,而且那些位置是经过精心筹划才选定的。到目前为止,如此像凯瑟琳的风格。这里没有任何东西会让哪个下等马感到惊讶——或许除了何——他对此只会感到无动于衷。但这并非故事的全部,只是凯瑟琳家居生活的表象,仅此而已。这就解释了为什么她的酒柜里不见红酒存货,冰箱里也没有烈酒,梳妆台上也没有应急用的雪莉酒。甚至家里一只玻璃酒杯也没有,连不用来喝酒的杯子也没有。路易莎也常常没酒杯可用,但那是因为玻璃很容易摔碎,而非她在回避什么问题。在这里,就是刻意为之了。仿佛偶然使用一只具有暗示性的容器——哪怕里面装的初榨果汁,也会扰动天平的平衡,把饮酒者推进最近那家酒吧门外的水坑里。

于是现在,路易莎冒出一个显而易见的想法:凯瑟琳旧疾复发了。路易莎知道凯瑟琳酗酒,并不是这两位女士就此展开过什么探讨,而是由于兰姆频频提及。关于酗酒,有一件事众所知之,它可不像流感。你无法彻底摆脱它、然后继续前进;而只能抑制它，但愿它不会死灰复燃。这就意味着可能发生任何状况：凯瑟琳可能已经在回家路上，或许是某个别人看不出的小小事件触动了她内心的开关，导致她喝得不省人事。路易莎不会放过兰姆——这个总在办公室里存着酒的家伙，甚至还曾引诱凯瑟琳尝一口，留给她一股挥之不去的渴望，去面对一整座小酒馆星罗棋布的伦敦城。

但这通想象也不太可靠：凯瑟琳喝醉了；凯瑟琳倒在一片树篱下面，或者一个陌生人的身体下面——简直像个糟糕的笑话。因为凯瑟琳那种古板的正经做派——包括直来直去的办公效率、拘谨的衣着风格，以及极少咒骂他人的举止，方方面面都令她曾是个酒鬼这件事丝毫不显得可笑；它们正是她避免自己再次沦为酒鬼的防御手段。她的公寓也如此，其中的每样东西都井然有序，且每处位置都被填满。甚至她公共生活里的私人部分也是某种形式的掩饰，因为他们归根结底都是特工——所有间谍都是特工，哪怕是那些从未踏出过他们神秘办公室半步的人。从在政府通讯总部①里监听电话、沉迷细节的白鼬②，到在河对面搞情报的黄鼬③；从摄政公园总部的情报中心里那些天之骄子、天之骄女，到逐渐被泛黄的纸张湮没的下等马们——他们全都是特工，每一名间谍概莫能外。因为他们都知道，将个人生活的九成隐藏起来的日子是怎样的。这正是他们当初加入情报部门的缘由：暗自怀疑整个该死的世界都充斥着敌意。你唯一能信任的就是那些同你一起工作的人；而你也无法相信他们，因为没有比另一名间

---

①政府通讯总部（GCHQ），全名为the Government Communications Headquarters，是英国政府的情报、网络和安全机构，常从事通讯及电子侦查、邮件检查等。
②白鼬，原文为stoats，指代对某个目标执行监视任务的特工。
③黄鼬，原文为weasels，指代分析员，他们通过分析数据来揣测安全局的种种操作所产生的实际结果。

谍更虚假的朋友了。他们会从背后捅你刀子，会突然对你釜底抽薪，或者干脆死掉。总是如此。

路易莎还不清楚凯瑟琳做了这其中的哪一桩，但确信她并没有去寻欢作乐。她猜想兰姆也是这么认为的，但还是打开手机知会他一声。不存在信息过量这回事。

七十九分钟……

那男人没花什么工夫就解释清了自己想要什么。他给人一种惯于发号施令的印象：一套阶级把戏，瑞弗想——这个国家仍然充斥着这种事，尤其在伦敦：那些能走会说的精英们，因内心充满自负而膨胀，有一个算一个，都只欠让人狠狠踹上一脚——

这是他奔跑时的背景音节拍。

若是邦德，应该会从天桥上一跃而下、跳上一辆正驶过的公交车，或者踢倒一个骑摩托车的人并劫走他的坐骑。而伯恩[1]则会在汽车顶上闪转腾挪，或进入"跑酷"模式，在墙面和带轮的垃圾箱上起跳，而且总是知道应该穿过哪条小巷……

瑞弗快速扫了一眼附近那排"鲍里斯自行车"[2]，摇了摇头，然后跑下了地铁站。

离摄政公园不远，在最近翻修的地方政府游泳池下方，隐藏着几个不为公众所知的地下楼层。在这里，安全局的成员们（当

---

[1] 伯恩（Bourne），间谍小说及其改编电影《谍影重重》（*The Bourne Identity*）里男主角的名字。
[2] 鲍里斯自行车，伦敦市的公租自行车系统，是英国前首相、伦敦前市长（二〇〇八－二〇一六年在任）鲍里斯·约翰逊最著名的交通倡议之一，于二〇一〇年七月推出。

特工也需要接受年度评估时,他们就和操作工差不多了,同办公室文员也没什么两样)要接受各种形式的肉搏实战训练,部分是为使他们万一遭遇武装对手的攻击,能提高幸存概率;但主要还是确保他们一有机会就能将毫无防备的受害者打成重伤。钢笔、咖啡杯、眼镜、兜里的零钱:所有这些东西都可以用来对潜在敌人造成永久性伤害。

而如何对下属做出同样的事,是你边工作边逐渐掌握的技能。

在总部,与会的共有六个人,五名副局长和英格丽德·蒂尔尼女爵。但无论如何,其中四人可能正如他们的非正式称谓(二把手)暗示的那样,就是几件家具摆设而已。因为,这次会议完全是由蒂尔尼和泰维纳主导的,正如其他大多数有这几名与会者出席的会议一样:英格丽德女爵,过去近十年间一直掌管这个部门,并打算继续这样下去,直到他们为她举行国葬或册封她为女王;而戴安娜·泰维纳(人称"戴女士")作为分管行动的"二把手",统领摄政公园内的情报中心,这就使她一手掌握对基层特工的生杀大权,但也意味着她必须扶着门等女爵先走。

泰维纳对最高职位的觊觎已不是秘密。然而,对于比蒂尔尼小十二岁的她而言,眼下的机会在日复一日间,已显得越发渺茫。

这次会议是关于资源的。最近这段日子,每次开会无论具体议题是什么,都是关于资源问题的。崎岖不平的财政紧缩之路震动着安全局的车轴,一如其他每个受此影响的部门。不过,这次会议是关于字面意义上的"资源"的,以及如何在可预见的将来实行减员,尽管就在不久前,他们的人数已经减少了。根据财政部的说法,削减有利于效率;而根本没人会误将财政部视为那种美德的化身。更切中要害地说,削减是必将发生的,所以安全局大概也得学会与之共存，尤其鉴于近期政治重新洗牌后，他们逐渐失去了捍卫者。

因为他们的新上司——那位新任内政大臣，恰恰是摄政公园最猛烈的批评者。彼得·贾德几十年前向安全局递交求职申请遭拒的陈年往事，很大程度上促生了这份反感。但他的那份心理状况评估获得的评价如此负面——基本都是用红笔以大写字母写成的，以至于即便到现在，当年的老家伙们还认为那次决定有利有弊。不好的一面是，他们正为激怒这样一个家产殷实、有权力情结且擅长记仇的自恋型反社会者而付出代价；但好的一面是，假如当年贾德真被允许加入安全局，他几乎肯定会将冷战升级为一场"热战"——如果他在担任外交角色的那些年，工作取得了任何进展的话。但外交上的失利往往会在公众当中赢得声誉，贾德的运势仍在顽强上升。至少在眼下，安全局将不得不与之共存。

此外，虽说有利有弊，但每把"双刃剑"总得有个剑柄。现在它就握在蒂尔尼手里，后者正准备在最有利于自己的地方，挥舞这把剑。

"我知道，你们没有人愿意听这个，"她说，"但关于未来两个季度预期支出水平的数据已经出来了。有好消息也有坏消息。好消息就是，坏消息不如预想的那么糟。"她停了停，等大家脸上的苦笑像"墨西哥人浪"般传递过整张桌子，最终撞碎在戴安娜·泰维纳那块冷漠的礁石上。没关系的。英格丽德女爵懂得如何把控局面，孤立捣乱的人总是一招好棋。

她摘下由一条链子挂在脖子上的眼镜，让其垂在胸前。今天，她戴的假发闪烁着金色光晕——在英格丽德女爵的观察者看来，这是一个传递严肃意图的明确信号；其柔和的外观意在缓冲即将到来的冲击。

"在本财年剩余的时间里,将不再招聘局长助理级别的人员。事实上,当秋季财政声明发布时,我们很可能不得不裁掉那些在过去两年内任命的人——我知道,我知道,我很抱歉。"她看上去也确实显得很抱歉。而这就是英格丽德·蒂尔尼一个天生的优点:虽然容貌不够漂亮,但她用显著的同理心弥补了这一点。"但这就是我们正在面对的现实,与之对抗对我们任何人都没有好处。"

果不其然,泰维纳是第一个无视它的。

"我需要行政支持。"

"但是你在没有支持的情况下也做得很好啊,戴安娜。"

"英格丽德,我有一半时间都花在采购办公用品上了。"

"我相信这是个夸张的说法。"

其实她相信那不是夸张。泰维纳的小跟班前一阵被送到了河对岸,于是这十个月来她一直在身兼二职——就像她在一份备忘里写的那样,她在给自己当助理。鉴于泰维纳的助理往往顶多干十八个月就会筋疲力尽,已经有人预测她很快就会因精神分裂而崩溃。而英格丽德女爵没有静待事态发展。如果戴安娜·泰维纳要走上自毁之路,她一定会想方设法让它实现、以使自己受益。

她说:"戴安娜,我们都知道过去这一年你被缺少助理的情况拖了后腿,但财政委员会觉得最好在办公室层面做些牺牲,总比不得不冒险削减外派行动的支出强。我确信你能理解。"

因为如果不这样做就等于宣布,她宁可将公众置于危险当中,也不愿自己煮咖啡。

"而且除此之外,还有一件事我无论如何都要提出来,那就是你在单打独斗的情况下如此出色地完成了工作,这一点并没有被忽视。财政委员会对于你解决了我们'机密存储'一直以来面临的——呃——后勤困难，是赞不绝口的。对你非常钦佩。"

大家都熟悉英格丽德女爵喜欢使用专有名词的习惯。那意味着，后面就会跟着注释。

她说："若你们还有谁不知道的话，戴安娜针对我们信息过载问题的解决方案在一季度末已经开始实施了。我相信我这样说没错吧，你们本部门的进度目前已经完成了——戴安娜？"

泰维纳极其轻微地点了点头。与其说是对这种含蓄赞美的回应，不如说是对英格丽德女爵将此事表述得如此巧妙的技能给予认可。干得漂亮。她已经能觉察到，那致命的一击无疑正在向自己逼近。

但话锋暂时被她的另一位副局长同僚转移了。

"是要重新存放那些行动记录吗？"

"没错，乔治，"英格丽德·蒂尔尼亲切地说，"你在注意听，这太好了。我们都知道的，行动部门走到哪儿，我们其余人就跟到哪儿，就像跟在魔笛手后边跑的小孩一样。稍后会给大家发一份备忘录，不过简言之，我们可以预期在不久的将来，一线文书工作的大山将会变成，嗯……鼹鼠丘。如果这在行动部门行得通，对每个人就都会行得通。行动部门总归是最成问题的。一旦行动出了岔子，就会制造出大量文书工作。"

"那也不如我们取得成功时制造得多。"泰维纳不怎么咬紧牙关地说。

"当然了，亲爱的。我没有暗示别的意思。"

"的确没有。"

用英格丽德女爵的专有名词来说，"机密存储"，长期以来始终是个问题。显然，机密性是关键；但把东西存在哪儿这个相较之下略显无趣的问题，却呈现出指数级增势。数字化并非万灵药；加密就是一项常规工作，但英格丽德·蒂尔尼深信不疑，摄政公园有能力将其掌握的全部信息每一条都变得令人费解——毕竟，它也是政府公务员体系的一个分支。但是，害怕档案记录被（用个时髦的词来说）"消除歧义"还是次要的；更令人担忧的一类威胁来自"网络脏弹"——一种会令各部门的档案记录里充斥垃圾邮件的病毒攻击。

事实上，这也未必是件坏事。蒂尔尼对于在她掌舵这些年被记录在案的有些行动，是很乐意看到它们化作像素碎片的；然而由一名大臣亲自执掌的限制委员会坚称，根据《信息自由法》[①]，所有档案都要保留。因此，自从两年前发生了一场严重的网络危机后，敏感记录都以离线方式储存——不是放在气隙系统[②]中，就是以转录文件的形式保存，因而导致了存储困难。所有被认为不适合输入数据库的内容，要么放在茉莉·多兰的档案室里——以个人档案为主，要么就归各部门自行解决。对于行动部门，这件事已变得日渐混乱不堪。尽管英格丽德女爵狡猾地讽刺了几句，说行动总在制造文件；但一件事所需的保密级别越高，一旦泄露，也就越有必要遮掩一番。而没有什么比成堆的文件纸更适合为部门遮羞。

这一次，英格丽德·蒂尔尼和戴安娜·泰维纳似乎想到了一起。他们需要一个独立于摄政公园的机密存储设施，得符合三个主要条件：面积、安全，以及发生合理损毁的可能性。换言之，

---

[①] 颁布于二〇〇〇年的《信息自由法》（Freedom of Information Act）是英国信息公开领域的基础性法律之一。依据此法，英国政府机密文件的保密年限，从三十年缩短到了二十年，超过二十年的必须解密公开。
[②] 气隙系统（Air-gapped system），是一种将电脑进行完全隔离（不与互联网以及任何其他联网设备连接），以保护数据安全的系统。

要让人能够理直气壮地说,那里的文件已经在火灾和洪水中丢失,或被老鼠吃掉了,又或者被霉菌吞噬了。

对别人的功劳该承认就承认,蒂尔尼想。只要于自己有利,她就是这条原则的笃信者。戴安娜已经打出王牌,这正是蒂尔尼现在向她展露出笑容的缘故——那是猫头鹰在把老鼠撕成碎片之前,脸上浮现的那种笑容。

"几乎可以说,你才是自己最大的敌人,"她说,"你在执行这些任务时总是如此高效,要是指派一个副手来只为让你把活儿硬塞给他,简直显得有些愚蠢。"

戴安娜·泰维纳点点头,把心里想的"干得漂亮"升级到了"瞄得真准"。其他人立马意识到这是一个局,就纷纷开始整理整理纸张、清清嗓子。戴安娜·泰维纳得到一名行政助理的机会,就这么眼睁睁地被英格丽德·蒂尔尼挖坑葬送了。

半晌,泰维纳才说:"个人的付出受人赏识总归是好的。"

"你就是情报中心的一颗明珠,戴安娜。我真心认为安全局若没有你的付出就会停滞不前。要不是时间还太早,我都想提议大家为你举杯。其实呢,我们现在真的要抓紧时间处理剩下的事了。"

戴安娜说:"这么说,我就没有可能减负了?"

英格丽德女爵显露出百分之百的关切。"减负?我亲爱的,你不是感到有压力吧,是吗?如果你感到有压力,那我们显然不得不对此做点什么。"

"我没有感到有压力,英格丽德。"

"你确定吗?我们有个很不错的诊疗组合,你知道的,戴安娜。完全不会产生病耻感。只要你开口,我们会派一个人去管理情报中心,预算就别管它了!最重要的是你能恢复战斗力,并且完全掌控你那些值得称道的能力。"

场面陷入沉默。

她戴安娜·泰维纳可不是个会举白旗投降的人，但她知道何时采取战术性撤退。

"我很好，"她说，"真的。"

"那么让我们继续吧，好吗？"英格丽德女爵说，于是会议继续进行。

瑞弗读到过有关伦敦人一生当中平均有多少时间花在等待、乘坐或被困在公共交通工具上的统计数据：对于数字，他有一种很好却没什么用的记忆力，但他刻意抑制了这个能力。有时候你会因此感觉到自己正在变老、无处可去……地铁到站前，在站台待了两分钟；之后在车厢里待了六分钟；时限还剩多少，七十分钟？凯瑟琳的照片深深烙印在他眼里：戴着手铐坐在床上，嘴里塞着口塞。还有七十分钟，绑架她的人就要松开裤腰带了……他的拳头夹在两膝之间。他很想去打什么东西，最好是天桥上那个浑蛋。但还得再等等。地铁列车向前蹒跚、拖曳了几码远，然后又停下了。他暗自咒骂。看来丝毫不起作用。

"这将考验你的聪明才智。"那个男人说过。

他的语气，就和你听到那些继承了巨额财富的政府部长们向全国人民宣讲特权文化时一样欠揍。

列车又蹒跚了一下，然后开始移动。

到达目的地是一回事；到达之后如何想方设法完成任务，就是另一回事。在这样一个地方，他的安全局特工身份完全帮不上忙；如果他掏出一把枪，胜算可能还大些……要衡量他此刻精神状态的话，这个选项倒并非他头脑一热，还是多考虑了一下的。然而，就他所知，离自己最近的枪在几英里外他外公的保险柜里。

他松开拳头，尽量伸长手指。昨晚他说过的话浮现在脑海——就是他为詹姆斯·韦布讲述的自己的工作。它被设计得不仅令他厌倦透顶，还在用一个又一个刺眼的像素反复消磨他的灵魂。

对，好吧，看来今天要有点不同了。

他无法彻底平息这个想法带给他的那种火星四溅的快乐；尽管他还没有忘记凯瑟琳的形象，而且要完成这项被指派的任务，他一点胜算都没有。

你的同事中有哪一个，让你愿意以命相托？

他们当中没有一个是现成答案，但凯瑟琳觉得这样回答还是不充分。

可问题是，撇开父母与子女的亲缘关系，有多少人可以内心毫不迟疑地回答这个问题呢？或许情比金坚的婚姻是存在的，但她怀疑也没有那么多，至少比很多已婚人士以为的要少。友情呢，或许。但是同事……？

在职业生涯早期，她的上司是查尔斯·帕特纳。帕特纳恰似一块独一无二的磐石；不是让你想要猛烈冲撞的那种，而是知道他会一直在那里就令人安心。只是，当然了，他也没有一直在那里。因为有一天她来到他的公寓，在浴缸里发现了他的尸体。那是在她戒酒以后，再回到摄政公园时，几乎人人对她避之不及——"一把手"怎么找了个正在戒断期的酒鬼做私人助理？而他只是让她悄悄回到岗位，从此再也没有提起这回事。凯瑟琳认为，那就是她被给予过的最大程度的信任。要不就是他特意安排由她来发现自己尸体的一番苦心。这二者选其一，很难抉择。

而如今，帕特纳之后，她又在为杰克逊·兰姆工作。在很久、很久以前，兰姆曾是帕特纳手下的一名特工，童话故事里是怎么讲的来着？那一定很残酷。帕特纳总有一种银行经理般的正直端庄——是从前备受人们信任的那种老派银行经理；而兰姆，就像个"紧裹"在滤水盆里的屁一样徒劳无用。不过，这只是从战场归来后的兰姆。多年来，他一直在柏林墙的两侧游走。"他是个独一无二的人。"帕特纳曾对她说。令人欣慰的是，他也果真如此。但或许，查尔斯·帕特纳认识的那个兰姆曾是另一副样子，还未将自我埋藏在他创造出的这个怪物之下。

她想，兰姆也在以他的方式保护她，就像帕特纳一样。在帕特纳死后，她的职业生涯本来也应该就此断送；但当杰克逊·兰姆在随之而来的一轮大洗牌中被流放时，他把她也带走了。而她清楚，是真的，兰姆绝不会抛弃任何一名特工——很可能因为他自己是一名特工——一名被抛弃的特工，很有可能正因如此。所以或许她应该将兰姆选为自己愿意以命相托的同事，只是在其他方面她并不怎么信任他。造成连带伤害是无法想象的。

而瑞弗，他是个能保持冷静的人。无论他们向他提什么要求，他都会尽力而为。

这样选，结果也许会不错。


下了车，瑞弗没去搭理身后传来的那声"看着点儿，哥们！一步三级台阶地冲上楼梯。街面突现的光亮顿时令他停住脚步：嘈杂的交通，大量行人，夏日晨间的耀眼和炫目。这里和地铁中一样酷热，还混着沥青和橡胶的味道。一只钟表在他的脑海里叮当作响，显示还剩四十八分钟……

他闯红灯穿过马路，差点被一个骑车人撞倒——这幅情景，正如失速的地铁和他膝盖的颤抖一样，都是那样熟悉，仿佛与时间赛跑是一项每日锻炼，或说每夜锻炼——对，他现在边跑边想着，离开主干道，往树木茂盛的地区跑：就是那里。这正是他梦中的情景。人人都知道那是什么感觉——努力想要到达某个地方，但每次努力都在后退，令你的心脏因极度沮丧而随时可能爆炸。不过对瑞弗而言，与其说这是一种被压抑的恐惧，不如说是一段记忆。这都是他经历过的——几年前，国王十字车站陷入瘫痪，全部是他的错。一场失误的训练演习，一名被误认的"恐怖分子"，二十分钟的早高峰闹剧……

那就是你沦为下等马的缘由。

别忘了，他也帮了忙。

谢谢你，蜘蛛韦布。

人行便道变宽了。他的左侧有一片停车场，围在铁栅栏后面，头顶的树枝将一切都染上了斑驳的阴影。一对男女坐在一辆停着的车里，似乎在争吵。肺部折磨着瑞弗。四十四分钟。他停下来喘口气：没必要到达时像块湿抹布。他必须看起来属于那里，本来，若不是国王十字车站和该死的蜘蛛韦布，就应该是这样的……

有时候，一段职业生涯会像火山般突然喷发。在他自己的灰烬之下，有些角落里还埋藏着往昔峥嵘的余炭。但只有瑞弗自己——可能还有他的外公，仍然相信它们有朝一日或许还能重新燃烧。但瑞弗只是有时才如此坚信，并非今天。

然而却在今天，他来到了这里。他用手理了理脏兮兮的金发,然后走向摄政公园总部的大门。

会议接近尾声,副局长们相继离开,除了戴安娜·泰维纳。英格丽德女爵在她正要出门时叫住了她。

"戴安娜,你有时间吗?"

然后蒂尔尼把戴安娜晾在一边,干起了各种杂事:找找依旧挂在脖子上的眼镜,整理一下手头的纸张,或是没来由地突然停顿很久,仿佛被一个绝妙的主意击中,需要立刻在绝对静止的状态下展开思索似的。所有这些,戴安娜确信无疑,就是故意让她干等以取乐。

真是残酷。她知道自己几乎在各方面都优势在握。外貌:没有可比性。身高:同上。英格丽德·蒂尔尼就像女人里的霍比特人,和一个"火车宅"①只差一条 Y 染色体。她在自己财力可承受范围内也算尽力了——但世界上所有的设计师品牌,都掩饰不住走在时装秀台上的一只海狸鼠。矮胖的身材,短腿,还有她经常轮流戴的三顶假发——灰色、金色和黑色的,用来遮盖她从十几岁起就有的脱发问题。虽经过专业人士塑型,假发看起来都柔软又丝滑,但仍有点像是某种在你需要自行车头盔时,可能会问别人借的东西。财富:好吧,蒂尔尼在这方面略胜一筹,但她的教育背景平平(伦敦大学政治经济学院,同戴安娜上的凯斯②外加在耶鲁的一年相较而言)。另外,她是在斯塔福德郡还是别的什么地方长大的,而那些郡存在的意义,无非是为了避免在地图上留

---

① 火车宅,指那些沉迷于观赏、研究火车的小众爱好者,在普通人印象中通常不擅社交、古怪而木讷,传统而言男性占绝大多数。

② 既剑桥大学冈维尔与凯斯学院(Gonville and Caius College),常简称为"凯斯",是剑桥大学的成员学院之一,以及第四古老的学院。

下空白。在上述所有方面，戴安娜·泰维纳都能碾压蒂尔尼。而如果有什么办法可以进行一场公平斗争的话——大家都知道戴安娜在走投无路的时候就会这样做，结果几乎是毫无疑问的。

但蒂尔尼另有所长。她很聪明——办公室里的聪明，委员会上的智慧。为弥补自己在性吸引力上的欠缺，她就拿出一种"老阿姨什么都懂"式的干脆利落，让另外几名躲在副局长外表下的公立学校男生感到害怕，就更不必说"走廊尽头"那些软弱的政客了。而且她还有一个与生俱来的本领，就是擅长折磨、羞辱和挫败自己的下属。比如现在：戴安娜在门口徘徊，只待女爵阁下赶紧回过神来；而她只有看到戴安娜开始抽搐，才会满意地罢休。

英格丽德女爵说："弄好了。抱歉。陪我走走？"

她们沿着走廊往外走。

"这些会有时候可真无聊，"蒂尔尼说，"我非常感谢你能抽时间来参加。"

参会是强制性的。安全局和其他公司并没什么两样。

"我该回情报中心了，"戴安娜说，"会说很久吗？"

"我只想请你确认一下，转移记录的工作已经圆满完成了。"

"到上个月为止的，是的。"

"我们说的是维吉尔级的记录，对吗？"

"和简报里写的一样。"

这套分级系统每两年更换一次，但维吉尔目前只是次高一级的记录等级。安全局就是安全局，很多敏感数据都被录为维吉尔级。这是鉴于那些最有可能设法混入系统、获取情报的人——各类监督委员会、内阁大臣和电视制片人，都更有可能将注意力放在最高级别、也就是斯科特级的记录上，因为他们会认为这个等级内藏着很多核心机密。而更易取得的维吉尔级的记录通常就被忽略了。不过这并不意味着英格丽德·蒂尔尼希望那些记录被储存在其他地方。

"英格丽德,我以为这些你都已经知道了。"

"我只是注重细节罢了,亲爱的。你在人力资源部今天上午的周例会上会大受认可,我可以向你保证。"

"我很感谢。就这些吗?"

"你知道的,身为领导的烦恼之一,"蒂尔尼就当戴安娜没在讲话似的继续说,"就是对下层员工间的流言蜚语毫不知情。有时这让人很难摸准温度,你懂我的意思吧?"

戴安娜料想她也不是真的在问自己是否理解一个常用俗语,就什么也没说。

"如果能确切地了解实际情况到底如何,就太好了。"

"那么,我们在超负荷工作,缺乏资源支持并且不被赏识。大家的普遍情绪或多或少反映了这点。"

英格丽德女爵笑起来,笑声比你以为一头疣猪能发出的声音要更清脆悦耳些,戴安娜不情愿地想。女爵说:"我总能靠你得知一些令人不安的真相,戴安娜。这正是你这位副局长如此有价值的原因之一。"

"有什么问题吗,英格丽德?"

"我们的新老板正在四处耀武扬威。他提到需要全新的开始,需要——我想他说的是一次'重启'。总是迫不及待显示自己的精明。"

"所有新任大臣都那么说。"

"这位是来真的。柜子里掉出的骷髅显然太多了[①]。就好像我

---

[①] "柜子里的骷髅"(skeleton in the closet)是一句俗语,形容一个人或家庭不可告人的秘密或丑闻。而"柜中的骷髅掉出"在此就指安全局从前的内部丑闻被曝光。

们无须偶尔模糊下是非边界,也总有可能维持有效的安全保障一样。"

这套委婉的说辞所指的,除去安全局其他各种尴尬失误,主要是他们对全国网络流量进行的大规模非法监控,更不必说还将这批数据毫无骨气地交给某个外国势力的事。

戴安娜发出一声不置可否的回应。

"我们不是天然的盟友,对吗?你和我。"

"我完全忠于安全局,"戴安娜说,"始终如此。你知道的。"

"而你现在就在思考,一旦彼得·贾德成功免去我的局长职位,该如何充分体现自己这份忠诚吧。"

否认无异于承认。戴安娜却说:"你有什么根据认为他想这么干?"

"因为他要秀肌肉的话,这就是最显眼的方式。他在当上首相前会不断操练这项技能。不然你以为他的野心只满足于内政大臣而已吗?"

只要不是三岁小孩,没人会觉得彼得·贾德的野心会止步于内政大臣。"因此我想最好提醒你,PJ[①]对安全局的攻击,绝不会砍掉一个脑袋就善罢甘休。我得到可靠消息,他不怎么喜欢副局长的角色,而是希望在领导架构中置入一个中间层,以便实现更大范围的政治监督。这个中间层的人员,就得由大臣来任命,你懂的。而且几乎肯定会从安全局以外调任。"她向两边扫了一眼,"就像我说的,我们算不上天然盟友——但有句谚语很贴切。"

敌人的敌人是朋友,戴安娜在心里接了下半句。但她说的

---

①彼得·贾德(Peter Judd)的首字母。

是:"而我仍然完全忠于安全局,我说过的。我们过去也经受住了来自大臣的干涉,英格丽德。贾德在自己的主场上或许是头巨兽,但如果他要来和摄政公园作对,那他就要有得忙了。"

就在此刻,她的寻呼机响了起来。

英格丽德女爵说:"谢谢你,戴安娜。我很高兴咱们能这么聊聊。"

她觉得我们结成了同盟,戴安娜心想,看着这位安全局局长点头告别,沿着走廊远去。

然后她掏出寻呼机,认出是安保部的号码,就用手机打到前台。

"长官?我们这里有个来访者,是一名站外特工。他说你正等着见他。但时间表上没有记录。"

"我谁也没打算见。是谁?"

"一个叫瑞弗·卡特怀特的。"安保人员念出了卡特怀特的安全局工号。

"让他进来,"戴安娜说,"我会在楼梯上。"

# 5

三十九分钟……

在摄政公园总部逗留，总是令瑞弗感到一阵空虚——就像你一旦离了婚，再踏进结婚时住的房子时会有的那种感受。嗯，他用的是"总是"。曾经有一段时间，使用这个词大概是没错的。那是在他职业生涯早期，在尚可被称为"职业生涯"的时候；也就是在他变成"不受欢迎的人"之前。从那以后，他又进入过总部的地盘多少次来着，两次吗？其中一次还是被蜘蛛韦布召唤的，那是蜘蛛在往瑞弗的伤口上撒盐，让他知道自己还不如在西伯利亚。好吧，西伯利亚和蜘蛛现在的处境或许也差不了多少：那无穷无尽的白色空间，罕有生机。这就是身处昏迷中的感觉吗？瑞弗希望自己永远不知道。

他在前台出示了自己的安全局工作证，并说是来见戴安娜·泰维纳的。这是一场孤注一掷的游戏；他希望她会接招，哪怕只为弄清他这样突然出现在总部大楼里，到底以为自己在干什么——没准儿她会为了好好修理他一番，准许他进去的。

当那位安保部女士给泰维纳的寻呼机发信息时，瑞弗环顾了一下四周。

三十八分钟。

这座建筑的双重性，和从前一样令瑞弗印象深刻。此处

"牛－桥"①风格的街边华府，致敬了安全局的优良传统——一段文明、体面地谋财害命的历史；而其现代化的部分则被藏在路面以下，以免遭受脏弹和人们窥探的目光影响。在高层的某条走廊上挂着他外公的肖像，而他从没到过那么高的楼层——你必须是某类高级官员才行。

有人在试图引起他的注意。

"……是的？"

"泰维纳女士会在楼梯上和你见面。"

万一她想把他扔下去，这里倒是方便，他揣测着。

那位女士递给他一个带挂绳的塑封名牌：访客，然后为他指明了往哪儿走。


他们选中了史密斯菲尔德市场附近的一家意大利店，来到二楼吃用锡碗盛的冰激凌：马库斯点了草莓和开心果口味，雪莉选的是桃子和奶油巧克力碎。餐具刮在锡碗上的声音和他们的聊天一样热闹，直到两人都快吃完了，雪莉朝马库斯的碗点了点头，"噗"地一声把勺子从嘴里拔了出来。

"那是个愚蠢的组合。草莓和开心果不搭。"

"对我来说挺搭的。"

"那就是你的味蕾出问题了。草莓需要搭配巧克力，不然就是香草。而开心果甚至都不是一种真实口味。他们大概一九九七年才发明出这种口味。"

"你被人甩了，是不是？"

---

①原文"Oxbridge"，是牛津（Oxford）和剑桥（Cambridge）的合称。

"你什么意思，甩了？这算个什么问题？我们正在讨论冰激凌。"

"行吧。"

"还有，不，我没被甩。"

"行吧。"

"而且即使我被甩了，也不关你什么事吧。"

"行吧。"

"还有，无论如何，你是怎么看出来的？"

"老天，我也不知道，"马库斯说，"可能是因为你这人总是这么有趣。"

"滚蛋。"

"怎么回事，她和其他人约会了？"

"滚蛋。你为什么假定我是同性恋？"

"你是说你不是？"

"我是说，你怎么会知道？我在工作里牵扯私生活了吗？"

"雪莉，最近和你共用一间办公室，就像拥有了一团属于我个人的雷雨云。所以没错，总的来说，你确实把私生活混进工作里了。这就给了我听八卦的权利。她和其他人约会了吗？"

"又来了，关于这个'她'……"

马库斯把勺子放到一张餐巾纸上，又舔掉嘴边的草莓味小胡子。"这就像在书里面，"他说，"惊悚小说，侦探故事，你知道吗？你常看吗？"

"你说话有重点吗？"

"在惊悚小说里，当作者说凶手这个啦、凶手那个啦，却从来不提'他'或'她'时，总归因为那是个'她'。而你提到女友时就像那样。你从不说对方是'他'还是'她'。这就代表了那是个'她'。"

雪莉冷笑道:"也许我只是在故意误导你呢。"

"是有这个可能,但你并不是。那么,怎么回事?她和其他人约会了?"

"我不想聊这个。"

"好得很。但这就意味着,你不能再像个愤怒的受害者那样。说好了?"

"你真是个冷酷无情的家伙,你知道吗?"

"对,那曾经就是我的职业描述。"

"这个嘛,已经不再是了,"雪莉说,"现在你就是个坐办公室的,和我们其他人一样。趁早习惯吧。"

"几个月前就有人和我说过这些了,"马库斯说着,又拿起了他的勺子,"我还是有机会开枪的,不是吗?"

"我很怀疑你下次还能那么走运。"

"这个嘛,万一我真的走运了,"马库斯说,"你知道我不需要什么吗?那就是一个在我背后不停抱怨、发牢骚的搭档。那些破事会让你瞄不准的。"

雪莉也拿起勺子,但她的碗里已经空了。马库斯看着她用勺子去敲击空碗,发出一声响彻房间的高音。他不是头一次为她能够达到的极高专注度所震惊。看到她那接近寸头的发型和宽阔的肩膀,有的蠢货可能认为她就像个男人;但她的肤色和深棕色眼睛一点男子气概也没有。她一动不动,蜷缩在自己吃剩的冰激凌上,几乎就要幻化成雌雄同体。但无论她像不像男人,都能一记右勾拳把你打翻在地。

她抬起头看着他。"是吗?我们是搭档吗?"

"鉴于没有更好的选择。"他说。

"既然如此,我要再来一碗,搭档。奶油硬糖和薄荷味的。"

"说真的?"

她盯着他,完全不眨眼。

马库斯就去点冰激凌了。

"卡特怀特。"

泰维纳如她所言正等在楼梯上。此楼梯是总部大楼旧式华府这半边的特色之一,宽得在上面跳舞都绰绰有余;在这处特别的楼梯平台上,还坐落着一扇足有二点四米高的狭长高窗。飞扬灰尘的阳光从窗户透进来,照在戴安娜女士的头发上,并在发际的卷曲处染上一层栗色,使瑞弗暂时分了神。

他的大脑一片空白。该怎么称呼她?"长官。"他脱口而出。趁她看手表时他也瞥了一眼,表针提醒他:三十六分钟。

她说:"你不应该来这里,你记得吧?"

"是的,但——"

"而且你看起来一团糟。"

"外面很热,"他说,"长官。"

不过这里凉快多了,多亏了空调和大理石地面。

"……然后呢?"

他们有过一段历史,瑞弗和戴安娜·泰维纳。倒不是人们说起"历史"时通常指的那个意思,但也差得不远:背叛、两面三刀和背后捅刀子——更像是一段婚姻而不是恋爱。而且其中大部分都是远程发生的,所以他们真正面对面的接触并不频繁。此时此地,在这处楼梯平台上,衬衫还紧贴着后背,瑞弗又记起了她的出现是多么令人分心。不仅仅是因为她外表的吸引力;还因为你用肉眼就能看出，她衡量自己所处的每一种情况、调整时机以便最大化自己优势的样子。

他说："是关于詹姆斯的，詹姆斯·韦布。"

"喔。"

"我一直在……探视他。"

蜘蛛曾是泰维纳的得意门生，尽管他将自己信誓旦旦宣称的忠诚，相当平均地分配给了她和英格丽德女爵。就在他被一名俄罗斯暴徒开枪击中的那一刻，很难说他正站在谁的那边；但鉴于从那以后他就基本靠自己了，所以长远来看可能也无所谓了。

她说："你们还是朋友？我怎么没发现。"

"我们一起接受过训练。"

"我没问这个。"

瑞弗说："我们最后关系不是那么好了，对，但我们曾经很亲近。而且他也没有其他人——我是说——没有家人。"

他也不知道蜘蛛有没有家人，但他眼下正在临场发挥，同时但愿泰维纳也对蜘蛛的家庭情况一无所知。

"我都不知道，"她说，"那……他现在的情况怎样？有变化吗？"

"不太有。"

有那么一瞬间，他从她眼里看到了一丝或许不算虚伪的关心。而之后他就在心里敲打起自己来——为什么不会有呢？她和他一起工作过。反倒是自己，虚张声势地利用昔日朋友的状况，回到了蜘蛛将他驱逐出的地方……他忽然想到，蜘蛛或许也觉得这件事挺好笑的：这个小小的背叛行为与其说是报复，不如说是致敬。

回头再想吧。

三十五分钟。

他说:"完全没有,其实。而且不太可能会发生什么变化了。"

泰维纳移开了目光。"我一直在关注他的报告。"她含糊地说。

"那么你会知道的。现在他处于植物人状态,大脑活动几乎彻底休眠。这儿闪一下那儿闪一下,但是……还有他的器官,都不是自主工作的。把他从机器上解下来的话,在心脏停止跳动的这段时间他就会死了。"

"你显然有话要说。"

"我们俩有一次谈起过这个话题。关于那些耐力课程,是在黑山上吧?"

她微微点了下头。

"长话短说——"瑞弗说。

"好主意。"

"——如果他有一天身负重伤,插上了各种仪器,如果只有这样才能维持他的生命,他希望把机器都关掉。他是这么告诉我的。"

"那么这条信息会被录入他的个人档案。"

"我怀疑他还没抽出空做一份正式声明。他那时多大来着?二十四岁?那不是他计划要做的事,只不过是他思考过的事。"

"如果他再多思考一下,大概就会发现计划赶不上变化。"三十四分钟。"你具体想让我做什么?"

"我只是想找人谈谈这个情况。他还要在那里躺多久,才能等到一个决定呢?"

她说:"你是在说让他死掉。"

"我也不知道还能有什么选择。"

但一个兰姆式的笑话出现在他脑海里：他们可以培训他再上岗。让他做一条减速带。

她说："你看，我现在没时间谈这个。你确定他没有家人吗？没有表亲之类的？"

"我想没有。"

"但无论如何——这也不是我们站在这个见鬼的楼梯上就能决定的事。"她瞪了他一眼，但又让目光柔和了些，"不过我会考虑的。你说得对。如果没有其他人能做决定，就必须由总部来做了。虽然我以为医务人员……"

"他们可能害怕承担责任。"

"天哪。可不止他们这么想。"她又看了一眼手表，"就这些吗？"

"……是的。"

"你不打算辩解一下自己为何应该回到情报中心？为什么斯劳部门对你的天赋而言是个浪费？"

"现在先不了。"

"很好。"她顿了一下，"会通知你的，关于韦布——我是说——詹姆斯。无论有了什么决定。"

"谢谢你。"

"但不许再这样了，不请自来。否则楼下就是你的归宿。"

这一次她丝毫没有柔和自己的语气。

三十二分钟。

"现在滚吧。"

"谢谢。"

瑞弗转身走下楼梯，她当然一路看着他。但当他走到底层再回头往上看时，她已经走了。

三十一分钟。

现在,好戏开场了。


天桥上的男人此时已置身别处,到了邮递员公园①。其中整洁而精巧的小花园是附近上班族的午餐胜地,主要是因为那座小棚子,也就是"英勇牺牲者纪念墙"。墙上由瓷砖拼成的标牌,是献给那些为拯救他人(哪怕是徒劳无功)而付出生命的人们的,为了纪念"从运河里救出一个溺水的男孩、但遗憾没能拯救自己"的利·皮特;还有"放弃自己的救生衣、主动留在沉船上自我牺牲"的玛丽·罗杰斯;托马斯·格里芬,在一家位于巴特西的制糖厂发生锅炉爆炸时,于返回寻找同伴的途中遭受致命烫伤;乔治·埃利奥特与罗伯特·昂德希尔,则"先后下井营救同志们,继而瓦斯中毒身亡"……西尔维斯特·蒙蒂思(认识的人叫他"斯莱";也有的人如此称呼他,只是出于对他秉性的怀疑)② 正在一边用泡沫塑料杯喝着冰茶,一边思考为何人们认为自我牺牲是如此光荣。每个时代都会召唤自己的英雄吧,他想。至于他本人,作为上世纪八十年代步入成年的一代,他对这些紧急情况中任何一件的反应都会是务实地撤退。其后,他会成为第一批出面谴责设备故障的人,并会追问有无可能提供更好的替代品,其代价还得控制在一个令所有未来的矿工、制糖厂工人、轮船乘客以及有勇无谋之路人看来,都觉得合理的水平。所有人都会更安全,有些人会变得更富,而这世界仍将旋转。就是这样。

---

①邮递员公园(Postman's Park),在巴比肯地铁站以南约五百米。
②原文"Sly"作为形容词也有狡猾的、偷偷摸摸的意思。

与此同时，为确保这个世界的确仍在旋转，蒙蒂思看了眼手表。从他派瑞弗·卡特怀特去执行那项任务算起，已过了二十几分钟。如同邮差公园墙纪念的这些行为，那项任务也不啻一次需要自我牺牲的行动。这就是当你接受一项任务时他们不会告知你的情况之一，蒙蒂思心想，在点燃加农炮的人和在炮火前冲锋陷阵的人之间，存在巨大的鸿沟。点燃加农炮才是通往长久、幸福人生的道路。他为卡特怀特点燃的炮火倒不会致命，但它会令其在斯劳屋的流放看起来只像一段延长的假期而已。

即便是快马也会终结在屠宰场里。下等马率先到达，正是生活中的一种具有讽刺意味的情况。

他喝完茶，然后掏出手机。

肖恩·多诺万在手机刚响一声时就接了。听起来他好像在开车。

"你在路上吗？"

"对。"多诺万说。

蒙蒂思停顿了一下，好欣赏一位路过的慢跑者：她的头发潮湿，T恤衫很紧身，她的头正随着耳机里的声音有节奏地晃动着。

"我们的客人怎么样了？"

"你觉得呢？她毫发未伤，就是有点紧张，而且很气愤。"

"好吧，她不必忍耐太久的，"蒙蒂思说，"但与此同时，给她来点儿惊吓也不是不行。"

多诺万沉默了片刻，然后说："那是你想要的吗？"

"是的。"慢跑者已经远去，但被她诱发的那种感觉仍在徘徊：那是想要听到一个女人尖叫的愿望。蒙蒂思自己听不到没关系——重要的是，罪魁祸首是他。

他说:"你估计的到达时间是?"

"三十分钟。"

"别晚了。"蒙蒂思说,然后挂了电话。

他拾起空杯子,把它扔进垃圾桶,然后停下脚步再看一眼棚下墙面上的瓷砖;他们的故事片段,每一个都突出了结局,因为开头和中间部分实在没什么让人想听的。他摇摇头,然后离开这座小公园,叫了一辆出租车。

瑞弗返身走上楼梯。在他身后,前台那位安保女士喊了起来。

他转过身。"我忘了,我需要泰维纳女士的签字,"他在空中比画了一个写字的动作,"一分钟就好。"

"回到下面来。我会再呼她。"

"她就在那里。"他指着上一层楼梯平台,然后晃了晃自己的访客牌,"一分钟。"他上到那个平台,消失在前台的视野里。

三十分钟。

也许略多,也许略少。

说实话,凯瑟琳·斯坦迪什已不是他眼下的首要考量。行动部门就是行动部门,这里是敌方地盘,而鉴于它也是总部所在地,这就给了它额外的优势。

他推开两扇对开门,走了进去。瑞弗脑中有一幅不太完整的平面图,凭着记忆游走,不过这边应该有电梯。他摘下夹在衬衫上的访客牌,塞进口袋。是的,它们就在这儿,幸好是处空无一人的电梯间。至于他让戴女士干等的时候都做了什么,就是另一个时空的问题了。

他一边按下按钮,一边摸出手机。总部前台的号码仍在他的联络簿里：多年未用，但仍保存着，因为……

因为你总会留着那些号码，以防从前的生活被交还给你。

铃响了两声，接通了。

"安保部。"

"有潜在威胁。"他压低了声音说。

"你是谁？"

"正门外的一辆车内有对情侣，就在沿马路向前二十码开外。他们装作情侣间吵架，但那名男性持有武器。重复，那名男性持有武器。建议立即响应。"

"我能否问你的——"

"立即响应。"瑞弗重复道，然后挂了电话。

这样大概就能让每个人忙活一阵了。

电梯到了，他走了进去。


肖恩·多诺万正开车从西边驶入伦敦。厢式货车的空调不太制冷，所以直到蒙蒂思的电话打来之前，他一直开着车窗，两侧的狂风几乎使车内凉爽了下来。但现在他关上窗，以便给特雷纳打电话。后者用一贯的方式应答：

"在。"

他没问特雷纳是否一切正常。本杰明·特雷纳曾和他一起在战地服役；与他一同蜷缩在危墙之后，墙体就在他们头顶被砸得粉碎。如果特雷纳连一个阁楼里的中年女人都对付不了，那他们俩就都应该重新考虑自己的未来了。尤其是接下来的二十四小时。

他说："我进城了。一切按计划进行。"

"我很快就出发。和……老板通过话了？"

多诺万说："他希望你让那位女士受点儿惊吓。"

"让她受点儿惊吓。"

"他的原话是，'给她来点儿惊吓也不是不行'。"

特雷纳说："好吧，他说了算。"

"那孩子在哪儿？"

那孩子，也就是被凯瑟琳称作"贝利"的。

"在前门外面，以防万一。"

"他很努力，不是吗？"

"时刻保持警惕不会有什么损失。"特雷纳引述了一句。在走过那么多战场、经过那么多断壁残垣后，他仍会对新人多加关照。当然了，他还没经历过蹉跎五年时间在一连串小房间里数砖头。"他是个好孩子。"

"就像他姐姐。"多诺万说。

"是。就像他姐姐。"

他挂了电话，又把车窗摇下来。喷进驾驶室的全是汽油和烧焦的橡胶味，但任何没有监狱味道的东西闻起来都像自由。他瞥了一眼手表。还有二十分钟，他就要和蒙蒂思碰头了：一辆停在尤斯顿路边的轿车。他的时间还很充裕。

很多事情都会出差错，但不会是这一次。


有些电梯可以降得比瑞弗想去的楼层还要低。这部不行——它是供员工使用的标准电梯；但还有其他需要最高级别核准的电梯，能够消失在伦敦的地下深处，直达安全可靠的危机管理设施，甚至是传说中的绝密地下交通系统。瑞弗原本对这则谣言持怀疑态度，直到他得知官方已就此予以否认。而且在他看来可想而知，还有其他区域在进行对外否认的审讯。这些，是安全建筑之上的基石。

但他要去的楼层是档案室的所在地。

还在摄政公园工作时，他很少有机会到访此地，但从与外公——也就是"老家伙"的交谈中得知，长久以来，这些档案一直面临达到存储极限的危险，其中容纳了数百码、甚至数英里的硬拷贝信息：不同敏感级别的报告和记录、个人档案、转录文件以及会议纪要。瑞弗对于总部的主要存档方式仍以实体文档为主表现得大为震惊，但这只是给老家伙创造个机会，再老调重弹一番。

"哦，"那个老家伙（一个纯粹用来表达爱意的绰号）说，"等他们意识到电脑就像银行金库一样时，就不得不重新考虑许多早期制定的存储规程了。金库又美观又保险，像房子一样安全，直到有人把门炸开，带走赃物为止。"

他们最近一次谈及这个话题，是在某天深夜：雨水一阵阵打在窗上，白兰地几乎同样有规律地泼洒进他们的酒杯里。

"因为电脑会互相交流，瑞弗——它们就是干那个用的。你们这代人不上网连个鸡蛋都不会煮。你们什么事都依赖电脑，但也往往忽略了它们的主要功能，那就是储存信息，但储存起来只是为了泄露出去。"

当然了，这个瑞弗是知道的。他知道正是因此，数据库女王们才在气隙系统下工作。她们的 USB 端口被封上，以防有人插入闪存。女王们不得不从一排电脑跳到另一排才能上网——互联网及其滑稽二创"互联罔"。电子盗猎已取代了核威胁，成为最大的恐慌。安全局喜欢偷窃，但痛恨自己被打劫。

让一个像罗德里克·何这样的天生窃贼在互联网上待五分钟,瑞弗心想,他就能带回首相的审核记录,只要它就放在那里等着被盗。

正因如此,首相的审核记录并未被存到网上,而是保存在安全局总部的人事档案里,位于瑞弗眼下正要前往的那一层。

那绝对是辆双层公交。老车型中的一种,有一个平台,只要你不介意被售票员吼,就可以在车开走时跳上去。车顶是露天的,上层平台罩在帆布下面。车头正对房子停着,于是凯瑟琳可以看到在显示目的地的车窗上写着:跳上车!视野里看不到其他车辆。不过关于附属建筑她猜对了。那是三座功能一目了然的小型房舍,一侧齐平、无窗、坡屋顶,不是车库就是储物间,看起来都没在使用。仿佛绑架她的人是无意间发现了这处空置房产,就占领了。只不过,偶然发现的事物并不符合肖恩·多诺万的世界观。他无论执行什么任务都会做两手准备;每个细节都要经过压力测试,以防出现意料外的状况,排除可能松动的螺丝钉。

一个痛苦的念头突然闪现。一颗松动的螺丝——当年我对他而言不过如此。

那我现在又算是什么?

她已醒来好几个小时了——或者说几乎就没睡。她的脑海中盘桓着太多困惑,而这个问题是其中最重大的:"我现在算是什么?"来自多诺万的过去、又闯入他现今生活的一个人物——为什么?她无法假装这是因为自己对他而言意味着什么;一定是因为她做了什么。而她所做的也微不足道,只不过和安全局有些相关罢了。她做的无非就是帮杰克逊·兰姆整理文书;将下等马们枯燥乏味的数字筛查工作组织成类似报告的东西，然后寄往摄政公园，好让它们就此被正式忽略掉。就算他们最近在斯劳部门做的事里有什么能激起这种动静，也与她无关……几小时前，当她躺在狭窄的床上思索着所有这些时，听见前门关上的声音，她来到窗前正好看到多诺万登上那辆将她带到这里的货车。他开下车道，拐进小巷，消失在了视野里。

无论将要发生什么，现在都无法阻止了。


这条走廊里——也就是比他同戴安娜·泰维纳交谈的位置低三个楼层的地方，灯光是蓝色调的，仿佛在复制外部世界中黄昏的效果。刚一走出电梯，会感到有点迷失方向：不止因为灯光，还有雪白的空墙及铺着白色地砖的地面。表面之下，迥然不同。木镶板和大理石地面都不见了踪影。

电梯门在他身后关上，发出低沉的机械声响。

二十八分钟。

到目前为止，警报还没响起。瑞弗把访客通行证留在了电梯里，以免其中带有芯片，可被安保部追踪。他希望他们被路边那对武装恐怖分子分散了注意力，但射击完他们再回来工作也花不了多长时间。而他有二十八分钟或二十七分钟，来搜索那个西装男想要的档案，以免他手下的歹徒将难以自制的冲动发泄在凯瑟琳身上。

"……闯入总部？说真的？"

"我看起来像在开玩笑吗？"

问题是，那个男人看起来就像在开玩笑。因为他始终带着一抹傲慢的假笑，那种上流社会的冷笑。

"我说得简单一些。你甚至不必偷走它。有照片就够了。"

"他们不允许你直接走进去。"瑞弗冒着傻气说。

"要是他们允许,我们也不需要抓走你同事了。"

走廊尽头,在一扇开着的门内,出现一个身影。

她的身材相当圆润,有一头乱蓬蓬的头发,脸上戴着厚厚的白粉面具——给瑞弗的第一印象是一个想要化装成小丑的幼稚尝试。但她那双与发色同样铁灰的眼眸里可没有一丝稚气。她的轮椅也完全不像玩具,有着樱桃色的涂装、厚实的轮子,看起来完全控制自如,足以穿越任何形式的障碍:一扇关闭的门、一道敌人的战壕,还有瑞弗·卡特怀特。

这位就是茉莉·多兰,瑞弗已久仰她的大名,其中部分还是美名。

她把头偏向一边,向他驶来。在他身后,从那口距离最近的竖井内隐约传来"砰"的一声,电梯在另一层停下;但也有可能是这位女士开始讲话:就算她发出一连串吱吱喳喳的声音,他都不会感到惊讶。他告诉自己这与轮椅无关,完全是因为那张娃娃脸,以及脸上那副瓷质妆容。

但当她说话时,却是吐字标准、不苟言笑的上午版英国广播公司腔。

"杰克逊手下的一个崽子,是吧?"

"我……对。是的。"

"他这次要查什么?"

不等他回话,她就转身穿过来时走的门。瑞弗跟着她,进入一间与图书馆库房——或说他想象中图书馆库房应有的样子——别无二致的长形房间:一排又一排安装在轨道上、不用时可折叠归拢的立式橱柜,每座橱柜里都塞满了档案盒和文件夹。就在这些存档中的某处，有他要窃取的文件。不，保持简单。他只需拍下它的内容。

茉莉·多兰灵巧地钻进一个专为她的轮椅设计的小隔间。她膝盖以下的腿部都没了。在瑞弗听过的所有关于她的传说中，从来没人能够确切地讲清楚她的双腿是如何失去的。唯一让所有讲述者都认可的一件事是，那是后天失去的——也就是说，她曾有双腿。

她说："或许你没听清我说的。他这次要查什么？"

"一份文件。"瑞弗说。

"一份文件。那么你有申领表吧。"

"这个嘛，你了解杰克逊的。"

"我当然了解。"

她是一位小鸟般的女性，但并非他们说到这个短语时通常所指的意思。或许是一只企鹅，一只保持着蹲伏姿势、头歪向一侧、矮小而肥胖的小鸟。她向上扬起头时，鼻子就变成了鸟嘴。"你说你叫什么名字来着？"

"卡特怀特。"

"我猜也是……你和他长得很像——你外公。"

瑞弗能感到自己正变得愈发沉重，仿佛逝去时间的重量在不断堆积，将时间流逝导致的后果都加诸在了他身上。

"是眼睛周围——主要是眼睛的形状。他怎么样？"

"他精神矍铄。"

"精神矍铄。要是有个专属于老人的词，那就是它了。女人精力旺盛，而老人精神矍铄。当然了，除非他们并非如此。杰克逊要查的这份文件是什么？"

瑞弗开始背诵天桥上的男人给他的号码，但她打断了他。

"我是说,那是关于什么的,亲爱的?我们的兰姆先生为何对它感兴趣?"

"我不知道。"

"他让你蒙在鼓里,是吧?"

"你了解杰克逊的。"他又说了一遍。

"比你了解,我估计。"她打量着他,"你是怎么进来的?"

"进来?"

"楼上。还是他们从今早开始采取开放出入的政策了?"

"我有个预约。"

"不是和我约的。你的访客牌呢?"

"我和戴女士见了个面。"

"天哪,我们不是很高高在上的嘛。我都不知道她还能屈尊和流放者会谈呢。还是说你外公的大名做了敲门砖?"

"我从不靠那个。"瑞弗说。

"当然了。否则你就不会是一匹下等马。"

瑞弗不想接这个话头。而且时间在一分一秒流逝。他也想过掏出手机,给这个女人看看凯瑟琳的照片。他只消开口向她求助就行了。

而安保部再过片刻就会破门而入。

她突然说:"他怎么样?"

无须多问,他知道她已经换了话题。

"兰姆?还是老样子。"他说。

她笑了起来。那不是一阵特别开心的笑声。"我很怀疑。"她说。

"相信我,"瑞弗说,"完全没有进步。"

现在还剩差不多二十分钟了。而且他不止要找出那份文件并拍下它的内容，还必须到一个能交接它们的地方去，这就意味着要离开总部。在这些高墙之内的任何地方试图发出一份附件，都会拉响火灾警报。

车里那对情侣现在应该已被盘查完毕。而他自己没能再度露面可能也已被察觉。他不认为他们会将大楼封锁——他只是一匹下等马，很容易迷路；但他们很快就会派人搜寻。他必须行动起来。但茉莉·多兰还在讲着。

"杰克逊·兰姆在桥下住得太久，现在自己也变成一只半巨魔了[①]。但你真该看看他大半辈子前的样子。"

"是啊，"瑞弗说，"我猜他也曾经是个风流浪子。"

她笑了。"他从来不是个美男子，别担心。但他自有某种魅力。你太年轻英俊了，你不懂。但他是能令一个女孩为他付出真心的，或是身体上的其他部分。"

"关于这份文件。"

"你没有借阅它的字据。"

"即便在他还年轻、女孩们都倾心于他的时候，"瑞弗说，"你可曾见他填过什么表吗？"

"说得好，我喜欢，"毫无征兆地，茉莉向前滚动轮子，于是她的轮椅回到了过道里，"我猜这是你从外公那儿遗传的吧。"

"事实上，"瑞弗说着，前倾身体并弯下腰，这样他的嘴就能凑近她耳朵，"我是不太应该出现在这里的。"

"你真让我吃惊。"

"但既然我反正和戴女士有约，而且知道杰克逊需要看这份文件……"

---

[①] 这一意象源自挪威一则家喻户晓的民间故事。同时，under the bridge 也比喻在基层。

"你就想可以一石二鸟。"

"没错。"

"或许在你外公之外，你也受到了他的一点影响，"茉莉说，"杰克逊只要能驾着一台攻城锤撞穿房子，就绝不会绕着它们转悠。"

"我告诉你了，他还是老样子。"

"你想要什么文件来着？"

他重复了那个号码。他对数字的记忆力总是很好；同样，他对天桥上那个男人也记得很清楚。他希望他们还会相见。

"这就怪了。"茉莉·多兰说。

"怎么了？"

"斯劳部门经手的都是些已结案的行动和无法再取得任何进展的案子，不是吗？不涉及当下正进行的，也不向外扩展。我一直听说是这样。"

"我们筛查数据，"瑞弗承认道，"并且追踪蛛丝马迹。要是发现什么有意思的东西，我们很可能会把它提交总部。"

"很可能？"

"这种情况还没发生过。"

十五分钟，或是十四，或十二。他在告知文件号码时，仔细端详了一下茉莉·多兰的脸，但她的眼球纹丝未动，并没透露出在什么方位可能找到那份文件。要是没有线索的话，他可能会在这里转悠上几个小时也摸不到门路。一个像茉莉·多兰这样的人最不可能掌管的系统，就是那种用数字标识位置的系统。

"那现在怎么办？"她问，"因为这份文件绝对是当下实时的。主题是关于首相什么的。"

她的语气还没发生变化。

有人从走廊里经过,鞋跟踏地的动静像靴子踩在鹅卵石上一样吵。当他们停下脚步时,瑞弗感觉自己的心脏也要停了。有什么东西在嗡嗡作响,还有什么在喃喃自语,那是电梯门打开的声响。靴子们鱼贯而入,随后嗡嗡声和喃喃声又反向重复了一遍。

在所有这些发生的同时,她的目光正在像拆解乐高积木一般拆解他。

"我能和你说实话吗?"他说。

"我真的不知道,"茉莉说,"不过可能听听也挺有趣的。"

"杰克逊最近的心态……很淘气。"

"他是那样的。"她表示同意。

"对。"

"大约和我去慢跑的频率差不多。"

"我们打了个赌。"

"这听起来还差不多。"

"他赌我查不出首相在学生时代的昵称。"

"维基百科帮不上忙?"

"你也这么想,对吧?我估计他是找了什么人把它删掉了。"

"这么说,你只需要快速扫上一眼。"

"是的。"

"而在你做这件事时,或许我应该转过身去,快速投个三分球。"

"……如果你愿意的话。"

"这个嘛,如果我不看着,就和我扯不上关系了,是吧?这样就能避免让我成为你违反《官方保密法》的帮凶。我真的不能在霍洛威待上五年。监狱里的食物会严重影响消化系统,我读到过这个。"

瑞弗不用回头也知道有人来了。当他感到自己的胳膊被从后边抓住，塑料绑带固定就位时，他最在意的却是茉莉·多兰的凝视，部分是同情，部分是好奇，仿佛他的所作所为完全超出了她的理解能力。而这凝视是来自一个熟悉杰克逊·兰姆的女人，他想。我肯定是真的有麻烦了。

在他被他们稍显客气地带出房间的过程中，她没再说什么。

凯瑟琳听到有人在挪动门上的挂锁，就从床上坐了起来，双脚踩在地板上。这不就是囚徒对锁链发出的响动所做的反应吗？

她以为这次又会是贝利——给她拍照的那个年轻人；但来的却是第二个军人，就是出现在安吉尔地铁站，迫使她回到街面上的那个人。和肖恩·多诺万一样，他进入房间时也采取的是当了一辈子兵的人所特有的方式：一轮扫视将整体情况尽收眼底。从他上一次进来到现在，不可能发生什么变化，但是没理由冒这个险。环顾完毕，他的目光落到了凯瑟琳身上。

她等待着。

"对此我很抱歉。"他开口了。

但他看起来并不抱歉。

# 6

曾几何时，走上斯劳屋的楼梯，令路易莎每一天都仿佛置身严冬。而现在，她随身携带着属于自己的气候。步行穿过院子，推开总是卡住的门，都不再会触动她。无论她一时身在何处，那种情绪已然被她内化。

在第一层楼梯平台，她停在何的办公室前。何正坐在桌旁，面前是四张不同角度的平板显示器，就像在做美黑一样。他正对着什么东西频频点头，从那副包裹得严严实实、衬得他脑袋很小的耳机来看，可能是在听音乐；但也完全有可能是某些能在他屏幕上召唤出大量图像的代码的二进制节奏。不止一次，她走进这间屋子时他还浑然不觉，尽管他已经将工作台设置成能看到门的视角：当他进入状态，如果网民们仍用那个说法的话，就像搬到月球上去了。因为尽管罗德里克·何是个混球，但那只是他身上最明显的特征，而不是最重要的；最重要的是他对网络世界了如指掌。可以说，这是唯一一件让他活到现在的事。要不是他偶尔能发挥些作用，马库斯或雪莉早就把他揍成肉饼了。

但今天他并没有神游天际，因为他正看着她走进自己的办公室。他甚至摘下了耳机。这让他在礼仪方面的表现达到了简·奥斯汀笔下的境界：路易莎知道，当何在做一些更有趣的事——比如打开一罐可乐或者准备长舒一口气时，疑心有人偏要在此刻开始讲话，他就会像阻拦车流般，立起一只手掌。

他说："你好。"

……有点奇怪吧。

"你还好吗？"

"当然，"他说，"怎么了？"

"没什么。你可以追踪凯瑟琳的手机吗？"

"不行。"

"我以为你能做得到。用全球定位系统什么的。"

"电池卸了就不行。她的手机就是这种情况。"

"你已经试过了？是你的主意吗？"

他耸耸肩。

现在马库斯站到了她身后，还有雪莉。马库斯说："这么说，你没找到她。"

雪莉说："我们也没找到卡特怀特。"

"看得出，"路易莎说，"这边，你还留了一点。"

她碰了碰上嘴唇，于是雪莉也抹了一下自己的嘴唇，擦掉残留的冰激凌。她瞪了马库斯一眼说："你本来可以告诉我的。"

"那还有什么乐子啊？"

何看着所有这些，仿佛是发生在栏杆另一边的对话。路易莎对他说："那瑞弗的手机呢？"

他又耸耸肩，这次略显不快。"我需要他的号码。"

路易莎照着自己的手机给他念了一遍。

何说："这里每个人的电话你都有吗？"

"不。"

雪莉推了马库斯一下。

何的手指开始在键盘上飞舞起来。

路易莎走到窗前。景观同从她办公室看出去的一样,只是视野略低些。她心想:加入安全局时,我期待的可不是这个。每天面对着同一幅窗景,差别微乎其微。

去年有过那么一段时间,这似乎已显得不太重要。然而就同其他每件事一样,原来它也只是一场暂时摆脱折磨的假象。人生最残酷的玩笑就是先让光亮照进来,刚刚够让你看清每样东西所在的位置,然后突然毫无征兆地关闭它。从此以后她就会一直撞到家具上。

在她公寓里,冰箱背后的一堵墙上用灰泥粘着一颗指甲盖大小的未切割钻石,来自她协助阻挠过的一起盗窃案的战利品。她不清楚它值多少钱,但也不觉得它有什么重要的。

明,你这个蠢货,为什么偏偏死了?

然后她就刹住了思绪,因为再想下去对任何人都没什么好处。

何敲完键盘。"卡特怀特被屏蔽了。"他说。

"什么意思,被屏蔽?"

"他的手机开着,但他所在的地方信号受到了干扰。"

"像是墙很厚的地方?"

马库斯说:"不,像某个能干扰全球定位系统的地方。"

"天哪,"雪莉说,加入斯劳部门前,她一直在通讯与监控部门工作,"想知道那可能会在哪儿吗?"


关押他的房间位于地下;就另一面而言,其中唯一的窗户是单面的。而从瑞弗所站的这边看来,它则是面镜子。房间大约一米见方,将室内的空洞感及他本人那出奇平静的外表反弹到他身上。而在胸腔内,他的心脏像个小鼓般怦怦作响:只有鼓点,没有曲调。

倒数时间早已过去，截止时限也超了很久。"那些男人抑制冲动的能力很差……很快他们就要松开裤腰带。"他看着镜子里自己的双手攥成拳头。今天早上他已做了不止一个糟糕的选择。主要是，他就应该留在天桥上，把那个男人丢下桥去。无论凯瑟琳会经受什么，终究还是要发生的，但至少他本可以把那投机分子脸上的假笑抹干净。

我为何没那么做呢？他自问。

他想坐下，但此地无处可坐。房间内空空如也，几乎就是一个立方体。门上没有把手，也不见任何灯具，除了天花板持续散发出蓝色的光晕，为他的影子增添了一丝异样的色彩——确实异样，但他属于这里。他是自愿前来的，正如半小时前他也自愿向戴女士奉上自己的手腕。"把我铐起来吧，"他应当这样讲，"我是来偷东西的，而我并没有胜算。"

他们是有工作规程的，连一匹下等马也了解这点。毕竟，下等马们接受的训练和其他所有人都一样。对于同僚面临的威胁，实际的人身危险，都需要即刻的官方响应：就瑞弗这个情况而言，指令的路径要在斯劳部门中拾级而上，直抵杰克逊·兰姆的办公桌前。而后者纵有浑身缺陷——可不止寥寥数条而已，却甘愿为一名身处险境的特工赴汤蹈火，或是将其他什么人架上烈火。瑞弗疏忽了这一点，跳出约束，擅自行动；他还虚张声势地潜入总部，就令事态加倍糟糕了。

那么，他们招你进来，他们将你训练合格，他们令你准备好度过随时可能面临生命危险的一生；再然后，他们把你关进一间看得见公交车站的办公室，迫使你把自己的能量、忠诚和野心，统统倾倒进一个由无休止的苦差事构成的天坑。他诚然做了些出格的事。他早就在蠢蠢欲动了——而令他陷入今早这场闹剧的人（无论是谁），从一开始就知道这点。

他们是否也已经知道他搞砸了呢？

瑞弗靠着墙，双手放在头上，手指交叉，琢磨着他的外公会说些什么。这个老家伙从未实际担任过领导职务，却率领安全局走过了冷战岁月——真正的实力，他不止一次告诉瑞弗，在于总能把一只手放在执政者的臂肘上。若不是老家伙的缘故，他在国王十字车站的惨败发生后早被扫地出门了。但这一次，就算他的外公也无法保护他。

房门毫无征兆地打开了，尼克·达菲拎着一只塑料斗式座椅走了进来。

达菲负责安全局的内部安保——"看门狗"，人们是这样称呼他们的。这个职位更接近执法者，而非行政人员。拴"看门狗"的链子被放得很长，于是达菲的角色基本意味着他可以想咬谁就咬谁，顶多也就被轻轻拍下鼻子。他把椅子摔在地上的样子，还有椅子腿在地板上刮擦发出的愤怒的吱嘎声，都暗示着他此刻正想咬人。他面对瑞弗露出的狞笑更证实了这一点。除了那把椅子，他什么都没带进房间；他倒着跨坐在椅子上，抓住椅背的双手指关节上布满老茧。

不过最让瑞弗感到担忧的是，他穿了一身运动服。

运动服是你在事情可能变得一团糟时会穿的衣服。


就上午而言，英格丽德女爵今天过得还不赖。把戴安娜·泰维纳耍得团团转总是一项有益的锻炼，而此后再去试探她的口风，就漂亮地把水搅浑了。让捕食者觉得你比实际更脆弱总是个好办法。当彼得·贾德无可避免地采取行动，将其新获得的权威在安全局身上打下烙印时，英格丽德女爵至少将知道泰维纳在这片战场上的位置。她会紧紧跟随在英格丽德身后，以便寻找她的软肋。

曾几何时，事情要简单得多。一边是安全局，一边是这个国家的敌人们。这些人物的身份时常变化，取决于谁获选中、谁被废黜或遭暗杀。但总的来说，界限是分明的：你监视着你的对家，密切关注中立者，并时常有可能与你的朋友以一种仿佛还可挽回的方式闹翻。有点像在学校，只是其中规矩更少。但现如今，在监听全国电讯通话及浏览最新"吹哨人"的推特发布之余，地缘政治已鲜有人问津。若让英格丽德·蒂尔尼列举出国家安全面临的最大威胁，她会从大臣与同僚们开始写起。而研判"伊斯兰辅助者组织"[①]的确切来源，都显得无异于学术讨论了。

但是，你只能面对现实。英格丽德女爵始终坚信要立足当下：如果"大博弈"[②]已经沦落到"最新应用程序"的状态，那就这样吧。只要还有一座为赢家设立的领奖台，她就知道自己希望最终落脚哪里。

在她的办公桌上，照例放着一沓有待签署的文件：早上那次会议的内容速记、来自各部门的各类报告。最上面的一张便笺，是她离开房间时出现的，上边建议她给安保部去个电话。安保部

---

[①] 伊斯兰辅助者组织（Ansar al-Islam），该组织原称"伊斯兰战士"组织，是一个在伊拉克东北部活动的恐怖组织，同基地组织联系密切并得到后者支助。（来源：联合国安全理事会网站）
[②] 大博弈（the Great Game），指十九世纪中叶至二十世纪初英、俄两国在中亚地区展开的政治较量。

就意味着内部,因此无论发生了什么,大概都不会对国家构成威胁。她还是给楼下打了电话,又被转接至"犬舍"——毫无疑问就是"看门狗"办公室的内部戏称,然后听了一段关于一名站外特工入侵总部的二十秒综述。

"那他现在在哪儿?"

"楼下。达菲先生正同他谈话。"

这样的事态发展常令人感到遗憾,也就是被达菲先生谈话。

她说:"有没有明确的理由——他叫什么名字?"

"卡特怀特。瑞弗·卡特怀特。"

"卡特怀特到这里有什么明确的理由吗?"

"他是斯劳部门的,长官。"

"这是背景情况,当然了。但我想那不一定构成理由。好吧,我们还是让达菲先生来处理。等他忙完了让他给我个电话。"

卡特怀特,她心想——那家伙的外孙——要是她没搞错的话。

她摇摇头,或许没什么事。

她刚要拿起笔,电话又响了起来。


尼克·达菲说:"每天早上我一醒来就会想,今天谁又要来干扰我的业力?因为总会有人冒出来。像我这种工作,很少有机会能踏踏实实坐下来,趁上班之前读读报纸、看看表。"

一开始瑞弗还以为,达菲打算模仿他所说的踏实坐下来的片段,但这位年长者清楚自己在做什么。他只是将椅子稍作倾斜,然后让椅子腿猛地砸了回去。瑞弗没有眨眼。这是一场哑剧。到目前为止,达菲还没说过什么话,不是他此前已重复过上百遍的老调重弹。

"不行,因为总会有人惹上麻烦,而正是我这个任人使唤的角色,不得不去帮他们解围。把安全局的工作证落在了酒吧?我们让尼克去找回来吧。同一个过分热情的卑鄙小人说了不该说的话?万一尼克消除不掉痕迹再说吧。在大使馆的舞会上找错了上床对象?别担心,尼克会去结结实实地恐吓她一番的。你知道这类事的。我们'看门狗'内部给它起了个代号。我们叫它'真正的臭狗屎'。"

瑞弗希望长话短说,就问:"我是被逮捕了吗?"

"所以通常情况下,你看,我只是个被美化了的交换工,确保一切处理得当,没有持续后果,小报上也不会出现什么令人不快的惊喜。但是今天我们遇到什么了?一件特别的事。有人就在我眼皮底下进了总部闲逛,还认为他们可以对'真正的臭狗屎'来一次全面升级。"

"因为如果算逮捕的话,我可以打一个电话,对吧?"

"而这个人还是一名现役特工,我和你说,但他拥有的安全许可等级比我们给这里看门人定的还要低。因为看门人需要近距离接触一些肮脏的垃圾。"他突然换了个姿势,瑞弗知道,他就要换挡了。"然而你呢,卡特怀特先生,来自斯劳屋,巴比肯路。你能知道的最高机密,就是五十六路公交车是不是准时。而且如果你想分享这条信息,还必须获得一位上级的书面许可。也就是几乎任何人都可以,对吧?如果说错了请你纠正我。"

瑞弗说:"那么我不能打这个电话了。"

"你当然不能打这个该死的电话。你能得到个眼罩就算走运了。"

"因为如果能拿回我的手机就好办了。里面有个东西你需要看看。"

"我需要什么和你认为我需要什么,很可能是截然不同的两件事,卡特怀特。让我们来看看,我是不是把事情发生的次序捋顺了。你在未获授权的情况下大摇大摆地走进总部。你把泰维纳女士从一次会议中拖出来,扯了一通关于韦布先生的胡话,这位同事可能丧失了行动能力,但不像你,他仍然是一名声誉良好的长官——"

"上次我见到他,他可没站着①。"

达菲顿了一下。"你和杰克逊·兰姆混在一起太久了。那不可笑,也没有用。"

瑞弗说:"我到这儿来是有原因的。"

"我相信你有。但我他妈的不在乎。你是在一处禁入区域被发现的,而据茉莉·多兰说,你正打算染指一份机密文件,一份非常机密的文件。你知道违反《官方保密法》要受什么处罚吗?"

"我没有违反保密法。"

"您试图违反了。你知道怎么处罚吗?他们可不会让你去捡垃圾,卡特怀特。这不是什么反社会行为之类的犯罪。你是安全局的一员,纵然闯过祸,但你也戴着工作证,还被登记在册。这样一来,你的所作所为就不是什么微不足道的小罪了,是能构成叛国罪的。你本来打算拿那份文件干什么?这才是我需要知道的。你打算把它卖给谁?"


兰姆已经脱了鞋,搞得他的办公室里一股袜子味。这是路易

---

①达菲所说的"声誉良好"原文为"of good standing",因此瑞弗借机开了个玩笑。

莎所能记得的这间屋子第四糟糕的味道。她深吸一口气，迈过门槛，把何刚刚和她说的情况告诉了他。

"他回总部了？"兰姆思忖了片刻，"他外公要是还活着，会感到骄傲的。"

"他还活着呢，不是吗？"

"是，但发现外孙被逮捕了搞不好会要他的命。"兰姆不动声色地说。

"你怎么知道他被捕了？"

"如果他的手机被屏蔽了，就意味着他在楼下。而如果他在楼下，那并不是因为他们开放了地牢给公众参观。"

路易莎记起自己听过的那些关于总部地下审讯的传闻，很疑惑瑞弗到底做了什么，以致沦落至此；以及他是如何在这么短时间内办到的。仅仅几个小时前，他们还一起在厨房里煮着咖啡。他问她凯瑟琳去哪儿了。而凯瑟琳也仍不见踪影。

她说："这不是个巧合。"

"什么，他和斯坦迪什双双擅离职守？我也怀疑。"

"那我们该做什么？"

"我做我一直在做的。而你就做你昨天在做的，"兰姆以一种对于他这么大身型的人而言十分惊人的敏捷性抬起右脚，架在左膝上，开始粗鲁地按摩起来，"人口普查项目，对吗？"

"所以我们所有人就继续照常做事。"

"就当一切如常，是的。不做任何冒进的事。"他从桌上抓起一支铅笔，开始把它当作刮泥器在脚趾之间鼓捣起来，"你还在这儿？"

"瑞弗会发生什么？"

"等他们把他骨头上的肉剔干净，我估计他们就会把他退回来了。否则他只会破坏那地方的整洁。"

"说正经的。"

"不正经吗？你觉得其中哪句话好笑了？"

"你有两名特工失踪了，而你只打算坐在那儿往袜子上戳洞？"

"你们谁也不是特工，盖伊。你们只是一帮走运的废物。"

"这叫走运？"

兰姆撇撇嘴："我又没说是哪种运气。"

他把铅笔扔回办公桌，笔就继续滚动直至从另一边掉了下去。

路易莎说："我们不是特工，对。但我们是你手下的特工。你清楚的。"

"不要得意忘形。这里是斯劳屋，不是'间谍街'。"

"那还用说吗。这又不是什么《童话天地》[①]"她向屋内走了一步，"但是你觉得凯瑟琳出事了，否则你也不会派我去她的公寓。而无论瑞弗做了什么，一定也和这件事相关。所以不，我不打算回去做人口普查项目，除非你告诉我你打算对此做点什么。"

兰姆的屋内和往常一样昏暗；他已合上百叶窗，并打开了他案头那只低功率的台灯。台灯放在一摞早已过时的电话簿上，而它制造出的阴影大多伏在地面，像蜘蛛一样向四下爬去。天花板是倾斜的，地板吱嘎作响，而他挂在墙上的那些东西——一块软木公告板上，剪下的优惠券已褪色成易碎的黄色尘埃，就像制成标本的飞蛾尸体；还有一幅玻璃表面污迹斑斑的版画，画着一座桥横跨在一条看似异域的河上——几乎可以肯定是来自一家慈善商店。这些布置加重了整体的诡异感。他并不追求一处舒适的环

---

[①]《童话天地》(Jackanory)，英国广播公司的一档老牌儿童电视节目，主要内容是给孩子们朗读故事。

境，而他此刻投向路易莎的目光更强调了这一事实。

"我认为你忘了这里谁是老板。"

"不。我只是在提醒你，你是老板。"

她准备着接受他鄙夷的一瞥，或是一通冷嘲热讽，甚至是一个屁——过去有迹象表明，他可以随心所欲地传递这些信号，除非那只是他恰好异常幸运赶上了时机。但与此相反，兰姆却把脚重重放回地板上，使劲向后靠着椅子，令它发出紧绷的声音。他那一贯龇牙咧嘴的神情不见了，取而代之的是一张面无表情、几乎纹丝不动的脸。在这副消极的面具之下，她能感觉出他的思维正在剧烈地翻腾。

最后他说："我会打个电话。"流露出的热情和准备拖一艘驳船或提一捆干草一样多。

路易莎点点头，仍站在原地。

"是打电话，不是和人上床。我不需要别人一直盯着以确保我做得没错。"

路易莎可不想在脑海里浮现那个画面。她留下他自行处理，但出去的时候没有关上门。


"你本打算拿那份文件干什么？"达菲说，"你打算把它卖给谁？"

"我没打算卖掉它。"

"当然没有。而是打算留着它做个睡前读物的，对吧？"达菲站起身将椅子推倒在地，"一边翻阅首相的小秘密一边撸一发。"

"他真有什么值得对着撸一发的秘密吗？"

达菲在镜子跟前停住脚步,假装那是面镜子。他用一只手梳了梳自己的短发,或许是在查找斑秃的地方,又或许是在冲另一面的什么人打着手势,传递秘密信号。

他说:"真正好笑的是你觉得这件事很好笑。"

"我没有。"

"因为这个笑话难免将会陪你很久很久。再过几年,你可能就很难再从这件事里挤出半点笑了。"他向正靠在墙上的瑞弗走了一步,直接站到他面前。瑞弗能闻到他运动服上的织物柔顺剂味。达菲把它洗完就直接穿上了。

他说:"他们抓了凯瑟琳·斯坦迪什。"

"斯坦迪什。"

"有张照片。是从她的手机发到我手机上的。是今天早上拍的,或昨天夜里。他们想要那份文件。"

"斯坦迪什,"达菲重复道,"她是你们那里另一个需要特殊照顾的员工,对吧?"

"你对兰姆讲这话的时候,我能在场吗?"

"没有他人的准许你哪儿也去不了,卡特怀特。你的整个未来都将充斥着'是的,先生;不,先生'。"

那些话听上去有一种可怖的似是而非。瑞弗感到害怕了,因为达菲擅长此道。但在某种程度上他更害怕的是让恐惧流露出来。

不流露出恐惧,是他现在唯一能做的了。

"他们抓走了凯瑟琳·斯坦迪什,得有人去找到她。我手机里的照片。无论那面镜子之后站的是谁,都需要现在就看一眼那张照片。"

"这不是关于你的业余色情片收藏的事,卡特怀特。而是关于你窃取首相审核档案的动机。你当真以为自己能逃脱得掉吗?"

"和我见面的那个男人五十岁出头,身高一米七五。灰色西装,黄色领带,黑鞋。深色头发,两鬓发白。英格兰裔,白人,上流阶层口音——"

达菲的左手猛捶在墙上,距瑞弗的耳朵还有一英寸。"那么他是你的买家,对吧?他就是指挥你闯入总部的那个人。"

"我没有闯入。"

"那你他妈的也不是受邀来的吧。这是在哪儿发生的?"

"在巴比肯那边。"

"那么这位公子哥顺道拜访了斯劳屋?"

"我和你说了,他发——"

达菲把另一只手也捶在墙上,又向前倾身,他的额头几乎碰到了瑞弗的额头。"你想知道我为什么很难相信这个童话故事吗,卡特怀特?"

"看看我的手机。"

"是因为如果这一切真的发生了,你知道你现在应该在哪儿吗?回到你的办公桌,干你该干的事,向你老板报告所有这些……不寻常的事,而他会依照工作规程的规定,将这些情况逐级汇报上来。因为一旦你另辟蹊径,卡特怀特,就会明知故犯地置同事于危险当中……他们叫你们那边的人什么来着?"

瑞弗可以闻到达菲的气息。还能感受到他额头汗水的温度。

"听不见你说什么。"

"你知道他们叫我们什么。"

然后他就痛得弯下了腰,那是一种男人们很早就了解并永远不会忘的、熟悉的剧痛。在头一两分钟里,它还会变得更痛。但是当达菲的膝盖磕在他的睾丸上,所有关于未来的思绪就都被打消了。

达菲走开了,瑞弗则倒在地上。


戴安娜·泰维纳在铃响第三声时接起电话:"你想要什么?"

"没什么,真的,"兰姆说,"完全是我的荣幸。"

他打的是她的手机,尽管他知道她会坐在办公桌前——她对工作职责的投入程度,至少部分是由于唯恐有人趁她离开太久就搬进她的办公室而激发出来的。

"事实上我正要打给你,"她说,"财政委员会在质询你最近的费用报表。你几乎都不出房间,怎么花掉了这么多差旅费呢?"

"财政委员会怎么把他们的质询传给你了呢?"

"因为盛气凌人的女爵阁下已经下令,各式各样的垃圾都要转到我这里来。"跟着是一个停顿,若不是吸烟在总部罪该枪毙的话,那个停顿刚刚够她点上一支,"她想要强调我是多么不可或缺,也就是说,她觉得自己找到了一个摆脱我的方法。"

由于兰姆不在总部,而且在斯劳部门不会有人未经他准许就被枪毙,他点了一根烟:"你听起来对此很淡定。"

"她将不得不比自己设想的起得更早了。"泰维纳说,这话从别人嘴里说出来可能十分隐晦,但由她讲就显得相当明确了,"那么,这些费用报表。"

"别逼我,戴安娜。我手里有人质,记得吗?"

"他们不是你的人质,杰克逊。他们是你的手下。"

"那是你的理解,"兰姆说,"总而言之,我也没有以前那么多要求。有只小鸟告诉我,你们把一个我的人扣在牢里了。"

"那应该是瑞弗·卡特怀特。"

"是的,但别怪我。我觉得他母亲是个嬉皮士。"

"她在还怀他的时候就在吸毒,是吧?那或许能解释他今天的愚蠢行为。而我还以为他是你手里比较机灵的一个小子。"

"头脑如剃刀般,"兰姆附议着,"用完即弃。总之,等你们斥责完他,就把他打包递回来,行吧?我已经想出了三种令他生不如死的办法,而且想将它们付诸实践想得我心里痒痒。"

他觉得痒是毫无疑问的。铅笔够不着了,他就抓起一把塑料尺,在右脚的趾缝间来回摩擦。由于袜子的布料已经塌下去,现在这活儿就容易多了。

"是,好,"泰维纳从喉咙里发出低沉的咯咯笑声,就是使监督委员会的老男孩们都立正站好的著名笑声,"你可能需要找其他人再练习一下你的新……伎俩。"

"'伎俩'?"

"这可不是你们日常的那些不端行为,兰姆。卡特怀特企图盗窃,或翻拍一份斯科特级别的档案,这要是泄露出去,就会令安全局和政府同时陷入严峻的尴尬境地。我们不会扇他一巴掌就把他交还给你的。无论如何,这件事也超出了我的掌控。他在'看门狗'手里。等他们处理完,就会把他交给苏格兰场。"

兰姆深深吸了一口烟,动静大得让泰维纳都听出了他在干什么。他说:"斯科特级别?你们那儿还在演《雷鸟特工队》[①]吗?"

---

[①]《雷鸟特工队》(*Thunderbirds*)是一部面向青少年的电视动画片,二〇一五年在英国独立电视台(ITV)首播,讲述由美国退役宇航员杰夫·特雷西的五个儿子:斯科特、维吉尔、戈登、约翰和阿兰组成的"国际救援队",驾驶"雷鸟号"太空船完成任务的故事。安全局的档案分级系统就借用了这五个角色名。

"是的,但别怪我——蒂尔尼觉得他们是宇航员。"她的笑声再度涌入兰姆的房间,混合着他刚刚吐出的云雾,"另外如果你认为我还不知道你正在消化这件事,就大错特错了。你也不知道你手下那小子要干什么,对吧?"

"这个嘛,我今年要过个生日。或许他在找一件特别的礼物。"

"我会把那些费用的明细用邮件发过去。你或许想再斟酌一下。"

"戴安娜?"

这一次,不仅是咯咯笑了。这次是放声大笑,"哦,我的天。听起来你马上要提出请求了。"

兰姆说:"卡特怀特不是我手下唯一一个失踪的特工。如果发生任何我需要知道的情况,你最好也把那些细节写进邮件。省得我还得跑过去亲自问你。"

他挂上电话,用尺子最后给自己的脚狠狠来了一下,尺子发出一声枪击般的巨响,裂成了两半。

既然这里是斯劳屋,而兰姆就是兰姆,都没人过来查看一下那个声音是不是真的。


当他又能看见的时候,他唯一能看到的就是地面。他吐了口唾沫,然后看到了地板和一些唾沫,然后他的视线又变得模糊,然后就恢复了过来。

这下你就知道,被一个专家用膝盖踢在蛋上是什么滋味了。头脑深处有个细微的声音对他说。

这确实令人惊讶,就连最基本的技术,在一位艺术家的手里都能变成一件小小的杰作。

"我在等着呢。"另一个声音说。这次不是从他的脑袋里发出的，它存在于世界的其余部分。

瑞弗吃力地蹲起来，虽然疼痛并没有完全缓解，但这个姿势让他觉得总有一天痛感会消退。他深吸了一口气，又有点害怕这样做会使什么重要的东西破裂。他寻找着自己的嗓音，发现它比平时更遥远了一些。"'下等……马'……他们叫我们……'下等……马'……"即便在瑞弗自己听来，他的声音都像一个九十多岁的难民。"那你知道……他们怎么叫……你们？"

"人人都知道他们叫我们什么，"达菲说，"他们叫我们'看门狗'。"

"不。他们把'看门狗'……才叫做'看门狗'……他们把你叫作……一个没用的蠢货。"

"然而你才是那个躺在地板上的人。"

"你要是……在自己的后院之外……敢试试，"瑞弗说，"我们就来看看谁最终……躺在地板上。"

这又变得简单些了，他这项古老的天赋：将词汇送出自己的嘴。他抬头看，发现达菲正直勾勾地向下回盯着他。

"也许我们可以比画看看，"他说，"但不是马上。你还要忙活一会儿呢。"

"斯坦迪什，"瑞弗说，"他们抓了凯瑟琳·斯坦迪什。"

"是，好吧。我们也不是要对她袖手旁观。而你要向所有人证明她值得拿首相的审核档案来换，可就不容易了，"达菲用左手食指摸了摸右手的关节，"现在站起来，我们再试一次。"

瑞弗摇摇晃晃地勉强站了起来。

达菲说："你打算把它卖给谁？"

瑞弗说："他们抓了凯瑟琳·斯坦迪什。看我的手机，你这个白痴。"

这一次，达菲打在了他肚子上。

"对此我很抱歉。"军人开口了。

他看起来并不抱歉。

"但我们没牛奶了。"

他端来一杯用马克杯泡的茶，把它放在床头的桌子上。

"客房服务？"凯瑟琳说。

"这个嘛，出于安全考虑，我们基本不能让你随意下楼去厨房。"

"这是我听过的最奇怪的绑架案了，"她对他说，"倒不是说我是这方面的专家。但你是认真的吗？这是你头一回干这个？"

军人噘起嘴唇，好像在思索这个问题。"我们之前也囚禁过别人。但情况不一样。"

"那么，你们不打算杀了我。"

"我们不是禽兽。"

"我可以要一份书面保证吗？"她期待引对方一笑，没等来回应，于是她问，"多诺万在哪里？"

"楼下。"

不，他不在。他之前就离开了，开着货车。但假装相信他也无妨。

她说："我可能需要换衣服。"

"我说我们不是禽兽，也没说我们是玛莎百货啊。"

他转身要离开，而凯瑟琳想设法把他留下。就在他要关上门时，她想到一个主意。

"他还经常提起她吗?"

"……提起谁?"

"那个死去的姑娘。"

他顿了一下,然后说:"她不是一个姑娘。她是武装部队的上尉。"

"我很抱歉。但总之她死了,对吧?他提起过她吗?要是我,肯定会的。"

凯瑟琳能意识到自己越说越大声——她很少在语气上失控,但她太急于让他留下,多说些话,帮她弄明白自己为何被带到这里,以及别处又在发生什么。

"如果是我在酒后开着那辆害死她的车——我是说。"她讲完了。

他摇了摇头,在她看来显得很悲伤,然后走出房间,随后用挂锁锁上了门。

过了一会儿,凯瑟琳伸手去拿那杯茶。

尼克·达菲往脸上泼了些水,然后死死看向浴室的镜子,没发现有任何异常。一早上的工作,它们不总像这样——嗯,不可能的。这不是一个警察国家。

等他用一张纸巾把自己擦干,就透过双面镜观察卡特怀特。他本以为那个孩子(也不完全是个孩子,但达菲觉得自己有资格这么叫)会瘫坐到那把椅子上。椅子是达菲特地留在那里的,就是为了下一步再将它从他身下夺走。然而,卡特怀特仍旧站着。他靠在墙上,即便似乎看起来不怎么高兴——看着就像一条鱼一般苍白,还伴随着腹痛;但达菲注意到,他并没有把自己挪出镜子的视野。事实上,他此刻还向镜子竖起中指,就像知道达菲正在观看一样。

也可能是恰好蒙对的。

他走开了,从墙上的挂钩上摘下手机。一个三位数分机号显示戴安娜·泰维纳找他。

"他不愿改说法。"

"提醒我一下他的说法是什么来着。"

达菲复述了一遍:斯坦迪什的照片,简短的指令。天桥上穿着西装,有公子哥口音的男人。

"听起来似乎是他把卡特怀特激怒了。"

"那么你相信他?"泰维纳问。

达菲看看自己闲着的那只手。没有任何迹象表明,这只手今天早上做过比拿起一杯热咖啡更严酷的事。

"我认为如果不是真的,他就会换个说法了。"他说。

他已经习惯了戴女士的沉默。通常这意味着她正在吸收信息,并分出其中的利弊。而这次感觉不一样,似乎她已经对正在发生的情况有所把握。

隔壁房间里,卡特怀特再次做出了竖中指的手势。达菲判断,他是在自我循环。一个表达蔑视的循环,因为尽管过去的二十分钟在他身上发生了那么多事,他还没有领悟自己蹚的这摊浑水的本质或深浅。

泰维纳说:"你派人去找这个男人了吗?天桥上那个?"

"一个男人,在伦敦的一座天桥上,两个小时前,"达菲说,"不然我们封锁城市吧。"

"再那样和我讲话,"泰维纳波澜不惊地说,"你就和卡特怀特愉快地对调位置吧。那个女人呢——斯坦迪什?"

"照片在他手机里。如他所说。"

"那是从哪儿发过来的?"

"她的手机。"

"当然了……追踪到了吗?"

"据我所知没有。"

"你把他打得多严重?"

"几乎没动他。"

"按你的标准,还是通常的标准?"

"他或许是一匹下等马,但毕竟不是平民。他会活下来的。"

"最好如此。兰姆会变得……暴躁——如果他的手下受伤的话。"

"我以为他瞧不上自己那些手下。"

"那不等于他喜欢别人欺负他们。好了,眼下就让卡特怀特流会儿汗吧。我们迟早会得到上级指示。"

"上级?"

"哦是的。英格丽德女爵被传唤到了内政部。你知道这让她有多开心吗?"

卡特怀特又在比画中指了。显然,他不可能知道达菲就在那里,但这仍令达菲越来越恼火。

他说:"你看。关于封锁城市的玩笑,我——"

"你刚刚把别人揍了一顿。这让你过度自信,让你觉得自己无懈可击。"

"大概……"

"相信我,你并不是。"

泰维纳挂了电话。

达菲拨出另一通电话,在双面镜前站定。时不时地,瑞弗·卡特怀特就会重复那个手指动作,但在达菲眼里看着越来越不当真了。他们用淘汰的马做什么来着?——哦对了:狗粮和胶水。再等一会儿,他要冲进隔壁房间去提醒卡特怀特这件事。但与此同时,他得来杯咖啡。

他悄悄走出房间,以免让那个孩子听见动静。一想到他站在那里,对着一个空房间反复竖中指,虽然这还不太能抵消戴女士临别时给他的打击,但想想倒也无妨。

# 7

英格丽德·蒂尔尼的后院布满荆棘——始终保持警惕的需要、无处不在的恐怖主义威胁、戴安娜·泰维纳——又加上了一项：内政大臣的召唤。不久以前，接到这样的来电还算不上什么麻烦，她只需赶赴大臣的办公室，输出一通陈词滥调的同时保持目光接触，就像在安抚一只焦虑的小狗。但彼得·贾德看向她时可不为寻求安慰，而是上下打量以寻找弱点。当着其他人的面，他曾声称他俩一见如故，恰似老房着火，但显而易见两人当中谁是浇汽油的那个。

搭乘地铁上班是蒂尔尼女爵的习惯，但去办其他事就会动用公车。车载着她穿过在酷热中逐渐枯萎的街道。这轮反常的天气刚开始时也曾令首都充溢着色彩；但当炎热的日子转为一周接一周的烘烤，鲜亮的光彩就同旧油漆般褪了色。绿色植物纷纷死去，使公园变成棕色、毫无生气。人们在一片又一片阴影间流窜，脸上写满创伤幸存者式的屈服神情，并对关于下雨的谣言像对彩票中奖新闻般喜闻乐见。天气反常的话题已成为互联网的流量主力。与此同时，大街小巷沦为那无情天空的残酷投射，一切都令人眼花缭乱又令人痛苦不堪。

但是车内有循环冷气，从外表看来，英格丽德·蒂尔尼并没被热浪或令人不快的想法困扰。她穿的夏装是崭新的，源自近期财务状况的好转。她那颇具男子气概的面容也松弛下来，变成一副慈祥的面具。她看上去就像那种给人送橘子的友善老奶奶，但面具之下，蒸汽阀门在嘶嘶作响。贾德的电话召唤由他本人打来，而非通常负责此事的侍从，但他丝毫没有透露所为何事。不过，他的语气散发出胜利的喜悦。无论他打算玩什么把戏，都先拿到了一副好牌。

还是一样，随他去吧。蒂尔尼女爵不同政客谈条件。

除非他们扼住了她的喉咙。

到了大臣官邸，开启正门的是名长相俊美、但颇有些口齿不清的年轻男人。没人怀疑贾德是异性恋，既充满热情又不挑剔；但他的随从却倾向于少数派群体——贾德不是无缘无故戏称他们为"军妓"的。也完全有可能是他先想到了这个俏皮话，才对随从人选做出了相应抉择。

"英格丽德女爵。"当她走进办公室时他说。

"内政大臣。"

"恕我自作主张了。"

乍听之下，这句话就像对他在内政部任职至今的一条要点总结；但其实说的是一旁桌上的茶盘。

依他指示，她坐进一把扶手椅里，并注意到这个房间基本还保持上一任大臣在位时的样子，也就是说不仅沿用了胡桃木镶板、成排的图书及土耳其地毯，而且贾德甚至连艺术品都没更换：一些单调的静物画、几场海战的画，还有一个就政治格局而言早已过时的大型地球仪。考虑到贾德有在万事万物上打下自己烙印的偏好，蒂尔尼看出来了，他并不想在此地久留。他的前任也是如此，但却是出于截然相反的理由。

"要牛奶吗？糖呢？"

她摇摇头。

彼得·贾德倒好茶,又把杯子和茶托放到她手肘边的桌上,然后在对面的椅子里落座。

他是个魁梧的男人,不是胖,而是块头大。而且虽然去年他已年届五十,却还保持着学生模样和蓬松的头发,这些都令他深受英国公众的喜爱,并成为电视节目里不太具挑战性的那类节目的常客:由拿着台本的喜剧演员主持的沙发访谈。通过坚持不懈的努力、人脉关系及家族财富,他建立起了个人招牌——一个爱惹是生非的家伙,留着蓬松的刘海儿,还有一辆自行车。这使他在党内显得卓尔不群。如果他那些临时同僚为求政治团结,有意削去这颗突出的脑袋,他们姑且还没找到适用的斧子。蒂尔尼本人关于他的认知更多也是猜测,而缺少事实。事实上,他的"黑历史"被清理得那么干净,足令她确信他已拿出打理自己那头秀发般的细心,粉饰既往的严重罪行。

而他现在盯着她的样子透露出,他对接下来即将发生的事兴致勃勃。

"那么,大臣,"蒂尔尼从不喜欢被逼着在自己的罚单上签字,她说,"今天你的问题是什么呢?"

"哦,我没问题。只有一大堆等着派上用场的解决方案。"

她假装没有叹气,或至少装作不想让他注意到自己正努力不要叹气。"那么这是一次社交会面吗?实属荣幸,大臣。不过我眼下稍微有点忙。"

"我估计也是。今天早上你遇到了些乱子,是吧?"

"乱子"是PJ最爱的一个词。他会用它来形容最近小报上关于他同一名脱衣舞女郎间友谊的爆料。他也曾用该词来指代"9·11"事件和全球经济衰退。

"你指的是哪种——呃——乱子?"

"一次入侵。"

他说的是卡特怀特的事,她明白了。那件事并不重要,也没导致什么后果,这就意味着其中还有某些情况她尚未知晓。

"也不好称之为入侵,"她说,"一名站外特工迷了路。总部挺容易让人迷失方向的。"

"这我记得。"

"此外,这件事在二十分钟内就了结了。我动身时,那个年轻人正被我们的安保部主管——呃——斥责,"她又呷了一口茶,"你确定这类事值得你劳神吗?我以为你的议程上还有更重要的事务。"

话虽如此,对于他怎会比她更早得知卡特怀特这通胡闹的疑虑,英格丽德·蒂尔尼女爵绝不会将之视为小事一桩。

"没有什么情况会被我视为不值得关注,"他在运用"视为"这样的措辞时,就会带上一种前公立学校男生般矫揉造作的腔调,"当然,尤其是那些致使我们的国家安全局的专业操守存疑的事件。"

"操守,"她说,"真的吗?"

他向后靠进椅背里。"再来点儿茶?"

"不必了。"

"确定吗?那你不介意……"

她摇摇头。

他将自己的茶杯倒满,慢慢搅动,目光并未从她身上挪开。

"大臣,你具体指的是什么?"

"好吧,非常简单,英格丽德女爵。告诉我,你熟悉'猛虎队'这个词吗?"

英格丽德女爵端茶杯的手低了下去。
"噢，天哪。"她说。

出租车将蒙蒂思放在一栋多层停车楼的外面。那是一栋单调乏味、毫无灵魂的建筑，这主要是由其功能决定的：如果哪位建筑师能设计出一栋景观宜人的停车楼，文明社会的使命也就达成了。蒙蒂思在心中提醒自己，下次与彼得·贾德碰面时要将这一洞见加进谈话里，然后就沿着坡道走进了这栋楼。尽管人行便道上热气升腾，地面以下的楼层却带着一股潮湿的泥土及霉菌气味。他绕过坑坑洼洼的混凝土地面上的一块油污，拉开通往楼梯井的沉重大门。

一股与先前不同的气味扑面而来，其中混着尿味。文明社会在此处的使命还任重道远。

他一步踏上两级台阶。年逾五十后，他仍为自己的身体状态感到骄傲：几乎从不吸烟，只抽上好的古巴雪茄；从不饮波特酒或利口酒——每周仅限三晚喝些红酒（其余时间喝白葡萄酒）。即便严格来说，这些还算不上一套健康的饮食起居规划，但作为起步也是不错的。再者说，他是一位领袖，不是一名步兵。之前当瑞弗·卡特怀特抓住他的衣领时，他并没有本能地感到恐惧，正是缘于他们之间的这份天壤之别。卡特怀特是一枚小卒，且不自知。蒙蒂思的地位则堪比国王，而今天的任务还将有助于巩固这一点。

卒不可以干掉国王。这是最基本的自然法则。

多诺万正等在停在顶层的货车旁。蒙蒂思心想，这家伙就是另一个例子。本来肖恩·多诺万今天也能混到蒙蒂思的位置了；

但该死，就差了一点。然而这就是逐级晋升的问题所在——这个词叫做"军官阶层"是有道理的。所谓"阶层"就是传承在血脉里、而非别人灌输给你的东西。

他边那样想着，边不动声色地喊了一声："多诺万！"

多诺万没有回应。

又绕过一片油污。这边光线要好一些；建筑的边缘都向户外敞开，理论上能促进空气流通。但是午间的热浪一团团地到处流窜。你每次遇到它，都像迎面撞上了一堵墙。

他抑制住想把一根手指伸进衣领松一松的冲动。你得牢牢保持住仪表。

"多诺万，"距离不到一码时他又叫了一次，"一切顺利吗？"

"目前为止还顺利。"

在设想这一刻时，斯莱·蒙蒂思记起，自己本来想象的是一个击掌相庆的情景——计划成功落地；双方为彼此高兴，也为自己高兴。可肖恩·多诺万看起来反而比平时绷得还要紧。

没关系。蒙蒂思不需要多诺万的赞许。真正的庆贺迟些就会到来。

因为无论你对彼得·贾德有什么看法，他是知道如何对一件干得漂亮的工作给予认可的。


"一支猛虎队。"英格丽德·蒂尔尼说。

"一支猛虎队。"

"我非常清楚猛虎队是什么。"她对他说。

她现在开始感到，贾德的手指掐住了她的喉咙。

就本质而言，猛虎队就是雇佣兵。他们受雇不是去消灭你的敌人，而是测试你自身防卫力量的强弱。你派遣猛虎队去发动模拟攻击；招募黑客对安全系统进行压力测试，或是指派一支新兵小队去考验一组保镖的业务能力，诸如此类。今年早些时候，针对伦敦一家主要公共设施供应商，她就亲自督办了一场由安全局执行的攻击，以验证人们对首都基础设施严重不堪一击的担忧。结果令人喜忧参半。原来要让一家大型能源供应商陷入瘫痪，竟是如此易如反掌；然而随着近期能源价格的飙升，人们似乎大多表现出了乐见其成的态度。再说，广大民众显然会将全球葡萄酒短缺对其福祉造成的威胁，看得比恐怖主义更要命。同理，蒂尔尼女爵现在也开始意识到，安全局（以及她本人在其中的地位）面临的最大威胁似乎源自内政大臣，而不是那些较为传统的敌人了：恐怖分子、国安系统内的其他竞争者，以及《卫报》。

"而这是你安排的。"她说。

他点点头，显得颇为自得。这副表情本身也没什么特别——洋洋自得的样子是彼得·贾德的常态；但从如此近的距离看过去，还是让蒂尔尼想把茶壶扔到他脸上。

"我能问为什么吗？"

"为什么要做这些？我想自己确信一下，安全局的工作规程无懈可击。我们不可能依赖一个连自己都保护不了的安全保障机构，不是吗？"

"那么这个结果让你放心了吧，"她说，"没有发生损失。"

他冲她摆了摆手指。搁在多数人身上，这只会是个修辞上的说法；但内政大臣喜欢装腔作势的偏好令他果真伸出了一根手指。"你的一名特工被当街掳走，另一名则被诱导着企图从你自己的地盘上窃取数据。"

"但失败了。"

"可是他就不应该进到那么里面。我们是有流程的，英格丽德女爵。在他到达的那一刻，你的手下就该将事态升级。而他没有。无论以什么标准衡量，那都是一次严重失职。而以我这名分管安全局的大臣期望达到的标准来看，这就是一处需要采取措施的缺陷。"

在与那位一想到采取措施就瑟瑟发抖的大臣打了几年交道后，被提醒并非所有政客都会先求自保再做决定，也是有益的。然而这种事非要发生在她的眼皮底下，实在令人难堪。

"这支……猛虎队，"她说，"具体指的是什么人？"

"一个叫西尔维斯特·蒙蒂思的家伙，"贾德用一种介绍他从村里请来个修树篱的矮个子男人般的语气说道，"他在运营一家叫做黑箭的机构——真是可笑的名字。不过，我猜用在这个领域也算合适吧。"

"黑箭。"

"你应该没听说过它。到目前为止，主要还是做企业安全的。你知道那种业务，就是给公司的防火墙来点刺激，看看哪里有漏洞。注意，全部主场作战，没有外国风投介入。"贾德把茶杯和茶托放在他搭在右膝的左膝上，"如果要我说，对阿富汗的阴谋诡计敬而远之吧，明智点儿。那边有的是钱，当然，但保险费也高得要命。"

"真是太令人沮丧了，"蒂尔尼说，"那你是想告诉我，你雇了这个人吗？"

"收费也太合理了，而且。我真的不能劝你再来点茶了吗？"

"不了。我猜这个西尔维斯特·蒙蒂思是你的一个旧心腹吧。"

"他更愿意别人叫他斯莱。"

"这就解答了我的问题。"

"我们都知道议会是怎么回事,英格丽德。它被称作'村子'不是没道理的。很显然我们以前认识。"

"如我所说。一名心腹。"

"这个说法在我的词典里没什么意义。任何成功的生意、任何兴旺的公司都不可能忽略人际关系的。事情就要这样才办得成。"

"伊顿认识的?"

"我不打算和你玩这个游戏。"

"我离开这间办公室后,只用二十秒,就能知道他腿内侧的长度。"

"那好吧。对。碰巧是的。"

"还有牛津?"

"不,其实,"他又端起了茶杯,"好吧,对,不过是圣安妮学院①,见鬼。"

"在多数人眼里,那里仍算是牛津大学。"

"这正是我们不让'多数人'来做重大决定的缘故。"

"一个关于民主进程的有趣论调。"

"不要装天真。那不适合你。"

"让我们说回正题吧,好吗?你决定,不和任何人商议,就聘请一位老同学来安排一支——呃——猛虎队,到你负有大臣责任的安全局。你不觉得这当中存在任何利益冲突吗?"

"完全没有。一旦商议就彻底失去意义了。你哪回不是抢在参加某次闭门会议的那些大人物走出大门前,就拿到了会议纪

---

① 圣安妮学院远离牛津其他学院以及市区,在牛津各学院里排名接近最末。

要？一有什么风吹草动，你早已经进入备战状态。"

她对他的逻辑无从指摘。

"此外，"他说，"如你所言，我肩负着大臣责任。确认安全局是否称职乃我职责所在。甚至是一项义务。"

"工作规程上的一次小失误谈不上——"

"一次小失误就够糟的，哪怕我也同意，它不算重大。可是你们摄政公园总部遭遇了一次未经授权的闯入，这在任何人眼里都是严重破坏安全的情况。"

"是被一名安全局的员工。不是你的某个雇佣兵。"

"那也仍是一次未授权闯入。而且那个正被审讯的年轻人，都算不上一名合格特工吧，不是吗？据我耳闻，这小子多亏了他的外公才没在训练结束前就被解雇。我听说他把国王十字车站弄瘫痪了，还是在高峰时段。退一万步讲，这也是个职责边界的问题。搞砸交通基础设施是市长干的活。"

英格丽德女爵怀疑这个段子他从前就讲过，或许面向更广大的听众时还会再讲。

她说："我对他是未经授权就进入的不敢苟同。我们的一位副局长批准了，我想应该是戴安娜·泰维纳。"

"而获准进门后，他就开始四处乱窜。我们别纠缠这些细节了，英格丽德。他被发现企图获取机密信息，应该进监狱。我想我们可以让他至少蹲个十年。"

"那你那帮欢乐的朋友呢？他们'捉'了一名特工？绑架同样是要付出代价的。"

他挥了挥一只手，好像在驱赶一只马蜂。"会有一份豁免文件，而且是签字生效的。"

"你对此很有把握啊。"

他对她报以淡淡一笑。

"一个留着蓬松刘海儿、爱惹是生非的人……"但是关于彼得·贾德,有一点很重要,她提醒自己,就是他表现出的和蔼可亲实则非常多面。在镜头前、在听众前、在任何需要最佳表现的场合下,他都能游刃有余地拿出亲切寒暄的功夫。在伦敦东区一家街角商店里同赌球者们相处,就像在正装出席的晚宴上面对十二件餐具一样自如。然而就在这层表面功夫之下不远处,潜藏着一股能把铬①都烧焦的脾气。正因如此,她知道他一定掩盖了自己的个人历史。像他这种心理构造的人,人生绝不会是未受损害的。

但是此时此刻,他占据了上风,对此他们二人都心知肚明。

她说:"非常好。小卡特怀特去'苦艾丛'②蹲监狱,私营公司则喝金汤力受款待。我猜我们即将听说斯莱·蒙蒂思要签更多利润丰厚的合同了吧?或许他可以替换掉那些竭尽全力毁了奥林匹克的小丑。"

"尖酸刻薄是很不得体的。"

"你希望我递交辞呈吗?"

他摊开一只手掌,仿佛在展示自己毫无恶意。仅有一只手掌,她注意到。"老天保佑可别啊。"

"那你想要的是什么?"

他不像其他很多政客那样,把时间浪费在假装听不懂她的意思上。"一个,啊,我们该叫它什么呢?一个共识。不,一个同盟。"

"你是我的大臣。我每天向你汇报。我们肯定已经具备共识

---

① 铬的熔点为 1907 ℃。
② 伦敦西郊的一处男子监狱。

了。至于同盟，毫无疑问我们是站在同一边的。"

"噢，我们都是站在同一边的。但那不意味着我们不会挑选团队。你是一名公务员，我是一位政治家。一切顺利的话，你应该可以一直领导你的部门直至退休。但无论如何，我不会再在这间办公室待上一年了。如果我在任期内离开这里，那是因为我将要搬进唐宁街十号。否则的话……嗯，众所周知政治生涯总会面对失败。"

"而你担心自己可能会失败。"

"一旦首相认为他处于足够强势的地位，是的。他把我拉入伙就是为了避免我作为后座议员对他发起挑战。而现在这种挑战再出现的话，看起来就……"

"背信弃义了。"

"就不礼貌了。"

"因此不大可能在党内获得支持。"

贾德眨眨眼表示默认。

"除非他的处境发生了变化。"

贾德又眨了眨眼。

办公室里很凉爽。不知从何处嗡嗡吹来一阵虚假的微风，仿佛是擦着一层冰块刮过来的。但在其之下，基于她已知的情况，英格丽德·蒂尔尼突然感受到一股暖意。贾德想要狠狠教训一下安全局的心思一直显露无疑。这样既维护了他目前的掌控力，又替三十年前的自己报了被拒之仇。但除此之外，他也想要（或说需要）她的协助。蒂尔尼领会到了他这种步步为营、以获取最大利益的能力。与其指挥两头去攻击中部，还不如守住中部，并让两头分别荡平它们力所能及的其他敌人。

她说："我明白了。"

"我还以为你早明白了。"

"那么卡特怀特被指派去偷的那份档案——不是随机选择的。"

"就演习而言,哪份档案都一样。"他不假思索地说。

"当然。我只是开始有点明白了,如果他得手,你可能会拿它来做什么。"

"这个嘛,"他说,"这是绝不会发生的,对吧?除非总部的安全状况变得比现在的风险更大。"他突然起身,端着空杯和茶托走向茶盘。然后背对着她继续说:"此外,我要查看一份由我管辖部门保存的旧档案里的内容,也没必要如此大费周章吧。"

"取决于通常的限制。"英格丽德女爵说。

他走回她就坐的地方,然后伸出一只手。她把自己的茶具递给他。

他说:"那当然。我只是想要确保所有同国家安全相关的信息都会被送交我知晓。这就难免包括那些事关被委以重任者的可靠性或其他方面的信息。"

"然后就会被用来把那些不可靠的人统统赶出办公室。"

"这个嘛,一旦我们认定一名公职人员存在失职,再不采取任何措施就算玩忽职守了。"

他把她的茶具拿到桌前,小心地将几个空茶杯和用过的茶托尽可能高效地码在桌上。然后返回自己的椅子再次坐下来,愉快地微笑着。

她说:"你知道过去半个世纪以来,安全局有多少次被要求考虑做你提议的这件事吗?"

他假装思索了一阵。"我猜每个任期至少一次吧。但我们也别操之过急。重要的是,我们都清楚自己在谁的团队里了。"

"知道了。"

或许那是很重要，但对未来的合作做出承诺也很容易。如果此时此地发生的最坏的事，只是让她回到总部独自舔伤口，英格丽德·蒂尔尼都要将其视为凯旋了。然而她就像了解自己的心思一样清楚贾德的意图，在将她逼到死角，使她别无选择、不得不投降后，贾德还会得寸进尺地展现自己的实力。她曾听别人说过，胜利，就是确保你的对手再也无法摆脱每天头一沾枕头，就会心怀恨意地想起你的脸。一直未婚的蒂尔尼从前觉得这说法未免夸大其词；但现在她毫不怀疑，这就是贾德的信条之一。

在这种处境下，就算几乎立刻就被证明是对的，也不能给人多少安慰。

彼得·贾德从他座椅旁的桌上拿起一件小金属器具——一只雪茄剪，或别的什么同样可笑的工具，然后带着一种心不在焉的神情细细端详起来。对于这样一位敬业的政治家而言，这真是个初学者的招式。

他说："这个叫做斯劳屋的地方——有趣的名字——我记得是巴比肯附近的一套旧办公室吧。"

她点点头。

"让你可以把那些被淘汰的人打发去那里。"

"解雇员工不总是那么明智的选择。"

"是吗？我可从没觉得那是个问题。"

确实，他似乎从没为法律诉讼担过心，无论关乎雇佣纠纷还是亲子鉴定。

"所以那里就是这个叫卡特怀特的家伙被派去的地方。"

当他显然知道答案时，她感到自己的回复毫无意义。

贾德自顾自地长舒了一口气，仿佛在享受一小段属于自己的愉悦时光，然后把那件金属工具放回桌上属于它的地方。

"如果它存在的目的是重新训练那些白痴，那么显然并未达标，"他说，"那我们就把它关掉吧。"

"斯劳部门？"

"对，"他说，"关了它。就今天。"

杰克逊·兰姆不相信预兆。当肠道感觉异样时，通常是因为他迫使自己的肠子经受了一些虐待。但坦率说，这玩意儿对他的生活方式已经如此适应，他可能得往里面灌除草剂才能引起严重反应。尽管如此，他不喜欢今天事情发展的势态。卡特怀特在总部被捕，闯下大祸，即便是对这名神童而言；兰姆毫不怀疑当戴女士说他们可以同他永别时，她所说的每个字都是认真的。即便他可以在一定程度上心平气和地设想一个没有瑞弗·卡特怀特的未来；如果凯瑟琳·斯坦迪什出现了，她对这件事也会有很多话要讲。而兰姆很早以前就明白，不要惹怒给你早上泡茶的人。

如果她出现……抛开他的肠道不谈，各种事实开始汇集。卡特怀特在任何一天早晨做出史诗级蠢事的概率是均等的；凯瑟琳·斯坦迪什擅离职守的可能性就小多了。而这两件事同时发生，就意味着其中有所关联。如果兰姆不得不赌一把，他会把赌注押在因果联系上。卡特怀特得知了关于斯坦迪什失踪的某些情况，这让他匆忙赶到总部，然后全速撞到了墙上。

是时候让一个更老道、更智慧的头脑接管局面了。

他放了个屁，然后坐进凯瑟琳的椅子里。

兰姆不常到这间办公室来。在斯劳屋的其他地方，他都能随意来去，窥探着各种隐蔽的角落和夜深人静的转角，唯独斯坦迪什的办公室除外。如果其中有什么她当真不想让他发现的东西，他很可能无法在不破坏建筑结构的前提下找到它。而待到他醉得相信这么做很有可能成功时，通常已经无力将此计划付诸实施了。

桌面整理得十分清爽，这并不奇怪。中央靠前的位置有一摞报告，正常来说本该在兰姆今早到达时就放在他桌上了；那么此刻，他应该已经把它们从原始状态打散翻乱，并且洒了不少这种或那种饮料上去，以代替真去读这些见鬼的东西，并确保它们在被塞进保密文件袋、运回总部之前被重印。明知他们这帮人个个不受重视，斯坦迪什也从未放弃尽其所能地让他们显得更专业一些。这也是兰姆判断她不再有性生活的其中一项理由。

他拿起那些报告，边沉思边掂量它们的重量，仿佛在评估其中所含情报的分量，然后就把它们丢进了废纸篓。"轻重缓急。"他对自己嘀咕道。然后站起身，在这间小办公室里转悠起来。

空气中弥漫着一股淡淡的花香，或者说就在片刻之前还在这里飘荡。罪魁祸首并不难寻：挂在窗框上的一只细棉布小包。兰姆用拇指和食指轻轻拽了拽它，但还没有轻到不把它的挂绳扯断。他任凭它掉在地上，继续着自己的巡视。两组文件柜。衣架上挂着一只亚麻手提袋，还有一把伞。一切就像是他自己办公室的迪士尼化版本：小一些，于是显得更舒适；整洁一些，于是显得更干净。好吧，说实话，干净就是干净。她直到昨天晚上还在这里，但这个房间已在渐渐沦为一件博物馆藏品了。他有一种奇怪的感觉：再过二十四小时，每件东西就都会覆上蛛网。

控制一下……

没必要把这间办公室翻个底朝天，因为他已经知道其中不会有线索了。斯坦迪什昨晚下班后,给他打了两通电话,意味着无论发生了什么,都是在她离开斯劳屋之后发生的……不过,依照原则,他还是检查了她的办公桌。她公寓的备用钥匙不见了,这让他愣了一下,然后才记起路易莎·盖伊去查看了她的住处。其余就没什么引人注意的了,除了在最下层的抽屉里,有一个裹着包装纸的瓶状物。纸的年头太久了,经他一摸就噼里啪啦响起来。他把它抽出来。是一瓶麦卡伦①。还未开封。他仔细看了看,就把它重新包好,塞回抽屉里。

他抬起头,发现路易莎正靠在门框上。

"什么事?"

"在找什么东西吗?"

"如果是,我现在肯定已经找到了。"

他倒回斯坦迪什的椅子里。"砰"的一声锐响,椅子表达了自己的不适。

路易莎说:"你不认为她是醉倒在什么地方了。"

"不。"

"你确定。"

兰姆没回答,而是在夹克口袋里摸索一番,掏出一支烟。他闭眼点上烟,然后猛地吸了一口。

"总部的人说什么了?关于瑞弗?"

"他被捕了。企图盗窃一份档案什么的。你愿意的话可以去把他的桌子清干净。"

"没过多久,不是吗?"路易莎说,"凯瑟琳不知所终,而不到二十四小时我们又少了一个人。我估计我们能撑到这周结束。"

---

①麦卡伦(The Macallan),通常被认为是苏格兰最著名的威士忌品牌之一,以高品质单一麦芽威士忌而闻名。

"我们？"

"斯劳小队。"

兰姆咯咯笑了起来。

"你不认为我们是一个团队？"

"我认为你们就是附带伤害。"兰姆说。

"然而你还是在做这个，寻找线索。瑞弗要偷的是什么档案？"

"错误提问。你应该问的是，卡特怀特到底要偷档案做什么？"

"好吧，我猜那是他们要的赎金，"路易莎说，"抓走凯瑟琳的人和他取得了联系。"

"何追踪过她的手机了吗？"

"她把电池拿掉了——或者有人拿了。"

兰姆哼了一声。

"那现在怎么办？"

"这个么，早就过了午餐时间，"他说，"还没有一个家伙给我送份外卖。"

"原来这才是经过权衡的大局观。那其他问题怎么办？你知道的，你的团队所面临的危险，那一类的。"

"卡特怀特没有危险。他们可能会修理他一下，但很快就会把他送去当苦力的。他将非常安全。"

"但是在监狱里。"

"对，好吧。愚蠢的草包在踏上那段糟糕的伟大冒险前本应该先动脑想想。他是在军情五处，不是《冒险五人组》[①]，"兰姆把烟灰弹在凯瑟琳的办公桌上，"你还以为，他如今已经明白这个道理了。"

---

[①]《冒险五人组》(the Famous Five)，英国作家伊妮德·布莱顿（Enid Blyton）以四个孩子和一条狗为主角的系列冒险故事。其改编电视剧曾于二十世纪七十年代风靡一时。

"那凯瑟琳呢？"

"记得我刚刚说过的附带伤害吗？"

"那么无论是谁在和斯劳部门作对，你就打算顺其自然了。"

兰姆双臂垂在两侧、向后靠去，椅子发出了危险的吱嘎声。"那你想让我做什么？"他说，"我们又不知道谁在和我们作对。"

"那等我们找出来了呢？"路易莎问。

"啊，"兰姆说，"那就是另一回事了。"


"斯劳部门，"贾德说，"关了它。就今天。"

"就这样？"

"就这样。那栋楼是归我们的吗？"

"是。"

"那更好。既然现在市场回暖，我们可以把它卖掉。就能用那笔钱来买那个奇怪的解码器戒指了，怎么样？"

"还有那些特工呢？"

"把他们干掉。"

"……真的吗？"

"不。可是你还觉得有必要问一下，这真有趣。不，解雇他们就行。他们都是弱智，否则也不会跑到那里去。把解雇通知发给他们，跟他们说再见。"

"杰克逊·兰姆——"

"我知道这个杰克逊·兰姆。他应该知道些内幕隐情，对吧？简讯一则：一辈子干这行的人里没有从未碰到过尸体的。而如果他打算大闹一场，就将领教到《官方保密法》的厉害了。'苦艾丛'关他简直绰绰有余，还有卡特怀特。说到此人，对，就把他交给穿制服的去吧。我可看不出有个干这行的外公就该受优待的道理。"

而说出这种话的男人,自己亦有一位为他支付学费的祖父。

当然了,蒂尔尼清楚这是怎么一回事。斯劳部门对贾德而言毫无意义;他比她更不在乎这个部门,而她是丝毫不在乎的。若不是那个部门被戴安娜·泰维纳视为眼中钉,她早就不假思索地将之清除了。兰姆在局里的确是个传奇人物,然而博物馆里满坑满谷都是曾经的传奇:给它们贴上标签,挂在钩子上,然后它们很快就失去了魔力。下等马们到下午茶时就将成为历史,在晚餐前就会被她遗忘。但遵照彼得·贾德的指令清除斯劳部门,就完全是另一回事了。如果她这次让他得逞,就会落入他的口袋。

当然,如果你打算刺探口袋主人软肋的话,口袋里是个好地方。

她说:"就当成交了。"

多诺万转身拉开车门,从车厢深处拿出了什么东西。有一瞬间,蒙蒂思还以为那是一把带细长枪管的手枪。消音器?但当多诺万拧开瓶盖、喝了一口,蒙蒂思才发现那是一瓶水。

他摇摇头。太热了,也太刺激了。从户外耀眼的阳光下到停车场里充斥着汽油味的空气,就像从一种能量状态切换到另一种:才被阳光暴晒得晕头转向,现在又被污染追击得狼狈不堪。这令他再度意识到,伦敦这座城市不只有一面。有让他舒适地坐在出租车里四通八达、景观开阔、讲着令人愉悦的富足阶层口音的一面;也有拥挤、肮脏而野蛮,挤满会把你扒个精光、啃你骨头的蛮族的一面。这种分层本身并不令他担忧——这正是安保生意收益颇丰的原因；但他不喜欢的是自己被困在错误的那面里。

他记起了自己最后给出的那条命令，腰带后面的某样东西紧绷起来。"那个女人。你有没有，嗯……"

"让她受点惊吓？"多诺万边说边把盖子拧回瓶上。他的声音很平淡，然而蒙蒂思还是从中听出了评判的意味。

他控制住了。等级地位都见鬼去吧：钱是一回事，尊重是另一回事。这就是生意。

"开个玩笑，老兄。她还在那个屋子里吗？"

"在。"

"好的。在我们全部撤退之前，我想和贾德当面谈谈，"他停下环顾了一圈，继续说道，"终场哨声响起前就没必要换球衣了。"

视野里没有别人，附近唯一的动静是从下面一层传来的汽车声，而且越来越低。外面街上的交通噪音可以忽略——那只是一种自然的状态，就像蜂巢周围的嗡鸣。

多诺万说："你的意思是，你不相信他。"

"我为什么不相信他？"

货车后面的门还开着。这名军人一只脚踩在车厢地板上，开始重新绑他的靴带，"因为他是一坨卑鄙的臭狗屎。"

"对不起，你说什么？"

"你的哥们儿。彼得·贾德。他是一坨卑鄙的臭狗屎。"

"他也是女王陛下政府里的一名高级官员。所以我请你保持文明——"

"你要在哪儿见他？"

"你竟然打断我说话？"

多诺万的那只靴子重新踩回了地上。而蒙蒂思被迫意识到，这个比他年长的男人，块头更大、更健壮；总之就是更加……强大。

他后退了一步。"咱们还是别忘了是谁给你付的薪水吧，多诺万。"

"对，咱们别忘了。"

"鉴于你的过去，你能有一份工作就很幸运了。"

"别逗了。我的过去正是你雇我的原因。让你的蛋上多长点毛，不是吗，斯莱？把好钢用在刀刃上，而不是指望什么塑料英雄。"

"你刚才叫我什么？"

"哦，我以为你喜欢这样。让你觉得别人喜欢你，不是吗，当他们叫你斯莱的时候？"多诺万倾身靠近他，以便强调接下来他话里的确信，"但我不得不告诉你。那不是他们这么做的理由。"

"给特雷纳打电话。现在就打。告诉他放了那女的，然后回办公室去。而你可将此视为我雇佣你执行的最后一次行动。你被解雇了。"

连蒙蒂思都能听出自己声音中的颤抖，源自他几乎抑制不住的怒火。多诺万胆敢再惹他一回……

多诺万大笑。"解雇？你不想试着说一下，什么来着，'革职'吗？对于像你这样的蹩脚小将军，我还以为说'革职'更符合你的身份呢。"

"要不是我，你还在排队领求职者补贴呢。那跟练兵场上可有那么点儿不一样，对吧？和所有退役大兵排成一队，领你们的慈善救济？"

多诺万的脸朝向地面，摇着头。但当他抬起头时，蒙蒂思看到他在笑。一开始他还以为,刚才那几分钟里的对话都不算数,多诺万只是开了个军人式的玩笑;然而那个幻觉很快就破灭了。多诺万不是在对他笑,而是在笑他刚刚说的话。

"'慈善救济'?我向上帝发誓,我对有些和我交过战的人都要尊敬得多。"

蒙蒂思说:"我听够了。给特雷纳打电话。然后给我这辆见鬼货车的钥匙。"

"你要在哪儿见贾德?"

"这次对话结束了。"

"还没有。"

斯莱·蒙蒂思忘了钥匙这回事,转身就要离开;而下一秒,世界就像个溜溜球似的从他身旁一掠而过:他正朝那个门洞以及其后散发着尿味的楼梯间走去,然后就没能再向前半步。相反,他被迫转过来重重摔到货车的侧板上,喘不过气来,脚在空中晃来晃去。多诺万的拳头攥着他的衣领,而多诺万的声音钻入他的耳朵。

"再问一遍,"多诺万说,"你要在哪儿见他?"

忽然一阵解脱的感觉,蒙蒂思的双脚落回地面,而膀胱里的内容物也流向了同一方向。多诺万的面孔扭曲起来,露出轻蔑的神情。而为了尽可能阻止他表达这份蔑视,蒙蒂思赶紧脱口而出。

"安娜·利维亚·普鲁拉贝尔[①]餐厅。"

"哪儿?"

"公园巷。那家店真是非常不错,他们能做很好的……"蒙

---

[①]《芬尼根的守灵夜》里主角妻子的名字。

蒂思的记忆——或者说想象，逐渐稀薄起来。他们做得特别好的那个是什么来着？忽然间，一股黑醋栗汁浸羔羊肉的味道填满了他的口腔，真实得几乎掩盖了他自己尿液的气味。

就这样，他站在停车场里，倚在一辆货车上；就这样，他发现自己精心策划的方案，从始至终都在别人的算计里……每个时代都会召唤自己的英雄。今天早上他还想到过这句话，当时他也将自己算入了英雄之列，而他身边环绕的纪念碑则属于那些抛弃了一切的傻瓜。

至少那是他们的选择。

"什么时间？"

蒙蒂思说："半小时以后？"

他的裤子湿冷，有那么一瞬间，他想象自己在阳光下，浑身冒着蒸汽，出现在安娜·利维亚餐厅（没人会说那个"普鲁拉贝尔"）里的样子。见鬼，PJ会说什么？然而PJ根本不会说什么，至少不是对他说，因为多诺万根本不会让他走出这个停车场。

他感觉到那名军人的手放到了他的脖子上。

"接下来你要做的就是，"多诺万说，"安静地躺进货车后边，什么都别想。"

"我不想进货车。"

他的声音听上去仿佛来自某个遥远的地方。来自大厅尽头，厨房的另一边……来自他小时候每每遇到挫折就会藏进去的那间食品储藏室。

"无所谓你想什么。我会把你捆起来，但不会伤到你。不会比我们对那女人做的还糟。"

蒙蒂思没心思考虑那个女人了。他想着自己被扔到货车的黑暗里；捆住手脚，塞住嘴……

"这一切到底是为什么？"

"不关你的事。"

多诺万把他拖到货车后面，其中一扇门悬空敞开着。车内的气味来自常见的男士香水、汽油、长途行驶和高速公路快餐。一想到要被关在这里，蒙蒂思就充满恐惧。

"我会吐的。"他说。

他弯下腰，干呕起来。多诺万低声骂了一句，但他抓着蒙蒂思的手稍一放松，后者就从夹克中挣脱了。

"哦，见鬼。"多诺万咕哝着，沿着车道追了上去。


你只要略作回忆就能想起，曾几何时，有过那么一种文化，还允许人们说：是的，我们午餐时就想喝一杯。他指的是政治文化——彼得·贾德十分清楚，这套文化归根结底不过是像个精神错乱的流浪汉那样往喉咙里灌酒而已。不过，政治文化——也就是威斯敏斯特，自千禧年以来已对其行为进行了自我净化，贾德本人在这轮转变中就发挥了不小的作用。他对自己年轻时一些比较著名的奢侈行为进行了一次公开否认，这几乎等于为他的政党定立了一条行为准则，或至少，为他的党内同仁们划下了一条不敢逾越的红线。后座议员就像那些一颠一颠的桌面玩具鸭子——一旦启动就会一直活跃下去，直到被强行打断。不过在这个例子里，他们一旦停止做什么，也会保持下去，直到被迫破例。待到众议院在白天或多或少能保持清醒的名声被挽救回来，而他自己作为"新责任"（版权归属：某些大报里的卑鄙小人）缔造者的地位也稳稳确立后，贾德很乐意恢复在午餐时间想喝就喝的习惯。这也算是在一个以婊子兄弟著称的议会里做一个大高个儿的好处之一吧。

一帮小侏儒，他边这样想着，边晃了晃四分之一英寸的夏布利葡萄酒，将其芬芳吸入鼻腔，然后向桌边的女孩点点头，示意她把杯子斟满。安娜·利维亚餐厅的员工都经过精挑细选。眼前这位是一位红发女郎，头发上系着黑色蝴蝶结，与她倒酒时垂到桌面上的细领结相配。文胸是肉色的，以免从衬衣底下透出来。这样的观察对贾德来说自然而然，他看到一个女人就会评估她的床上功夫如何，这无异于他看到一支话筒就想发表一段讲话。她露出了微笑（当然了，她认出了他），然后把酒瓶放回冰桶离开了。他留下了一笔慷慨的小费，拿到了她的号码。为了婚姻和谐他本该管住自己，但一个女侍者又不算什么，见鬼。他扫了一眼手表。斯莱迟到了。

当然了，斯莱也是个侏儒。

"你会一不留神在公开场合说出那个词，"他的经纪人告诫过他，"然后麻烦就来了。"

贾德把这句忠告抛在脑后。麻烦总是有的，而他也总能从麻烦导致的乌烟瘴气里站起来，看着就像个可爱的流氓：无论如何，在相当多的民众眼里，他挺可爱的，并且始终是个有趣的人物：给政治注入一点欢乐的气息，哪里有什么害处，嗯？至于那些痛恨他的人，他们的想法永远不会变的，而既然他要搞掉他们易如反掌，他们搞他则势比登天，那就没什么好担心的。而另一方面，公众……公众就像那种巨型的太平洋水母：一团无比庞大、不停律动着的冷漠组织，漫无目的，只是随波逐流；一个谈不上有动机、野心或原罪的有机体，然而被它充当脑子的那个东西却不知怎么偏偏相信它是自己选择的领袖，并能主宰自己的命运。

而如果一不留神把刚才那番话公然说出来，你就可以和那个可爱流氓的形象说再见了。他端起酒杯时心想。

可是斯莱·蒙蒂思怎么都不露面，该死的家伙。很显然，他是要借此刻尽可能为自己捞点儿好处，这也是他生命中唯一一次可以拿捏内政大臣的机会。如果他稍微有点政治头脑，就会把这份功劳暂存起来。但蒙蒂思始终是个二流货色，二流货色就习惯在沟通中插入事先准备过的反应。英格丽德·蒂尔尼还推测他是自己的心腹，真是个笑话——蒙蒂思要是能当上心腹，让他拿左边的蛋交换都愿意。不过至少今天他证明了自己还算有用，他的猛虎队为贾德提供了武器，来解除英格丽德女爵的威胁。可是，至于说裙带关系、私交友谊什么的，那就是十分危险的领域了。你怎么知道某个人最后绝不会变成一个累赘？他的酒杯需要再斟满了，但却找不到那个可爱的女侍者。他忍住叹气的冲动，自己动了手。

街面上似乎正在逐渐骚动起来，车辆呼啸而去，人们匆匆经过。谁想得到这片地方也会如此。贾德抿了口酒，然后愉快地想到，就在不到一小时前，他迫使英格丽德·蒂尔尼屈服于自己的意志。那个滑稽可笑的斯劳部门：就其本身而言十分无足轻重。但胜利无论大小都算数。如果他选择对今早总部遭入侵的事不依不饶，迫使她为展现自己必要的服从而做出一项政策决定，那么蒂尔尼作为安全局领导人的统治就将戛然而止。再者，如果说他的党派有任何主张的话，那就是要捍卫强者飞黄腾达的权利。也就是说，要防止弱者占用过多的资源。斯劳部门恰恰就是这点的最佳例证。但是外面到底发生了什么，还有店员们都跑哪儿去了？

窗边的食客都在向前探身看热闹。贾德在自己的座位里无法看清，就猛地站了起来，餐巾掉在地上。警笛大作，一连串遥远的、循环往复的哀号，似是一篇语无伦次的对城市繁忙景象的评论文章。贾德一直感受到的那股刺激，变得愈发不适起来。他向门口走去，意识到人们纷纷看向他：可能是出事了，也可能什么都没发生。但表现一下自己时刻准备应对紧急情况，总归没什么坏处。那名红发女侍者站在门口，向外窥探着，所有专业主义的装腔作势全都不见了。几码开外的路面上躺着一大团东西，周围蹲了一圈人。

"出什么事了？"

"发生了一起意外事故。"

"什么意外事故？"

那个女孩不知道。

警笛声越来越近。

那团东西穿着一身灰色西装。

有人正对着手机那头说："不，我发誓，他是被一辆货车扔在这里的。有个家伙下了车，打开后门，然后把他像一袋垃圾似的卸下来……"

贾德向马路两头看看，但没见到货车。

"像蝙蝠冲出地狱似的飞走了……"

第一辆警车赶到了。车里的人跳出来，奔向那具尸体。

"好了，好了，我们大家让开一点。大家让开一点。"

"请所有人退后可以吗，劳驾。"

第一位警官在尸体旁单膝跪地，开始冲着他的对讲机急迫地说起来。

贾德的第一反应是蒂尔尼干的，为郑重声明她并非他的哈巴狗。但这个想法没停留多久。如果她领导的安全局有如此高效，蒙蒂思的猛虎队到咖啡时间就该被五花大绑地扔进泰晤士河去了。

"有人看到发生了什么吗？看到的人可以把你们的姓名告诉我这位同事吗，我们将会尽快录口供，只要——"

贾德摇摇头，走回安娜·利维亚餐厅里。

"我准备好点餐了。"他和女侍者说。

"那您的客人呢？"

"最后还是不来了。"

这就意味着他可以独享这瓶酒。但也让他在等菜的时候有不少脑筋要动了。

## 第二部分　真敌人

# 8

你随便扔出一只网球，就能跨越斯劳屋和克里普尔门圣吉尔斯教堂间的距离。不过要是你还想捡回你的球，大概就要花点时间了。因为巴比肯里没有可以径直通过的路，就像一个狡猾的建筑师把埃舍尔的画用砖头盖了出来。其设计初衷主要还不是让你无法到达自己想去的地方，而是令你陷入不知自己身在何处的困惑。每条小径通往一个路口，都与你刚刚经过的那个别无二致，而它们又导向各种你并不想去的路线。十四世纪的圣吉尔斯教堂就坐落于此，像一艘停靠在机场里的桨轮蒸汽船。在这座教堂的四壁之内，约翰·弥尔顿曾经祷告，莎士比亚曾经神游；它捱过了大火、战争和修复重建，现在安卧于一处砖铺的广场上，为那些需要从城市的喧嚣中得到喘息的人们提供片刻安宁，为感到迷失并放弃了获得救赎希望的可怜人提供一隅庇护。而今日，这里正在举办一场图书促销活动，沿北廊一字排开的折叠桌上码放着一摞摞平装书，一只诚信盒[①]放在椅子上静候捐款。几个闷闷不乐的人在浏览、拣选着商品。杰克逊·兰姆显然无视了他们，跌跌撞撞地挤过去，坐在靠近教堂后部的一张长椅上。往前三排，一位老妇人正在自己的连祷里小心翼翼地诉说着她的请求和悔

---

[①]诚信盒（honesty box），放在公共场合无人监督、让人们凭诚信自行交费或捐款的盒子。

恨。从她肩膀颤抖的样子,兰姆看得出她祈祷时嘴唇在动。

英格丽德·蒂尔尼穿过那帮书迷,坐到他身边。

他说:"克里普尔门①。你觉得他们有自己单独的入口?"

"我猜他们是乞丐吧。"

"你可能说得对。可能二者兼有,幸运又不幸。"

"我听说过关于你的很多传言,兰姆先生。但从来不知道你是个如此奇思妙想的人。"

"我不怎么来教堂,可能生疏了。"他从长椅上抬起一边屁股,像是准备要放个屁,但又考虑了一下,身体重新坐正,"我今天很忙的。我手下一半的人擅离职守,而现在我还错过了午餐时间。什么事这么要紧,让我的外卖也得变凉?"

"一小时前,我同意了关闭斯劳部门。"

"嗯哼。"

"你看起来无动于衷。"

"如果真的如此,我们就不会坐在这里了。我会在我的办公室里,听着戴安娜·泰维纳在电话里大喊大叫。"

"或许我想当面告诉你,就当是这份工作的一个额外福利。并非因为你的部门是安全局皇冠上的一颗明珠,它倒更像莴苣地里的一条鼻涕虫。等相关的备忘在总部传开时,不会有什么人伤感落泪的。"

兰姆说:"我估计这里不让抽烟吧。"

那位老妇人回头瞥了他们一眼,脸上写满虔诚的愠怒。

"要让你们所有人流落街头,对我而言只是举手之劳。并不仅仅因为你的手下所做的事都微不足道。是因为当他们开始插手

---

① 克里普尔门(Cripplegate),字面意思为"瘸子门",故而兰姆开了这个玩笑。

他们本不该做的事时，制造出的混乱总需要我们费尽心思去摆平。"

兰姆骄傲地点点头。

"你的一名特工不久以前刚刚枪杀了一名俄罗斯公民。"

"我记得，"兰姆说，"他还在为没得到奖金闷闷不乐呢。"

"斯劳部门本来是个惩罚性的岗位。你的……下等马？"

"是那么叫他们的。"

"他们本该认输放弃。去更能体现自己才能的地方找找机会。像是地方政府，或干点小偷小摸。"

"'小偷小摸'倒未必，"兰姆反驳，"他们受过武装训练的。"

"我希望你没有让他们的日子太好过。"

兰姆停顿了一下，看起来似乎在打量周围的环境：老旧的石头，安静的气氛，木头长椅。前方的窗台上嵌着赞美诗，细微的尘埃飞舞在由窗户照进来的彩色光影间，其中一些或许还曾被莎士比亚吸入，又由他的喷嚏喷出。与户外的炙烤相比，这里几乎算得上凉快了。而与斯劳屋相比，这里就是天堂的一角。

"我想我可以打包票，本人并无意那样做。"最后他说。

"也没有太不好过。"

他看着她。

"因为惩罚过度，让他们知道你享受对人恶语相向……那么，可能会适得其反，你不觉得吗？这种事情会让一些人更加固执己见——我指的是那种阿尔法型的人。"

"你还没见过罗迪·何，是吧？"

"你一直在跑题。"

"而你一直在兜圈子。有可能把话挑明了吗？我还有些下属要去欺负。"

"彼得·贾德。"

"我们的新上司。上帝保佑我们。他怎么了？"

"想要关掉斯劳部门的人是他。"

兰姆摇摇头。"我很怀疑。"

"相信我。他刚刚和我详谈了此事。"

"相信你？那就是另外一个话题了。不，彼得·贾德想要做的是到处挥舞他的老二。与此前不同，这次我是在比喻。而你才是他耀武扬威的对象。斯劳部门只是恰巧撞到了枪口上。你不是真的要告诉我，你自己还没想明白这回事吧？"

那位老妇人再次转过头，对他们怒目而视。兰姆则冲她晃了晃手指。

英格丽德·蒂尔尼看看那边的选书人。他们当中出现了一名老先生，就坐在诚信盒近旁。这是否体现了缺乏互信尚未可知，他也可能是在谋划一场偷窃。接下来她压低声音说道：

"我已经想到了，是的，谢谢你。看起来贾德先生惦记的是更高的奖励，而且需要我的配合。他发动这次小清洗，只是要向我表明权力在谁手里。"

兰姆说："更高的奖励？"

他从兜里掏出一支烟，这是他的一个老把戏了。从来没人见过他手里拿过烟盒。他并不打算点着它，而是用食指和拇指捻来捻去，仿佛在盘一种自己发明的诵经念珠。

他说："如果他想要搞垮自己的政府，最好把精力集中在财政大臣身上。回到九十年代，可卡因和妓女对那家伙来说都算是一夜平静了。只要小报好好炒作一通，他就会完蛋。然后首相的任期也不会太长。他们一直都是'买一赠一'捆绑销售的。"

"麻烦的是，信息泄露通常会被追踪到来源。如果贾德想争取到党内基层的支持，就得表现得非常忠诚。不，他可不想发动政变，而是希望自己被人当成救世主。权力层一朝分崩离析，他则在与当地名流欢宴并组织慈善舞会。一点背叛的迹象都没有。"

"慈善舞会，"兰姆问道，"是不是就像同情性——①"

"我们在教堂里。"

"行吧。"他带着迷惑的神情盯着手中那根没点过的烟，然后把它别到耳后，"好了，你把我叫到这里不是为了玩传话游戏的。你已经把他的轮胎扎漏气了，是吧？"

"是他搬起石头砸了自己的脚。"

"和我说说。"

英格丽德女爵靠近一些，告诉他贾德的老同学斯莱·蒙蒂思指挥了一支猛虎队的事，以及兰姆的部门如何被当成一只撬开安全局总部大门的楔子。

"那么是他们抓了斯坦迪什。"兰姆说，语气不温不火。

"没错。还发了一张她被捆着并塞住嘴的照片，发给了你们的卡特怀特先生，来刺激他。"

"多此一举，"兰姆说，"给他一块饼干就足以实现同样的效果。这么说，都是贾德的计划。怎么出的岔子？"

"蒙蒂思先生的尸体大约一小时前被扔在了SW1邮区②的人行道上。"

"那么这是一场意外咯？"

---

①兰姆本想说的是"pity fuck"，指出于同情、怜悯而发生的关系。因在教堂里这样说显得太粗俗而被打断。
②伦敦邮政编码的第一部分代表区位，SW就是西南（South West）；而SW1的范围包括：骑士桥、贝尔格莱维亚、圣詹姆斯、威斯敏斯特、维多利亚、皮姆利科、斯隆广场和切尔西的一部分，曾跻身英国媒体所评"十大最昂贵邮编"之一，象征最顶级的身份、地位和财富。

"安全局不会用蛮力解决自己面对的问题，兰姆先生。"

"在SW1区也许不会，"兰姆附和道，"那么是谁把他扔到阴沟里的？让我猜猜。他自己的手下？"

"看起来是这样，"蒂尔尼说，"就在刚才，我和一位先生在电话里进行了一次相当特别的交谈，他告诉我他，呃，现在接管了蒙蒂思先生的公司。还有，原先的规则变了。"

"那么，老虎们并不像他们假装的那么温顺，"兰姆说，"他想要什么？"

英格丽德女爵告诉了他。

如果我们可以平和地坐在一间房间里，我们面临的所有问题就都会迎刃而解。凯瑟琳曾在什么地方听到过这句话，可能就是在一次戒酒互助会上。支离破碎的智慧，被一些记不太清的公理拼凑起来：把它们放在一起，你就得到了一则醉鬼们朦胧恍惚的世界里的冒牌哲理。而清醒的醉鬼可能和真正的醉鬼一样无聊。这是她从那些互助会上获得的另一个体会。

平和地坐在一间房间里，正是她此刻在做的事，但感觉她的问题并没有迎刃而解。

午餐时间肯定已经过了，她想。太阳升得很高，热度让人透不过气来。她透过窗缝努力吸进的空气闻起来更加甜美，比伦敦的空气更具夏日气息。但她作为一个十足的都市女孩觉得它太过强烈了，几乎想让院子里那辆公交车发动引擎，把一些有害的烟雾喷到空气里。别的姑且不提，乡间的空气总会令她回想起那些声音。

那些声音，是她在多塞特郡乡间一所非常舒适、非常体面的疗养院中"静修"时冒出来的。此地就是安全局受害者们的避难所。那些行尸走肉般的人物——那些做了太多、看到太多，或是被人做了太多手脚的特工当中，正在戒酒的瘾君子远不止她一个：她结识的是一帮参差不齐的兄弟，一群支离破碎的姐妹。每个人都带着一身复杂的棱角，虽然那座设施本身似乎大部分边缘都已磨平。那里不提倡突然发出噪声，但噪声无论如何仍会出现。一只托盘掉在瓷砖地面上，整个社区都会响上几分钟。当她突然想到一场消防演习将会造成多大破坏时，不得不咬紧牙关，以免自己变得歇斯底里。

她那时的房间同现在所处这间差不多大小。透过窗户可以看到一片非常英式的平滑草坪，四周种着白蜡树。草皮的表面偶尔可见一对小洞，都是曾经插过槌球门环的位置，但这种表面文雅、实际却很恶毒的运动太容易令人想起在安全局的日子，无法作为一种予人宽慰的消遣，于是门环和木槌就被束之高阁了。草坪上那些完美的圆形伤口仍然存在，恰似几乎不可见的、长满草的圣痕，也许它们会自己愈合，也许不会……思维的螺旋没有尽头，它可以抓住你，将你像龙卷风里的多萝西一样卷走，再扔到一个更加光明之所，在那里逻辑不再将你束缚。另一方面，清醒的世界依旧苍白。即便是那草坪，即便是那些白蜡树，也都显得阴森、灰暗而死气沉沉。好吧，白蜡树当然是了。否则他们为何叫它"灰树"[①]呢？

但缺少了色彩，新的声响就会趁虚而入。那些声音是在头一周出现的。仿佛有一小群永远处于视野之外的人，要在同一时间把一个可怕的秘密告诉凯瑟琳。于是传进她耳中的只有连续不断的喃喃

---

[①]白蜡树的英文是"ash tree"。

自语，从未听清楚过。它们是她的秘密分享者，而自打一开始她就知道它们只存在于自己的幻觉里，还知道它们迫切想要分享的那个秘密是，她只要一有机会就会再度坠落、破碎。这其中没有悲伤，也无关胜利。只是注定会发生的事：最终，她会与这座医院般的隐居之地挥别，重新融入那个充满噪声、灯光和锐利边缘的世界。而届时她要做的第一件事就是开瓶酒，一头栽进去。

在最初的日子里，她一直将此当作第一个真正的希望。她能忍受这一切——治疗，康复；她需要为重拾自尊付出的努力，以及重新认识自己可以成为怎样的人……只要始终有遗忘的可能。即便到如今，在大多数清晨她还是会带着那样的想法醒来。那些声音终究消失了，她为做回自己而付出的努力也取得了成功，她仍在每天为此挣扎，但她从没彻底忘记过那些声音；相反，她把它们用破布包起来，藏进了头脑中的储藏室里。这不是一种公认的恢复手段，但目前为止对她是奏效的。

她太沉迷于那些回忆，以至当房门发出响动时她发出了一小声惊叫。仿佛那些久远的声音变成了具象的肉体，现在来到此处要把她带走。

"你还好吗？"

这个声音来自贝利。

凯瑟琳让自己镇静下来，然后站起身。"我很好。"

他打开挂锁，进入房间，手里还端着一个托盘，使得这一整套动作变得格外复杂。托盘上有一个纸盒包装的三明治、一个苹果、一根看起来像用保鲜膜紧裹着的燕麦棒，还能看到上面的价签，一小瓶水，一瓶二百五十毫升的灰皮诺红酒和一只塑料敞口杯。

"我觉得你应该饿了。"他说。

他把托盘放到床铺上。

凯瑟琳无法将目光从它上面移开,她木然地指了指窗外。"那边有一辆公交车。"

"我知道。"

"为什么那边有一辆公交车?"

即便在凯瑟琳自己耳朵里听来,她也像在背诵某本英语自学教材里的句子。

"这个地方的主人——那应该是他们的旅游巴士。"

"他们有一支乐队?"一部老电影的画面忽然浮现在她的脑海。皮诺不算她最喜欢的红酒,但它的突然出现取代了之前的快乐。《热情暑假》——那部电影叫这个名字。[①]

贝利笑了。"他们开了一家旅游公司。载着人们转转本地名胜什么的?"

"我甚至不知道我们这是在哪儿。"

"是,反正,到处都有历史古迹,不是吗?"

凯瑟琳说了一些别的话。她也不确定是什么。

贝利说:"破产了,我估计。这地方以前是座农场。现在作为假日出租屋。下一步,可能要成为青年旅社了。"

"你们要把我关多久?"

"不会太久的。"

"这件事不会有好结果的,"她说,"你们惹的是正经人。"

"本和上校,他们也很正经。"他转身离开之前冲那个托盘点点头,"我给你带了点酒。算是小犒劳吧。"

"我看到了。"

---

[①]《热情暑假》(Summer Holiday),一部一九六三年上映的英国音乐公路片,其中身为伦敦公交车机械师的四个主角,驾驶一辆双层公交车环游欧洲多座城市。

"最好趁它回温之前喝掉。"

他一边开门,一边让那把挂锁的钥匙在左手的食指和中指间跳了个舞。

"贝利?"

"你叫我什么?"

"其他几个都是军人,但你不是。对吧?"

他没回答。

几秒钟后,要是凯瑟琳留心听,就会听见挂锁被锁上时的咯啦咯啦声,但她并没在意那些。她的全部注意力都集中在了他放到床上的那个托盘,还有其中那瓶玩具大小的红酒上。

很久以前的那些声音,仍在沉默。

"你在开玩笑。"兰姆说。

从蒂尔尼的举止丝毫看不出她是在开玩笑。"看来蒙蒂思先生的计划被某个追求,呃,某种特定世界观的人劫持了。"

"你是说他彻底疯了。"

"看起来似乎是这样的。"

三排之前的那个女人显然已经沉浸在了自己的祈祷里。或者她只是放弃了希望,不再想要阻止背后的嘀嘀咕咕了。

"灰色卷宗,"兰姆自言自语道,"就是一堆耸人听闻的狗屁,对吧?"

"我们是一个情报部门,兰姆先生。我们会记录下任何事。甚至是如你所言的耸人听闻的狗屁。"

"而现在这只老虎,无论他是谁吧,就想扫上一眼卷宗。"兰姆从耳后抽出那根烟,盯着看了一会儿,又放回去,"而他手里只有斯坦迪什。他当真觉得自己可以拿她做筹码？"

蒂尔尼说："我们重视我们的特工。从道义上讲，我们必须保护他们免受伤害。"

"是。除此以外，如果你满足了他的要求，也就掐住了彼得·贾德的命根子。"

"你有一种措辞精辟的天赋。"

"我也听别人这么说过。"

而看起来蒂尔尼的天赋在于保持平静。她讲话声音很低，在耳语距离之外谁也听不真切。在他们整个讨论过程中，她的表情几乎毫无变化。一个女巫般的人物——人们常如此形容她——但兰姆并不认同这种观点。女巫总是让你烦躁，而英格丽德女爵更像女巫的地勤人员：负责保持飞天扫帚井然有序。然而，你无法相信她不会在觉得对自己有利时，去蓄意破坏它们。

然后她说："屈服于敌方要求并不符合我的原则，但在此情况下这似乎是最简单的做法。这个男人索要的材料毫无价值。只等他对档案有所染指，而你的特工也被毫发无伤地释放后，他就会得到妥善处理。"

但兰姆有自己的思路，并且不想被她的逻辑扰乱。"当然了，"他说，"肯定得让基层的人来出面，是吧？这个贾德，批准了一次针对他本人分管的安全局的袭击，并以他的心腹的死亡和一支猛虎队的失控而告终。如果你协助他掩盖真相，就成了同谋；但若让老虎们逍遥法外，则会让贾德深陷泥潭。"

"你的思维很敏捷，兰姆先生。我想没人会否认这一点。"

"而且还是片特别定制的泥潭，只有你知道铲子在哪儿。"他向后重重靠在长椅上，"简而言之，"他说，"这就是我错过外卖的理由。你是想让我的手下给那家伙递东西。私下进行。这样你就可以牵着内政大臣的鼻子走了。"

"反正,你要救的也是你们自己人。此外呢,"蒂尔尼说,"让你的——呃——救场小组来配合进行一次着实丧心病狂的演习,也有那么点合情合理。我想说的那个俗语是什么来着?哦对,什么马跑什么路①嘛。"

"对,我知道他们合适。"兰姆说。他抓了抓稀疏的头发,然后一脸怀疑地看看自己的指甲。做完了这些,他说:"贾德的人不是唯一一个把斯劳部门当成下水道疏通棒的人。"

"考虑到这次行动的性质,我很难直接命令你去执行。"

"嗯哼。"

"不过如果你决定不参与,你的部门到明天这个时候也就进入历史了。"

"拜托。可别引诱我。"

他身体向前倾,用一根手指在脖子上划了一圈,仔细看看它后在裤子上擦了擦。然后他看着英格丽德女爵。

"我估计我们去取那份材料时,不会得到它目前持有者的任何配合吧?"

她点头。

"不过,鉴于目前的经济环境,那很可能就是些靠工作赚钱的青少年,或是以前做过保安的人。"

"无论如何,这都是一次现场行动,你得按照规矩来。你的首要考量是确保这个男人得到他想要的东西时,不会引起不必要的注意。"

"这我们得说清楚,"兰姆说,"我的首要考量是把我的特工

---

①什么马跑什么路(horses for courses),起源于英国赛马运动,强调不同马匹在不同赛道和环境中的适应性和表现不同,要因地制宜地选择。

带回来。"

他与她对视着,直到她看向下方并摆弄起提包上的搭扣,准备动身离开。

"还有把卡特怀特送上出租车。"兰姆补充道。

"他可以乘公交。"她最后说了这么一句。

他没有目送她离开圣吉尔斯教堂,而是依旧面朝着祭坛。那支烟又出现在他手里,拿来拿去竟然还没变弯,他就坐在那儿将它在指间来回捻着。他告诉蒂尔尼的是实情,他的确不怎么来教堂。但他曾经纵火烧过一所教堂,那是很久以前了,在"铁幕"①之后——他回忆起舌尖上那种木材冒烟的辛辣味道,以及那股烟袅袅升上苏联的暗夜、融化了落雪的情形。记忆能够延续多久?这段记忆已跟随了他半生,而且似乎能持续数分钟之久。那个噪音、那"砰"的一声,是当年士兵们在意识到他做了什么之后、开始射击的第一声枪响。而后他意识到,那只是某位老年读者在翻看平装书时将一本书掉在地上的声音。

他的手机响了,那位老妇人愤怒地回头看他。

"抱歉,"他用嘴型不出声地说,"约炮电话。"

走出教堂时,他把那支烟塞进嘴唇间,手机在他手里抖动。

而在斯劳屋里,原住民们正忙得不亦乐乎。

标准的只读光盘一点二毫米厚,直径一百八十毫米,由聚碳酸酯塑料制成,在数字数据存储模式下,每个扇区包含两千三百五十二个字节的用户数据,可分为九十八个二十四字节的

---

① "铁幕",指处于苏联及其盟国的政治、军事和经济影响下的地区。这里应该指的是东德。

帧。当它们被放在办公桌边缘,突然被一个向下的动作击中时,就会优雅地翻转到空中,掉进两码开外的废纸篓里。

"三比零。"马库斯说。

"你作弊。"

"对,行。或许我只是比你厉害。"

雪莉·丹德尔把下一张光盘摆好,对着它狠狠砍下去——最近的经验告诉她,花费在校准它的轨道,好让其掉进垃圾桶而不是无谓地撞到地毯上的时间,是绝对赚不回来的。

光盘飞上半空,翻了两个身,又落回桌面上。

"见鬼!"

"你们在干什么?"

他们看向门口,罗德里克·何站在那儿,手里拿着一片折成几折的披萨。

雪莉说:"走开,方块眼睛。[①]"

但是何看看散落在垃圾桶周围的光盘。"小菜一碟嘛。"他说。

显然,马库斯心想,何没有从昨晚雪莉留在他脸颊上的淤青中吸取多少人生教训。

雪莉说:"你真这么想?说真的?"

"头一回玩,但没问题。"

"赌五块钱你还这么说吗?"

"雪莉。"马库斯正要说什么。

"那你呢,老头子?"她说,"你也想来掺一脚吗?"

"我需要先让他几分[②]。"

---

[①]方块眼睛(square eyes),一句俚语,通常形容长时间盯着电脑屏幕或其他电子设备的人。
[②]原文为"handicap",在博彩界,指对较强一方或预计会获胜的一方施加一定不利条件以平衡比赛,是一种吸引投注、提高赔率平衡性的手段。而该词更常见的意思是致残,故雪莉随后那样说。

"生活还没有把他打残吗?"

"天哪,雪莉。他就站在那儿呢。"

何走进房间,将手中的披萨又勉强折了一层,然后野心勃勃地全部塞进嘴里。他从马库斯桌上拿起一张光盘,举到灯光下眯起眼看了看,摇摇头,又把它放下。

"哗众取宠,"马库斯看向雪莉评价道,"你想让他先练一把吗?"

"嗯……呃……"何似乎说了句什么。他又拿起一张光盘,发出一声像受伤的蟒蛇般的动静,披萨消失了。"我不需要练习。"

"他不需要练习,"雪莉对马库斯说,"五块?"

"一块。"

"弱鸡。好吧,一块。"她看看何,后者正将光盘放到马库斯的桌子边缘,"打吧,披萨男孩。"

何打了下去。

那张盘竖直向上射中了灯泡,将玻璃碎屑溅得到处都是,随后翻着跟斗飞向窗框,还切下一只楔子,后来雪莉在自己的咖啡杯里发现了它。

就像来了个马后炮一样,它掉进了垃圾桶。

"耶——!"何尖叫起来,跪在地上。

马库斯笑得太投入了,直到整整一分钟后他才发现,路易莎已走进了办公室。

"抱歉,"他说,"我们太吵了吗?"

"一具尸体被扔到了大街上。光天化日之下。"

"这里?"

"伦敦市中心。"

"不然还能是阴天化日吗?"雪莉嘀咕了一句,从肩膀上弹下一块亮晶晶的灯泡碎片。

"更具体说来,"路易莎说,"是在林荫大道附近一家上流餐厅的外面。"

"大都会警察厅可有得忙活了。"马库斯说。他眯起了眼睛:街上的尸体。曾几何时,他随时待命。

"再猜猜当时谁正在那家餐厅吃饭?"

"反正,总不会是女王吧。"雪莉抱怨道。她又瘫坐回椅子里,点开了英国广播公司的网站。"彼得·贾德啊。怎么了?"

"你们注意到他说什么了吗?"

片刻的沉默。然后雪莉说:"这里没引述他的话。"

"正是。"路易莎往屋里走了几步,"贾德有哪次在离媒体咫尺之遥的时候从后门溜走过?"

"他真的那么做了?"何问。

"就是一种形容。"

马库斯说:"他是内政大臣。法律与秩序。现身在抛尸现场肯定多少有点尴尬吧。"

"尴尬?我们说的可是彼得·贾德。"

罗德里克·何问:"你到底想说什么,路易莎?"

每个人都看向他。

"怎么了?我说什么了?"

雪莉低声哼着:"何与路易莎,坐在大树上……"①

路易莎说:"贾德,我们的新老板,在回避媒体;同一天里,凯瑟琳就失踪了?而瑞弗正在总部被羁押,罪名是盗窃档案,鬼

---

① 这句出自一首在英、美校园十分流行的歌谣"K-I-S-S-I-N-G",通常是用来戏弄、起哄歌中提到名字的两个人的。完整歌词是:(名字)和(名字),坐在大树上,K-I-S-S-I-N-G!先来谈恋爱,然后结了婚,然后生了娃,推起婴儿车!

知道还有什么。"

"在高楼林立的地方捶他的胸脯?"雪莉问。

"不管怎么说,所有这些发生在同一天?不会只有我认为它们肯定相关吧。"

马库斯说:"我们正在受热浪袭击,注意到了吗?温度一升高,疯狂的事就发生。这是个众所皆知的现象。并不意味着一定有规律。"

"是啊,对,抱歉,"路易莎说,"我是说,老天,你们都忙着呢。我不是故意来打搅的。"

"放松点,老虎。"

"那我们就都回去做列表吧。你手头在调查什么,朗里奇?所有和'七·七'①那帮浑蛋开同一个牌子车的人?"

他举起双手做投降状。

雪莉问:"兰姆在哪儿?"

"出去了。"

"是啊,废话。去哪儿了?"

路易莎摇摇头。"他接了个电话,然后就消失了。"

"他还会接电话呢?我们进入镜中世界了②,伙计们。"

"这不好笑。出了些不寻常的状况。你想开玩笑就尽管开吧,但我打算查查到底出了什么事。"

"我不忙。"何说。

"什么?"

"他们在玩一个愚蠢的游戏。我过来只是想看看谁在制造那

---

①七·七,指二〇〇五年七月七日伦敦多处地铁及公交车遭遇爆炸袭击,导致五十六人死亡、上百人受伤的恐怖袭击事件。
②这里用了《爱丽丝梦游仙境》的典故,比喻遇到了超乎寻常的情况。

些噪音。"

"告密。"雪莉说。

"你欠我五块钱。"

"好吧,那么,帮我做点事,"路易莎对何说,"让你的电脑露一手。找出那具尸体是谁。"

"这我能干。"

他在裤子上蹭着两只手,返回了自己的房间。

"K-i-s-s-i-n-g。"雪莉嘟囔着。

"你有什么问题吗?"路易莎问。

"老天,没有。开心得不得了。"

"因为你见了鬼似的一直异常神经质又刻薄。是错过了嗑药时间还是怎么?"

"我神经质?谁招你惹你了?过去一年你都——"

"雪莉。"马库斯警告道。

"——像吃了镇定剂的幽灵一样四处飘荡。然后突然间你又想开始发号施令了?"

"雪莉。"马库斯又喊了一声。

"我是不会听你指挥的。还有你,也别来这套,"后边这句是冲着马库斯的,"搭档。"

她离开房间,跺着步子上了楼。过了一会儿,他们听到卫生间的门"砰"地一声关上了。

片刻之后,路易莎说:"又是办公室里快乐的一天。"

"你真的认为贾德和眼下的状况有关?"

"不,我只想激雪莉一下。"

"那没什么难度。"马库斯从垃圾桶里一张张捡出一把光盘,然后尽可能小心翼翼地说,"你还好吗?"

"我很好。"

"你看起来有一点——"

"我很好。"

"振作点,姑娘。我救过你的命,记得吗?"

"我没谢过你吗,那时候?"

"……大概吧。"

"那不就得了。"

"好吧,"马库斯转移了话题,"其实吧,我无论如何也会冲他开枪的。"

"我知道。"

"他把我惹毛了。"

"我能想象你什么感觉。"

"雪莉现在有一点暴躁。"

"雪莉总他妈的在无事生非。"

"她刚刚分手,和她女友,男友——无论什么吧。"

"我要是想知道她的近况,会去查脸书的。但如果她一直这么惹我,我就把她治服为止。还有,马库斯?再叫我'姑娘',你要保的就是自己的小命了。"

"刚才是怎么回事?"雪莉在路易莎走后回到屋里,问道。

"办公室玩笑。"

"你可以把那个女人另作他用,比如当成一张灭火毯。她能把好好的气氛彻底搞僵。"

"你刚才是在厕所吗?"

"对。我需要五分钟时间。"

"你不是在……"

"不是在什么?"

"没事。"

"哦,老天,难道你也这种态度,"她跷着脚坐回椅子,"我不是个垃圾,好吗?我喜欢偶尔来点休闲式的快感,仅此而已。"

"那玩意儿会毁掉你的反应力。"

"是啊,那正是这份工作真正的危险之处呢,"雪莉粗暴地摆弄着键盘,使它发出一声令人满意的尖叫,"收到一个歪歪扭扭的曲别针,我就完蛋了。"

"你需要凡事严肃一点。"

"而你需要放松一点。"

"对,好吧。你欠我一块钱。"他说,但她假装没有听见。

外面的阳光很强烈。兰姆找到一小片阴凉,可俯瞰一条浮着一层餐盘大小的圆形树叶、河水静止而发绿的河道。偶尔绽放的花朵摆出一种挑衅姿态,像一枚钩针杯垫,带着结膜炎眼睛那种粉白相间的图案。附近的一片花床上,散落一地的羽毛透露出某只狐狸是在哪里捉住的鸽子,除非那只鸽子只是自己爆炸了。他终于点着了那支烟。他的手机在他离开教堂之前就陷入了沉默,不过很快就会再响。当它响起来,他看也不看屏幕就举到耳边说:"戴安娜。"

"你在干什么,兰姆?"

"参观教堂,"他说,"你让耶稣进入你的生命了吗?他提供上门服务,不过到他的地盘看看也挺好。"

"蒂尔尼刚刚签字释放了你的手下卡特怀特。"

"我很怀疑。"

"我刚和尼克·达菲通过话。是他亲自把卡特怀特送出大楼的。可以说极不情愿。"

"我怀疑的是蒂尔尼会在任何东西上签字。"

停顿。

"对,好吧。她没那么做。"

兰姆注视着手里的烟冒出的烟雾挣扎着向上升起,散入沉重、酷热的空气里。"你打算说什么,戴安娜?"

"贾德正在计划彻底改革指挥架构,"戴安娜·泰维纳说,"显然,他认为副局长级别的人选最好由大臣亲自任命。"

"可以理解他这么做的意义,"兰姆说,"我是说,如果目前这个体系奏效的话,你怎么会成了我的上级?"

"如果任其发生,你就将接受某个把向上爬当作人生唯一目标的党棍调遣了。哦,虽然我说的是'接受调遣',但任何政客只要看一眼斯劳部门的简报,要做的头一件事就是把它关掉。"

"那么你和我说了这么多是为了……?"

"你也知道我心里都为了你好。"

"你就从没想过,也许我还乐得退休吗?"

他利用这个问题造成的沉默,把内裤往屁股缝的外边揪了揪。

终于,泰维纳说:"如果你不打算认真对待此事,我还费力给你忠告就没意义了。"

"只是活跃下气氛。"

"因为,想想你退休后的情景吧,翻看着《钓鱼时代》之类的——"

"感谢你的贡献。但如果我要赶在小瑞弗到家前烤个蛋糕出来,最好现在就往回赶了。"

"杰克逊……"

"戴安娜。"

"你知道过去几个月我在督办什么事吗？文件转移存档。我是说真的。把那些疯子档案、黑丝带文件夹，以及所有被视为对于——我引用一下——'日常宗旨'不再必要的东西，储存到站外去。'日常宗旨'也就是每天的事务——如果你想知道的话。"

"我简直无法形容我有多么不想知道。"

"你就继续插科打诨吧。但我是分管行动的副局长，杰克逊，却在做一件实习生该干的活儿。他们不仅会关掉斯劳部门。他们还会把安全局变成一个供那些想进外交部的家伙赚工作经验的流水线。"她特意略作停顿以增强效果，"如果你被人要求选边站，我希望你做出正确的选择。"

"为你还是为我？"兰姆问，然后挂了电话。

何说："他的名字是西尔维斯特·蒙蒂思。运营一家安全服务机构，黑箭？"

"从没听说过。"路易莎说。

马库斯说："他们不是顶级的，但拿到了几个政府合约……"他逐渐收了声，开始努力翻找一个细节。

"而现在他人都凉了，"雪莉说，"被谁干掉的？"

何说："你猜怎么着？他的简历里没提。"

离发生在马库斯和雪莉办公室里的那场大吵，已经过了十分钟。而现在，虽然并没有人召集，但他们全都聚到了何的房间，看看他发现了什么。有时候，事情就是这样的。而这并不总是好兆头。

"无论是谁干的，"路易莎说，"他们都没打算躲躲藏藏。从一辆厢式货车的后面抛尸，还在伦敦中心地带。简直是黑帮行径。"

"那辆货车没开多远,"何说,"被扔在了三条街之外。"

"有监控吗?"

"伦敦中心区吗?我想想。"

"谢谢你,大聪明。有反馈了吗?"

"还没。"何承认道。

"彼得·贾德。"马库斯说。

"他怎么了?"

"蒙蒂思的公司能拿到政府合约,因为他有个厉害的兄弟。这就是事情的真相。"

"而那个兄弟就是彼得·贾德?"

"要是的话就有意思了,不是吗?鉴于他是个局外人。"

何卷起上唇。这是他沉浸在网络世界时通常会露出的表情,就算不是全部,也是他不受欢迎的很大一部分原因。

敲了没几下键盘,他就说:"他们以前是同学。"

"我猜不是本地的综合中学吧。"雪莉说。

"上帝保佑那些精英阶层,"马库斯说,"但这些和凯瑟琳的失踪能有什么关系?"

"我还不知道。"路易莎说,嗓音里透露出紧张。马库斯心里默默提醒自己站远一点。一个不小心,女人紧张情绪的后劲就能让你丢掉一根手指。"我们再多查查这个黑箭吧。"

"你的意思是,想让我来查。"何说。

"'t-e-a-m(团队)'里没有'I(我)'。"路易莎提醒他道。

"但是'c-u-n-t(贱人)'里有个'U(你)'。"雪莉嘀咕道。

何用一根手指揉了揉淤青的脸颊。

马库斯打开一扇窗,有那么片刻,他还兴冲冲地幻想会有一阵凉爽的微风吹进来，驱散何办公室里弥漫的那种混合着汗味和倦怠感的糟糕气息。然后一股气流带着热腾腾的噪音让他清醒过来。他又关上窗，心里默默提醒自己要缠着凯瑟琳买几台能用的电风扇。偏偏凯瑟琳却不在……有一个身影，从沿这条街过去几扇门的博彩店里冲出来，在一只垃圾箱边突然停住，把什么东西扔了进去，或者说几乎扔了进去。那捆碎纸条从垃圾箱的边缘反弹出来，掉进了下水道里。有人今天运气很差啊，马库斯心想。他自己也经历过几回，但他只需要一个幸运的下午就够了。此后，他就要彻底远离它们：纸牌、跑马，还有那个可恶的轮盘赌机器。

"你说了什么吗？"

"我们需要几台能用的电风扇。"马库斯说。

何开始朗读他所能找到的关于黑箭的信息。创立于二十年前，称不上取得了什么惊人成就，然而在过去五年中，任何还没彻底崩盘的东西都可堪称一首对于自由市场的赞美诗了。目前，该机构雇佣了两百余名"警员"，手里握着几个政府的小合约，并为一家覆盖二线城市的超市连锁品牌提供安全服务。业务可能涉及押运门店收入及工资，而不仅是看管库存，不过也有可能包含了那些。

"有雇员记录吗？"路易莎问。

"干什么？"雪莉说。

"收集情报。我没时间解释这概念了，但——"

"哦，只要你想开始解释概念——"

马库斯说："是大门声。兰姆回来了。"

于是他们四个都开始装作无所事事，因为他们已经从此前付出的代价中学到了，如果看起来很忙的话，对兰姆而言就意味着他们没打算干什么好事。

但一分钟之后现身的不是兰姆,而是瑞弗。

# 9

泰晤士河的水位看起来很低。这么多年来，总有人讲起河水冻冰的陈年旧事；讲起桥下阴影里举办的冰雕博览会，还有溜冰人在历史悠久的地标间穿梭。但肖恩·多诺万记得自己从来没听说过它曾干涸。若有朝一日真的发生了，那股恶臭肯定会把整个首都的人全逼疯。

除非，这种现象已经出现了。快节奏生活里的狂躁，交通中的愤怒，都隐隐透露出一种反社会的兴奋情绪。

再想想当河床上龟裂、剥落的淤泥一览无余后，那些终将暴露在世人面前的秘密。精英权贵们试图让河水冲走、沉入黑暗的所有东西，都会像死鱼一般躺在光天化日之下。任何东西都无处隐藏。

他正站在堤岸上的一棵树下。那棵树显得既忧伤又焦黄，没能提供什么阴凉；堤岸则被监控摄像头覆盖，也提供不了任何隐私。但多诺万确信组织内部总归存在混乱。他知道，虽然他们终究会把这个因提前赴约而在此地徘徊的人影，与那个将一辆曾于大约一英里外抛过尸的货车弃置而去的兜帽男联系起来；但在一段时间内，这还不会发生。他看了眼手表，好像为了证实这一点；然后抬头看看天空。太阳正在执行B计划，也就是二话不说，直接把它所能触及的一切都烧焦。

一时间他感觉目眩,直到本·特雷纳来到跟前,他才看见。

"肖恩。"

虽然两人几小时前才分开,他们还是握了握手。

"都还好吗?"

"我还行,"多诺万说,"那个女人呢?"

"别再担心了。就像让她静养一样。"特雷纳向四下扫视了一周,没看到什么引起他警觉的东西,"蒙蒂思呢?不太开心吧,我猜。"

一点都不开心,多诺万心想。

他说:"本,出岔子了。是我的错。"

"有多糟糕?"

"最糟的。"

特雷纳点点头。他再次望向别处,面朝着南岸,在脑海里消化着新情况的同时双眼布满阴霾。然后,他又看回多诺万。

"好的,"他说,"这样一来他就不必困在货车里,像只鸡一样被烤熟了。实话跟你说,肖恩,他又算不得什么全人类的重大损失。"

"你现在快走吧,"多诺万说,"给那孩子打电话。告诉他都结束了。他知道该怎么做。"

"好,那然后呢?我们都走了这么远了。"

"绑架人质已经够恶劣了。谋杀更是无可挽回。"

"你做了什么,拧断了他那根没用的脖子?"

"他一下子挣脱了,真见鬼。不得不说那小子有点招数。我以为他会畏畏缩缩地开始哭鼻子。"

"我们都会那样预料的。"

"我抓住了他。揍了他。就那么一拳,你知道吗?"

"你不清楚自己的力道。"

多诺万可能是清楚的,真该死。他没有考虑到的是自己的愤怒。这愤怒过去几年来同他如影随形,始终虎视眈眈地潜伏在表面之下。在停车场时,那种愤怒就一直守在他身旁,确保他不会收回拳头。他拿出有生以来用过的最大力道揍了蒙蒂思。甚至在刚一接触到对方时,他就知道事情已经失控了。

一阵警笛经过,引起了他们的注意。不过那是辆救护车,某个可怜虫在高温之下昏倒了。直等到那铿锵有力的笛声被这座城市的其他噪音彻底吞噬,他才又说:"你还在这儿啊。"

"我们还是可以把事干成的。"

"或许吧,或许。但我们就无法脱身了。"

"肖恩,"特雷纳说,"我们本就不可能脱身。"


瑞弗·卡特怀特感觉自己的五脏六腑都被挖了出来,像拌沙拉似的搅拌一番,又被胡乱装了回去。他走路时努力显得自然,但又要避免被人推搡,于是看起来就像头上顶着一只看不见的鸡蛋,在保持平衡。

尼克·达菲知道他这是干什么。

"你外公不会永远在那里保护你的。"他在护送瑞弗离开总部时说。

瑞弗仍在为突然间的时来运转不知所措。"那是什么意思?"他一手抓着手机;另一只手里则是他的自尊。只要一个意料外的动作,他就会对其中之一或两者都失去把握。

"有人把你从水深火热里救了出来。而你在这儿又不太可能有什么朋友。"

"每个人对你倒是都赞不绝口呢。"

"听我一句劝,"达菲将一条胳膊搭在瑞弗肩膀上,那个姿势离远一点看的话,貌似出于友谊;但他在捏瑞弗的时候颇知道该在哪儿用力,"就别费事回斯劳屋去了。所有那些表格和毫无意义的报告,它们一定让你头疼死了。那干脆就他妈的放弃吧,为什么不呢?尝试些别的东西,也许像麦当劳之类的。假装你不会说英语,他们就会让你火速上岗的。因为要说你的间谍生涯?恐怕比你的伙伴蜘蛛死得还透了。"

"他没有死。"

"是没有,但他们每天早上都拿一面镜子放在他嘴唇前,以便验证。"

此刻他们走出大门,来到通往公园的大路上。公园里有妈妈们推着婴儿车,一些疯狂的慢跑者还在跑步,但大多数人都成群结队地躺在他们所能找到的阴凉里。无论是出于麻木还是内心平静,一边看着外面的世界一边听着那些几乎不加掩饰的威胁,有种怪异的感觉。

瑞弗说:"我外公就要八十岁了。当他膝关节的毛病发作时,上楼都困难,你知道吗?"

"过不了多久,你自己也会一次迈不了两个台阶的。"

"但就算在状态最差的时候,他也能二话不说把你从鞋底刮下来。"瑞弗说着,就沿那条马路走去,两条胳膊在身体两侧随意晃着,一点不像刚刚经历过一轮专业毒打的人。拐过街角,他倒在停着的汽车之间,对着下水道呕吐起来。

而现在,他回到了斯劳屋。

"我们以为你是兰姆呢。"

"谢谢啊。"

路易莎说:"你一直在总部。他们为什么把你放了?"

"我不知道。凯瑟琳还没找到吗?"

马库斯说:"你知道她在哪儿吗?"

瑞弗给他们看自己的手机。

路易莎接过手机,往窗边凑了凑,让它和光线保持一定角度。画面没变——凯瑟琳,手被铐着,嘴被塞住,坐在一张床上。

"所以这就是你赶去总部的原因?"

但是瑞弗正盯着何的显示器。"那个浑蛋是谁?"

"我不喜欢你们在我后面走来走去。"何说。

"名字是西尔维斯特·蒙蒂思,"路易莎说,"为什么说他是个浑蛋?"

"他就是抓走凯瑟琳的人。你们是怎么查到他的?"

"我不喜欢你们——"

"闭嘴。"

马库斯说:"他的尸体刚刚被扔在了SW1区。"

"有人杀了他?"

"他们也会乱扔垃圾的,可别忘了。"

瑞弗没心情开玩笑。"他之前在天桥上。他就是让我去总部的人。他想要一份文件。"

马库斯记起来,当他和雪莉出去寻找瑞弗却找到了冰激凌那会儿,曾看到天桥上有个人影。或许现在最好别提这个,或者永远也别提。

路易莎说:"如果说他抓了凯瑟琳,而他现在死了,她会怎么样呢?"

雪莉拿过手机,端详起那张照片来。

瑞弗又说:"这个浑蛋想要首相的审核档案。"

"你拿到了吗?"

"就差一点。"

"她是坐着的。"雪莉说。

"什么?"

"凯瑟琳。在这张照片里。她是坐着的。"

"意思是?"

"不太常见,受害者的照片,都是躺下的。"

瑞弗盯住她:"现实中都是那样的吗?"

"对。不是。我不知道。这张照片看起来不正常,就是这样。像摆拍的。"

"你认为这是装出来的?"

她耸耸肩。"我不知道。就是显得不……绝望。"

瑞弗摇摇头。

马库斯问:"怎么看出来的?"

雪莉把手机递给他。"她看起来并不害怕。"

"她都被铐住了,天哪。"瑞弗说。

马库斯说:"对,她是被铐上了。但雪莉说得对,她并不显得恐惧。"

"你不会是认为她也参与了眼下这桩案子吧?"

"我无法想象她会从一辆货车上抛尸下来。"马库斯承认。

罗德里克·何说:"你们能离我的桌子远一点吗?我不喜欢被围着。"

"你冷静一点儿。"路易莎对他说。他皱起了眉。

瑞弗从雪莉手里拿回手机,又仔细看了看屏幕:凯瑟琳,手腕被铐住。她看起来害怕吗?很难讲。凯瑟琳这个人,多数时候情绪不太外露:她可能内心正在尖叫,而你完全猜不出来。也许

189

这正是她一直以来的常态，多数时候都如此。但无论如何他还是止不住琢磨。一看到这张照片就足以激发他的思虑。

路易莎问何："你找到监控录像了吗？"

"没有。因为我还没开始找。"

"也许现在就是个好时候？"瑞弗说。

何大声宣布："你们不是我的老板。"明确表示自己指的是在场的每一个人。

"你他妈的成熟点吧。"雪莉提出。

"阿门，我附议。"悄无声息地爬上了楼梯的杰克逊·兰姆，郑重其事地说。

每个人都僵住了。

那两个男人来到亨格福德桥上，桥下是缓慢流淌的河水。南岸的天际线入夜后是那样诱人，而在每天的这个时候却显得野性十足。铁路桥上有列火车临时刹住了车，停在烈日之下，车上的乘客忍受着煎熬。多诺万和特雷纳冷眼旁观着他们的困窘，两人都体验过更酷热的环境。

"那么尸体在哪儿？"特雷纳问，"蒙蒂思的。留在那辆车里了？"

"不，我把它扔到安娜·利维亚·普鲁拉贝尔餐厅外面了。"

特雷纳愣了一下才说："你没开玩笑，是吧？"

"如果我把他留在货车里，他们就可以让这件事好像从没发生过一样——他只是失踪而已，或者睡觉时心脏病发作了。而现在这么一弄他们就无法掩盖了，至少没那么简单。于是他们不得不接着和我们周旋。"

"你和谁联系过了吗?"

"和英格丽德·蒂尔尼女爵,对。"多诺万停下脚步,抬头看看天空,"这该死的天气,这么热。真不正常。"

"在这种情况下,倒是很合适。你说呢?"

"说得对。"

他们继续走。

特雷纳问:"那她怎么说?"

"她说我们用斯劳小队的人,就是斯坦迪什的同事。我这才知道她一直有所隐瞒。这个斯劳部门,就是他们把犯过错的人派去的地方。"

"那我就充满信心了。"

"我们并不需要他们做任何事。他们只要带我们去我们想去的地方。我们拿到想要的东西,然后就消失。"

"要到天黑以后吧?"

多诺万点点头。

特雷纳说:"那现在我们就得耐心等着了。"

"你宁可身处战火当中,不是吗?"

"向来如此。"

这两个男人,曾在高墙之下共同躲避过射进砖面的子弹;此刻又一起大笑着,跨过了泰晤士河。


兰姆把夹克往衣架上一扔,掉了。"把它挂起来。"他也没具体指定让谁干,只是从屋里另外那张被何堆满各种软件包装和油渍斑斑的披萨盒的桌子下面拉出椅子。坐下时他顺手把那堆东西扫到了地上。"这就好多了。说起来,我记得你们可都有活儿要干的吧。"

何说:"我让他们都回自己屋里去,但是——"

"好,好,闭嘴吧。"兰姆把双手叠放在肚子上。他从广袤的大自然里带回一身烟草和汗臭的气味,似乎还乐得让它们在室内四处流通。"那么,我们大家都在看什么呢?"

路易莎说:"我们找到了绑架凯瑟琳的人。"

"西尔维斯特·蒙蒂思,"兰姆说,"以前是彼得·贾德的密友,现在是人行道上的一摊烂泥。"他察觉到他们的困惑,报以惯常的一声冷笑,"怎么,你们还想给我个惊喜?"

"贾德也脱不了干系,是吧?"

"天哪,天哪,"兰姆语带钦佩地说,"我一直以为每天晚上的激烈运动已经把你的脑子震坏了,原来它还能转得起来。"

何迷惑地看向路易莎。

雪莉则强忍住咯咯笑。

兰姆说:"那你呢,卡特怀特?目前为止今天过得还有趣吗?"

"今天……很不一样。"

"可不是嘛。在总部里跑了一圈?你是安全局的,不是'秘密七人团'[①]。你早就该明白了。"

"蒙蒂思给我发了这个。"

他给兰姆看了手机。兰姆眼中闪过一丝什么东西,转瞬就消失了。他撇了撇嘴:"你看得出她害怕了吗?"

"我刚才就是这么说的。"雪莉大声说。

"对,还有当你把一个女人绑起来的时候,我相信你会绑

---

[①]秘密七人团(the Secret Seven),是英国儿童文学家埃尼德·布赖顿创作于一九四九年至一九六三年间的、七个十几岁的好朋友一起探险的系列故事。

得很紧的。"兰姆把手机扔回给瑞弗,"蒙蒂思的手下是一支猛虎队,受雇于贾德。而你呢,你这个白痴,正好被他玩得团团转。"

马库斯说:"那是谁打死的他?"

"老虎就是这样的,不是吗?其中有一些原来是真的老虎。"

"那么他们到底是在测试谁?"瑞弗问道,"我们还是总部?"

兰姆盯住他,感觉好像足足一分钟过去了——考虑到那毕竟是兰姆,可能还真有一分钟之久。然后他开始放声大笑。不愧是兰姆,用上了一整套身体语言:他的身体在颤抖,粗犷的笑声充满了整个房间。他的头向后仰着,看起来像个邪恶的小丑。一颗衬衫纽扣裂开了,露出一大片毛茸茸的肚子对着房间眨了眨眼。

"哎呀呀,"他最后说道,"抱歉,但那实在太他妈的好笑了。我们还是总部。下一步你就想申请一张杀人执照[①]了吧。"他用袖子抹抹眼睛,然后幽默就消失了。"你还真的认为贾德想要测试斯劳部门有多高效或者安全可靠?他是想把这个地方团成一团丢进簸箕里,而我说'这个地方'的时候,也包括了诸位喜剧演员。"

"但他的计划最后出现了逆转。"马库斯说。

"还有一线希望,"兰姆表示同意,"他的老朋友蒙蒂思明天就变肥料了,而你们,你们这些幸运鬼,还能活着再混一天。因为你猜怎么着?鉴于现在老虎们反噬了自己主子,他们就提出一套全新的计划,结果你们也被点了兵。斯劳小队就要参与现场行

---

[①] 指政府机关特许某些行动或特工人员使用致命武器来实现目标的权力,但在现实中所谓的执照并不存在,此意象因"007"系列电影《杀人执照》而流行。这里兰姆是在讽刺瑞弗不自量力。

动啦。你们四个上。"

"我们有五个人。"何提出。

"哦,你也在这儿?把水烧上,好孩子。我渴得要命。"

何窃笑起来。

没人陪他笑。

于是何不情愿地从椅子里站起身,转头去了厨房。

"上什么?"马库斯问。

兰姆说:"听说过疯子档案吗?"

"是他们称呼灰色卷宗的说法。"瑞弗说。

"我就料到你会知道。外公讲过这个睡前故事,是吧?那继续说吧。"

瑞弗说:"灰色卷宗是安全局有关阴谋论的记录。'9·11','七·七',洛克比空难,大规模杀伤性武器——都是偏执狂的百宝箱。"

"别忘了还有那些更诡异的扯淡。"兰姆说。

"对,"瑞弗说,"唐宁街被蜥蜴人领导,王室家族是外星人,不明飞行物频繁造访,还有苏联从未真正解体,而是自从一九八九年以来实际统治着世界。"

"这些都是官方记录?"马库斯说,"真的吗?"

瑞弗说:"它们是对既有言论的概述。早在'二战'时人们就发现,强化的通讯条件不仅让信息传播得更快,也导致了流言蜚语满天飞。那时有谣言称丘吉尔已被刺杀,换成了一个替身;这个消息按我们今天的说法就是发生了病毒式传播,继而严重打击了士气。"

"敌方假情报。"路易莎说。

"然而它却是民众自己编造出来的,"瑞弗说,"而有了互联网,你若在早餐时产生一个偏执幻想,到茶歇时就可以得到一名狂热的追随者。总而言之,安全局很早以前就发现,当你了解到人们愿意相信什么,要掩盖某些令人不适的真相就容易多了。于是就有了灰色卷宗。"

"所以里面有些是真的?"雪莉说。

路易莎自言自语地说:"只要扔出的飞镖足够多,你总归能击中靶子。"

"嗯哼,"瑞弗说,"几年前,如果你声称西方情报部门在密切监控人们的电子邮件,还会被耻笑。"

"所以里面有些就是真的。"雪莉说。

瑞弗耸耸肩。"即便是彻头彻尾的胡扯,也值得了解有什么人在相信。因为他们就是那种可能会绑着自杀式武器出现在本地购物中心的家伙。所以如果这类谣言出现了,安全局就会持续跟踪、监控、记录、储存。"

"我还以为只有我们的工作最愚蠢。"

"大多是外包出去的。有些人就乐于在互联网上冲浪度日,研究各种疯狂的理论。安全局雇佣了其中一些,就像征召了一批训练有素的屎壳郎。"

"听起来不怎么可靠。"马库斯表示反对。

"嗯,他们可能不会被告知是在为军情五处工作。"

"不过他们可能会这么认为。"

"但谁会搭理一个彻头彻尾的技术宅说的话呢?"

"说起这个。"兰姆开了腔。

何在门口停住脚步,手里端着一只马克杯。"什么?"

"没什么。"兰姆接过茶,拿桌面上剩下的一张软件包装当了托盘。何想抗议又咽了回去,回到座位上。"那么,现在你们明白了。那就是本阴谋论大全①,十几岁男孩和中年老处女们的睡前读物。幸亏我们赢得了冷战,对吧?"

"这和我们又怎么会扯上关系?"路易莎问道。

"是他们要求的,那个蒙蒂思所谓的猛虎队,"兰姆挠了挠腋窝,又把手伸到屁股下面,"他们想要那份疯子档案,而你们就要协助他们拿到它。"

"为何是我们?"瑞弗说。

"这个嘛,我们已经可以确定他们是一帮白痴,"兰姆说,"不然他们还能找谁?"

马库斯说:"那它们保存在哪儿?那些档案。"

"我很高兴你问起来。"兰姆把自己从椅子里支起几英寸,悬在半空。众人做好了准备。而后只见他摇摇头,又把身体放了回去。"还没来呢。"他说。接着又说:"哦对了,那些档案在哪儿?你们去查查吧,好吗?"

"何不能查吗?"

"你语气变了啊。今天早上叫他没用的笨蛋的不也是你吗?"他看向何,"他说的。不是我。"

何感激地点点头。

"是'浑蛋',我和他说。你这没用的浑蛋。"他看回马库斯。"你还在这儿?"然后他冲雪莉伸出一根手指。"还有你,去跟他搭伙,或者随便做点什么。"接下来他那根手指又指向瑞弗,"至于你——"

"何不能查吗?"瑞弗说。

"何、何、何,"兰姆说,"好像这里是冒出个圣诞老人的

---

① 原文为"tinfoil-hat",字面意思是"铝箔帽子",通常用来嘲讽那些害怕受到秘密政府或外星人控制的人,他们会戴铝箔帽子以阻挡所谓的"心灵控制"或电磁波。

'贫民窟'。① "

"圣诞屋。"

"还'祝你健康②'呢。至于你，还有你，"——包括了路易莎——"去查查这支猛虎队背后是谁。他才是我们要对付的人。都清楚了？"

一个撼天动地的屁，毫无征兆地迸发而出。

"啊，好极了。我还担心它被困住了。行了，滚蛋吧，你们这帮人。带着答案回来，五点整。"

这份空气添加剂让他们巴不得一哄而散，但兰姆把路易莎叫了回来。"你去年搞过网络干预，对吧？就是在盥洗室里闲逛？"

"聊天室。"

"无所谓了。等查出我们的嫌疑人是谁，你看看能否在任何可能的地方找到他的蛛丝马迹。香蕉都是成排长在树上的，或许他也一直在寻找同伙。既然他想要疯子档案，了解一下缘故也好。"

路易莎说："你知道的吧，无论他是谁，可能都不会在网上用自己的本名？"

"那是问题吗？"

"呃，这就有点像找一辆车，却不知道它的品牌、颜色或登记信息。"

"如果你不接受挑战，也就不会成长。"

路易莎盯着他。

---

①兰姆的意思是，他们多次提到何，听上去就像圣诞老人的口头禅"嗬、嗬、嗬"。但他口误将"grotto"（圣诞屋，就是圣诞老人的扮演者专门接见儿童、送上祝福、满足心愿的小场所。）说成了"ghetto"（贫民窟）。

②原文为德语"Gesundheit"，别人打喷嚏后常说的一句祝语。兰姆在此只是想说一个"G"开头的、更生僻的词。

兰姆一耸肩。"我收到了人力资源部的邮件。有些麻烦事必须得处理掉。"

"这件事总部介入得有多深?"

"那又有什么区别?"

"每次我们卷入戴安娜·泰维纳的一个什么计划,就会有人受伤害。"

"我希望你不是在质疑我的判断。"

"只是个看法。"

"这个嘛,你知道他们常说,"兰姆说,"每个人都有看法,就像每个人都有屁眼。"他露出一口黄牙,"而你的闻起来很臭。"

路易莎走后,他转向正在闷闷不乐地盯着自己那些屏幕的何:"准备好做点儿真正有用的事了吗?"

"……大概吧。"

"这才是好样的,显示器小猴子。"

他告诉了何他想要什么。


是因为炎热。因为炎热和那瓶酒,但主要是炎热。

但主要也是因为那瓶酒。

凯瑟琳觉得饿了,但她不能吃东西,因为一吃就会破坏托盘的整体感。如果她吃了那个三明治、苹果或燕麦棒,或者喝了那瓶水,就会注意到那瓶酒,所以最好还是让一切保持原状,让那瓶酒融入背景里。只要她一直不去理会它,它所构成的威胁就会失效,也就没有危险了。

她刚刚泡了个澡(这算是哪门子绑架,他们还往你的监狱套间里送饮料?),但此举也令她想起了一些不堪回首的画面,因为浴缸正是她发现查尔斯·帕特纳尸体的地方。向太阳穴开枪并不像听起来那么干脆利落。当一只脑袋里的内容物发生移位,可就难保整洁了。她让洗澡水慢慢排掉,只穿着衬裙回到卧室。那小小一瓶皮诺酒,像只手榴弹似的静候在那里。

帕特纳有时会叫她"钱班霓",那是一种随口流露的喜爱。他自杀时她的酒瘾已戒掉一阵了,而且自那以后始终保持着清醒。那为何现在这瓶酒会令她困扰呢?

"清醒的日子都不算白费。"

一个多么熟悉的念头——那是她睡前的一句口头禅,是她结束每日奔波时的一段装饰音。清醒的日子都不算白费,意思就是无论她在某天里做成或没做成什么其他事,到了"紫罗兰时刻"回顾这一天时,她总能将保持清醒作为今日的成就。每个清醒的日子都为她保持的总数加了一天,虽然她并没像许多正在戒酒的人那样记录天数,她也无须这样做:每个单独的日子是唯一值得点数的日子,因为她就活在当下。

不过,现在她突然意识到,自己这句口头禅还有另一层理解。如果清醒的日子都不算白费,那也就没人能从她那里扣去一天。即便今天意外犯了错,清醒的总天数还是不变的。此后无非就是她不再增加天数了。就像银行里的钱一样。如果你没能往里存,也并不意味着总额会变小。

她返回浴室,往脸上拍了点水。也许她应该吃了那颗苹果,再喝了那瓶水。酒瓶仍能被三明治挡住,还有那个不管什么口味的燕麦棒。什么样的绑匪会给你送燕麦棒?这未免也太荒唐了。她可以把酒和水掺在一起,那样就几乎尝不出来了,像吃药似的。如此一来它就能消失了,而她也不必再惦记。

浴室里没有镜子可供她对照其中自我说服。她无法看着自己的眼睛扪心自问：你以为你在做什么。

说真的，她已经过了这个阶段。从来没有酒精成瘾者能真正度过这个阶段，她明白，但她就是愿意自欺欺人地相信自己做到了；正如她的同事们也出于同样心理，要让自己相信他们的事业或许还能东山再起。因为，信念与实际相信与否并不相干；它只是人们用来寄托希望的地方。但她还是要为自己辩解，她已经通过了自己或他人为她设置的每一项考验。一段时间以来，在他们晚上一起坐在他办公室时，杰克逊·兰姆总是习惯性地为她倒上一杯威士忌。她还从没屈服过，但常常好奇万一她动摇了他将作何反应。她想他会把酒杯夺走，或许这只是她自己的一厢情愿。她怀疑他就是喜欢测试别人求生本能的极限所在，也许是因为他自己的极限多年来饱受严苛的考验。至于这场考验的具体形式，她从没听他提起——关于兰姆，她一度产生过这样一种看法：当他们推倒柏林墙时，他就为自己筑起了另一堵墙，从此以后活在那后面。一个人一旦像那样自我封闭起来，外人就很难理解了。所以她也许是对的，也许错了：当兰姆引诱她喝酒时，有可能就是想让她失败。要记住，重要的是她还没有。

除此以外，有天晚上——她的机会来了——他的酒喝完了，于是不得不把自己给她倒的那杯拿了回去。情况将会变得很妙。一旦他把那杯也喝掉，她就要把自己存在办公桌抽屉里的那瓶酒拿出来，只要他还没在时机到来之前就找到并喝掉它。那同样也是一种胜利。不过，当然了，如此争强好胜也就等于承认，她加入了这场游戏。

回到卧室，那瓶红酒还在恭候她，执拗地站在那只未被染指的托盘里，于炎热的空气中闪闪发着光。

# 10

安娜·利维亚·普鲁拉贝尔餐厅已经开始供应鱼子酱了。贾德正用一份卷起的《旗帜晚报》掸着一张空长椅,眼下还没顾上放纵自己的胃口;不过与此同时,他回想起一篇读过的关于如何采收这些鱼卵的文章。鲟鱼是大型鱼类,有四英尺长,而被养在明显小于那个尺寸的水箱里。当它们的鱼卵成熟,就会被手工摘取,这显然是为确保对鱼卵造成最小损害。考虑到鱼的尺寸之大,那些肩负宰杀任务的人往往肌肉发达,言下之意,也就是往往诉诸暴力。于是形成了不可磨灭的景象:袖子高高卷起的彪形大汉们,用拳头把鱼活活打死。富人们的厨房里,谋财害命的勾当肆意进行。

那篇文章旨在激起读者的震惊,但贾德只觉得司空见惯。养尊处优者的山珍海味通过残忍手段来获得,这几乎算不得什么新闻了。以任何文明的标准来看,奢侈品都该如此衡量——财富如果不创造痛苦,它就一钱不值。因为标准的自由主义者们总抱怨富人可以免受生活中残酷现实的冲击。这是可笑的无知:是富人创造了这些现实,并确保它们继续发生。这也正是厨房的用途,以及监狱、工厂和公共交通。

所以富人们——他指的是权贵们,面对血腥暴力也能昂首阔步向前——这正是发展事业的代价。因此,彼得·贾德没有把时间浪费在为他同窗的殒命悲伤上。传统媒体紧跟着推特，眼下无疑正在抽丝剥茧地梳理故事，而他也将接到电话，被要求发表评论：无可否认的是，内政大臣的老朋友成为公众野蛮行为的牺牲品，蕴含着一种绝妙的讽刺。但是假装愤怒或悔恨从来难不倒他——令人发指的野蛮行径，其肇事者，我相信，将受到英国司法的严惩；他也不会被未来的前景吓倒，或为斯莱之死而失眠。人总是要死的，这种事经常发生。蒙蒂思的失误会如何影响贾德自己这盘大棋，现在对他而言才更重要。

直到长椅干净得不能再干净了，他才满意地坐下。长椅上方有树冠遮荫，位于一片有围栏的广场上。这个广场并不方正，其实是个长方形：靠近普雷德街，离帕丁顿不远，而又地段隐蔽。广场每侧都排列着一些酒店，但它们面向的是普通外国游客或外地商务人士，这两类人都不太可能下午这么早就出没在这里。如此一来，这就成为进行一次短暂碰面的安全场所。在等候中，贾德翻看起《旗帜晚报》。像往常一样，他又被报道了，这是好消息——哪天连这些娱乐小报都忽视他，他就知道自己的事业完了。报纸里实际写了什么并不重要，只要其中带张照片，他的身价就还在。

他听见她的鞋跟踩在路面发出的哒哒声，足足一分钟后，她才现身。

贾德又卷起报纸，用它在长椅上拍打起他旁边那片地方。"它还是相当干净的，"他说，然后补充道，"我指的是长椅，不是这份小报。"

"我还是站着吧。"

"你想站着？你真的想站着吗？哎呀，你可太客气了，"他的语气从顶楼直接砸到了地上，"但我说坐的时候，你就坐下。"

戴安娜·泰维纳坐下了。

肖恩·帕特里克·多诺万。

这就是瑞弗找到的名字，黑箭最近招募的一名成员，职位是分管战略－行动的指挥官，一个颇适合这类机构的伪军事化头衔——瑞弗不难想象，一群陆军老兵、监狱服务部门淘汰人员及前社区警察构成了该机构的基层员工。也许这么说不太准确，但他浑身上下几乎到处都疼，尼克·达菲的一拳就好像动画片里演的那样，能把疼痛向外扩散，直到他身上每一寸都一碰就疼，惨遭蹂躏。他攥紧了手中的鼠标，但他必须控制住复仇的念头，集中精力完成手头的任务——肖恩·帕特里克·多诺万。

要寻获这个名字并不难：早在二月时斯莱·蒙蒂思就在发给行业媒体的新闻稿中将其公布了出来——"很高兴地宣布"以及"在军队中有过令人钦佩的经历"，等等。在网上简单搜索一下就能发现，多诺万那"令人钦佩的经历"包括被开除军籍前在军事监狱待过一段时间，该事实获得的报道就少多了。还有一张照片，是多诺万和另一名被任命的本杰明·特雷纳，站在他们新老板的两侧，就像一支香槟酒杯夹在了两个一品脱马克杯之间。他们谁都没有露出笑容，但蒙蒂思充满优越感的神态不止是装出来的。"看看我的跳舞熊呀。"瑞弗脑补着。然而，他的假笑已经从脸上永远彻底地抹掉了。

退伍军人，高级职位，艰难岁月。对瑞弗而言，此人已经很符合目标了：可能还会有其他嫌疑人，但不妨先从这个着手。又一阵疼痛像电流般传遍他的全身，他脸上抽搐了一下，咬牙挺了过去，然后把他发现的信息用邮件发给了几码开外的其他下等马。

饭点早就过了，马库斯·朗里奇嘟囔着要去买午餐，假装没听见雪莉·丹德尔的回应——说到鸡肉法棍三明治什么的，就溜出了办公室。院子里前所未有地难闻；街面上热得像地狱。他在地铁站旁的博彩店里填好一张三点二十分托斯特那场比赛的投注单，这是他在工作的掩护下细细研究过的。他一边等待，一边站在那儿，瞪着那台混账的轮盘赌机器。它看起来有点像活生生的东西，有一对魔鬼的眼睛，还咧着大嘴……马库斯沉浸在这些思绪里，忘记了关注比赛，直到最后才抬头瞥了一眼，正赶上最后冲刺时刻。那感觉就像被一名超模揍了一拳：好一个近乎痛苦的美妙时刻。一百六十英镑直接进了腰包，是他以二十块钱赚得的甜蜜回报。

他收好自己赢的钱，出门时还拍了拍那台机器，制造加倍伤害。

马库斯本可以而且应该径直回到斯劳屋，但他被之前的成功鼓舞了。这就是他一直在等待的转折点。而路对面有一排"鲍里斯自行车"……他心想：去他的吧。比坐地铁快。于是他从刚刚变厚的钱包里掏出借记卡，从架子上扫了一辆。摄政公园，他来了。

路易莎·盖伊将一绺头发别到耳后，又拉了拉衬衫，好让身上凉快一点；关于昨晚的一夜情，一段短暂的回忆不请自来，令她烦躁——那是一间最差劲的单身公寓，有一个月没换的床单和堆在水槽里的盘子，然而，热情、激烈的性爱也带给她三个小时无梦的忘却。她摇晃了一下上半身，拒绝让兰姆的嘲讽进入脑海。

"我一直以为每天晚上的激烈运动已经把你的脑子震坏了，原来它还能转得起来。"

它当然能，但说真的，兰姆安排给她的任务都用不着动什么脑子。她所需的只是盲目的信仰和魔鬼的运气。

罗德里克·何憎恶谷歌、雅虎、必应以及其他所有常见的搜索引擎：他宣称，它们的搜索范围只占所有互联网内容的不到0.5%，反正他宁可吃一片纯素的披萨也不想用它们。但是，鉴于路易莎宁可给他烤一片披萨，也不会请他传授一下关于暗网的知识，那些搜索引擎就是她唯一可以依赖的了。但话虽这么说，她还能怎么办呢？如果卡特怀特猜中了的话，肖恩·帕特里克·多诺万就是她的目标。她先把其他程序都关闭，希望可以腾出足够多的内存空间来让她的老机器稍作提速，然后路易莎开始干活儿了。

她知道，阴谋论者都是标准的偏执狂，而且通常理由都很充分——他们确实被监视了，但主要是因为他们站在一只倒扣的水桶上，对着羊群喋喋不休地谈论他们的极端主义妄想。去年，她曾一连数月监控网络留言板，寻找恐怖主义行动的蛛丝马迹。虽然她从没完全打消疑虑，觉得她所遇到的发帖人中每两个就有一个是卧底警察；但也逐渐习惯了暗中偷听那些围绕阴谋论的对话，从政府正在如何控制天气，到施加在每个拨打英国税务海关总署求助热线的人身上的思想实验。而所有这些大哲学家，每个人都坚信自己正处于监控之下，他们的每一次网络或手机聊天都被记录并保存了下来，以备将来之用。当然了，即便这可能是真的也无关紧要；他们只不过和其他人一样，困在同一张网里。路易莎从没捉到过一名恐怖分子；从没阻止过一次炸弹袭击。显然，她已经读了很多关于"9·11"的讨论，但令人在意的是其中毫无来自结构工程师的贡献。即便求助热线的事可能是真的，那也只是平均法则①在发挥作用而已。

而说起偏执，兰姆是如何知道她在工作之余都做了些什么的？

没关系。也是平均法则罢了，管他呢，随便吧。

关键是，匿名制是偏执狂的外溢——在她巡视那些留言板的几个月里，路易莎从没遇到任何和真实姓名有一丝沾边的信息。就算多诺万在很多网站上一天发泄三回，只要他的用户名是"空间流浪者69"，她就永远不可能发现。但是兰姆发话了，于是她就得查。

"有什么进展吗？"

天哪！他是怎么做到的？

她控制住自己被他吓到的反应，说："饶了我吧，我刚查了五分钟。"

"嘀，"兰姆走进办公室，疑神疑鬼地闻了闻空气，"为什么这间屋子里有股奶酪味？"

"没有。你在让何干什么？"

"你问这个干什么？"

"因为你让他干这个更合适。"

"那可惜了，他很忙。"兰姆透过窗户对一辆驶过的公交车窥视片刻，然后一屁股坐到了窗台上。

"你一整个下午都要盯着我吗？"

---

①平均法则，解释印象形成过程的一种信息整合理论。认为知觉者通过把所有单个特质评估的值平均起来，形成一个总印象。

"你要花这么长时间吗?"

"我们甚至还不敢肯定要查的人就是多诺万。"

"是。但如果我们忽略了他、结果发现劫走凯瑟琳的就是他,我们就显得太蠢了。"

"何在调查什么?"

"超出你的薪酬等级了。"

"提醒我了,"路易莎从桌上找到一张收据,"今早的出租车费。"

"哦,你可能得等一阵了。因为你们这帮人的报销,我一直在受责备。"他站了起来。

她说:"一切情况都摆在明面上了吗?还是发生了什么我们还不知道的事?"

"我想这么说总没错,那就是总有一些你不知道的事在发生。"兰姆说。

就在他几乎走出门时,路易莎说:"凯瑟琳。"

"她怎么了?"

"没怎么。你叫了她凯瑟琳,仅此而已。"

"嗬。"

路易莎回过头去对付她那不可能完成的任务。

五分钟后,她把它破解了。


"做点什么吧,"这是朗里奇说过的话。"你想获得成功,你想打动别人,那就做点什么。"

于是他就来了:来做点什么。

"只要不是坐在一块屏幕前鼓捣……数据。"

呃，好吧，鼓捣数据是他一直在干的事，但还是得说：那是出于当时的需要。

罗德里克·何停下来，将手里剩的红牛一饮而尽，然后把空罐子扔向废纸篓。罐子利落地掉了进去，印证了他已然知道的事实：他是个超级巨星。

鼓捣数据，这是朗里奇的话。说得好像这件事谁都能做似的。

黑箭名下登记了三处房产，其中一处是在骑士桥的一套公寓，显然是西尔维斯特·蒙蒂思留作自用的。现在他倒是用不着更多空间了，他的下个住处尺寸大约会和一台冰箱差不多。另外两处房产要大一些，也更具功能性：何从谷歌地图上看到它们都位于工业园区，一处在斯温顿的郊区，另一处在东伦敦的斯特拉特福德。在这些图景被拍下的那天，第一处房产附近可看到七辆厢式货车，第二处则有三辆。它们都是风格粗狂的黑色卡车，无窗的侧板上展示着公司标识：一个黄圈里的黑色箭头。这些车停在几栋预制建筑外面，看起来比那些楼还坚固。蒙蒂思与内阁大臣们私交甚笃，但他的生意看起来实力并不雄厚。何把截屏打印出来，让它们先留在机器的托盘里，然后开始关注蒙蒂思的个人生活。

所有保存在防火墙后的信息——银行账户和按揭详情、购物清单、电子邮箱、色情网站域名、保险缴费，都如同低悬在枝头的水果。密码设置在那就是拿来破解的，用最基本的填字游戏解题算法，就能揭开某人一生的秘密，所需不过就是用微波炉加热午餐剩披萨那一会儿工夫。于是，当何编写的隐私粉碎程序在西尔维斯特·蒙蒂思永远不再用到的各类账户上跑数字时，何本人就去热披萨了。从他存钱的地方开始，然后推进到他把钱花在了什么地方。披萨是四季口味的。蒙蒂思的生活就像一本摊开的书了。他有妻子和几个孩子；他有自己的公司；他去度假；他有个情妇。想搞清以上每一项花了他多少钱，只要分析一下他的信用卡账单就行。鼓捣……数据——是啊，没错。这是件正经事，而他就在这，正做着这件事。

而当何做着这件事时，他想起了兰姆说的关于路易莎把脑子震坏了的话——那样说太残忍了。路易莎目前是单身。如果她有了男友，就会提起他了：这不仅是何从互联网妈妈那里学到的事，也是他从旁听女性的谈话中了解到的——在地铁里、在公交车上、在酒吧中、在街道上。诚然，她们其实并非在与何交谈，但是他有耳朵，而事实千真万确，那些有男友的人说起这个话题永远停不下来……不，兰姆大错特错了，但何不得不承认：关于路易莎把脑子震坏了的情形，稍后他会再去想的——等回到家里。

与此同时，他正在获取硬情报①。

在黑箭名下的一个公司账户上，写着一条"临.房."的备注——两个月前支付了一笔不小的费用，并且在下个月的同一天，又支付了那笔金额一半的数目。一笔定金加一笔租金，何推测，那么就是临时房产。一家安保公司要临时拥有一处房产可有很多理由，特别是——这是在几步操作之后，回去看了谷歌地图后想到的，特别是那处房产位于海威科姆北部某地高高的草丛中，是一座三层独栋小楼，附近有几座谷仓式建筑；还有那儿，随意放在一处院子中央的，看起来好像是——还真的是——一辆双层伦敦公交车。

何再次点击打印，这次他去取了结果。

---

①在情报和军事上，"硬情报"通常指通过确切、可信的来源获取的情报或信息（与基于猜测或分析的情报相对）。

\* \* \*

离总部不远，有一处最近才装修过的公共泳池，现在的外立面上展示着一排围栏挡板大小的照片：孩子们在水里嬉戏，一个戴着泳镜、看起来像垮掉一代诗人的老人，一位母亲抱着一个眼里闪烁着喜悦的孩子。都十分健康向上。绕到楼后，有一扇嵌着金属钉的防火门，上面写着非公共使用。马库斯把自己的安全局工作证在最顶端的金属钉上挥了一下，短暂停顿后，只听那扇门发出一阵低沉的嗡鸣和"咔嗒"一声，然后打开了。

他径直走了进去。从技术上讲，他和其他下等马一样，也是不允许进来的。但他和斯劳小队其他人相比具备的优势就在于：他曾踹开过几扇门并用抢指着坏人。这种履历会让一些在安全局下属机构负责看守出口的人员印象深刻。这位特别的例子，用一个复杂的握手再加咧嘴一笑欢迎了马库斯，并让他在日志簿里签上他日常的连笔签名，一个几乎辨认不出的杰克逊·兰姆。

射击场位于地下七层，在泳池、健身中心和更衣室的下方。马库斯在一路向下的过程中感到很兴奋。钱在他兜里；他因骑了车，皮肤在闪闪发光——衬衫都湿透了，但他感觉很好，肌肉以平缓的节奏运动着。他一步跨过三个台阶，享受着每下一层楼梯就增强了一些的与世隔绝感。你可能会在这世界上消耗太长时间。每隔一段你就需要抽离一下，如果能在有真枪实弹的地方做这件事，就更好了。

然后在射击场内，他假意热情地同另一位老兄打了个招呼，又分享了一桩很早以前的战争往事；他从员工专用冰箱里偷出一瓶水，一饮而尽；然后拿了一大把纸巾，擦干汗流不止的上身。等那些都做完，他就戴上护目镜，再把一副护耳套戴在头顶，签字领了一把黑克勒和科赫的枪，然后将十发子弹一气呵成打进了三十码开外、射击廊道尽头的那个坏人躯干轮廓的靶子里。

对,他心想,时来运转了。

他找回了掌控感。

彼得·贾德说:"按照原计划,最后我应该把你的上司拿捏住。现在她却掌握了主动权。你不想解释一下这是怎么搞的吗?"

"我知道的和你一样多,"泰维纳说,"肖恩·多诺万——我能说什么呢?他出尔反尔了。"

那个词为她赢得了尊重。据贾德最可靠的信息源称,蒙蒂思的头部遭受了一记重拳;很有可能,他在倒地之前就死了。可以肯定的是他在SW1区被扔出货车前已经死亡。无论如何,"出尔反尔"是贾德最近听过的、对该事件最精辟的总结。

"你确定是多诺万干的?"

"不。但如果不是,他现在早就该露面了。他肯定知道自己的老板已经被杀了。"

贾德点点头,然后噘起嘴唇。"斯莱是个崇拜英雄的人。多诺万来申请工作时他可能都激动得尿裤子了。"他用报纸轻拍着长椅,"当你和我提起猛虎队这个点子时,你就知道我会用蒙蒂思。"

戴安娜·泰维纳说:"那是因为你在私人安保公司有熟人,我才那样建议的。你知道的。"

"我知道你是那么告诉我的。可这不是一回事。你那时候就认识多诺万吗?"

她摇了摇头。

"我有这么个弱点,叫它癖好好了。我喜欢别人用语言来回答问题。这样我就能知道他们是否在撒谎了。"

泰维纳看着他的眼睛。"我在想到猛虎队的计划时,从没听说过肖恩·多诺万。"

贾德默不作声地看着她。对他来说,和一个女人待在一起这么久而不和她调情,是很罕见的情况——所谓的"久",在先前那些情况下只要超过一分钟就算。但他也清楚事分轻重缓急。再说呢,这只不过是把早晚要发生的事推迟了,让事态的发展放缓。等到他真的抽出空来睡她的时候,会将其作为一种惩罚,这很适合他。对她也是,如果他没读错信号的话。最后他说:"蒂尔尼说,那个联系她的人——我们就假设是多诺万吧——想要灰色卷宗。其中有什么有害信息吗?"

"对于国家安全?"

"对于我。"

"据我所知没有。你有理由担心其中可能有吗?"

"如果我没出现在那些网络键盘侠的偏执幻想里,那就是我没做好本职工作。只要到处是泥浆,总会有一些沾在身上。你觉得他拿到这些破烂后打算干什么?"

"我不知道。"

"你是干情报的。大胆猜一下。"

"我只能推测他是在寻找证据,来佐证他自己相信的某个什么理论。"

"我们不知道那是什么吗?"

"军方的某些东西吧,我猜想。这就是份垃圾材料,能有多要紧呢?根据我们眼下所知的,他没准是在研究一部剧本。"

"时机恰当的话,我确实喜欢言语轻浮。这不包括我刚刚被自己领导的安全局负责人他妈的出卖了的时候。"

戴安娜·泰维纳识趣地没做回应。

贾德于脑海中在一列思维的火车中穿行,一节车厢接着一节。最后他说:"蒂尔尼会让多诺万逃跑的,因为那样一来我就得彻底被她牵着鼻子走了。从她的角度看,我的计划事与愿违,死了一个人,还让一个神棍掌握了大量安全局的机密。就算它们是厕纸也没什么区别了,因为媒体总归会大肆炒作的。所以我能做的唯有拍她的马屁,并且装作很享受的样子。"说着,他把卷起的报纸拍在长椅上,惊飞一对鸽子,"而与此同时,如果说,她查出猛虎队是你的主意,她会慢慢剥了你的皮,再把你喂蜘蛛。所以,我或许是被她拿捏了,但你是被我拿捏的,戴安娜。这就意味着我的利益就是你的利益。我相信你会始终记得这个。"

"大可放心。"她说。

毫无征兆地,他伸出那只没拿报纸的手,紧紧抓住她的右胸,又使劲捏了一把。"如果让我看出这一切都是你在布局的什么把戏的一部分,我会非常失望的。我希望你谨记这一点。"

他本期望对方流露出恐惧,或至少表现出警惕。但他没料到的是她将手伸到他胯下,也施以对等的一捏。

"你确定?"她说,"在我看来你并不失望。"

刚刚返回的鸽子正撞上贾德爆发出的那阵沙哑、粗俗的笑声,再次拍翅飞走了。


鸡肉法棍三明治,这个要求并不过分。

但马库斯已经走了四十五分钟,看来午餐只能是个办公室里的白日梦了:只有在这类短暂的遐想中你才能记起,最近一次吃到些像样的东西是什么感觉。过去几个星期来，雪莉的晚餐都是她能从冰箱里翻出的随便什么东西，站着就能解决。至于酒水：喝酒倒是没问题——她都不记得有哪回没能来上一杯了。但食物，她就指望着午餐时能弄点扎实的东西吃了，也就是说一个现制的三明治或一份完整的外卖套餐。如果马库斯不快点带吃的回来，她就要饿昏过去了。

好吧，他们之前是出去过。但冰激凌又不算数。

可恶的马库斯。本来应该是他干这个活儿，她在一边看着的。

"去查查灰色卷宗在哪儿"，兰姆说这话时挥舞着一只短粗的胖手，仿佛在驱散其中的困难。

就好像她对安全局把东西藏在什么地方，有什么内幕消息似的。

雪莉在办公桌的抽屉里翻了一阵，从一堆信用卡收据和DJ之夜的传单中找到一个用过的信封，上面潦草地写着她的密码。安全局的内网是个平平无奇的蓝屏页面，中央有一枚皇家徽章：她点击了，输入她的用户号和密码（inyourFACE），然后导航到一个员工名单，附有可直接联系到的电子邮件和分机号码。

目前为止还算顺利。

她首先想到的是，去数据库女王那儿碰碰运气：他们什么都知道，甚至不限于此。雪莉并不确知，他们是否将业余时间花在从人事档案里搜寻负面信息上，但你也可以想见。不幸的是，他们对于签署《官方保密法》涉及的其他方面也都十分上心。这就意味着，即便是那个雪莉以为和她在同一栋楼上班时与自己关系很好的人——那个高颧骨、眉毛纤细得被强光一照就消失了的人，也不打算让她知道哪怕像信息存储设施这么基本的信息。

"超出了我的——"

"工作职责。对，我知道。"

"——甜心。你在那边过得还愉快吗？我听说整个斯劳屋都散发着丧气。"

挂断电话时，雪莉的密码①飘进了她的脑海。

她去了厨房，希望在冰箱里能零星找到点吃的，但瑞弗·卡特怀特在里面，她就无法下手了。他用一种痛苦的姿势撑在那儿，但之前他被送去见了"看门狗"——总不会是什么愉快体验，雪莉推测。

"你走到了多里面？"她问他，显得确实很感兴趣。

"档案室那层。"他告诉她。他正在喝一杯水，没准是在检查身上哪里漏了没有。

"就是那个谁，对吧？那个坐轮椅的老蝙蝠？"

"茉莉·多兰。"

雪莉记得这个名字，不过从没遇到过这位女士。她是安全局的又一位传奇人物，是众人窃窃私语议论的对象，并成为种种半兴奋、半狐疑的猜测所围绕的话题。她依旧饥肠辘辘地回到自己电脑边，一个小恶魔在向她耳中灌输着教唆——她包里有一小包可卡因，裹得严实极了，就像一个小纸片。没什么比吸上一口更能驱除饥饿感了。此外，那还能令她变得更加敏锐；给予她一些额外的优势……

但是天哪，不，不。是有那么一两回，她来上班时显得略有点呆滞：谁还没有过呢？但天哪，她可不打算把一次茶歇小憩发展成为一场全面行动的起始。她拿起桌上那只玻璃杯，从还没

---

① 她的密码"inyourFACE"，意思可理解为"直接打脸、当头一棒、当面挑衅"。

弄脏的一侧喝了口水，感觉到它一路流了下去。眼下就这样吧，也只能如此。她从员工名单里找到茉莉·多兰的电话，然后拨通了它。

从厨房回去时，瑞弗在路易莎敞开的门口停了一下，看到她正聚精会神地盯着电脑，脑袋一动不动。每次当他偶尔看看她——真正意义上的看，而不是仅仅意识到她的存在而已，他都会惊诧于自从明死后她将自己的外貌做了如此大的改变：不同的头发，不同的衣着，仿佛她正在全面系统地抹除从前的自己。要是和她再熟一点，他会找她谈谈的。但这是斯劳部门。

他正准备离开时，她说话了，眼睛仍盯在屏幕上。

"兰姆说的是真的吗？"

"很可能不是吧。你指哪部分？"

"关于你探望韦布。在医院里。"

瑞弗说："我不确定可以称之为探望。不是得他自己可以意识到访客，才能算探望吗？"

"但是你去了。"

"……对。"

"为什么？"

他没回答。

她说："你沦落到斯劳部门正是拜他所赐。更重要的是，他也是导致去年那场混乱的原因。还有发生在明身上的事。而你还会带花给他？"

说到结尾那个词时，她的声音颤抖了。

瑞弗说："那些我都知道。你觉得我不知道吗？他是个背后捅刀子的浑蛋,毫无疑问。有时我也在想,我去那儿是不是只为看看他死了没有。"

"你那是在抖包袱,不是一个理由。"

此时此刻,他其实可以走开了,他心想;回到自己房间的安全地带。他可以放松地坐进椅子,吃点阿司匹林,期待它们能在他被指派去做什么费体力的事之前,先把他的褶皱熨平。然而他不能这样做,当她始终拒绝朝他看时,他不能一走了之。他一直觉得路易莎这个人很难相处,意思是她不接受废话。于是他意识到,如此一来,他就不该对她胡言乱语。

"不是……对,好吧。那不是理由。"

"那你为什么要那么做?"

"我和他谈话,聊关于这里。"这里指的是斯劳屋,他俩都清楚,"关于待在这里是怎样的,日复一日……关于我们之前的处境和现在结局间的差距。"他让那句话盘桓了片刻,她没做回应。他就说:"我怀疑他是听不到我的话的。但是如果他能听到,就会明白了。我是说,天哪。你认为这就算糟了?他甚至朝窗外看一眼都不行。"

她终于移动了目光,并让他忍受了足足十五秒的静默。

"反正,"他最后说,"我并不是在鼓励他。要说起来,正好相反吧。"

他也不太确定这就是事情的全部真相,但感觉已经尽可能接近了。

过了一会儿,路易莎说:"有止疼药吗?"

"我有些阿司匹林。想要吗?"

她摇摇头,把手伸进抽屉,然后向他扔过来一包东西。"试试这个。药效更强。"

他接住了。"多谢。"

她看回自己的屏幕。

瑞弗回到他的办公室。

马库斯把那辆"鲍里斯自行车"留在了泳池，然后坐地铁回来。即便列车滞留在了法灵顿（信号故障：这类情况往往由炎热导致，当它不是由严寒，或什么东西太潮湿或太干燥导致的时候），也没能破坏他的心情。他在史密斯菲尔德里转了一圈，走进一家意大利熟食店买了个鸡肉法棍三明治，然后径直往斯劳屋走去。路上给家里打电话告诉凯西，他会晚点回家，在弄一个工作上的事——他们俩之间的一种固定说法。

"你有阵子没加过班了。"

她还不知道斯劳部门的事。她知道他被转岗了，但并不清楚那实际是什么意思。他还没能鼓起勇气告诉她。

"是，嗯，不是那种你能提前很久安排好的事。"

"当心点儿。"

"会的。替我亲亲孩子们。"

他感到身心无比协调——简直伫立在世界之巅。今早的忧郁已是别人生命里的配乐。

有时，坐在自己桌前，听雪莉在他一旁对着键盘抱怨个没完时，马库斯的思绪就会飘远，开始重温在冲锋小队往日的辉煌。雪莉用"踹开门"来形容它。在某种程度上，这么说也算准确，但是漏了一方面，那就是你永远不知道门的另一侧将会有什么，对方是正举着一把枪，还是穿着一件捆满炸药的背心。在童话故事里，当你被准许去选择一扇门，就总有一头老虎藏在其中某扇的后面。正因如此,把门踹开才是最佳选择。即便只是这么想想,他的肌肉也会紧绷,而他拿着三明治的手也攥得更紧了——这下可好,他想。带回一份求和的礼物,结果被他捏成了面饼。不过运气好的话,雪莉会饿得顾不上这些。

正这么想着,他意识到自己刚刚一直在以自动驾驶模式滑行;他没有绕进小巷、回到斯劳屋的后院,而是再次走进了那家博彩店。店内的轮盘赌机器仍旧带着那副魔鬼般的咧嘴笑容,看他敢不敢再往前走上一步——进来把它的门踹开。

马库斯仍能感觉出牛仔裤兜里钱包的重量。那份新来的厚实感令他非常确信,自己的生活已经时来运转了。

"好的,你这浑蛋,"他心想,"来吧。"


茉莉·多兰说:"天哪,天哪。一天里两次。"

"对,卡特怀特说他和你讲过话了。"

"那个年轻人怎么样了?他回到……'斯劳屋'了吗?"

"走起来有点瘸,但还好。"

"真是出人意料。我还想着,他要解释今天早上的古怪行为,可得费一番口舌了。"

雪莉已经不耐烦了。"他有他轻松脱身的窍门。总之,我打电话的原因——"

"那么,这就不只是个社交电话咯?"

"这,嗐。谁会那么干?"

但茉莉·多兰似乎是个风趣的人。"我很抱歉。和杰克逊的两个徒弟打交道的新奇感,让我变得特别紧张不安。请继续讲。"

"是关于一些档案的。"

"哦，天哪。我们又要在同一件事上兜圈子了吗？也许杰克逊可以直接给我打个电话，解释一下他在搞什么东西。"

"不，他不会那么做的。总之，这和他没关系，就是一次日常询问。关于信息存储？"

"你看，我总是鼓励年轻员工如果有问题就来找我，但前提是我很确定，他们不会真的这么做。你不能把问题提给，啊，数据库女王吗？"

"对，他们帮不上什么忙吧？就是个简单的问题。我只需要知道灰色卷宗在哪儿。"

"灰色卷宗？"

"就是那些疯子档案、那些怪胎笔记。"

"我知道它们被叫做什么。我只是不确定你为什么想要来问我。"

"怎么说呢，你本人就是一个整理档案的，"雪莉脱口而出，"我想你可能知道。"

一个长长的停顿。

"和杰克逊长时间接触显然也是有缺陷的，"茉莉冷冷地讽刺道，"我估计，你也像他一样，回避了大多数正式沟通吧？"

如果这个词是雪莉所想的那个意思①，她大概是吧，对。

"你真应该查查自己的收件箱，年轻的女士。"

然后茉莉·多兰就挂了，她的声音被电话断线后毫无波澜的空白音所取代。

她这人还挺有个性的。也许，雪莉想，是她把自己的双腿嚼掉的。

---

①原文是"eschew"，回避、躲开的意思；但雪莉其实把它想成了"chew"，即咀嚼、嚼碎的意思。

这段对话也没带什么进展,不过她可能会去查查收件箱,万一那是条线索呢。但等她一看,里面除了人力资源部群发的最新一期全局新闻简讯,就什么也没有了:内部调动机会(下等马无须申请);健康与安全;升职与退休。雪莉从没遇到过任何人会打开这些邮件,更别提去读它们了。这是她个人的平生第一回。

然后就找到了,在"杂项信息"之下:"近期的信息存储问题现已得到解决……"

要是马库斯在这儿,她就能举起手和他击掌了,或者最起码,她就能把一个鸡肉法棍三明治吃下肚了;而眼下,她只能姑且绕着办公桌很快地转上一圈,来庆祝胜利——冲吧,姑娘,她对自己说。当头一棒。那种感觉就像一场自然发生的极度兴奋,弥补了最近几个星期来发生在她私生活里的全部糟心事。而这个念头一进入脑海,她就意识到自己应该把这股兴奋感留存得久一些;应该为了好事本身享受当下,而不是把它作为坏事发生后的安慰……等她一会儿回到家,就没有任何人可以分享这次胜利了。而现在甚至连马库斯都不在,没人和她击个掌或碰拳。老天,这种情绪转换,就像地心引力般突如其来。她坐下,又把那封邮件读了一遍,试图重温那份成就感,或者至少是撞到狗屎运的幸运感。然而它已经消失了,那类兴奋,你是装不出来的。

幸运的是,你还能靠某些别的东西兴奋。

贾德目送戴安娜·泰维纳离开这处小公园,欣赏着她臀部的摆动,以及她如何在大门处暂停脚步,为他多留出一两秒的时间好端详那对杰作。对女士表现出尊敬是很重要,但哎哟,他是如此渴望将她的骨头震得咯咯响，谨慎起见，他还是再保持一会儿坐姿为妙。他最不需要的就是被某个公民记者抓拍下他这个状态下的照片。他松开那卷报纸，把它摊在膝上作为双保险，然后试图把注意力集中到手头的事上来：英格丽德·蒂尔尼女爵。尽管从表面上看起来正相反，但女爵阁下目前正牢牢抓着他的命根子。他不能容许这种局面再继续下去——只要她向"十号"①递句话，他恐怕还来不及叫洗牌，就得出局了。不忠，是这样一种政治犯罪：一旦你犯下此罪而被发现，便无可豁免；不过当然了，如果不犯此罪，你的职业生涯就将忍受一段漫长的额发拉扯②。这就使公共生活成为了一种平衡术。让我们面对现实吧，这也正是它如此令人兴奋的原因。

"关键并不在于你必须跳着华尔兹穿越不时出现的雷区，我的孩子，"他来到众议院的第一周，某个老家伙就对他说，"而是你在这样做时，得面带微笑。"

是的，任何不能在平民面前表现得镇定自若的人，根本不配获得他们的选票，这是贾德的观点。他倒不会把它大声说出来，当然了——强调这点总是很重要。绝对要说出"平民"二字。

这一番思量使他平静下来，他觉得自己可以站起来了。

他一边向大门走，一边给塞巴斯蒂安打电话，也就是他的首席侦查员兼"瓶子清洗工"——他机器里的幽灵。塞博这些年来洗过的瓶子里，有些并不是那种你会放到外面给人回收的——更多是你会趁夜埋进垃圾填埋场的那一类。不过，他那些无疑相当有限的手段，保他的主人过去数次安全穿越了雷区。你永远说不

---

①唐宁街十号是英国首相官邸。这里"十号"指代首相本人。
②比喻对权威或上级的态度过度谦卑、恭顺。

准，需要实施这些手段的机缘何时出现。而贾德不打算再一次被抓住没穿裤子了。

也许是那句短语激起的，贾德在等待塞博接电话时，又体验到一种近乎身体记忆的、戴安娜·泰维纳抓住他胯部的感觉，而她的语气平静得像在挑选牛油果一样。在我看来你并不失望。哈！这是继他作为《荒岛唱片》①的嘉宾八首歌都选了"碰撞"乐队②的歌曲后，再次感受到如此强烈的天真无邪的快乐。后来他得知，道格斯岛上的一个老太婆在听那些歌时真的中风发作了。这恰恰说明，你无法取悦所有人。

据说，丘吉尔打瞌睡时会坐在扶手椅里，手拿一只茶杯。当他睡着后，茶杯摔在地上的噪声就会把他吵醒。他声称这就是他所需的全部休息了。杰克逊·兰姆也差不多。区别就在于他手里拿的是烈酒杯而非茶杯，以及当它掉下的时候他没有醒。有时凯瑟琳早上会发现他像一只放错了地方的鱿鱼般伸开四肢摊在椅子上，空气闻起来像放了一星期的花瓶里的水。

那正是他此刻的状态。除马库斯之外的下等马们，都在规定时间聚集到了他那层的楼梯平台。

瑞弗用一根手指碰了碰他的办公室门，门虚掩着；他又把门缝推到刚刚够他们一睹兰姆肥胖的睡姿。

雪莉说："我们把他叫醒吧？"

她看上去欢快得不自然，说话音量也有点不对劲。但与此同

---

① 《荒岛唱片》(*Desert Island Discs*)，一档英国广播公司（BBC）的电台节目，嘉宾需要选择八首他们在荒岛上想听的音乐，并讲述这些音乐背后的故事和意义。
② "碰撞"乐队（Clash），组建于一九七六年的著名英国早期朋克摇滚乐队，做过很多立场鲜明的政治表达。

时，兰姆也说了他们要去参与现场行动，或许，路易莎想，雪莉是想到行动要开始了才会这副样子吧。

"马库斯在哪儿？"她问。

雪莉耸耸肩："去买打包三明治了。——法棍三明治。"

路易莎和瑞弗交换了一下眼神。

何说："他说五点。如果我们不进去他会发飙的。"

"你先走。"瑞弗提议。

楼下的后门擦着门框打开，又"砰"地关上，于是他们都想到了凯瑟琳。但那是马库斯，一路跺着脚上了楼，好像他们都得罪他了似的。到达顶楼时，他发现其他人就像一支禁卫军似的挤在那儿。

"怎么了？"

"你开会迟到了。"何说。

"你也一样，"马库斯说，"除非这就是在开会。"

"你去哪儿了？"雪莉问。

"外面。"

"我不得不自己做了所有调研。你知道那是什么感觉吗？"

"可能感觉就像在工作吧，对。给。"他递给她一个形状不规则的纸袋。

她狐疑地眯起眼睛看着它。"这玩意儿一度是个法棍吧？"

"你想不想要了？"

"随便。"

路易莎入神地看着雪莉从纸袋里拽出一个压扁的东西，剥去它外面的保鲜膜。它已经不是棍状的了，她可以从侧面吃。

瑞弗问马库斯："你还好吗？"

"怎么了？"

"你看起来……很恼火。"

"'恼火'？这是哪儿，霍格沃茨吗？"①

"那就说，生气。"

"我很好。"

"这个其实还挺好吃的。"雪莉说，或其他人猜她是这么说的。她的嘴里塞得太满了，实在听不真切。

"好的，"瑞弗对马库斯说，"因为你今晚大概得进入状态。"

"相信我，卡特怀特。我只要有机会对什么人开枪，就会进入状态。"

"很高兴知道这些。"

"对谁都行。"

"我觉得他们在里面放了红辣椒还是什么东西。"

"天哪，"路易莎说，"谁也没说过要开枪。我们是光荣的陪同小队。就是这样。"

"为一帮抓走凯瑟琳的人服务。"瑞弗说。

"正是。在我们知道她安全了之前，谁也不能对任何人开枪。"

"我差点叫你给我带个金枪鱼的，但现在我觉得幸亏刚才没说。鸡肉绝对是我的最爱。"

"我觉得我们应该进去了。"何说。

"我觉得你说得对。"瑞弗说着，把他推进了那扇半开着的门。

何一个马趴摔在了地毯上。

兰姆没睁眼，只是说："你们晚了十分钟。"

"五分钟。"何说。

---

① 原文"peeved"，本意为不高兴、恼火的，也和《哈利·波特》故事中霍格沃茨魔法学校里的恶作剧精灵"皮皮鬼"（Peeves）的名字接近。

兰姆指着他书架上的钟。

"那个快了。"何反驳道。

"它一直是快的。我还需要特别说明是当地时间吗?"兰姆这才睁开眼睛,语气则变作一声咆哮,"进屋来。"

于是他们鱼贯而入。何则爬了起来,对瑞弗投去凶光。

"天哪,"兰姆说着,胡撸了一把脸,使自己的五官模糊成了"尖叫教皇"①的样子,"总有一天我会醒来,而这一切只是场噩梦。"

"在我身上发生过一次。"雪莉说,嘴里还是满的。

"你在吃什么?"

"……鸡肉法棍三明治。"

"给我。"

雪莉看看自己剩下的午餐,又看看兰姆固执地伸出的手。她瞥了马库斯一眼,向他求援,但他一点兴致也没有。

"别这么垂头丧气,"兰姆说,"你少吃几顿也没问题。"

"你可以说这种话吗?"她交出三明治的同时这样抗议道。

"不确定。还没读过员工手册。"他疑惑地看了看她进献的贡品,"这是被公交车撞了还是怎么回事?你其实能买得到全新的,知道吗。"但他还是从上面咬下一口,一半就没了,"家庭作业都做完了?"

众人齐声嘟嘟囔囔地表示同意。

"好。卡特怀特第一个说。肖恩·多诺万。你查到什么了?"

"肖恩·多诺万,"瑞弗说,"他是个职业军人,一个战斗经

---

① "尖叫教皇(Screaming Pope)",英国画家弗朗西斯·培根(Francis Bacon, 1909-1992)的名画。

验丰富的老兵。桑德赫斯特[①]毕业,在北爱尔兰服过役,然后去了国防部的一个附属机构。那之后,他随联合国保护部队在巴尔干服役,又在科索沃战争期间加入北约部队。战争一结束他就是一名中校了,而且本来有望一路高升。"

"多高?"雪莉问,然后冒失地发出一阵咯咯的笑声。

兰姆停下咀嚼,向她那边投去一串巴西利斯克[②]式的凝视。

瑞弗说:"他在国防部的口碑很好。曾在一些高级别的委员会里任职,包括一个关于境内恐怖主义的委员会,和摄政公园还有些联系。到二〇〇八年,他进了一家联合国的顾问机构。当年有一篇报纸上的人物简介将他称为完美的现代军人、部分武士、部分外交官。"

"我真的很喜欢没有缺点的人,"兰姆说着,把防油纸揉成一团往肩膀后头一丢,"令我想到了自己。"

"只是,他有个酗酒的名声。"

"你看看,"兰姆说,"好一位真正的王子。"

"怎么了,"马库斯说,"他是还没出柜?倒卖军火?还是喜欢打扮得像个纳粹了?"

兰姆瞪了他一眼。"你怎么回事?看着就像丢了五块钱却捡到颗扣子。"

"……一颗扣子?"

"原谅我的土话。伍德斯托克一代嘛。"

瑞弗努力继续说:"多诺万的职业生涯一夜间一落千丈。就在刚刚结束联合国的工作后,他到萨默塞特郡访问了一处军事基地,给军校学员们做一次讲座。讲座之后当然是一场派对,气氛

---

[①] 桑德赫斯特(Sandhurst),英国皇家陆军官校所在地。
[②] 巴西利斯克(basilisk),西方传说中的一种怪物,相传能以眼神置人于死地。

闹哄哄的很欢快。然后多诺万就开车离开了基地。他失控了，汽车报废，而他的乘客，一位名叫艾莉森·邓恩的上尉身亡。他上了军事法庭，服刑五年，一获释就被开除了军籍，名誉扫地。那是大约一年前的事。"

"好吧，"兰姆表示让步，"可能不是完全没有缺点。"他举起了一根胖手指："那么，他和摄政公园有联系。"又举起一根："他还是个酒鬼。结论呢？"

没人发表评论。

"天哪，什么都得我自己来吗？他不是随机选中斯坦迪什的。他本来就认识她。"他又指指瑞弗，"这位'洛克中士'[①]最后是怎么到了黑箭的？"

"记得那个蜘蛛侠事件吗？"

"有个傻子穿得像个卡通人物，从一栋楼上摔了下去。"兰姆说。

这事发生在冬季，现场就离斯劳屋不远。事件连续数天登上了各种头条，也成为一些喜剧节目里的笑料。因为那个男人并没有死掉，而且，嗯，穿的是蜘蛛侠的服装。

"从一栋楼上被扔了下去，"瑞弗说，"那是一次示威，'追求正义的父亲们'之类的。他离了婚，而且被剥夺了探视权。"

"他是在抱怨还是在庆祝？"

瑞弗忽略了那句。"名叫保罗·洛厄尔，曾在米德尔塞克斯郡警察局任督察，最近则在西尔维斯特·蒙蒂思手下做黑箭的副指挥官。他始终不知道是谁把他扔到古城墙上去的。他们是通过'给父亲公平待遇'这个网站取得联系的，来者无论是谁，现身

---

[①] 洛克中士（Sergeant Rock），问世于上世纪中后期的、美国漫画图书中的经典"战神"形象。

时扮成了蝙蝠侠。他还没有被抓到。"

"好吧,好吧,"兰姆说,"想知道那人可能是谁?"

"多诺万。"雪莉说。

"行了,我那是一句修辞。我的老天,如果我不知道某件事的答案,你觉得我会问你们吗?"

在确认兰姆说完以后,瑞弗又说:"蒙蒂思在事发当周就雇佣了肖恩·多诺万。"

"什么都没有创造职位空缺要紧。希望你们当中不会有人认为那就是升迁之道。"

"我们永远不会把你扔出窗户的。"路易莎嘀咕了一句。

兰姆在他胡子拉碴的下巴上来回摩挲着手掌,也搞不清他是在抓挠哪一侧。"好了,这就是他的情况。他想要灰色卷宗干什么?你,"他指向路易莎,"开始。"

路易莎说:"有一些网络留言板,阴谋论者们会聚在上面交换故事。我们所说的可不是暗网,这些都是公开的——哦,毫无疑问它们有登录密码。"

"但是我们有密码。"

"我们有密码。"

她列举了其中一些网址,听众们却无动于衷,只有雪莉全程频频点头。

"大约在一年前,就应该是多诺万被从狱里放出来的前后,一个自称'大肖恩 D'的发帖人冒了出来。"

"那就是你的线索?"兰姆问。

"谢了,对。以及指向军队背景的一些蛛丝马迹。是有不少键盘侠喜欢自吹自擂,但他写的评论内容和多诺万的经历十分相符。关于巴尔干,还有联合国。"

她在逐渐说服他们。就目前的观察看来,"大肖恩D"在网络社区里可谓如鱼得水,这里主流人群的气质,就像你把一名独生子女、一个《每日邮报》读者和一种剧毒致病细菌的遗传基因拼贴起来得到的效果:一个自我迷恋、充满压抑的怒火并且到处喷洒有毒废物的有机体。他们的症状包括:喜欢使用大写字母,把所有异议都视为谄媚权贵,以及对奥卡姆剃刀原理[①]一无所知。

"那他的关注点是?"

"是天气。"

"什么?"

路易莎说:"他对天气的事有些执念。他认为天气正在被……某些人操纵。政府,'他们'。"

这段话说完后,一阵冷场。

然后兰姆说:"天哪,他们还让他持有武器。"

"他发布了好多关于'积云项目'的内容,是个五十年代的政府行动,有军方支持。都是关于云朵播种、人工降雨之类的。"

兰姆斜眼看了看窗户,百叶窗只将阳光马马虎虎挡住一半。"是啊,效果真不错。"

"一九五二年,在德文郡的林茅斯爆发了一次猛烈的洪水,三十五人遇难。于是有人,包括大肖恩D在内,相信这是'积云项目'造成的。本打算做一次降雨潜力的展示,却失控了。"

"一九五二年是很早以前了。"马库斯留意到。

"但是阴谋论延续了下来。有一个美国机构,由军方资助,叫做HAARP——高频传输什么的,被认定在研发一个天气控制

---

[①]奥卡姆剃刀原理(Occam's razor),十三至十四世纪起源于英国哲学家威廉·奥卡姆(William of Ockham)思想的哲学、科学及逻辑学原则:提倡在解释现象时应选择最简单、直接的解释,而不应该引入不必要的假设。也就是说,如果有针对某一现象的多种解释,应选择假设较少的那个,即较简单的解释通常更可靠。

系统。洪水、飓风、海啸——好多大事件都被归结到了他们头上。那些网民认为，人类导致的气候变化并不是过度消费的副产品，而是一种对天气模式的蓄意干预。特别是，将其武器化。"

雪莉说："那就像……"

就像什么，她忘了。

兰姆说："那么，灰色卷宗里会有相关内容？"

"嗯，毫无疑问它们就是个《乐一通》①式的疯狂故事大杂烩，是阴谋论大军的一站式采购站。而林茅斯大洪水——至今仍有一些与之相关的加密政府档案，是一个特别调查委员会当年的发现。如果它们也在卷宗里，很显然，那正好就是多诺万要找的那类东西。"

"你听起来不是很有底气。你也不确定是他吧？"

路易莎一耸肩："日期是符合的。如我所说，大肖恩D是从多诺万出狱后才开始发帖子的。我猜他们不会让你在军事监狱里上网吧。"

"不，用铜管乐队伴奏作惩罚就很够呛了。"兰姆向后靠进椅子里，每一次都有可能成为"巴卡鲁时刻"②。但椅子的弹簧撑住了。他说："好吧。天之骄子遭遇事业滑铁卢，被关了五年，然后迷上了《X档案》里那种胡言乱语。而现在我们还要帮他拿到它。你的兴奋劲儿过去了吗？"

"谁的什么过去了？"雪莉问。

---

①《乐一通》(Looney Tunes)，华纳兄弟公司从一九三〇年至今制作的一系列经典动画短片，其中包括 Bugs Bunny（兔八哥）、Daffy Duck（达菲鸭）等著名卡通角色，以滑稽、夸张的动画风格而闻名。"Looney Tunes"也可用来形容某人或某事非常滑稽、疯狂或令人发笑。

②巴卡鲁时刻 (Buckaroo moment)，"巴卡鲁"是一款老式桌面游戏，玩家要轮流向一匹玩具驴的身上悬挂小物件，同时避免失手触发它的踢腿机关。当它踢腿并将全部物品散落，就是"巴卡鲁时刻"。此处比喻兰姆的椅子随时可能塌掉。

"饶了我吧。"

马库斯说:"他是在问,那些灰色卷宗存在哪儿?"

"哦,对了,好的,你知道我是怎么找到的吗?线索其实在一封邮件里,就是人力资源部向全员群发的那些安全局近况里的一封。有岗位空缺和升职的信息,还有你可以去哪个链接里查看自己的退休金——"

"任何时候只要你愿意,随时冲过来对她开枪吧。"兰姆说。

马库斯把一只手搭在雪莉肩上。"灰色卷宗,在哪里?"

"我不知道,但一座新的站外机密信息存储设施刚刚被启用,所有行动部门的所谓'非关键数据'现在都存在那儿了,所以它们很有可能也在那里,你觉得呢?"

"你能把'那里'是哪里说得更具体一点吗?"

雪莉说:"海斯[①]再往西。还是属于伦敦,对吧?"

"取决于你是房产经纪人,还是一个有感知力的人类,"兰姆说,"但是行吧,那就是它们的所在地,好吧。""你知道过去几个月我在督办什么事吗?"戴安娜·泰维纳说过,"把那些疯子档案储存到站外去……"他仔细看了看他的手下。"老天,一个精神不太正常的退伍军人,对抗你们这些家伙——群比得了关节炎的乌龟运动量还少的废物。想知道这件事会如何收场吗?"

"我们能抓住他。"马库斯说。

"我们谁也不抓,"兰姆说,"原因是,整件事的重点就在于要让他带着档案跑掉。还是说你出去假扮'圣丹斯小子'[②]的时候,就把这事忘了?"

---

[①]海斯(Hayes),伦敦西郊较新开发的区域。
[②]圣丹斯小子(the Sundance Kid),原名哈利·朗格博(Harry Alonzo Longabaugh,1867—1908),是美国西部历史上声名狼藉的江洋大盗。

"噢。"

"是啊,噢。"

"其实我就是去那儿练练手。让自己保持敏锐。"

"不,你是去那儿坏规矩的。你要冒名顶替我签名,就等代我去体检的时候吧。同时,当我给你布置了一个活儿,你就得给我干。即便是要在一块屏幕前坐着。"

"嘿,那个活儿干完了呀。雪莉刚刚告诉你档案存在哪儿。"

"我还真意外她能停下那么久不说话,好让我们琢磨明白她之前在说些什么。"兰姆的目光突然转向她,"我尝过咱们这勉强能算咖啡的玩意儿,那可不会让你兴奋成这样。"

"我们从技术上讲是在工作时间以外[①]了。"雪莉嘀咕了一句。

"对,那是刚才,"兰姆说,"至于现在,你刚刚从技术上讲是在工作以外[②]了。"

马库斯和雪莉困惑地交换了一下眼神。

"天哪,"兰姆说,"这年头没本成语词典还不能开除个人了吗?"

瑞弗、路易莎和罗德里克·何,下意识地稍稍互相靠拢了一点。

马库斯怒视着他们,又瞪向兰姆:"你不能那么做。"

"我刚刚做了。"

"这是不公解——"

"你违抗了一项直接命令,更不用说还在一本局里的登记簿上假冒了我的名字。而她吸进鼻子里那玩意儿让她的眼珠子到现在还滴溜乱转呢。你们还真以为自己有理由提什么不公解雇?"

---

① 原文为"outside of work hours"。
② 原文为"outside of work",意为失业。

"你需要我们。需要我。你怎么把凯瑟琳救回来,如果没有——"

兰姆的咖啡杯打着旋飞过马库斯的肩膀,在办公室的墙上摔了个粉碎。杯中残余的液体泼了出来,在飞行中途像波洛克的画作般溅了马库斯和雪莉一身。马库斯的话,也被打碎的陶器和窗玻璃共振的嗡鸣噎了回去。

当那些噪音消散后,兰姆声音里的威慑感陡增,令这些下等马感到陌生。

"你擅离职守,她嗑大了。你倒是解释解释,这副样子帮得上什么忙?你可能曾经是个厉害角色,但在此时此地,你也只是个与他人无异的废物。我的一名特工在敌人手里,我可不能冒险让你参与行动。所以,带上你的布袋小木偶,清空你们的桌子,滚出我的楼。手续的事明天我再处理。"

马库斯盯着兰姆许久,而后者的眼神如岩石般冷峻。墙面上,咖啡沿着灰泥的裂缝流下来,形成一个图案——地图上又刻出了一条新的海岸线。雪莉抽了抽鼻子,听起来像狗发出的声音,仿佛她突然想到了什么,但还没搞明白那到底是什么。随后,马库斯张了张嘴,又闭上,转身离开了。

"你们自己小心。"他离开时对瑞弗和路易莎说。

当然了,他可能也是在对何说。

雪莉说:"对,妈的。"然后跟在他身后也消失了。

瑞弗感到一种不舒服的感觉正沿着他的脊椎向下蠕动:那种刚刚躲过一劫的、鬼鬼祟祟的感觉。

楼下传来摔办公室门的声音,还有一件家具砸到了地上。

兰姆凭空摸出一支烟,朝他们的方向挥了挥:"就剩你们俩了。相信我,主要是因为其他人太烂,而不是你们有多好。"

"我们有三个人。"何咕哝了一句。

"你还在这儿?"

路易莎说:"有必要那么做吗?多诺万是专业的,而我们已经知道他会动用暴力。我们——"

兰姆对她也投去之前施加在雪莉身上的巴西利斯克式凝视,她就支支吾吾起来。

"我们本可以用上马库斯,"瑞弗说,"我们想说的只是这个。"

一根火柴亮起来,兰姆的五官在火光中忽明忽暗。

他们听见了离开斯劳屋的脚步声,后门被推开时的摩擦和捶击声,但没听见门被关上。片刻之后,一股热风一路升上了顶层,像只猫咪般在他们的脚踝间缠来绕去。兰姆抽着烟,他的办公室里呈现出缭绕在深夜爵士钢琴上的那种蓝灰色调。光线透过百叶窗斜射进来,映出空气中旋转翻飞着的微粒与尘埃。瑞弗心想,当你能看到自己在呼吸的是什么东西,就实在应该换个地方待着了。

终于,他说:"好吧。就我们几个。那我们现在做什么?等多诺万来联系?"

"估计我们不会等很久。"兰姆说。

瑞弗后来推测,兰姆一定是在很久以前就出卖了自己的灵魂,来换取偶尔表现出无所不知。正因如此,瑞弗的手机恰恰选在那个时刻响了起来。

凯瑟琳,他手机的来电者如此显示。

但那是多诺万。

## 11

又来到了一天里的"紫罗兰时刻",暑气仍未消散。瑞弗缓缓钻出汽车,只觉得腹部的肌肉十分酸痛。他还没完全站直身体,就伸手在裤兜里掏路易莎给他的止疼药。还剩四粒。他把它们从塑料膜里挤出来,干吞了下去。最后一粒卡在了喉咙里,足以让他在接下来的一分钟里有事可做。

路易莎关上驾驶室的门。"我觉得我们被跟踪了。"

"是吗?"

"一直跟在后面,三车之隔。已经消失一阵了,但它应该还在附近。"

瑞弗点点头,尽管他不太信。这类尾随听起来很专业,而如果是专业的,他觉得路易莎应该就看不到了。但把这个看法说出口可能有些危险,而他的睾丸还没完全恢复。"你应该早点说。"

"是,好吧,我之前不能完全确定,"她向他投去的眼神里,带着不加掩饰的挑战,"但现在我确定了。"

"好吧。"瑞弗说。但如果他们被跟踪了,无论对方是谁,现在也都已从雷达上消失。

他们的位置,按兰姆的话说就是离伦敦西线铁路"一泡尿的距离";沿途经过机场停车场、大型储气柜、水泥厂及重型工厂的仓储区,最终把车停在了一片荒地上。这里三面被又长又矮的办公大楼包围——矮,是按首都标准而言的,六层高,保持了最初的白色。三栋大楼的布局呈现出杂乱的角度,之间的距离宽得可以开过一辆车。其中两栋在第三层处由一条走廊相连,建筑皆已废弃,玻璃全无,高高低低布满褪色的涂鸦,那是来自心怀不满的市民们断断续续、喋喋不休的控诉——"毒气""基因突变""水槽"。每栋大楼的地面层都没有墙体,而是每隔几码以一根粗壮的圆柱支撑;有些地方被烧黑了,那是无家可归的流浪汉和开派对的青少年们露宿过的地方,地上到处都是酒瓶的碎玻璃和乱扔的垃圾。厕所飘出的气味传到了他们所站的地方——一片坑坑洼洼的水泥废墟,裂缝里长出令人生厌的植物。瑞弗能感觉到热气正从他的鞋底向上渗,一列高速列车隆隆驶过时,大地都在颤抖。

第三栋大楼看上去似乎即将被翻新再利用,不过进展到了什么程度还不太好说。大楼的粉刷虽不算簇新,但也还没开始剥落,窗户都安上了闪亮的玻璃。然而,一团愁苦的气氛笼罩着它,仿佛沦落到如此糟糕的环境,它也自知难有善终。在这片近似于广场的空地的其余那面,有座废弃的工厂——生产油漆或黑胶唱片的吧,瑞弗想。其一端有座矩形的矮塔,塔旁还有一根粉刷成白色的高烟囱,接近附近大楼的高度。很久以前做了一处扩建——一座用波纹铁皮和塑料板材建造的斜屋顶建筑,排水槽上带刺的铁丝网在摇来晃去,像一顶不合适的荆棘王冠。阿尔萨斯犬[①]的画像每隔一段就有一幅,暗示入侵者会被吃掉或更糟。然而,位于地面层的墙面上有个参差不齐的洞,说明这份威胁并没有太被当真。

---

[①]阿尔萨斯犬,一种产自美国的大型犬,由德国牧羊犬与阿拉斯加雪橇犬杂交繁育。

在这儿附近，三台冰箱和一只床垫形成一个杂物堆，旁边还有些十英尺长的金属栅栏摞成了一摞，以末端竖杆上的链条两两相接，被一个铁环固定在地上。一只橙色簸斗躺在一侧，像个被巨人丢弃的汤卡玩具车。

路易莎的车在嘀嗒作响，好像在为某种不祥之事倒计时。

"我觉得在一部电影里见过这个地方，"瑞弗说，"有僵尸的电影。"

"在伊灵①以西，"路易莎说，"也可能是部纪录片。"

瑞弗的手机响了。是兰姆。

"你手机为什么还开着？"

"是振动模式，"瑞弗撒了个谎，"我们刚刚到。这地方看起来很安静。"

"是啊，直到你的手机响起来。"

瑞弗等着，兰姆的喘气声在他耳朵里呼哧作响。

过了半天，兰姆说："这些当兵的，多诺万和……"

"特雷纳。"

"特雷纳。一旦他们拿到想要的东西，你们就撤。不要尝试跟踪他们，让他们走。"

"那凯瑟琳怎么办？"

"你就顾好自己，"兰姆说，"记着，幕后操纵线绳的人是英格丽德·蒂尔尼。一旦她认为时机到了，就会把绳子剪断。"

"那我们要当心掉下来的木偶。"瑞弗说。

"别自视过高了。你们只是办公室职员，又不是什么黄金搭档。"

---

①伊灵（Ealing），伦敦西郊的一个行政区，距伦敦市中心较远，电影产业发达。

"我们早就该明白了。"瑞弗替他说完这句话。

兰姆挂了电话。

路易莎说:"他想干什么?"

"让我们小心点儿,信不信由你,"瑞弗收起手机时说,"但他能用伊妮德·布莱顿①打的比方都用完了。"

又一列火车隆隆驶过,从帕丁顿站开出后不断加速并鸣笛,那是一种老式的、相当孤寂的噪音。一只乌鸦正在一个废弃的冰箱旁边啄着什么东西,它抬起头,发出一声阴沉的咳嗽,又回头去吃它的大餐。

"刚才肯定有辆车,"她说,"但我没看清车牌或颜色。"

"好吧。"瑞弗说。

他用不着再说什么了,因为他看到就在离他们最近的这栋废弃建筑里,一根柱子后面出现了两个身影。


罗德里克·何发现斯劳屋里很安静,现在其他人都走了。通常这并不令他困扰。多数日子里,他都在尽自己所能少同他人见面,除了精心制造出的那些与路易莎共处厨房的时刻。她在出发前还看了他一眼——眼神显示出她觉得此事很好笑,就像在对他说她宁愿留下,也不想去执行这个可笑的行动:在一对退伍军人偷窃《X档案》的时候给他们当保姆。他本可报之以同样表情,并微抬起一边眉毛,意思是"你和我都这么想,宝贝"。但他还没来得及做出回应,她就走出了门。他需要练习那个表情。毫无疑问,如果他的动作再快一点,她本可以看到的。

---

①伊妮德·布莱顿(Enid Blyton),英国作家,《冒险五人组》作者。

他关掉电脑,又带着告别的目光环视了一周他的王国。既然现在朗里奇和丹德尔都已成为历史,他应该去他们办公室里转转,看有没有落下什么值得拿走的东西。朗里奇有条不错的丝绸围巾——他不大会在这种炎热天气里戴它,所以没准儿留在了哪个挂钩上。何刚刚走到门口,这个计划就被突然修改了。

"那么咱们想想看,现在咱们要去哪儿?"

"呃……回家?"

兰姆一掌放在何的前胸中央,继续往前走。何则拖着脚步向后退却,直到大腿后侧碰到了自己办公桌的桌沿。然后兰姆放开手,走到窗前站定,背对着何。

外面的街道开始消沉下来。交通仍然繁忙,但带着一股疲惫的神情:可怜的工人们下了战场正往家赶,已不是早上斗志昂扬的战士。马路对面,一位女士走出牙科诊所。诊所外观有些工业风格,好像里面在进行着什么大规模实验,而不是个人牙科诊疗操作。只见她摇摇头,以便消除一段不愉快的记忆,然后向地铁走去。

"海威科姆。"兰姆说。

就是何找到的那处农舍,西尔维斯特·蒙蒂思租的那个地方。

"呃,行。离高速公路不太远,用卫星导航找到它没问题。"

"我宁可依靠'天悟'[①]。"兰姆说。

"啊?"

"天然悟性。这能让我在有人替我完成任务时,避免低估了那些任务。"

"呃……来杯茶吗?"

---

[①]这里兰姆说的是"natsav"(即"natural savvy"的缩写),是顺着之前何所说的卫星导航(satnav)玩的文字游戏。

"你的车在哪儿?"兰姆问。

马库斯开着一辆深色车窗的黑色SUV:款式为都市军事行动而特别设计,但通常由疲惫不堪的妈妈们驾驶,奔波于上下学高峰与维特罗斯①之间。雪莉以前就和他聊到过这个观察,但觉得眼下并不是提起它的好时候。马库斯停下对兰姆的咒骂,只是为了转而挑她的刺。

"你清醒了吗?"

"我们又回到这个话题了?"

"这不是他妈的在开玩笑,丹德尔。你之前嗑大了。现在清醒了吗?"

雪莉本考虑撒个谎,但只想了那么一下。"老天,我只吸了一小条。甚至连饥饿感都没压下去。"

"你他妈的,丹德尔。你他妈的!"

"别发那么大火。天哪,半小时,顶多了。能兴奋半小时,就这么多。"

"你忘了我们之前说的了?"

"没有,搭档。那正是让我坚持干了一下午活儿的原因——在你开开心心地玩失踪之后。"

他们堵在路上,前方有车辆发生故障,导致道路只能单车道行驶。这种状况下马库斯的情绪也好不起来。

"现在成我的错了?"

"嘿。我为我自己闯的祸负责,可不想把你的错也揽过来。"

---

①维特罗斯(Waitrose),英国一家大型连锁超市。

马库斯低声咒骂，然后又大声咒骂起来，双手拍打着方向盘："见鬼！你搞得明白我陷入怎样的麻烦了吗？"

"我也一样啊，"雪莉说，"就是工作丢了，生活也一团糟呗。"

"我有一个家庭。你明白的，是吧？我有好几张嘴要喂，还有一笔贷款要还。我不能失去工作。"

"好打算，马库斯。可惜你没早点付诸行动。"

"别和我抬杠，姑娘。否则你就在这里下车，走路去吧。"

"再叫我一声姑娘，就让你走不动路。"

这对搭档陷入了怒火中烧的沉默，与此同时，他们的SUV缓缓驶过那辆抛锚的汽车，车窗内一名绝望的年轻女子正向外茫然四顾。

"就在这儿随便什么地方停吧，"雪莉最后开口了，"天哪，反正我走路都比这样快。"

"对，因为你可真的很着急，不是吗？没工作，也没人在家里等你。"

"有劳你更新信息。但我其实还没忘了自己的生活一团糟。"

"想想好的一面吧。也许你会在沙发背后找到些冰毒呢。你知道，人们总是这么找到零钱——"

"少他妈的评论我，朗里奇。你总没见过我把一星期的工资输在一个独臂强盗身上吧。"

"我不玩独臂强盗！"

"那我也不吸冰毒！"

马库斯把车突然拐进一个停车位，于是雪莉一头撞在椅背上。

"该死！"

"该死！"

他们沉默地坐着,为自己的愤怒寻找着合适的发泄方式。川流不息的车辆在几乎看得见、摸得着的炎热中隆隆驶过,仪表板上的时钟则在尝试让时间静止,使每一秒都得奋力越过不计其数的障碍。还是马库斯率先投降了。

"好吧,"他说,"我们俩都犯错了。"

雪莉看似刚要再说些什么,但在最后一刻改了主意。"可能吧。"

"你认为那个浑蛋兰姆会改主意吗?"

"他气疯了。"

"我知道。"

"真的气疯了。"

"我知道,"马库斯说,"那现在怎么办?"

"我听说黑箭在招人。"

"好极了。"

他们重新陷入沉默,别扭的感觉只比刚才略少了那么一点:雪莉拽着她的安全带,让它"啪"地一声弹回胸前;马库斯用手指在方向盘上打着一串串破碎的鼓点。最后他说:"凯西知道我今晚要加班。"

"所以呢?"

"所以她以为我今天不回去了。"

雪莉让安全带再次弹回自己身上,然后说:"如果你打算和我调情,我会拿把勺子把你的脸挖下来。"

"天哪,丹德尔。无意冒犯,但我只是被解雇了,不是把脑叶切除了。"

"行了,不必在意。只是你对我来说太老又太秃了。"

他在座位上挪了挪说:"兰姆的这次行动——"

"那些灰色卷宗。"

"就是个疯狂故事大杂烩。"

"喊,无聊。"

她又把安全带拉了出来,但马库斯在它弹回她胸口之前抓住了它。

"别弄了。卷宗是疯狂故事大杂烩,对,但万一不是呢?"

"什么意思?"

马库斯说:"这个多诺万,在被部队开除之前是个很有抱负的人,对吧?"

"你也听到卡特怀特说的了,"雪莉说,"国防部的关系,联合国的委员会,安全局的会议。他可不是个大头兵,那是肯定的。"

"而他对天气的事如此怀有执念。"

"每个人对天气的事都有点执念,马库斯。天气话题本身就是疯狂故事大杂烩——洪水啊,热浪啊,老天。我就正在期待飓风季呢。"

他没接她的话茬。"所以大家都认为他在追寻的东西毫无价值,而他这么做只是因为失去了理智。但万一他不是呢?万一他知道一些我们不知道的事呢?在国防部参与了那么多高级别的工作,他一定能接触到很多秘密行动。路易莎关于那个HAARP项目是怎么说的来着?"

"不记得了。"

"嗯,大致是关于操纵天气什么的。那么万一多诺万并不像他装出来的那么糊涂呢?万一灰色卷宗里的某些内容确实很要紧,能证明这些天气项目真的在进行呢?"

雪莉摇了摇头,望向马路对面。在路那边的一家酒吧里,一个身穿牛仔短裤和皮马甲的年轻人正在擦桌子。她琢磨着那些桌子是真的需要擦，还是这只是招徕生意的一场表演。

马库斯说："其中还有特别调查委员会的报告呢。会有存档，或也许其他类型的官方书面文件。"

"然后呢？"

"然后多诺万是被部队开除的，记得吧？也许这是一次报复。他正计划像阿桑奇一样对待某人的屁股。①"

"行吧，你在遣词造句上可能得谨慎点儿，"雪莉将注意力从那个酒吧男的身上收了回来，"再说，那和我们又有什么关系？已失业，记得吗？"

"也许吧。"

"是啊。那个兰姆，可真会开玩笑。"

"说正经的，雪莉。如果多诺万想让我们以为他是个阴谋论者，其实他并不是，那么这就不仅仅是一次手拉手的行动了。因为他一旦拿到自己想要的东西，是不会希望留下目击证人的。"

"兰姆可不会因为我们看起来很积极就给我们复职。"

"可能不会吧。但我们接下来还能干什么？有人在家等你吗？因为我刚才就说了，可没人等我。"

雪莉盯着大拇指看了一会儿，仿佛在斟酌要不要把它咬下来。然后她头也没抬地嘟囔了一句。

"你说什么？"

"我说去他的吧，"雪莉说，声音大了一些，"那就去他的吧。我们走。"

---

①维基解密（Wikileaks）创始人朱利安·阿桑奇（Julian Assange），曾曝光美国政府的海量机密文件，涉及阿富汗战争和伊拉克战争内幕。这里马库斯指的是多诺万在计划泄露内部机密，以扒下某人的底裤。

\* \* \*

从阳光下走到摇摇欲坠的办公大楼的阴影里，就像从一只正在工作的烤箱走进一只刚刚熄火的烤箱：那股热气更肮脏，混合着一幢废弃建筑散发出的种种臭气——腐烂和发霉、啤酒和尿味，还覆盖着一种甜腻又恶心的气味，瑞弗怀疑那可能是一只死掉的动物。而零星的砖块和铅管暗示当地发生过地盘争夺战。那两个男人正在一根柱子旁等候，他们的举止中有某种东西令他想起了马库斯。两人当中块头较大的那个，是个留着灰白平头、鼻子像拳击手、年纪五十多岁的宽肩膀男人，迎着他们走了过来。

"卡特怀特？"

他的声音里有一股爱尔兰腔，却没包含多少这种口音通常自带的那种友好热情。

瑞弗点点头。

"那你就是盖伊。"

路易莎只是看着他。

瑞弗说："那么你是肖恩·多诺万，而你就是本·特雷纳吧。"

第二个男人和多诺万简直是同一块木头刻出来的，只是年纪更轻；而且多诺万的头发已花白，特雷纳则近乎秃顶，他那V字形的发区刮得只剩短短的发茬。他对瑞弗的身份确认无动于衷，而看起来对路易莎更感兴趣。后者已和瑞弗肩并肩站定。

"你们知道我们要什么吧。"多诺万说。

瑞弗还没来及得回答，路易莎就说："我们知道你们声称自己要什么。"

"我们就别兜圈子了。这只是一次简单明了的取物任务。"

他和路易莎都没有武器，瑞弗忽然意识到这点。在此之前，这似乎只是个细节，因为这次任务不会、也不该需要他们进行武装。但在同这两名黑箭特勤碰面后，这项任务中"不会也不该"的方面，在"也有可能会"的因素面前就丧失了底气。因为若这两人也没带武器，瑞弗心想，他们就违背了一种根深蒂固的习惯。

不过，把他们称作黑箭特勤也是言过其词了，他承认。杀死老板绝对是一条应该被解雇的理由。兰姆每个星期都会提醒下等马们这一点。

"你是怎么知道这个地方的？"

多诺万不动声色地看着他。"和我知道斯劳部门的方式一样。我会自己做功课，卡特怀特。那你呢？还是说，你有不做好准备就出发的习惯吗？"

鉴于对此最诚实的回答应该是"对"，瑞弗就没有回答。

路易莎说："凯瑟琳在哪里？"

"灰色卷宗一到手我们就会把她平平安安地放了。"

"那我们就相信你的承诺。"她冷淡地说。

"我们的承诺很可靠。"这句是特雷纳说的，他终于开口了。

"你和西尔维斯特·蒙蒂思也是这么说的？"

多诺万说："蒙蒂思是自愿参加的，他应该知道有风险。凯瑟琳是个平民。我们一拿到想要的东西就会安全释放她。"

"最好如此。"

瑞弗说："那么这次行动怎么操作？"

"你进去，确保里面和之前所说的都一致。一旦确认完毕，你就打开大门，我们跟着你进去。"

"听起来很简单。"路易莎说。

"我猜你们就是那帮需要特殊照顾的员工吧。要是有任何比打开一扇门更复杂的事，我可能就得另请高明了。"

瑞弗开始厌倦别人总在强调下等马的地位如何低下了。"但或许绑架一名手无寸铁的女性才是最简单的选择。当时只有你们俩，还是有帮手？"

多诺万的笑容停在了眼睛以下。"现在觉得充满活力了？真是个好小伙。该和门卫聊聊了，对吧？"

瑞弗几乎就要脱口而出，说他希望他们以后有机会再继续这个话题；但猛然想起自己今天已经有过一次这样的对话了。于是他就看了路易莎一眼，点点头，然后这两人重新走进阳光里，朝着那座旧工厂建筑走去。

尼克·达菲在另一栋废弃大楼的三层，关注着他们的进展。他从巴比肯一路尾随而来，觉得他们发现自己了，尽管他开的只是一辆在路上每两辆车中就会有一辆的无名银色两厢车。因为路易莎·盖伊确实有一段时间表现出偏执的倾向：为了一个黄灯夸张地减速，又为另一个黄灯加速冲刺。当这种状况发生时，达菲知道，你就得保持冷静；假设那些日常阻碍交通的因素自会发挥作用，而一个正常、均匀的速度会在下个拥挤的路口把你的目标拉回视野。这次错过的话，总还有下次。

除非，就像现在，你没有下次机会了。

面对这种情况他还有一个次优方案，那就是知道他们要去哪里，因为英格丽德·蒂尔尼女爵已经告诉他了。

"他们在协助和教唆一名有前科的罪犯，犯下危害国家安全的罪行。"

说这话时，她还是一如既往地镇定自若。达菲怀疑就算让蒂尔尼宣布核灾难迫在眉睫的突发新闻，她还是会用同样的语调。不过在那种情况下，她肯定会开口称呼他为"亲爱的孩子"，这是她安抚人的一贯方式。

"那你想让我阻止他们吗？"

"没有那个必要。"

他们这是在英格丽德女爵的办公室里，窗外的景观一度充满绿意，但现在已几近棕黄：自从针对软管的禁令实施后，对面公园里的植物就开始陆续死亡。这在以前也曾发生过，但是这一次，令人很难相信情况还会回归正常。仿佛已到临界点，这座城市，抑或是这个星球，都开始滑向了无可挽回的衰退。

但既然他或者其他任何人对此都无能为力，达菲就把它抛到脑后，听英格丽德女爵讲起了西尔维斯特·蒙蒂思的猛虎队故事，以及老虎们如何反咬一口，让他掉了脑袋。

和兰姆碰过面后，英格丽德女爵自己也做了一些小调查，采取的路径与瑞弗完全一致。她告诉达菲，有个叫肖恩·帕特里克·多诺万的，就是主要嫌疑人。

"在伦敦的核心地带抛尸，"他说，"听起来他好像在试图引起注意。"

这样一来，瑞弗·卡特怀特对于他自己今早行动的解释也就说得通了。但鉴于卡特怀特是在无人协助的情况下独自离开，这就意味着，无论现下发生了什么，都不会被写进官方记录里。

这对他来说也好。达菲做"看门狗"头目的时间够久了，完全清楚自己该对哪一头摇尾巴。如果英格丽德女爵需要借基层之手去解决某件事，那么他就通过基层去办。

"那些文件没什么要紧的，"蒂尔尼说，"都是些相当耸人听闻的旧材料。我怀疑那位多诺万先生丰富多彩的人生经历——无论来自部队还是看守所,已经令他变得有些偏执。一个人的职业生涯出了这么大的岔子,总归挺遗憾的。"

"但你乐意让他就这么逃之夭夭了吗?"

"等你到了我这个年纪,亲爱的孩子,你就会理解没人能够真的逃避任何后果。但就这个特例而言,对,我愿意让他显得成功逃脱了。"

"显得"这个词在他们之间回荡了那么一会儿,然后以一种难以捉摸的姿态消失了。

"我想让你跟踪他回到老巢,达菲先生。一直追到他确切的位置。然后你要确保他的偏执不会令他陷入更严重的不幸。"

"我懂了。"

"我非常希望你会懂。你愿意独自执行这次任务吗?"

"没有后援吗?是的,英格丽德女爵。我乐意效劳。"

因为无后援的行动违反了安全局实践准则里的每一项规定。而这就意味着,她就要在他的功劳簿上记上重重一笔。考虑到早些时候他同戴女士之间发生的冲突,尼克·达菲感到自己需要一位来自高层的朋友。

再说,这正是他天生擅长的事。利用几个犯过错的特工是一回事;但镇压国家的潜在敌人,就完全是另一回事了。

当卡特怀特和盖伊穿过一扇侧门,身影消失在了那座废弃工厂内,达菲就放下他的望远镜,擦了擦眉毛上的汗。天还没黑,但下方荒地上的阴影已越伸越长。无论接下来这一小段时间里会发生什么,他保证不会错过任何东西。

事实上,尼克·达菲为自己很少错过什么而颇感自豪。

\* \* \*

"你的车在哪儿?"兰姆说。

"怎么了?"

"因为我觉得它可能需要打蜡抛光了。老天,回答我的问题。"

何朝窗外指了指附近一处住宅区的方向。他有一张本地居民的停车许可证,挂在一位真正的本地居民名下。不过鉴于这位可疑的居民已有九十三岁高龄且足不出户,她是不太可能发现这一点的。仔细想来,她现在没准儿已经去世了。不管怎样,或许有那么一条法律规定了,你的老板不能逼你把车借给他。

但另一方面,即便这种法律存在,它也几乎肯定不适用于兰姆。

"好。我等着的时候要拉泡屎。"

"等着?"

"等你去取车。你睡醒了吗?因为在工作时间睡大觉可是一条会被解雇的罪责。"

兰姆的眼里一亮,显然他已经爱上了炒员工鱿鱼的滋味。

何很不情愿得出那个显而易见的结论,但还是躲不过终究要来的事。"你想要去海威科姆。"

"想想你的年度评估,还说你对事情领会得很慢。"若上述评估不是出自兰姆之手的话,他那忧郁的摇头可能就更有说服力了。

"还有你想让我开车载你?"

"天哪,我也不想。但眼前没有其他人了。"

"唔,如果你没解雇……"

面对兰姆温和的表情,何的声音渐渐弱了下去。"你就直说吧,孩子。我一直为自己能够接受批评感到自豪。"

"我只是觉得自己帮不上太大忙。"

"我也这么觉得。那么你就必须得证明我们俩都错了，可以吗？"兰姆从何的桌上拿起一罐红牛晃了晃，看看里面还有多少。没有了。他叹了口气，把它放下。"想想看，如果你被绑架了，斯坦迪什会帮忙吗？"

于是何就破例想了想这个问题。斯坦迪什叫他罗迪，其他人都不这么叫；她会偶尔称赞他的电脑技能，却并不紧接着就要求他执行某个数码任务；有次午餐时她送给他一个特百惠饭盒，里面是她自己做的沙拉，因为他"吃了太多披萨"——无论那是什么意思。当他的怨气消退后，他发觉自己还挺感动的，于是特地把它丢到了她应该找不到的地方。还有，他想到，在所有下等马当中，她应该是得知他和路易莎在一起后，最有可能感到开心的那个人。当然了，下等马的人数比之前少了几个，但那改变的是百分比，而不影响事实。

想到所有这些，他嘟囔了一句："我猜会吧。"

"你最好希望如此。因为咱们这儿可没其他家伙会这么做了，我向你保证。现在去开你的车吧，快快①。"

何下楼刚走到一半，只听兰姆喊道："哦，还有，当我说'快快'的时候，我希望你没觉得我有种族歧视的意思吧？"

"没有。"

"只是你们这些中国佬的脸皮真的太薄了。"

开往海威科姆，将是一段漫长的车程。

\* \* \*

---

①原文为"Chop chop"，源自汉语广东话里的"kap（急）"。十九世纪由在中国做贸易的英国海员习得，并作为洋泾浜英语广泛使用起来。

关于站外存档地点的详细信息，只要你知道怎么去找，安全局的内网里就有。一些够资格的特工可以获得登录密码，不包括下等马们，但杰克逊·兰姆却符合条件。之前在斯劳屋时，何已设法搞到了这个密码。对此，路易莎和瑞弗都觉得没什么好说的。他们登录进去，从简介中得知，该设施位于那片半废弃的工业园区下方；是一座始建于三十年代、最初作为防空洞的地下综合体，又于二十年后进行了改造。这一次，它被极大幅度地扩建，以便为一百二十名地方政府官员提供居住空间。如此大规模扩容，被认为是核战争后人类文明得以幸存的必要条件，但或许与那些官员都参与了规划不无关联。如今，这片地下网络从它的起建点向西延伸了一英里多，之间的通道为绕开地铁线路，都开凿成了陡峭的下坡和弯道——"工程还假借了线路维护之名"。在这个由大大小小的洞穴构成的系统中，即便外部世界在核爆之后的残冬里瑟瑟发抖，像经济状况调查和利率评估这样的重要工作仍可继续进行。

反正，原计划是这样的。但在七十年代后期，这处设施又更改了用途，被转交到安全局手里。那时，鉴于末日大决战的可能性犹存，市政府的官员显然就被降级成了可牺牲人员。但这并没引发什么麻烦。自然减员、慷慨的提前退休待遇、外加那些政府官员短得出名的注意力时长，种种因素加在一起，使得该设施的存在化为一则都市传说。由于它的位置足够深、墙壁也足够厚，即便在其头顶上方的工业园区缓慢建设期间，这里都没被发现。而当一场经济奇迹促使英国向着服务业转型、令该园区沦为受害者时，这处设施仍在按部就班地悄然运转。此时它已再获升级，以适应比核战争更具当代性的种种威胁：病毒爆发、极端天气事件，还有选民们被激怒后的义愤填膺。

这个地方让人很难不联想到那些詹姆斯·邦德式的胡说八道。

"你觉得会不会出现一群穿着银色运动套装的工作人员[1]？"当他们在这座废弃工厂内一路摸索时，瑞弗说。

"你是说金发女郎吧。"路易莎说。

"啊，肯定有金发女郎。但，你知道，也有红发的。"

"还有一条秘密铁路线？"

"还有一个带倒计时窗口和红色大按钮的控制面板[2]。"

路易莎的嘴抽动了一下，似乎正准备再说些什么，但随后，就像某个红色大按钮或别的什么真的被按了下去，那片刻的兴致消散了，她抿起嘴唇。"你发现了吧，这个地方现在基本就是仓库。"

"我还没忘呢。"

"人员配置最小化。"

"对，我也读到那段了。"瑞弗本想劝她振作一点，话已至嘴边了，但随后他想到，这些詹姆斯·邦德式的胡说八道会不会曾是她和明一起开的那类玩笑，于是就没提。"西北角。是在哪边？"

路易莎已经指出方位了。她拿着手机，开着指南针的应用程序。

"我希望那有一扇上足了油的活板门。"

而他们碰到的是一只下水道井盖，上面的把手都被泥土填实了。

"哦，好极了。"瑞弗说着，四下环顾想找一根小棍，或某个能把它剔干净的东西。

"也许我们应该试试走正门。"

---

[1] 出自一九七九年的"007"系列电影《太空城》（Moonraker）。
[2] 或出自一九七四年的"007"系列电影《金枪人》（The Man with the Golden Gun）。

这里是整座综合体的最北端，还有一条能够接入这座城市维多利亚时期排污系统的地道。因此，它也算是个游客观光景点。虽然此刻它的开放时间已过，但还是比那座老工厂更有可能出现人迹；除此之外，从那里到他们正下方那座综合体的神经中枢，要步行一段很长的路，除非这里真的有一条秘密铁路线。

"我们来都来了，"瑞弗说。他找到一块一英尺长的金属壁板，就用它撬起井盖，向本就腐臭的空气中释放了更多臭气。"我的老天。"

路易莎说："你以为四周都会是光亮的金属吗？这可是个秘密入口。"

他把盖子推到一边，从脊椎的底部感受着它刮擦地板的杂音。"想头一个下去吗？"

"你先下去吧。"

她掏出一把手电筒，向下照进那个洞里。在这束光的指引下，瑞弗跳入了黑暗。

英格丽德女爵正在签发当日下午同限制委员会的会议纪要，每列文字底部那组首字母，都堪称一件艺术品；针对一系列声称转录操作会令文本变得晦涩难懂的意见，她笔不离纸地给出了赞同批复。始终是这样，每一名会议成员散会离场时都深信自己的批评已被采纳，从而为这个隐秘世界中的一个肮脏角落打开了一扇窗，世间从此熠熠生辉。随着时间流逝，人们才会看清，那扇窗户仍旧关着，窗帘也拉得严严实实。即便哪天这类事务真的引起了英格丽德女爵注意，她也会对于有人持不同看法表现出惊讶，然后出示会议纪要，证明这并非她的本意。

这种预先思考的能力，常被认为是从事安全局工作的先决条件。而或许更关键的是令他人的想法发生一百八十度大转弯的能力。如此想来，这就是彼得·贾德对她构成如此威胁的原因：他同她一样懂得如何操控会议。而对英格丽德·蒂尔尼来说，幸运的是，他想缩短该过程的企图心令其陷入了脆弱境地。

但在形成这些想法的同时，她突然意识到，运气并非自己通常会去依赖的一个因素。

她盖上笔帽，伸手拿过自己那杯水，喝了一小口，心中盘算着。照目前的情况看，是她占了上风。贾德的猛虎队，原本意在展示英格丽德女爵治下的安全局是如何风雨飘摇，现在却成为生动的案例一则，体现内阁大臣的傲慢何以导致了街头喋血——一场断送前程的惨败，即便是对目前为止滴水不漏的PJ而言。清理战场的工作已在进行，一旦灰色卷宗落入多诺万之手，尼克·达菲就会追踪他回到老巢。让一名退伍老兵带着冒牌宝贝逃之夭夭是一回事——那就是往贾德棺材上加的一颗钉子：看看你那荒唐的计划导致了什么后果吧；然而允许事态进一步发展，就等于公然支持无政府状态了。所以，让达菲出手也只是权宜之计：多诺万会像个军人般死去；那些档案会被送回地下的储藏柜；至于那几个下等马——真是可笑的称呼——可以回到他们单调乏味的生活里；而英格丽德女爵自己，则会继续四平八稳地走她的路，鉴于大臣那只看似掌舵的手实际却在听从她的指挥，这令她感到心满意足。至于未来，贾德的野心无须去挫败。如果一名经她敲打过的内政大臣可以令她处于不败之地；那么一位被她攥在手心里的首相就能保证她的福祉降临。所以总的来说，这是美好的一天。

不过尽管如此，还是有个愚蠢的耳语声在这房间里回荡，反复提醒她运气只是轮盘里的润滑剂。要不是多诺万突然变成不确定因素，本来一切都将按照贾德的意愿进行。

英格丽德·蒂尔尼意识到，自己一直在摘下又盖上又摘下她的钢笔帽，这动作若让一名凡人来做，可能就会流露出心神不宁。她把笔稳稳放到办公桌上。现在该出去走走了。


马库斯沿一条单行道违规抄了一点近路，然后调转车头一路向西，驾驶着他的黑色坦克穿过城市街道，那劲头仿佛是在电脑上控制一个影像，最糟的情况也就是游戏结束。有两次，当他不慎驶入对向车流，雪莉屏住了呼吸，并死死抓住门把手，紧得恐怕要用扳手才能松开。

她的嗓音不由自主地变尖了，她说："我们已经开得够快了吧？"

"我们越早到那儿，我就越早减速。"

雪莉只希望这趟旅程能够顺利到达，而不会把任何行人轧扁在路面上；或更糟，把她亲爱的自己甩出挡风玻璃。

她看看身旁的搭档。既然他们现在已被解雇，那个词还算数吗？还是说，他也不过是个半生不熟的陌路人；是她生命当中越来越多的、一旦事情出了岔子立刻溜之大吉的那帮人中的一员？可是，他还没有溜，不是吗？事情是在大约一小时前正式出的岔子，而他仍在这里，载着她在城市的街道上一路狂奔；向着或许最后只是又一座风车磨坊的目标，全速前进。

也许他能读懂她在想什么。

"以前在冲锋小队的时候，我们有个笑话，"他说，"什么时候一扇门不是一扇门？"

"……当它半开着的时候?"

"当它是一堆该死的火柴棍时,"马库斯说,"我们讲话可不是太含蓄。"

"是,我懂了。"

"如果某些坏事可能即将发生,我们就想趁它开始之前赶到现场。否则我们就要被动防守了,而这是当坏事降临时你绝对不希望处于的状态。"

不知不觉间,他进入了从前服役时充满男子气概的状态。雪莉意识到这点,并且难得表现出了圆融得体的一面,决定不去挖苦他。

他们轻松超过了一辆车,而大约两秒钟前一只黄灯刚刚变红,引得背后传来一串愤怒的喇叭声。

"因此需要速度。"

"那样我们就能赶在坏事发生前到达。"雪莉说。

"对。"

"也许还能把我们的工作弄回来。"

"也许。"

"还能免得卡特怀特和盖伊被烤熟。"

"……对。还有那个。"

"我还是觉得你应该慢一点。"雪莉说。

"为什么?"

"因为你刚才超的是一辆警车,"她告诉他。刚听到的消息瞬间化作了旧闻,因为那辆可疑车辆闪起了警灯,那段熟悉的双音调哀叹也开始在耳畔盘旋,吸引着每个人的注意——特别是他们俩的。

\* \* \*

罗德里克·何很为自己的车感到骄傲。他知道某些下等马（他心里想的是卡特怀特）甚至连属于自己的四个轮子都没有，就更别提一辆福特起亚了，带着奶油光泽的电气蓝的车身，还有一套效果超级震撼的音响系统——何最喜欢那种伴随着哥特字体健康警告的音乐①。座椅也是奶白色，相应地配了电气蓝色的接缝，挡风玻璃略微染了颜色，让旁观者浮想联翩。在网络上，当何化身为DJ巨星时，他就把自己的车子称为"小妞吸铁石"。而在现实中，他也将它保养得完美无瑕，还时常从一只新车气味的喷雾罐里挤出些残留来打理它。作为回报，它则固执地拒绝与自己的绰号名实相副，不过这就是二手车的问题了：之前的主人已经耗尽它的运气。

　　不管怎么说，还是一部很棒的座驾。可能各方面都和另一种一样好，他想着，就在马路边停了下来，杰克逊·兰姆正站在那里等着。

　　不仅等着，还拿着一只泡沫塑料的咖啡杯，并且摇着头说道："哎呀呀。"

　　何摇下他的车窗："怎么了？"

　　"如果你非要问的话，"兰姆对他说，"我的回答你应该听不懂。如果我坐在后面会让你觉得自己像个男仆吗？"

　　"会。"

　　"好极了。"兰姆说着钻进后座，在此过程中洒出的咖啡还不算太多。"为什么车里有股奶酪味？"

　　傍晚天色终于黑了下来；一两盏路灯已经点亮；其余的则仍在休眠，不是亮灯时段不同，就是已经损坏。人行道上，下班回

---

① 指重金属音乐。

家的人已为寻欢作乐者让出了空间，后者正在奔赴巴比肯里的一场活动，或涌向老街上的那些酒吧。罗德里克·何向后视镜里看了一眼，恰好撞见兰姆又在到处摸索，双手同时从两边的口袋里伸了出来，一手抓着一支烟，另一只手点起了他的打火机。

兰姆说："不要激动。这是一种电子烟。"

"不，这不是。"何指出。

"不是吗？"兰姆一脸疑惑地仔细看了看香烟点燃的那头。"垃圾。我被宰了。"

何把抱怨抗议咽了下去，因为他意识到兰姆已经发现了他挡风玻璃上那张停车许可证的蹊跷。"那是个掩护。"他说。

"掩护。"兰姆重复道。

"还是个防止身份盗窃的保障措施。"

兰姆的笑声就是分为两段的咳嗽。他呼出的烟雾多得就像一堆潮湿的篝火。"身份盗窃？相信我，孩子。你的身份可送不出去。"

何皱起眉。

在他身后，兰姆向后一靠，闭上了眼睛。什么东西从他嘴里冒了出来——很难说这是一阵鼾声的开始，还是一段咯咯笑的尾声；不过在那之后他就基本陷入了沉默。与此同时，罗德里克·何在卫星导航的指引下一路穿城而出，载着兰姆和自己向凯瑟琳正被扣押的地方，或说他们希望她被扣押的地方驶去。

"戴安娜。"蒂尔尼说。

"我正要离开。"

"当然了，亲爱的。你完全没有必要留那么晚。"

"已经过了——"

"但我想问问,那些数据迁移人员的发票你签发了吗。"

数据迁移,不同于简单的搬运:这些人毕竟都是专业人士,即便最终成果就是将那些盒子从一个地方搬到另一个地方。

英格丽德女爵跟随戴安娜进入她的办公室,屋里的灯就自动亮了起来——一种接近春日阳光的偏蓝冷光,却令人脖子后面的毛发感到刺痛。英格丽德把这种感觉归因于空气中的过量电荷,就像从没插好的插座中漏出来了似的。多奇怪啊,为什么她的这些头发始终坚守着自己岗位,不断为她引发毛骨悚然的感觉;而与此同时她头上其他部位的头发,就在她十几岁时纷纷离她而去呢。对此,从来没人给出过完全令人满意的理由,不过英格丽德女爵也会不情愿地承认,与其说这是医学的失败,不如说是她自身对于完全满意的状态心怀反感的一种体现。

戴安娜·泰维纳用单词开始检索。她没有坐下,面对电脑屏幕弯下腰,一边看着一堆乱七八糟的文件夹名自动读进读出,一边轻微蹙起眉。一个符合查询条件的信息都没有。"就在这里某个地方。"

"不着急,亲爱的。"

她在很久以前就掌握了令下属感到慌乱的最佳策略,那就是向他们保证事情不必着急。

在等待的同时,英格丽德女爵透过这间办公室的玻璃墙,凝视着情报中心里的那些孩子。"孩子"是个无关年龄和经验的词。是忠诚引领他们来到这里工作,然而忠诚又是一个具有无穷变数的词汇:它始于一份想要为女王及国家效力的、值得赞扬的热望;还可能上升到更加高尚的程度、对他们机构的首脑宣誓效忠;但在最差的情况下,也可能退化成一种为了取悦直接上级、概不多问的意愿，也就是戴安娜·泰维纳的情况。如果今天这场突如其来的时来运转，背后不仅仅是运气的缘故，那么无论那是什么，都很可能根源于这里：行动部门。当然了，以戴安娜的能力，她完全有能力独自实施开颅手术；但如果事实证明她唆使自己的手下参与了这桩脏活儿，那就势必要进行一番人员大清洗。这也无妨：一场好的清洗总归对谁都没坏处。当然，除了它要打击的那些人。但那不正是目的所在吗？

所有这些还操之过急。如果不仅仅是运气的缘故，她需要知道原因，以及如何才算结束收官。

"找到了。"

戴安娜·泰维纳言语中的唐突，透露出她急于动身的心情。于是英格丽德女爵又多耗了一会，一度陷入沉思，然后才说："啊，好的。对。你可以帮我把它打印出来吗？我真的觉得到了咱们这个年纪看屏幕很讨厌，你说呢？"

戴安娜咽下了这口气，但心里很不乐意。两秒钟后，她身后架子上的打印机如梦方醒般动了起来，她将打出来的东西递给英格丽德女爵。

而后者，细细看了好一会，才说："真贵。"

"那是个问题，"戴安娜说，"这就把它解决了。不管怎样，我以为财政委员会是满意的？你今天早上不是这么说的吗？"

"我可能美化了他们的反馈，好让在场的男士们听听，"蒂尔尼说，"咱们女孩之间就得互相照应。"

"那是自然。"

英格丽德女爵把发票折起来，又透过那扇玻璃墙看了孩子们一眼，然后说："肖恩·多诺万这个名字，你有什么印象吗？"

"应该有吗？"

"这是个简单的问题,戴安娜。"

"我可以查一下他——"

"个人而言。你本人对肖恩·多诺万有什么了解吗?"

"这个名字似曾相识,"泰维纳说。她摆出一副认真思索的表情,而后迅速切换成了恍然大悟。"他是不是几年前在一个联合情报委员会里任职?代表国防部?"

"那之后你们就没联系了吗?"

"我们当时也没什么联系。他就是个穿军装的,有些处理叛乱的一手经验。"

"了解了。"

"为什么问起这个?有什么情况是我该知道的吗?"她指指自己的团队,"我们该做什么吗?"

英格丽德女爵心不在焉地盯着她看了很久,仿佛正在努力记起什么事,而戴安娜只是碰巧站在了她的视野里。这是一种可以从态度最消极的下属那里获取信息的技巧;但这一次,戴安娜保持着一种略显关切而又愿意提供帮助的神情,除此以外,似乎无须多言。过了好一阵,英格丽德女爵才摇摇头。"不,亲爱的。就是突然想起他的名字,没什么。"她又挥了挥那张纸,"我确定这就可以了。如你所说,是为了解决问题。短期投入,长期获益。"

"如简报所写。"

"最高是维吉尔级别的材料,对吧?"

"最高并包括。还是那句话,如简报所写,"戴安娜说,"有什么问题吗,英格丽德?你看起来很在意这个。"

"在意?当然没有。我很抱歉耽误了你的时间,戴安娜。祝你有一个愉快的夜晚。"

现在，走廊里已经静了下来。即便是她自己高跟鞋发出的哒哒声，听起来也有点脱节，好像和她的步伐略有点不同步似的。

英格丽德女爵回到自己办公室，坐了下来，不是在办公桌前，而是在房间一角、同一张咖啡矮桌并排摆着的扶手椅里。那是她在傍晚来一杯金汤力时会坐的地方：作为对过得还不错的一天的安静犒赏。这也是她为偶尔的公开露面做准备时会坐的地方，精心设计一两句话，发在推特上供人传播，也供人取笑。以及，这里还是她需要隐蔽自己、而自己那张办公桌又显得太过暴露时会坐的地方。

英格丽德女爵知道，她的员工普遍认为她并不知道目前的安全级别编码出自《雷鸟特工队》。不过，在一些无关紧要的事情上被人低估，对她而言倒也无妨。她确信，绝大多数员工把她当成"首席政府文员"；她还确信，发给戴安娜·泰维纳的简报内容里，并未提及转移维吉尔级别档案的事，因为英格丽德女爵早就断定，次高一级的保密文件才是最完美的隐藏之所。斯科特级别，是收藏那些吸引眼球的东西的——那些有关间谍秘密行动的材料，无疑是安全局皇冠上的明珠。而维吉尔级别，储存的大多是些只有对预算问题情有独钟的数字专家才会感兴趣的数据：花了多少钱升级软件、补贴食堂或是更换地毯。所以，如果英格丽德女爵要在安全局的旧档案里埋藏任何黑历史，维吉尔正是它们的安乐窝。

而任何密切关注英格丽德·蒂尔尼动向的人都知道，她远远不只是名"首席政府文员"，她的确有自己的黑历史。

过了一会儿，她从包里掏出手机。

铃声刚响，尼克·达菲就接了起来。

"计划有变。"她说。

# 12

瑞弗跳下去大约不到一英尺,就落到了水泥地上,引起的震颤足以提醒浑身上下每一块骨头,他欠尼克·达菲的债只能留待之后再算了。

他朝着上方对路易莎喊:"可以。"

她跟了下来,更优雅地落地,并立刻用手电筒的光柱将这处空间扫了一遍。一簇簇蓝色和红色的电缆贴着墙壁上下蜿蜒,消失在地板和天花板处。在空间的中央,一块水泥体上水平安装着一只转轮形把手,看起来像能打开一条下水道。

"那是什么?"瑞弗问。

"某种排水装置?"

"不,我是说你拿着的。"

"一支手电筒。"

"我知道是手电筒。为什么是小猪形状的?"

"它就是这样的。"

"好吧。"

"这是我留在车上手套箱里的手电筒,行了吧?早知道我们要来探险,我就会带更合适的装备了。"

"有道理,"瑞弗说,"稍微往这里照一下。"

他在墙上发现一个看着就像保险丝盒的东西,外盖被一个金属扣扣住。

路易莎稳稳举着光源,瑞弗则使劲扳了扳那金属扣。起初,瑞弗似乎无法战胜它,但最终当它让步后,那个盒盖就一下打开了,露出一个看起来非常原始的旋转拨号电话。

"你还是我?"他问。

"你来吧。"

他去摘听筒,但手还没碰到,电话就响了。

她曾经听说过一个长途徒步旅行者的故事。那时电子阅读器还没有出现,他带着一本小说翻越阿尔卑斯山,为了减轻负担,他每读过一页就把它撕下来扔掉。这个故事里有很多地方值得一提。为了追求一种无负担的生活,你故事里的每个时刻一旦讲完、立刻就要被抛弃;你的未来安然无恙,不会被过去已逝的一切污染。你会始终停留在第一页。永远不必回头,去重温自己犯的错误。

在这间炎热的房间里,凯瑟琳已经略感神情恍惚,但还没严重到无法理解这是怎么回事的地步。那的确有点像人们所说的"喝醉"的感觉。当然了,他们都是外行,也就是那些在人生当中一天都没真正醉过的人——只醉过一天的人,也不太算得上是醉过。

那瓶酒仍端坐在托盘里,几乎没有被哪个三明治、苹果、燕麦棒及哪瓶水遮蔽。而后面这些东西,都已被她在精神层面丢弃了。窗外的天色告诉她,自从她来到街面上,听见那句幽灵的低语:"凯瑟琳?"已经过去整整一天。大多数事情都是如此,本来这一整出闹剧借由微小的调整就可避免。如果在肖恩·多诺万现身的那一刻，她能像任何出色的间谍都会做的那样，转过身，然后径直回到斯劳屋，就不会出这种事了。只要她和查尔斯·帕特纳说一声，整个安全局都会立即行动起来。这就是同"一把手"关系亲近的好处。当你们之间存在信任时，一句话就能把事情搞定。

只是，查尔斯·帕特纳已经死了，在浴缸里清空了自己的脑袋。她现在的老板是杰克逊·兰姆，而要鼓动他采取行动，需要的可不只是信任。

她已经在精神层面丢弃了水、燕麦棒、苹果和三明治，因为这不是属于它们的斗争。在这场房间控制权的争夺战里，唯有她自己和那瓶酒。出于某种原因，酒已不在托盘上，而是设法飘移过了他们之间的距离，就像恐怖片中令人毛骨悚然的傀儡，此刻正依偎在她的掌心里。

好吧，没关系。如果要发生一场争夺战，那就难怪她始终紧紧控制着自己；她也同样紧紧攥着那瓶酒，凸显出他们之间本质的共生关系。那只酒瓶里装着通向她人生过往的钥匙；只需拧开瓶盖、倒出内容物，就能将她试图丢弃的所有那些书页，再一一重读。当然了，要让她达成此事，酒瓶就得放弃自己的前途——化作区区一只空容器而已。但那正是"依赖共生"①的本质：你们其中一个必须死——看看查尔斯·帕特纳。

她坐在床上，背靠着墙。那只酒瓶拿在手里很舒服，轮廓被塑得很趁手，瓶盖上的封条是如此脆弱，非常易于拧开……

在杰克逊·兰姆办公室里的那些傍晚，看着他灌下一瓶瓶比这多得多的酒——那本应该是更严峻的考验。结果此时此地，她

---

①依赖共生（Co-dependency），一种心理、行为和情感状态，指一个人对另一个人过分依赖、过度关注，同时会牺牲自己的需求、忽视自我的成长和福祉。

却要独自面对失足堕落的危险。它正越发显得不那么像是堕落，而只是一种放松；忘掉那些她为让自己相信改变而付出的努力吧，做回一直以来的自己。

这也不是太严重的背叛，对吗？

她歪着头听了听，仿佛期待着那些声音回来，在她耳畔悄声说出那个答案。但是什么也没出现。远处有辆汽车在某处换了个挡，仅此而已。房间里似乎又暗了一层。不过在傍晚此时，房间里总会越来越暗。其中也没什么值得研读的内容，只是又一个可被撕下、扔掉的瞬间。

几乎是下意识地，凯瑟琳拧开瓶盖，撕破了封条。

那个声音经过电子化处理，听起来像是垃圾桶发出的语音。

"把你的安全局工作证举到你前面。"

"我看不到摄像头。"瑞弗说。

"你不需要看到摄像头。摄像头能看见你。"

路易莎在他身后翻了个白眼。

于是瑞弗摸出自己的工作证，把它举到眼睛的高度。虽然听筒贴在耳朵上，这感觉还是像一场同幽灵的对话。

还是那个电子化的单调声音，念了一遍他的安全局工号。

"好吧，"瑞弗说，"我相信你了。是有个摄像头。"

"你的证件没带生物识别。"

"对，他们还没抽出时间来给我们更新。"

或者永远不会。

"瑞弗·卡特怀特，"那个声音说，"现在轮到那个女人。"

瑞弗挪到一边，仍旧举着听筒，路易莎就把她的工作证冲电话上方空荡荡的空间亮了亮。

在瑞弗耳朵里，那个声音又重复了一遍工号，然后说："路易莎·盖伊。但她的发色变了。"

"你的发色变了。"瑞弗告诉她。

"对，有时会变。"

那个声音又说："斯劳部门在哪里？"

"这是一道智力竞赛题吗？"

"斯劳部门在哪里？"

"奥尔德斯盖特大街。"

"你们不是总部来的。"

"不是，"他耐心地说，"我们从奥尔德斯盖特大街来。我们需要查询上个月转移到这里的一些记录。"

沉默。

"你知道我说的是哪份记录吗？"

"没人告诉我还会有这种事。"

"是啊，但或许告诉过你可能会有这种事，"瑞弗说，"在未来某个不确定的时间。"

沉默。

"现在就是那个不确定的时间。"瑞弗说。

"你们有授权吗？"

"口头授权。"

"我没看见书面授权不能让你们进来。"

路易莎正凑在近旁，以便能听见。她说："你已经看到我们的工作证了。它们和你在自己屏幕上看到的信息对得上，是吧？"

"可是，我从来没听说过斯劳部门。"

"对,嗯,你不会听说的。你只是个外聘员工。"

瑞弗推了她一把作为警告,然后说:"斯劳部门是特知信息[①]。我不能在外线里说太多。"

"这不是一条外线。"

"是啊,好吧。但你对局里的工作规程很熟悉。"

"我上过一次课。"那个声音说。

"他上过一次课。"路易莎嘀咕道。

"如果我们的证件是伪造的,你就已经该拉警报了。我们都知道你还没有那么做。那就让我们进去吧,好吗?"

路易莎又凑了过来:"我们在执行一项重要任务。是斯科特级别的。行吗?"

"斯科特级别?"

瑞弗说:"别在电话里讲。让我们进去,我们会从头解释的。"

那个声音停顿了一下,在这次沉默中,能听到那个讲话者的呼吸声也被同样转化成了电子垃圾桶式的嗡响。然后,就传来挂断通话的"咔嗒"声。

再之后,响起一阵动静更大的摩擦声,与此同时,只见他们身后那个水泥体上的转轮形把手被隐藏的锁闭装置松开来,上移了一两英寸。

兰姆沮丧地凝视着公路两侧的田野;谢天谢地,它们现在已经隐入昏暗,但所占据的近处空间还是太多了。其中星星点点散

---

[①] 特知信息(need-to-know),只有在执行特定任务或职责时才需知道特定信息的原则。

布着房舍,有时四五栋凑在一起,更多情况下是单独一栋被旷野包围。

"你最好走对了,"他对何说,"如果你把我拉到这片见鬼的荒郊野外,结果无功而返,你就可以和自己的年终奖说再见了。"

他所说的这片见鬼的荒郊野外有六车道宽,车流量适中。

何说:"我还有年终奖?"

"不。你没仔细听吗?"兰姆又摆弄起了他的打火机和烟,不过可能连他也开始发觉车里的空气几乎达到了有毒的程度,"天哪,看看吧。住在这地方的人可能从没见过一辆出租车吧。"

这让他压抑得顾不得那么多,还是点燃了那支烟。

"我只是为这里的孩子感到难过,"他接着说起一些此前肯定一次也没讲过的话,"在远离人类文明的地方长大。不是学会用短路发动汽车,就是困在这儿,直到被人埋进土里。"

"我会用短路发动汽车。"

"嚄。我还一直把朗里奇当成青少年时犯过事的人,"兰姆说,"不是我有刻板印象什么的。但他是,唔……"他顿了顿,"你懂的。"

"……黑人?"

"东区长大的。天哪,你们这些移民学会种族歧视的速度还真快,不是吗?"

"我——"

"话说回来,你是在哪儿学的短路点火?我还以为你只能做做手腕运动。"兰姆给出一个示范姿势,像在敲键盘,又像给牛挤奶,然后抛了个媚眼,"不是这个就是那个。"

"网络上到处都是信息,"何说,"那让我成为很多事的专家。"

"网上还到处都是色情文字呢,"兰姆一针见血地说,"也没把你变成卡萨诺瓦。你那个装置说什么?"

何查了查他的卫星导航说:"过了下个出口下高速。"

"好的。我希望你已经在琢磨行动计划了,"兰姆又像"蛤蟆馆里的蛤蟆先生"[①]一样突然陷入消沉,"因为我可没想。"

何紧张地咧嘴笑了笑,又从镜中看到兰姆的脸,笑容就僵住了。


还真有些顺理成章,路易莎心想,那个垃圾桶的声音经过解码后,就应该属于这么个看起来像一把扫帚的男人:一副直上直下的身板,手肘、手腕和膝盖都不堪入目,就像在一场悲剧后的混乱中胡乱拼接上的一样。他身穿一件白色短袖衬衫,扣子一路系到脖子,下穿一条棕色灯芯绒裤子。为弥补自己浅红色头发的稀疏,他还蓄了小胡子。旁人无从知晓他在这胡子上花了多长时间,也几乎很难克制自己不去建议他停止尝试。即便男人在路易莎目前关心的事物列表上还远排不到前列,对她而言,这人上唇稀疏的胡萝卜须也看起来很像一种自残。

只待他们打开那道气闸舱门,沿一段金属楼梯来到下方空调环境的设施内,他就告诉他们,自己名叫道格拉斯。

"名还是姓?"她问道,此时那道舱门又在他们头顶闭合起来,道格拉斯扳动一个开关,门就自行锁上了。

"名。"

"好的。"

---

[①] 蛤蟆是经典儿童文学《柳林风声》(*The Wind in the Willows*)里的主角之一,性格古怪、鲁莽且经常陷入沮丧。而《蛤蟆馆里的蛤蟆先生》是改编自此书的一部舞台剧名。

"我不打算告诉你们我的姓。"

"……好的。"

"怎么当心都不为过。"他解释道。

这当然也很对,但对道格拉斯来说其实最佳时机已经一去不返——可要和他挑明这点,就显得不太友善。

这个房间大而明亮,目之所及到处都是各类金属材质的光亮表面。靠墙有一座工作台。

一把转椅在道格拉斯离座后正欢快地上下晃动,他正在观看的监控器面板果然是闭路的,因为路易莎在其中一个屏幕上认出了他们刚刚离开的那处空间。其他屏幕上则显示着外面那片荒地的不同角度,看起来比十分钟前更昏暗了;还有一些,肯定是设施内部影像,显示了门、通道和几处像库房一样摆满工业尺寸货架的空间,架上有一排排的板条箱、盒子,还有装在文件盒和纸板文件夹里的书面文件,看起来足有几英里长。毫无疑问,其中就有灰色卷宗。她想知道这里的文件编目是怎么做的——没有一个系统的话,他们就算从现在开始找到圣诞节,也不可能在那么多文件当中搜寻出他们想要的东西。

不过,至少她不用着急……路易莎忍不住做了如下动作:像飞机一样抬起双臂,让冷却的空气在衬衫下游走,抚摸着她的皮肤。

道格拉斯正看着她。"你的头发颜色真的变了,你知道吧。"他对她说。

"是故意搞的。"

"乔装假扮之类的吗?"

"对,"她说,"那之类的。"

瑞弗说:"你们这下面的团队有多大?"

道格拉斯倨傲地看了他一眼,那副神情就和他的小胡子一样适合他。"保密。"

"保密,"瑞弗说,"明白了。"他停了一下,"我能看看你的安全局工作证吗?"

"我的什么?"

"你的安全局工作证。好核实一下你的安全级别。"

"……我没有安全局的工作证。"

"对吧。"

"我不算安全局的。你已经知道了。"

"对,"瑞弗说,"但你看,这就是整个保密规则复杂的地方。因为我的安全级别比你高。你知道的,因为你还没有级别。"

"我经过审核了。"道格拉斯说。

"那当然了,"路易莎开口了,但她如此流畅地接着说了出下一句,让瑞弗警告的眼神变得无的放矢,"你掌管这处设施,你有很多……设备,你不可能没有经过严格的评估就到这里来。"她又拉了拉衬衫,使更多空气进入衣服内流通,"但是我们也被工作折腾得够呛,道格拉斯,因此我们才能胜任那些严峻的任务。你懂的,那些完完全全硬核的行动……明白我的意思吗,道格拉斯?"

道格拉斯清了清喉咙。"呃,我是说,我想是吧。"

瑞弗看起来好像对这里的冷气有点过敏:他把食指和拇指放在鼻子上,一直使劲捏着。

"那就好,道格拉斯,"路易莎放开自己的衬衫,又用一只手梳梳头发,"那这样一来我们就是一伙的了,不是吗?"

"……嗯,对,我想是吧。"

"真好。这里还有多少人和你在一起,道格拉斯?"

"呃……现在？还是通常？"

"现在。"

"一个都没有。"

"那么通常呢？"瑞弗问。

"唔，通常……也是一个都没有。"

"一个都没有。"瑞弗说。

"除了每周一次的例行巡视。我的老板会过来转一圈，确保一切符合要求。"他伸出一根手指摸了摸上唇，检查着自己小胡子的长势，"其余时候，我们就单独待着了。"

"我们？"路易莎说。

"我和马克斯，"道格拉斯有点脸红，"我这么称呼我的电脑。"

"你给自己的电脑起了个名字。"路易莎说，毫不拐弯抹角。

"它是语音响应的。"

路易莎的钥匙环也是，但她还没同它组建起一个俱乐部。

道格拉斯拽了拽自己的衣领，下意识地模仿着路易莎让自己凉快下来的手法。"那，呃，你们到底是来干什么的？和更早到这儿的那两个人有关吗？"

"哪两个人？"瑞弗问。

"一直在那些楼之间四处转悠的。"

"一个五十多岁，灰白头发，体格健壮？另一个剃了光头？"

"对，听起来像他们。就是，当然了，嗯，我们这边有很多流浪汉。但这些家伙不一样。"

"别担心，"路易莎对他说，"他们不是问题。"

"我们这儿有时也会来电影摄制组。这里是个炸汽车的好地方。"

"我会记住的。"

"有趣的是,他们会在那边拍电影,我就在这边看着,而他们甚至都不知道我在这儿。这就像……"他把手指交叉成网状,演示了现实生活以及与之并行的地上或地下幻想之间错综复杂的关系,"我看得很开心。"

"嗯哼。"路易莎说。

"还有小孩在汽车里捣乱。那也常常发生。"

"你在这里几年了?"

"三年。"

路易莎正想问他多长时间轮班一次,但又决定还是不要知道了。道格拉斯全年无休地独自在这里待了三年的可能性,似乎越来越大了。

瑞弗正看着那面监控器之墙,以及它们显示出的那些死气沉沉的场景。他指了指那个显示库存板条箱及盒装文件的屏幕问:"那是上个月运来的东西吗?"

道格拉斯不情愿地将目光从路易莎身上移过来:"对,花了他们两天时间。"

"那一定很令人兴奋吧,"路易莎说,"我是说,相较于……"

完全无事发生——这是她本想表达的意思,但道格拉斯表示不敢苟同。

"哦,那总是令人兴奋的。没人知道我在这儿。"

最后这句他是悄声说的,仿佛他这个角色的诡异性也延伸到了所有关于它的讨论里。

"但电话响的时候真的很酷,"他承认,"我以为那件事真的发生了。"

"……发生了?"

"对,我是说,这个地方被设计成一座避难设施。我以为也许……出事了。"

他指的是一个脏弹或一次有毒喷溅;也就是某种迫使城市居民躲入地下的东西。或至少,一些拥有的安全许可等级足以使其进入避难设施权限的人。

"但结果是虚惊一场。"

"那一定让你非常失望。"

"对,咳,倒霉事就是会发生的。"

瑞弗说:"它们离这儿有多远?"

"他们运来的东西?在那条通道的另一头。"他指着房间对面的一对双开门,"你需要把其中一些拿走吗?"

"差不多吧。"

"行,好吧。我猜你们是得到许可了。"

"哦,还有一件事,"路易莎说,"你之前发现的那两个人?在地上的?他们也会加入我们。"

"他们是和你们一起的?"

"是的。"瑞弗说。

"没问题。你们只要出示一下他们的通行证,我就让他们进来。"

"对,你看,这里我们就要破例了。"路易莎解释道。

道格拉斯看看这个又看看那个,等着他们抛出笑话里的包袱。

"没关系的,道格拉斯,"瑞弗向他保证,"我们来自斯劳部门。"

傍晚现在变得漫长了,但毕竟仍有尽头;阴影爬过那些废弃建筑物之间疤痕斑驳、尽显寒酸的水泥地,而隆隆驶过的火车越来越像一个个装着光的盒子,天色越黑,它们的轮廓就越鲜明。五分钟前,那两名军人已经跟随斯劳部门的两个人进入工厂,而尼克·达菲手中的手机现在成了一枚手榴弹。英格丽德女爵的来电("计划有变")为它安装了引信,而他于其后打出的那几通电话,则为引爆炸弹启动了计时器。

他打给了少数几个他信得过的"看门狗":就是那些懂得现实世界是如何运转的、懂得有时你不得不在行动上系个黑丝带而不要问尴尬问题的人。

他还给一名在黑箭的网站上被标注为公司董事、身穿西装的高管打了电话,没花多长时间就说服他派出了公司的廉价突击队。

他还打给自己的女友,在电话里取消了今晚的安排。他最后会为此付出代价的,但他也不曾声称自己的工作是件轻松差事。

从他所在的三楼的窗户望出去,达菲试图想象即将到来的行动。世上不存在滴水不漏的万全计划,任何行动都有可能出问题,但他已经接到了英格丽德女爵明确的行动指示:让肖恩·多诺万大摇大摆地离开这里的最坏情况——不管怎样——都不能发生。

那么:就淹了这个地方。

因为,就算在任何人看来黑箭都算不得什么精锐部队,至少他们的人数多。并且他们会因荣誉和复仇的信念而斗志昂扬:达菲已经告诉那名高管,今晚的目标是那个谋杀了斯莱·蒙蒂思的男人。"我们会把他从董事会里抹掉的。"他们喜欢这场对话,那些纸上谈兵的勇士们——他们都支持将大批人手派上战场。"咱们就这么干吧,"他不断重复说着,就像一个将枪套扣到身上、准备奔赴O.K.马厩①的男人。他倒丝毫不担心自己这支黑箭队伍都是业余人士，其装备水平顶多能用来控制一下人群：警棍、催泪瓦斯，也许还有泰瑟枪和一两枚闪光弹。无论如何，至少他们可以把那两名军人随身带的火药消耗殆尽。然后，达菲就会带着他亲自召集的老手们介入，一举完成任务。

他用望远镜又把那片场地考察了一遍，在脑海中确定了进攻路线和掩护区：那只橙色箕斗，还有那摞栅栏。那片地下综合体一直延伸到很远处，但他已经考虑到了这点：向南大约一英里处有个主入口，一支黑箭小队应该就要到达那边了——他看了看表——现在随时都会到。

就在此时，他胸前口袋里的手机振动起来。

"我能和爱丽丝通话吗？"

"抱歉，打错了。"达菲说。

如果问的是贝蒂，那就意味着事情"搞砸了"②，但爱丽丝代表"好极了"，也就是说，另外那队人马已在前方的入口处就位。他们有十五个人，黑箭的非正规军，外加两个达菲的自己人。他那两名手下负责协调行动，但黑箭的人要靠自己去除掉安保人员，只有这样才公平：这里的安保，正如安全局里其他优先级较低的岗位一样，也是外包的，于是就形成了一组下等马对抗另一组的局面。

执行完那项任务，他们本质上就成了下水道清洁剂：他们会冲洗整个系统，将堵塞物推向仅有的另一个出口：废弃工厂内的

---

① O.K.马厩，O.K.Corral 全称 Old Kindersley Corral，一八八一年十月二十六日在美国亚利桑那州陶姆斯通镇的 O.K.马厩附近，发生了一场执法者和歹徒间的枪战，史称"O.K.马厩枪战"，被认为是美国西部历史上最著名的枪战之一。
② 这是双方的暗语，用贝蒂（Betty）代表"搞砸了"（Buggered）；而爱丽丝（Alice）则代表"好极了"（A-okay）。

那道竖井舱门。只待多诺万和其他人在那片荒地上再次露面，达菲就会确保他们在此止步。事情很可能不会持续太久：运气好的话，一具尸体都不会出现在外面。

但总归会有尸体的，没人能拿到免死金牌。瑞弗·卡特怀特和路易莎·盖伊在他的思绪中一闪而过。卡特怀特是个麻烦的家伙，早该出事了，但达菲一想到盖伊，不禁感到有些烦躁。就在不久前，她的男友才在黑衣修士铁路线附近的一条路上被碾成肉泥；对达菲而言，那也是一次专业上的尴尬失误。所以，那份烦躁也许出于愧疚，也许只是一段糟糕回忆所引起的气恼。但无论哪种情况，经过今晚这场大清洗行动，都将被他抛之脑后。那么就不必为路易莎·盖伊感到难过了，但说真的，她本该努力变得走运一些。

"也包括斯劳部门的人吗？"他问过蒂尔尼。

他不希望这件事有什么模棱两可的地方。

"他们所有人，"蒂尔尼说。然后，为了把话说清楚，"也包括斯劳部门的人。"

那就这样。

达菲把手机放回口袋，继续对下方的场地进行评估。与此同时，光线悄然溜走，阴影则从它们盘踞的角落里喷涌而出。

仪表盘上的时钟显示，已经过了十四分钟，马库斯仍站在便道上同那名警察理论。接受扣分、付罚款、执行短期拘留，都可以更快地解决问题，但任何一种选择都需要承认自己的过失：对于一个曾经踹开过很多门的男人而言，这可不是什么轻而易举的事，如果被激怒的话，没准儿他还会这么干。这是可能的，如果那十四分钟拖得再久一些的话。

坐在SUV的副驾上看过去,雪莉心想,按照标准流程,应该把她和他一起叫出去,因为和穿制服的吵架是她最拿手的事之一,特别是当她那一方的理由根本站不住脚的时候。但警察对淘气捣蛋有一种第六感,而她也不想面对一次药检:持续几个小时,或者没准儿需要两周时间。此外,马库斯自己足以应付。即便情况变得不能更糟,他大概也知道十五种方法能杀死手无寸铁的对手。要是允许他用两只手,手段就更多了。

当然,如此天赋在斯劳部门都被白白浪费了。而现在,连那也成了历史。雪莉刚刚开始逐渐认清现实:明天,当她一觉醒来,一想到这天里要做些什么并开始发牢骚时,就会随即意识到事情不再是那样了。她还会意识到,自己已经变得比下等马还要糟:她成了一名前下等马,既没有规划,也没有前景。

而如果马库斯一拳击倒了那名警察,他就会以一种更痛苦的方式领悟到,脱离了安全局意味着什么。

路上的交通依旧繁忙,因为其他人还有班可上。行人经过时都放慢了脚步,流露出幸灾乐祸的情绪,而马库斯已经交叉双臂,令雪莉想做出一个紧急迫降的姿势。如果他忍无可忍、情绪爆发,如果他被拘留,他们就哪儿也去不了了,而如果他们哪儿也去不了……这句话就无须补全了。

不,他们需要的是某些坏事即将发生,是瑞弗和路易莎处于极度危险当中。雪莉和马库斯要做的则是恰好及时赶到,解救他们;或者,仅因稍微迟了那么一点而解救失败——发生伤亡也可以接受,但前提是雪莉和马库斯把坏人当场一网打尽。因为任何流血事件的责任都要算在兰姆头上:他的行动,他的灾难。若她能像一只凤凰般从那浑蛋床垫上着的火里涅槃重生,并且上演自拉撒路①以来最伟大的回归,因阻止了一场危及国家安全的灾难而被欢迎回到摄政公园大家庭,没有什么比这些更能让雪莉感到莫大的快乐了。届时她要做的第一件事,就是给兰姆寄一张明信片:多希望你在这儿。哈——他妈的——哈。

但在所有那一切成真之前,一定不能让马库斯的情绪爆发。

在静待他不要失控的同时,雪莉俯身用她的智能手机接入了安全局内网。当她发现自己的账号还没被注销时,既感到松了口气,又有一些扫兴,但那就是兰姆的典型风格:没有凯瑟琳·斯坦迪什帮他保持工作条理,他就不会意识到还需要将自己临时起意做的管理决策贯彻到底。感谢你没帮上忙,雪莉心里想着,导航到了"公民记录",这是安全局维护的一个数据库,专门为其保护对象而设;而与此同时,那些人也代表着国家安全的最大威胁:人民。这就是你作为间谍在职业生涯的早期会被鼓励去克服的讽刺之一。每个世代都出一个斯诺登的话,就会太多了。

努力集中注意力,努力不去感受血管里仍在流淌的兴奋瞬间——老天,就那么一小口:兰姆不也是依赖尼古丁的扶持勉强度日吗——她调出肖恩·多诺万的档案,发现各项内容果然如瑞弗·卡特怀特概括的那样:军旅生涯,国防部借调,联合国派驻。然后就是那个令他的人生一落千丈的夜晚,他给一群学员做完讲座,在回家路上驾驶一辆吉普车出了车祸。他的乘客,那位艾莉森·邓恩上尉,在汽车滚进沟里时死亡,多诺万被认为幸运地躲过了一劫,但毫无疑问,从那以后他曾多次但愿自己当时一死了之。从国际职务到阶下囚。如果那种事发生在雪莉头上,她会想方设法让自己解脱,或者不计代价地狠狠自残,达到足以令

---
①拉撒路(Lazarus),源自《圣经》故事,讲述了一个名叫拉撒路的人死后复活的奇迹。这个名字后来被广泛引用,表示重生、复活或回归的象征。

她在整个刑期中打着吗啡点滴的程度。

这些文件相互交叉引用，还有很多超链接，所以追查多诺万的社会关系让她下了些功夫。

而这些功夫，雪莉发现，正是卡特怀特显然没有付出的。因为如果他这样做了，在宣讲多诺万的简历时，他就会把自己找到的这些信息作为核心内容，最先提及。

马库斯还在同警察争辩。显而易见那名警察也还在琢磨，如果自己用泰瑟枪电击了马库斯，文书工作是否要花上整整一周时间。

她按响汽车喇叭。

遵照卫星导航的指示，罗德里克·何从下一个出口驶出高速，世界立刻变得更暗、也更安静了。交通背景音里的嗡嗡声，逐渐被蚊子的嗡嗡声所取代。出口的路偏向了一座环岛，何从那里又闪进一条小路。路的边缘坑坑洼洼、支离破碎。在路面上方，树木垂下枝叶，像希望鱼能咬钩的渔民一样。理论上树木是个好东西，星球之肺嘛，而何对公园里的树也没什么意见。但在这里，它们实在逼得太近了，就和没拴绳的狗显得格外有威胁同理。那些树木投下浓荫，仿佛只有在它们的准许下，车辆才能从下方通过。这令罗迪·何感受到一种他可称之为"对其自我意识构成威胁"的东西——假如他知道这类术语的话。但其实，他只是简单地指出它们太他妈的阴森了，而且构成了危险。他在心里记下要对它们做点什么，并将此念头保存进"等我做了国王"的文档，之后又查看了一眼卫星导航。他们的目的地就在前方半英里。

"放慢速度。"兰姆说。

"我在放慢呢。"

"那就慢得再快点。"

何总算把车勉强停在了路边。

"把火熄了。"

然后就是一片寂静，虽然这种寂静只是对习惯了城市噪音的人而言。汽车发出嘀嗒声，而自然在沙沙作响。湿热的空气透过何开启的窗户，缓缓涌入。

他看不到他们要去的那栋农舍。半英里——何对于半英里有多远其实没什么概念。道路一侧沿途的那些树，就是那么一排树。而在另一侧，它们就成了一片树林，树后还藏着树，于是他能看见的也唯有黑暗变得越发黑暗。他往镜子里扫了一眼。兰姆的脸纹丝不动；他的眼神也有点放空。何想问他们下一步做什么，但又不敢开口，于是就坐在那里盯着空荡荡的路面发呆。路在前方不远处有个拐弯，就让他看到了更多树。

"做点什么。"马库斯·朗里奇说过。

好吧，他来了，正在做点什么。只是他也并不确切知道自己在做的这是什么。但如果凯瑟琳·斯坦迪什正被囚禁在前方的房子里，无论它有多远，那么这个"做点什么"都将包括跨出车门。但何不确定那听上去是他喜欢的事。

兰姆在搁脚空间里翻翻捡捡，当他直起身子时，手里拿着一只泡沫塑料杯。他刚刚一直把它当做烟灰缸用，至少这意味着他产生的脏东西有一部分被装了起来。但即便就在何的注视下，他把杯中物倒在了旁边的座位上。

"有零钱吗？"他问。

"……零钱？"

"任何面值的都行。"

何在自己钱包里找到几枚一英镑硬币。

兰姆把它们放进杯里晃了晃,于是那些硬币分散开来。然后他打开车门。"如果我二十分钟内没回来,就做点什么。"

"……比如什么?"

"这个嘛,我他妈的不知道,行吗?用谷歌搜索'绝妙好计',看看互联网有什么建议。"

"你要去做什么?"

"我还没想好。但其中会包括把斯坦迪什带回来。我都忘了和你们之间没有缓冲区是什么感觉了,我可一点都不享受那个感觉。"

"你带枪了吗?"

"没有。"

"万一他们有呢?"

"你的关心令人感动。我会没事的。"

"但万一……"

兰姆在何打开的车窗前探过身子。"万一他们冲着你来了?带着枪?"

"是啊。"

"你会没事的。被枪击中就像从圆木上滚下来一样容易,不需要练习。"

他沿着那条路走远了,身影消失在暮色里,仿佛它已将他据为己有;仿佛乡间的阴影对他来说一如别处的阴影,已不再陌生。何深思道——而兰姆是属于阴影的。这并非他自己产生的想法,而是记起了凯瑟琳·斯坦迪什曾如此形容。兰姆是徘徊在光明与晦暗之间的生物。这种意象令何感到不适。他看了看表,这样就能知道兰姆所说的二十分钟到何时为止。而当他看回路面时,兰姆已经消失了。

"做点什么。"

罗德里克·何丝毫想不出来该做什么。

他希望在这变成一个问题前,兰姆就能回来。


道格拉斯说:"你们都是混账,知道吗?"

瑞弗部分同意,但有时候混账一点才是把事做成的最佳方式。即便是下等马也明白这点。道格拉斯还是不想配合,而他们谁也不想伤害他,但最终他们用了不到一分钟就搞懂了如何打开舱门,因为道格拉斯控制台上的开关都被整齐地贴上了标签,其中一个写的就是竖井。道格拉斯带着痛苦的表情,看着监控器里多诺万和特雷纳跳进工厂地面下方的空间;又在他们走下梯子、进入这处设施时,厌恶地哼了一声。

"我会把这些都上报的。"他告诉他们。

"甚至包括你摸了我胸那部分吗?"路易莎问。

"我从来——我没有——"

瑞弗说:"道格拉斯,镇静一点,别犯傻,那样或许你还能安稳脱身且保住工作。"

多诺万和特雷纳脚一落地,就在这处设施里扫视了一圈,仿佛已对这种地方习以为常了。

"这里只有他吗?"特雷纳问。

"是。"路易莎说。

"那他会做个乖小孩吗?"

"会的。"

"好吧,确保他安静地坐到一个地方去,什么也别碰。"

"他们想让你安静地坐到一个地方,"路易莎开始说,但道格拉斯又哼了一声。

"我听见了。"

瑞弗说:"档案都在那边。"他指着道格拉斯之前指过的门:一对带玻璃舷窗的摆式双开门,透过窗户唯有一片漆黑可见。

特雷纳说:"谢了。现在去和伊戈尔[①]坐在一起。"

道格拉斯说:"伊戈尔?"

"我哪儿也不想坐。"瑞弗说。

"没人会把宝贝放在墙角。[②]"路易莎嘀咕了一句。

瑞弗忽略了她的话。"我们说好的,我们让你们拿到灰色卷宗,然后所有人就离开。谁也没说过让你到处乱转——"

"如果他不闭嘴,我可以揍他吗?"特雷纳问多诺万。

瑞弗,不愧是瑞弗,一听这话就向前迈了一步,此举似乎正中特雷纳的下怀。他们的胸膛还有一英寸就要碰上了,这时路易莎笑了起来。"你们为什么不干脆各自量一量胸围?我估计道格拉斯有个卷尺吧。"

多诺万说:"好了,别闹了。也包括你。"这是对路易莎说的。然后对特雷纳说:"在这儿等着。不到万不得已别对任何人开枪。"

特雷纳点点头,一只手伸向腰带,把衬衫的下摆拉到一边。这套动作露出一把手枪的枪柄,这正是他的本意。

瑞弗翻了个白眼,并特地让特雷纳注意到。

---

[①]伊戈尔(Igor),男用名。经常在小说、电影等作品中用作仆人、助手或怪物的名字,例如弗兰肯斯坦的助手。
[②]一九八七年的电影《辛迪瑞拉的故事》(*Dirty Dancing*)中的一句经典台词。后常被用来表达拒绝受约束、坚持独立自主的情感。

多诺万说:"我不会再说第二遍。都老实一点儿,否则他就会把子弹送进你的膝盖里。"

然后他大步走向那对摆式双开门,推门而入,消失在前方的通道里。

"马库斯。"

"他妈的白痴警察。那个灯是黄的。我有充足的时间。"

"马库斯。"

"算他走运,我没——"

"马库斯。"

"怎么了?"

他问出这句话时,并无意寻求一个答案:就是那种意味着"我还有话要说"的"怎么了"。但他话一出口就注意到了她脸上的表情,于是又问了一遍:"怎么了?"这次他是当真在问。

"他们有两个军人,对吧?"她说,"多诺万和特雷纳。"

"对,他们同时加入的黑箭。"他发动了汽车,向镜中愤愤地扫了一眼,能看到那名警察站在路肩上,正在仔细观瞧马库斯的驶离过程,仿佛希望他再犯上一些错误:一个打错的指示灯,忘记看镜子,或是叛国罪。

"本杰明·特雷纳和多诺万一起服过役,"雪莉说,"大约在多诺万出狱前后,他也光荣退役了。"

"所以呢?他们是好友、战友,不会让一点牢狱之灾阻隔他们的感情。"

"是,对。除了一件事。还记得艾莉森·邓恩吗?就是那天晚上在多诺万的车里被撞死的那个女人?"

"她怎么了？"

"她是特雷纳的未婚妻。"雪莉说。

窗内透出的灯光，照向夜空一片浅黄；再过一小时，四周就会变得灯火通明，但此刻，似乎承认了自己的孱弱。这栋农舍是石头建的，一侧有座砖砌的加建，正门处设计了一个小门廊，是事后补建的木质构造，可能一场大风暴或是一只大坏狼就能轻易将它付之一炬。前院里还有一辆公交车，在伦敦随处可见，但换个地点就显得突兀异常；那是一辆露天观光车，其二楼平台裹在帆布里以防雨水流入。而考虑到眼下这场热浪，此举真是既谨慎又乐观。

兰姆注意到，如果这是一处在从事生产的农场，就该有狗叫起来了。而他唯一能分辨出的只有一阵类似虫鸣的声音。

他又研究了一下这栋房子。它应该有一间阁楼和一个地窖，那么人质肯定会在其中一处。按他自己的想法就会选择地窖。但这整件事总有一种不对劲的感觉——自从灰色卷宗被搅和进来，这件事就染上了一层非现实的色彩。所以搞不好斯坦迪什正在厨房里，帮多诺万留下来的看守煮着茶。没准儿比她在斯劳屋时还开心一些。

但她是他的手下。你敢乱动兰姆的东西，后果自负。除此之外，那些你没能带回家的特工，就会成为永远不会放过你的诅咒。

他晃了晃泡沫塑料杯，换来一串清脆的叮当声。如果你准备突袭一座敌方大本营，就不妨拿出自己的天赋来——他在斯劳屋里留了一把未登记的枪，眼下或许能派上用场。但兰姆能幸存至今可不是缘于沉迷同士兵交火。好吧，也许就那一次——回忆再次绊住了他：那燃烧的教堂和雪地里的枪声。他肩膀一耸，驱散了它。

在门廊里，他发现一个门铃，但还是用了叩门器，尽全力把声音敲到最响——一阵持续而无情的轰鸣，震得大门在铰链上咣当作响，并且传遍了这栋建筑的每个角落，像一大家子老鼠在木板和横梁上成群流窜。"砰砰砰砰砰"，这个动静就算无法令死人复生，大概至少也能吓一吓正在他们尸体上大快朵颐的蛆虫了。

大门突然毫无征兆地敞开，敲门人握住叩门器的手被扭了一下。"你想干什么？"应门的人咆哮着。他比兰姆设想中的还要年轻：矮胖身材，穿一件灰白色的短袖衬衫；双臂缠绕着黑色和蓝色的图案；脑袋上没有头发；表情介于愤怒和惊恐之间。这没关系，兰姆心想，是个他能与之合作的听众。然后没做任何铺垫，他就开始唱了起来：

"我们祝你圣诞快乐，我们祝你圣诞快乐，我们祝你圣诞快乐，还有新年快乐。"

尽管不是最具音乐表现力的演唱，但考虑到各方面因素，对旋律的演绎也还算不错。

然后他晃了晃手里的杯子。

"为了小孩和孤儿，"他解释道，"是早了点儿，我知道，不过我喜欢避开高峰期。"

那个男人说："什么鬼？"

# 13

凯瑟琳·斯坦迪什欣赏着那个空酒瓶。

它们真是被低估了的物件，那些空酒瓶。在以前，她将爱慕的目光都浪费在了灌满的酒瓶上，而觉得那些空瓶只不过是一段遗忘之旅上的标记而已：漆黑无梦的睡眠地窖，或是醉酒昏迷的迷宫。在那其中，时间不知不觉地流逝。之后，你可以从自己身上寻找之前去过哪里、又在那里做过什么的线索，然而你在迷宫里走过的脚步无法追溯。空酒瓶里也没有信息。你尽可以随心所欲地旋转它们，而它们总会指向同一个方向：回到黑暗，进入那些被遗弃的时间。

但她现在拿着的这只瓶子有种特别的形式美。她知道它也是从某条生产线上滚下来的，它以新工艺制成的造型从没被任何玻璃工捧在手里。然而当她看着它、感受它，享受着将它握在手里的那份轻盈时，她想到，在自己一辈子喝空的所有酒瓶中，从没遇到过哪一个有如此大的亲和力——这正是她一直在寻找的那个词：亲和力。自从贝利端来那个托盘，在整个下午的反复挣扎中，她始终将这瓶酒视为自己的敌人；也就是某件需要克服的事物，就像你对待自己花园里的一条蛇的态度。她没意识到他们是站在同一边的；也没意识到它渴望变空，就如同她想要把它清空的心情一样强烈。欲望存在于所有玻璃制品的内心，她如此断定,而玻璃就是被赋予了实体的欲望。你向其中吹气,它就呈现新的形状。一旦敲错地方,它就碎了。

好了,她已满足了这只瓶子的秘密渴望,她心想。它里面的内容现在已经成为历史。

片刻之前,她觉得自己听到了歌声——你可以勉强称之为歌声吧,听来像是一段圣诞季的喧嚣;然后她稍感不安,不知这是否预示着那些声音要回来了。但总的来说,凯瑟琳判断,似乎不太可能:被锁在阁楼里仅仅一天,还不至于让她坠回那个花费多年时间爬出的深渊。而且毕竟,她只是把那瓶该死的皮诺酒倒进了盥洗池里。取得这样的一次胜利后,她理应赢得一场胜利游行,而不是旧疾复发。

于是她重新往酒瓶里灌满水,然后拧紧瓶盖。瓶子对她而言很趁手,感觉也相当有分量。贝利年轻又结实,但凯瑟琳·斯坦迪什有挥舞瓶子的经验。她知道,出其不意的一击能将一场战斗止于未然,哪怕就用一只小瓶子。

那么下次他再走进那扇门,不管他是不是个热情周到的主人,她都要帮他体验一下踏上一段遗忘之旅是什么感觉了。

一路西行,摆脱了城区的交通拥堵,却又和出城的车流纠缠在一起,马库斯的车开始缓慢蠕动。前方又是一起事故。当他们开到近前,就会发现其实什么事也没有——柏油路上的一摊油渍,或系在栏杆上的一只气球。但在那之前,他们会像其他人一样边绕行边咒骂。至少这也给了他们时间争论雪莉那个新发现的重要性。

马库斯说:"那也不一定代表什么。"

"你这么认为?"

"他们相识已久。他们是战友,不是那种你会轻易绝交的人——尤其当你们参加过战斗之后。"

"多诺万杀了特雷纳的未婚妻,马库斯。那和我不知道撞坏了他的车可不是一个级别的。"

"有些男人也非常在意他们的车。但无论如何,她死于意外。也许特雷纳就是生性宽容呢。"

"他在阿富汗打过仗,"雪莉说,"我想他们的训练里不太会包含忍气吞声这一项吧。"她还在看自己的智能手机,从安全局的记录里搜寻着艾莉森·邓恩的信息。"她和多诺万都出席了那个联合国的委员会。"她继续说。

"他们竟然还允许军人之间结婚?"马库斯疑惑地问。

"这里有个修改过的地方。"

"说什么?"

"它被修改过了,傻瓜。"

"你说第一遍时我就听见了,笨蛋。但具体是哪个地方被修改了?"

雪莉说:"就在她返回英国后——我是说做完联合国的工作后——她提交了一份什么报告。无论里面写的什么,都被上头压了下来。"

"嗬。"马库斯说。

"嗬,"雪莉重复了一遍,"说得可真有启发。'嗬'到底是什么意思?"

"在这个语境下,"马库斯说,"'嗬'的意思是,听起来就像政治上的胡说八道。有一种最该避免卷入其中的胡说八道,就是和政治相关那种。"

看不出明显的原因,反正车流开始走得更顺畅了。

雪莉说:"那现在什么打算,你打算掉个头,咱们各回各家吗?"

"不,我觉得我们最好尽快跟路易莎和卡特怀特会合。"

"那是为什么?"雪莉从手机屏幕上抬起头,问道。

"因为你看到前面那辆黑色厢式货车了吗?"

雪莉看到了。

"它侧面写着黑箭,"马库斯说,"还有看起来它正和我们开往同一个地方。"


"滚开。"那个男人说。

只有这么一句,但他似乎觉得这就够了。他退回屋里,以便当着兰姆的面把门摔上。但兰姆只要愿意,也能做到身手敏捷。就在木板撞上门框之前,一只多年来在与兰姆双脚的缠斗中变得坚不可摧的破旧布洛克皮鞋,挤进了那个缝隙。

"连一毛钱也没有吗?"他说,"这是一项正当的事业。"

"动动你的脚,老头儿。"

"抱歉,跳舞额外收费。"兰姆一推,他的对手就踉跄后退,于是兰姆进了屋,向后一踢,门便在他背后关上了。做这个动作的同时,他凭借本能反应把泡沫塑料杯向那男人的脸上扔去,对方利落一接,却暴露了自己的腹部……兰姆不想让自己卷入赤手空拳的肉搏战。那就速战速决。兰姆把拳头甩向一边,像在摇铃似的,把它塞进了那个男人的上腹部。而当男人折起身体,兰姆又用双掌同时拍向他的耳朵,几乎能听见在他颅内引发的爆炸声。当兰姆将膝盖顶向那张任人宰割的脸时,他提醒自己,找错了房子也是有可能的，于是比起自己本该使出的力道，他将手脚放轻了一点；之后双手仍然按在男人耳畔，相当轻柔地把他撂倒在地。随即，当鲜血从那张破损的脸上奔流而出，兰姆迅速后退了几步。

"这让我想起了过去。"兰姆说，不过这个男人能否听见他的话，就不好说了。

兰姆把他的受害者翻过来，在他的裤腰带上找到一把手枪。好吧，那就解答了这里是不是那栋正确房子的疑问；或者，如果最后发现这里不是那栋房子，至少也为他刚刚对屋主施加的暴力找到了理由。任何带着武器来给一名圣诞颂歌演唱者应门的家伙，遭受的一切都是活该，兰姆虔诚地想。他卸下弹匣，把它揣进兜里，又将那把枪丢进离他最近的一处门洞里。这里除了斯坦迪什就没有其他人了。否则他现在早被射中了。

他大声清了清嗓子，并看向四周，好像在寻找痰盂，但最后还是咽进了肚里：良好的举止。他喜欢向他的下等马们如此说教，并不费力。这里有一处通往左手边的楼梯，还有除了他把枪丢进去的那个门洞之外的几个门洞。但他最后几乎肯定要去爬那些该死的楼梯，那还是开始吧。他在第一层平台停下，想点一支烟，但在那之前先猛地打了个喷嚏。这个地方为什么闻起来有股奶酪味，他感到疑惑。

不重要。兰姆嘴上叼起烟，跺着沉重的步子向楼上走去。


瑞弗说："那么，你们到底要找什么？"

特雷纳讥讽地看了他一眼，但没有回答。

瑞弗站在地上，背靠着墙，这个姿势使他酸痛的腹部肌肉稍微得到缓解。不过在可预见的未来，他都不太可能对尼克·达菲有什么好感。一两码开外的道格拉斯，看上去正试图用意念将自己送入另一个宇宙；在那个时空里，他还没有允许瑞弗和路易莎进入那道竖井。不是那样的话，就是他正在努力控制自己不要愤怒地大哭起来。至于路易莎，她又消失在了那种已被瑞弗逐渐认定为她的静默空间的状态里——每当她难免要露个面，但又无须全神贯注时，就会步入其中。那是她刚被流放到斯劳屋时久久逗留的地方；如今，自从明死后，看起来她又打算搬回那里了。这就像回访一处你曾住过的公寓，瑞弗想——当然它比你记忆中的样子更狭小，但再过一两天，就会感觉好像你从未离开过一样了。

在他们头顶上方，那些闭路监控器继续工作着，画面依次闪现出那片废弃房产的范围，然后切换到空旷的通道，以及那些在首都西郊边缘的地面之下绵延一英里的房间。特雷纳一直扫视着这些屏幕，大概是在查看多诺万的进展。

瑞弗又开始试探。"不明飞行物吗？大多数遇到过外星人的人，能拼写出'UFO'都算了不起了。那是你的兴趣吗，特雷纳？哦不，让我猜猜，是戴女士。你也是相信秘密机关已遵照蜥蜴公爵的指令把她结果了的那些傻瓜之一吧。"

这一次，特雷纳甚至都没做出那副表情。他只是盯住瑞弗，眼睛一眨不眨，仿佛瑞弗是只嗡嗡作响的虫子——都不值得费力气把它拍碎。

"因为我得告诉你，"瑞弗说，"在所有可悲的疯癫阴谋论当中，就数那一条最可悲。如果那是一次暗杀，你觉得安全局内部不会有流言蜚语传出来吗？"

特雷纳说："我听说的是，如果安全局决定在薯条上加醋汁，你是根本不会知道的。"

此刻，正当瑞弗暗自庆幸终于激他开了口时，只见特雷纳神色一变，聚精会神地看向监控器。与此同时，路易莎也从她的静默空间里回过神来。她也站在那儿，盯住那些显示屏。

"见鬼的这究竟是些什么人？"她问道。

唯独道格拉斯还坐在地上。其他三人都站着，看着监控器，特别是那块显示着一条通道的屏幕。通道里原先还是空荡荡的，但现在挤满了黑衣人影，那些人戴着面具、佩着武装带，正朝某个方向迅速移动着，瑞弗只能猜测，朝向他们这里。

当他们离开主干道后，街面就变窄了；起初两侧有树，然后让位给了一排排连栋房屋；再后来，当他们接近铁路线时，越来越常见的就是破旧的仓储空间、库房和空置的院子了。车流渐稀，马库斯在后方精心保持着距离。当黑箭那辆货车消失在两栋漆黑的建筑之间时，他则径直开了过去；与此同时，雪莉从座位上扭过身，好观察它远去的方向。"某种工业建筑。一定是那个站外设施的所在地。"

马库斯咕哝了一声，在下个路口拐了个弯，然后把车停在一些标记着有人使用的车库门前，"在这里等着。"

"哪——"

"我需要从后备厢里拿点东西。"

他出去绕到了车后面。雪莉刚要跟过去，又有了更好的主意，她突然想起自己身上肯定还藏着些宝贝，于是坐着在兜里一通猛翻——想找出一包之前忘记的可卡因，目标未免太过高远；但她这条牛仔裤已经穿了好几天，在犄角旮旯里偶然发现点大麻碎渣应该不算太难。可能是她在夜间活动时捡到的，又在最炎热的……炎热中将它遗忘了。但是,什么也没找到。她又去翻自己的夹克,手指沿着接缝处一路向下摸索——有时候一个药片可能会滑进内衬里。什么也没有。妈的。但是没关系。她没事。也许马库斯在手套箱里存了点什么——老天,阿司匹林,随便什么都行。但在一番快速翻找之下,除了一条老早以前的宝路薄荷糖和几张没了包装盒的光盘,什么有用的战利品都没找到。

但她没事,不需要一剂刺激。肾上腺素会为她保驾护航。她不需要马库斯来告诉她这个,甚至也不需要自我说教。于是她去翻了翻那堆光盘,作为抑制自己紧张情绪的一种方式,然后发现了一张去年海德公园音乐节里"拱廊之火"乐队[1]的盗版盘——对马库斯而言太过时髦了,所以大概是他的某个孩子的。而这就意味着,若去询问可否一借,便会导致冗长的商讨。另一方面,这是张盗版盘:那个孩子显然没获得过版权授权,这就使"财产"的概念变得毫无意义了。当她把那张光盘插进自己的夹克口袋,雪莉注意到,她现在一点都不紧张了。而当马库斯重新出现在窗外,她几乎吓得灵魂出窍。

"别那么干。"

"你还好吗?"

"我挺好的,老天。"她眯起眼睛看着他,"你真的打算戴那个?"

"那个"指的是一顶马库斯在冲锋小队时戴的那种黑色棒球帽,只是少了那只纤细的通讯麦克风。他把帽檐压低到眉毛之上,又将帽檐向上翘起。

"我戴惯了。"

---

[1] 拱廊之火(Arcade Fire),一支成立于二〇〇一年的加拿大独立摇滚乐队,音乐风格涵盖了摇滚、流行、民谣和合成器音乐。

"你的意思是,它可以防止你的斑秃反射阳光。"雪莉把她的夹克往后座一扔,钻出了汽车。

"你应该把它穿上。"马库斯说。

"太热了。"

"一件白色T恤?你真想干这种事的时候穿——"

"好——吧,好吧,"她抓起夹克穿上,"你用不着只是因为年纪大得能当我爸了,就表现得像他一样。"

"我没有大到能——算了。你确定自己准备好了吗?"

"他们只是一帮周末兼职兵。"

"永远不要低估你的对手。特别是当你不清楚他们有多少人的时候。"

"那是辆大型货车,"雪莉承认,"你觉得他们来这儿干什么?"

"他们和多诺万是一伙的。或者说,直到今天下午他杀了蒙蒂思之前,他们还是一伙的。所以或许他们并不在乎那件事,还过来帮他达成他要干的事。要不然——"

"要不然他们就是收到线报,说多诺万打死了他们老板,于是就过来报仇了。"

"是,差不多吧。你带武器了吗?"

"没。你呢?"

"没有,"马库斯说,"哦,就一把枪。"

"那就是带了。"

"也不是把大型枪支。"

"你带备用的了吗?"

"我是什么人,你的保姆吗?不,我没带备用的。这是辆家用车,不是一个流动军械库。现在把扣子系到头,你的T恤太显眼了。"

雪莉把扣子系到了头,然后这俩人便动身,绕过拐角去。

尼克·达菲看看表,黑箭那帮见鬼的究竟跑哪儿去了,他再次心生疑窦。然后他就看到了那辆货车出现在下方,发出一声毫无必要的尖利刹车声后,在那摞金属网栅栏边停下来,令他长舒了一口气。这帮业余选手:他们从车后鱼贯而出的样子就像是从越战片里学来的,仿佛他们乘着一架直升机降落于此,而"查理"① 正潜伏在芦苇丛里。

不过他们也无须精通业务。他们只要出现在那里,实施人海战术。

达菲在把望远镜放回胸口之前,已经数清了有十二个人。他们完全进入了牛仔与印第安人模式,躲到各自所能找到的掩体后边向外窥视——包括那辆货车本身、那只箕斗及那摞栅栏。斯劳部门员工的汽车也不例外——卡特怀特和盖伊对于卧底工作适应得如此迅速,就那样把车停在了一个能完整看到星空逐渐显现的开阔处。从某种意义上讲,他把他们剔出队伍也是在帮大家的忙了。即便是在产生这个想法的同时,他心里也清楚这正是干这类活儿必需的情绪:你不得不明确,自己即将要做的事是为了共同利益,其中甚至包括你的行动对象。

"他们所有人,"蒂尔尼女爵说了,"也包括斯劳部门的人。"

他注视着那些自诩特种兵的黑衣人忙碌着,有几个正从他们

---

①查理(Charlie)是美军在"越战"期间用来指代越共军队的称呼,含贬义。起源于美军一开始将"Viet Cong"(越共)的缩写"VC"念成"Victor Charlie",后遂简称"Charlie"。

的货车后面卸装备——一对装有聚光灯的快速组装脚手架塔；与此同时，其他人正从一处阴影跳跃到另一处阴影，为行动做准备，看上去就像在闹着玩，但只是因为他们此前从未经历过实战。如果达菲是个多愁善感的人，或许就会陷入沉思——曾几何时，自己也是如此；但他并不是那种性格，也没经历过这些情形，于是他直接弯下腰，从脚边的手提包里抽出一件黑色丝质巴拉克拉瓦头套。黑色便于在夜晚使用，丝质是为凉爽——直到现在，炎热的感觉仍不见减退，就像一间刚刚把烤箱熄火的面包房。但最主要的是，戴上头套他的脸就不会露出来。这次行动结束后，黑箭的人将被留下打扫战场。让他们无法到处散播对他的相貌描述，这对所有人都更有好处。

然后他检查了自己那几把枪，又检查了弹药，就下楼去主持大局。


在顶层楼梯平台，兰姆发现一扇挂着锁的门，然后想：好啦，像个线索。毫无疑问，钥匙就在那个快乐小伙的兜里，跑回楼下去拿一趟也用不了两分钟。但貌似眼下没人自告奋勇，于是他就直接吼道："斯坦迪什？你可能得往后退一点。"然后二话不说飞起一脚。第一下木屑四溅，把固定挂锁的金属扣从门上拔出了一半。第二下就大功告成，门向屋内砸去，拍在墙上，又反弹回来撞上墙。就在门打开的一瞬，他看见了凯瑟琳·斯坦迪什，僵在另一处门洞里，手里正举着什么东西。等他把那扇破门再次推开走进去时，她还在那儿，但手里已经空了。

兰姆看看她，环视了一圈房间，又回过头看着她说："我还以为这是场绑架，不是一次'外出研讨日'。"

"门是从外面锁上的。"她指出。

"兔子笼我都见过比这更牢固的,"他从她身边走过,把头探进门洞往浴室里看了看,"还是套间,我的老天。"

"也许吧。但我要求无烟环境。"她对他说。

"可真是个坏习惯,那套消极反抗的混账话。"但他还是把烟头丢向马桶。它在座圈上反弹了一下,消失在盥洗池的底座后面,可能在那里也不会引起一场大火,把这栋房子烧个精光吧。

凯瑟琳说:"你对贝利做了什么?"

"如果他是那种需要积累工作经验而被留下负责的实习生,他已经累得倒下了。你的另一个老相好,是吗?"

"什么程度的累倒下?"

"我没杀他——如果你是在问这个的话。"这时,兰姆看到了那只托盘,就径直朝它走过去,"别误会我,我也不赞成绑架安全局的人。可你毕竟没那么重要。"

经过一番仔细考量,他冲苹果皱了皱眉,把燕麦棒塞进口袋,接着撕开了三明治。

"谁跟你来的?"

"没人。"

"你是自己过来的?"她难以掩饰话音中的质疑。

"对。好吧,何开的车。"兰姆对着三明治一口咬下去,立刻露出了怪异的表情,"天哪。这玩意儿放在那儿多久了?"

"多诺万想要什么?"

"来交换你吗?"兰姆咀嚼了一会儿,咽下去,然后又咬了一口。嘴里填满食物后,他继续说道,"这个嘛,他说他想要那部'蠢事编年史'。"

凯瑟琳显得很困惑,片刻之后更困惑了。"那些灰色卷宗?"

"是啊,那就是我之前的反应。不过另一方面,假如——看起来似乎很可能,他又像很久以前那样和你上了床,事情就显得更合理了。"他停下,又是一阵咀嚼,"我的意思是——鉴于他显然是个疯子。"

"我们现在能走了吗?"

"我还没吃我的燕麦棒呢,"他顿了一下,又去闻了闻那个三明治,"这里面加奶酪了吗?"

"噢上帝,不会又来了吧。转过去。"

兰姆于是照办。过了一会儿,他感觉她从自己裤子的臀部位置揭下来个什么东西。待他转回身,凯瑟琳手里正拿着一块看起来像马苏里拉奶酪的扁片。"记得在罗迪屋里坐下前总得先看一看。你的洗衣费得多高?"

"洗衣费是什么?"

她在他之前走出了房间,而后在楼梯平台上停下回头看看。兰姆也没久留。这就是个普通的房间,里面什么也没发生。还有比无聊更糟的事需要忍受。

来到下一层平台,他们从这里已能看见贝利失去知觉的身体倒在门厅内。凯瑟琳思索着,假如人们在夜晚入睡前通常都会用脸撞铁砧的话,那么他看起来就像睡熟了。"他只是个孩子,杰克逊。"她说。

"他有把枪。你为什么叫他'贝利'?"

"他也有一台相机。"

兰姆思索了一下,随后就把这句话抛到脑后。"好吧,你现在必须把他叫醒了。我想知道多诺万真正的目标是什么。"

"因为你不相信他真的是个疯子。"

"好吧,他可能也是个疯子。但那不代表他就不会在心里另藏打算。"

她说："谢谢你来救我,杰克逊。"

"你认为我不会来?"

"哦,我知道你会的。我只是以为会闹出更大的动静来,仅此而已。"

就在此刻,罗德里克·何驾驶一辆公交车从正门撞了进来。

"他们是黑箭的人。"特雷纳说。

是黑箭,他们正以电影里演的那种方式沿通道移动着:最前方的一人冲出几码远,然后迅速蹲下,让另一人越过他,再拿下后边几码距离。他们多数拿着警棍,有几个人拎的似乎是枪,但看起来太笨重了。是泰瑟枪,瑞弗想,一下触发了他脊椎底部的感官记忆。他已经尝过了泰瑟枪的滋味。

路易莎说:"你们的同伙?"

"他们想得美,"特雷纳看向道格拉斯,"他们在哪儿?那是哪里?"

道格拉斯还坐在地上,闷闷不乐地耸耸肩。

"我的天哪,"特雷纳低声说了一句。他抓着道格拉斯的领子,把他揪了起来,然后给他指着那块屏幕,"那个。他们是在哪儿?"

道格拉斯的声音过了好一会儿才从嘴唇里挤出来。"那是C通道。"

"你帮了大忙。C通道在哪儿?"

"B的这一侧。"道格拉斯解释道。

"他们离那间库房还有多远?"

"库房就在 E 通道后面。"

特雷纳说："好。"他从腰带里掏出枪,检查了里面的子弹,然后将它随意拿在身侧,"好了,计划变了。我要去那边。"他指了指多诺万消失的那条通道,"我们往回走时你们得保证别挡在路上。"

"你们还扣着我们的同事。"路易莎说。

"无论结果如何,到了九点她都会被释放的。保证毫发无损。你觉得我们是禽兽吗?"

"这还没定论。"

瑞弗的眼睛还盯着监控器,上面显示黑箭的人正在这座综合体的周围警戒,"你打算对他们开枪?"

"我打算支援我的指挥官。"

"他们是个傻瓜军团,"瑞弗说,"用的还是棍子和石头。"

"其中有些人是退伍兵,"特雷纳说,"而且他们也不全都没有武装。在私人安保干过吗?"

"目前还没。"路易莎咕哝道。

"相信我,干这行的就是喜欢囤积非法枪支的那类人。"

"你们真正想要的是什么?"

但特雷纳已经走了。他穿过那对双开门,沿着通道一路小跑而去。

瑞弗看着道格拉斯问:"你在这里留什么武器了吗?"

"你在开玩笑吗?"

还真有点像,瑞弗心想。他再次抬起头看看那些监控器。无论有没有武装,外面毕竟来了很多男人。大概对付两名退伍军人绰绰有余。

大概吧。

道格拉斯扳动了打开头顶舱门的拉杆。

"等你上去后，"瑞弗说，"给你老板打电话。告诉他发生了一起入侵事件。告诉他需要拉响警报。"

"她。"道格拉斯说。

"什么？"

"我的老板是个女的。"

"对，行。随便吧，"他看向路易莎，"那你呢？"

"我也是个女的。"

"很好笑。"不过这几乎是路易莎很久以来刚刚开始做的尝试，于是瑞弗又给了她一个简短的微笑，然后才说，"你要上去吗？"

"你呢？"

"我打算在这儿再待一阵。我想知道眼下正在发生什么事。"

"对，好吧。那我也是。"

道格拉斯已经顺着梯子爬了一半。他们目送他消失在竖井外，然后瑞弗扳动拉杆，将门再次锁死。

过了一段时间，道格拉斯就出现在显示上方空间的那块监控屏上。

在另一块屏幕上，黑箭人员正在接近一组门，用上了很多手势和指指点点。

看着他们，路易莎说："再提醒我一下，我们是站在哪边的来着？"

"枪战开始后才更容易弄明白，"瑞弗说，"只要是枪口不对着你的那边。"

于是他们一起动身，穿过那对双开门，沿着通道走去。

\* \* \*

这是一间挑高很高的长房间,从特雷纳进来的这头放眼望去,堆满了几乎顶到天花板的板条箱,其中有些放在证物笼里,个个利落地上着锁。但往前大约走到一半,板条箱就让位给了成排的置物架,间隔不超两英尺。房间中央是一条过道,一直延伸至下一对双开门,门前特意空出了一片宽敞空间,但有些大型金属文件柜靠墙放在两侧。肖恩·多诺万正站在一座摆满纸板文件夹的架子中部:他把它们一个一个抽出来,查看一下封面页,然后——就像一位心怀不满的图书馆用户似的,把它们丢在脚下。淤积的文件夹直接流回了中间过道,于是当本·特雷纳来到他身边时,那情形就像多诺万在故意制造混乱,要将一段整齐有序的历史记载,改头换面为一场充满混乱事件的暴风雪。

他没有停下手头的事,只是问:"什么问题?"

"我们有伴了。"

"谁?"

特雷纳已然经过他身旁,径直朝E通道的那对双开门而去,边跑边解下腰带。他将腰带穿过门把手绕了个圈,又将其扎紧、扣好,然后将注意力转向了档案柜。

多诺万冒了出来。"谁?"他又问了一遍。

"蒙蒂思的手下。"

多诺万想了一下,然后摇摇头,"他们无足轻重,本。"

"他们不一定要有多厉害,只需要人数多,"特雷纳说,"帮我搭把手。"

多诺万帮他把一只柜子倾斜过来,侧面着地,再把它推到两扇门前。

"那个不会拖住他们太久的。"特雷纳说。

多诺万说:"难说。对于他们当中的一些人来说,仅仅打开一扇门都挺吃力。"说着他就返回了他一直在翻找的那座架子。

特雷纳透过舷窗上没被柜体挡住的一小块向外窥视,然后说:"他们已经到这儿了。我们最好离开。"

"我不会因为那帮小丑逃跑的。除非找到了我们此行要找的东西。"

"肖恩,你向周围看看。这个地方就和一座该死的教堂一样大。你可能花上整整一星期也找不到它。"

年长者摇了摇头:虽然他置身架子之间,在他人视野之外,但特雷纳知道他在那么做。"目录编号可以告诉你往哪儿找。'V'就是维吉尔,再加上蒂尔尼名字的首字母。然后是日期,再然后是一个四位数的索引号。那是六到八年前的事,所以我们只需要搜索一遍现在这个区。而我已经搜索完一半了。"

"万一所有这些都是个圈套怎么办?"

"这么想有意义吗,本?我那会儿刚刚出狱,把自己喝了个半死。然后是泰维纳来找到的我,记得吗?又不是我自己在讨伐什么。"

"我不相信她。"

"她是个间谍。要是相信她你就是疯了。但她是个有明确企图的间谍,而且她和我们一样很想毁掉蒂尔尼。为了艾莉森,本。记得吗?"

"……我不太可能会忘记。"

"那么你准备为这件事留多长时间?"

特雷纳说:"好吧,好吧。需要多久就多久。"

他握紧枪,返回门那边,透过舷窗上的小缝观察外面那些人零零碎碎的动作片断。他们看起来正在准备发起一轮攻击……他忽然意识到，自己此前就曾置身于此，他的意思不是来过这个地方，而是经历过这样的情境：敌方只有两步之遥，而中间的防御工事也不比一堵抹灰的砖墙厚多少。

区别在于，敌人的数目。

虽然没必要，他又检查了自己的枪，然后开始静待。等他们发起一连串行动企图把门弄开时，他就要做点什么叫他们三思了。但关键是要记得，他们并不都是小丑——黑箭军团里还有那么一两个有过实战经验：伊拉克、阿富汗。如果他们也在那边，他可不想冲他们的方向送子弹，但这就是一名士兵的宿命：你无法总有机会选择自己的敌人。此外，本·特雷纳已经不再在部队服役，他拥有的最接近那段回忆的东西，就是一张照片，艾莉森·邓恩上尉的照片。想到这里，他吻了一下手指，然后按在胸前的口袋上。他能听见多诺万翻看着文件夹——抽出来，扫一眼，丢弃。但他让那些声音淡入了背景，而专注于封堵门背后的那个世界：警惕、尽责，紧张如一个扳机。

当道格拉斯从废弃工厂钻出来，他站在那眨了一会儿眼睛，就像一只从迷宫中逃脱的老鼠。然后被一声火车经过时的鸣笛吓得僵住，仿佛变得一动不动就能将危险送走。办法似乎管用了：火车已然远去，这列噪音与光亮组成的长条，径直奔向郊野。道格拉斯抬头看看天空，现在星星已经显露出来。他不满地摇了摇头，然后伸进兜里去掏手机。他边查看着屏幕，边向下翻找一个号码，但在他找到之前，手机就被一个黑箭的人打飞了：无论怎么看，这都是一次违规触球的动作，而道格拉斯唯一的视角就是从下往上看。由于嘴被抵在水泥地上,他无法大喊、无法尖叫;体内所剩无几的气息也耗散进黑暗里。一个声音向他耳中咆哮着严厉的指令,但道格拉斯无法理解它们——说的并不是外语,只是那种模式的体验令他很不习惯。一段回忆突然在他脑海中闪现,他曾观看过一对中年男女在他们的车后玩"车震",就在这片户外场地上。他知晓这些事的发生、并在暗中观察他们,这些体验都令他自己显得高不可攀。别人做的事都是笑料,只有他才能赋予其笑点。可现在,他却成了笑料:被人提溜起来,一只手臂锁住了他的咽喉。他上一次如此近距离地接触另一个人类,还是在当地泳池上救生课的时候。那是二〇〇七年。

"好了,把他交给我吧。"

"他"指的就是道格拉斯,说话的人是个新来的,不是那个压住他的男人。

眼下,空气正在设法重返他的肺部:外面的空气很热,而当它强行进入他的身体时,感觉就更热了。

看起来,他还吐过了。

"你能走吗?"

他点点头,即便他相当确信自己不能。

新来的人穿着深色衣服,但不是那个把他制伏的凶狠畜生穿的那种准军事装备。不过这人确实戴了一个像是丝质的黑色头套。"那么来吧。"

从某种程度上说,道格拉斯可以走,或者至少无法阻止自己被人半拖着向前,反正效果都一样。他被带向一辆从漆黑中兀然浮现的黑色厢式货车:现在一切都陷入了黑暗,各种形状只得缓缓透露它们的真容。深吸气,然后呼气。他开始发觉,这件事的诀窍在于不要用力过猛:呼吸是一件你只有在做这件事的时候想着其他事，才能做到的事。问题是，他能想到的唯一一个其他话题，涉及被拽向这辆货车，被塞进车后，车门"咣当"一声被关上。然后就只有他和那个戴头套的男人，一起待在坚实的黑暗里，直到那男人做了些什么，让一只小小的电提灯亮了起来。这辆货车很宽敞——是个三面设有长座且无窗的人员运输工具，真正的军用风格。道格拉斯仍能尝出自己舌头上的呕吐物味道，并且担心在水泥地上弄伤了牙齿。

然而，比起和这个男人待在这里，那只是小担忧而已。

那人说："你现在好点儿了吗？"

道格拉斯点点头。咳嗽了一通。又点点头。

"刚才很抱歉。"

他的担忧纾解了一些，好似浓雾化作水汽。

"那些家伙兴奋过度了，你也不能怪他们。被你放进那座设施里的人都是些非常坏的戏精。你想告诉我你为何那么做吗？"

"我——那是——不行。机密。"

"对，当然。听着，孩子，你现在真的不必担心那些。"男人拉掉头套，变成了普通人的样子。"我来自摄政公园，名叫达菲。你可以叫我尼克。我们俩都清楚，这里发生了一次入侵，一次未经授权进入安全局设施的入侵。而且你知道吗，这都不是今天发生的第一回了。所以别再担心你做了或没做什么、有没有遵守工作规程了，因为在这个节骨眼儿上我们都有点傻眼，而唯一要紧的就是把这事彻底解决。那么告诉我，他们有几个人？"

"四个。"道格拉斯说。

"很好，我们也是这么想的。还有你的同事，下面有几个你的同事？"

"只有我，"道格拉斯告诉他，然后又说，"你不应该知道吗？如果你是从总部来的？"

"对，我们今天的信息不是特别同步。你也知道是怎么回事。告诉我那个后门怎么打开。是某种竖井舱门？"

道格拉斯告诉了他。

"那么完全没办法把它从外面打开？"

"不行。它是完全安全的。"

"对，行，好。我也是这么想的。谢谢你，道格拉斯。"

道格拉斯点点头，并且发现自己又在正常呼吸了，这令他松了一口气，然而就在同一瞬间，这件事已变得无关紧要。他的身体摔在货车地面制造出的动静，比那枪声还响。达菲很满意：他用的是一只瑞士制造的消音器，之前还不完全确定它百分百有效，但这下就毋庸置疑了。他跪下来，把道格拉斯的尸体推到长座下面。只要给他五分钟和一桶肥皂水，他就可以再处理一下侧板上那些脑浆喷溅物了，但时间正是他稀缺的东西。

解决了一个，他想，还有四个。

忙碌的一夜。

他把头套戴上，关上提灯，然后走出去融入那团愈发浓重的黑暗。

# 14

　　酒吧毗邻大波特兰街,她记得自己此前来过一次,是为一个名叫迪特尔·赫斯的特工守灵。仪式上说着惯常的虔诚话语,而真相却是,就像多数双面间谍一样,只要你扔出一张十英镑钞票,就知道自己能在多大程度上相信这个男人:钞票落地之处,必有他在等待。但那正是野兽的天性。一名间谍投射的阴影,如同一株智利南洋杉般令人无从下手;你就算听一名间谍描述昨日的天气,都有可能头晕目眩。

　　戴安娜·泰维纳喝着尊尼获加黑方威士忌——一种特殊场合喝的酒,并正在试图搞清这个场合到底有多特殊。

　　毋庸置疑,英格丽德女爵已经听到了一枚便士落地的动静。而她在听到之后能否及时出手、趁那枚便士弹起时接住它,就是另外一回事了。如果她接住了,泰维纳的职业生涯很可能就会止步于本周。躲在角落里密谋和煽风点火是一回事——那只是办公室政治的常态;但真去推动齿轮转起来,就相当于宣战了。而面对像英格丽德女爵这样的劲敌,你唯一能打赢的战争,就是那种在发令枪响之前就已结束的。

　　但这次机会太难得了,实在不容错过……

　　她小口慢品着,试图忽略不可避免地被酒精激起的、对香烟突然产生的渴望。就在此刻、在伦敦地壳之下的某个地方,肖恩·多诺万正在追寻那份不仅能将英格丽德·蒂尔尼请下她的权力宝座，还可能令她受审和坐牢的证据。几乎可以肯定，证据就藏在那些历史文档之中：她清楚英格丽德女爵的思维方式是怎样的。英格丽德有一种委员会上的聪明、会议室里的智慧；而最根本的，她会像一名公务员那样思考。但其实她本该意识到，当周围都是公务员时，这种思考方式就成了某种负累。将某些档案沉入一次档案海啸的波涛，看似绝对是个无须多想的决定，因为总是有档案源源不断，总是有档案层出不穷。对于每名公务员而言，这无异于救命稻草，却也是最终的溃败。因为总是有预算要平衡，有第三方要安抚；总是有航班计划和请购单；总是有弃权书、合同、保证书。一旦出了事，若在法规之外，你就需要用书面文件来掩盖、弥补；若在法规之内，你也需要签发加班条。而且所有书面文件都必须一式三份，签上名，再复印存档；以免万一有朝一日，你被要求为一些自己不记得参与过的行动负责……同任何机构一样，文书工作才是安全局的运转之道。是文书工作而不是发条的工作，在让齿轮持续旋转。而之所以出现这种局面，是因为还没人想出一个有说服力的办法，能让它停下来；或是办法的说服力还不足以说服一名公务员。这些人都是出了名的墨守成规，并只能展现出如走廊中的犀牛般的灵活性。

所以说，证据就在那里，在最近被转移到一处离线安全站点的那些信息里。虽然毫无疑问，过去这几年来戴安娜在任何时候都可以亲自去挖掘它；但那样一来就会令她置于她眼下正令多诺万面临的风险中……此外，泄露的证据可能会引发一场粉饰真相的行动；或是一场特别调查委员会，反正他们也知道了；无可避免的调查将会聚焦在泄密者的身上，而非被泄露的内容。最近发生的几起吹哨人事件都已成为实实在在的教训，佐证了一个效应：他们或许是互联网一代的偶像无疑，但要让戴安娜·泰维纳把自己藏在某个大使馆的包厢里，或是在外国的首都勉强维生，她可看不到自己的未来在哪儿。不，如果那份证据是经由他人的运作浮出水面的，那就能够允许她带着惊惧，眼睁睁地看着安全局领袖人物的腐败被揭露；再为一名已经吓懵的大臣奉上自己的支持；然后谦虚地接受一个守护者的角色，直到尘埃落定……如果她想对抗英格丽德·蒂尔尼，就必须另辟蹊径。那就意味着利用像肖恩·多诺万这样的人，她是可以信任他的，因为他是个军人而非间谍，对于忠诚他们持有不同的看法；而在多诺万的观念里，它包含了向伤害过自己的安全局复仇。

当然了，如果让他发现，应该为此事负责的正是泰维纳本人，事情可就尴尬了……

她喝完了杯中酒，考虑着自己眼下的选择，然后确定也别无他法。自己唯一能做的就是再来一杯。

她没等多久就得到了回应，因为调酒师是男性。当这种情况不再发生——戴安娜不知道她该怎么办，当这种情况不再发生的话。那就像在思考死亡。当他倒酒时，她向酒吧内环顾，然后在附近的一面镜子中注意到了自己的倒影，并惊恐地看到自己的栗色秀发间出现了一道看似灰条纹的东西……原来是光线引起的错觉，谢天谢地，但它也强调了她目前的处境：时间在不顾一切地流逝，必须抓住机会。宁可在烈焰中倒下，也好过怯懦地消失。

想着所有这些的时候，她没有对角落里的一个人影给予应有的注意；那是个体面的男人——甚至可谓光鲜时髦，深色头发从高高的额头向后梳去，还有一双棕色眼睛。他在面前展开一份报纸，装作正在研读的样子，但他最主要还是在观察戴安娜·泰维纳。

\* \* \*

"我说了我会用短路发动汽车。"

"你也没说是公交车。"兰姆说。

何将那座小门廊弄成了一堆木柴，并在原先正门的位置撞出一个相当大的窟窿。考虑到他冲过来时的车速，已经足以证明这辆美好的老伦敦公交车的耐用度，以及这栋房屋建造者欠佳的手艺。门厅里到处散落着砖块、碎玻璃和木头碎屑，一部分门框倒在贝利的后背上。如果公交车再冲进来一些，可能就会将他像只虫子般碾平了。

"我以为你遇到麻烦了。"

"是啊。因为如果我遇到麻烦，撞进来一辆公交车就能帮上他妈的大忙了。"

"他尽全力了，"凯瑟琳说，"谢谢，罗迪。那是个好主意。现在去倒杯水过来吧，好吗？"

"我不渴。"

"对，好吧，不是给你的。厨房就在后面那边。"

"尽量不要把它夷为平地啊。"兰姆说。

何闷闷不乐地转身走开，恰赶上一块餐盘大小的石膏从天花板落下，砸在了他的头上。

兰姆朝天空抬了抬下巴："算我欠你的。"

凯瑟琳向贝利俯下身，掸掉他身上的碎片。"别取笑他了。如果是你开着公交车穿过了一面墙，我们就该听你夸夸其谈个没完了。其他人在干什么呢？"

"卡特怀特和盖伊在给你的老朋友多诺万帮忙。"

"帮忙？"

"看起来，灰色卷宗是放到了海斯附近的某个站外档案储存地。多诺万需要安全局帮他进去。"兰姆边说边在兜里不停摆弄着什么,等他把手伸出来,去掉包装的燕麦棒已经抓在了手里。他一口咬掉一半,然后说,"这个嘛,要么是那样,要么就是他不喜欢自己一个人去海斯。"

"那马库斯和雪莉呢?"

"我给了他们一点激励。"

"到底是什么意思?"

兰姆发出一声忍无可忍的叹息。"难道我是这里唯一一个懂得人员管理的吗?"他把剩下的燕麦棒都塞进嘴里,停了那么一会儿又说,"当我说'人员'的时候,绝对也包括了丹德尔。"

"她只是骨架大,仅此而已。那,你到底是如何——"

"我把他们炒了。"

凯瑟琳思索了片刻。马库斯和雪莉,甚至比瑞弗更容易在等待某件事(任何事)发生时感到焦虑、沮丧。"大概也行吧。"她认可了。

"是啊,而且其中的美妙之处在于,就算不行,我也已经把他们炒了。"

"但是另一方面,你也可以给他们一些指导的。"

"他们还他妈的没学会听从指导呢。"

何从厨房拿回来一杯水。他看看兰姆,然后看看凯瑟琳,然后又看看兰姆。

"这是一杯水,"兰姆说,"大胆猜测一下。"

何把水递给了凯瑟琳。

"谢谢你。"她说。

此时她跪了下来,轻轻捧起依旧处于昏迷中的贝利的头,放在自己腿上。她用一只手弄开他的嘴,从杯里倒了些水进去。

"你打算呛死他?"兰姆说,"看起来有点残忍。"

"我可不是那个把他的脸打烂的人。"

"我感觉我的膝盖里还嵌着他的一颗牙。"

"他只是个孩子。"

"那他就不该和成年人混在一起。"兰姆弯下腰,摸遍了贝利的口袋。他找到一个钱包,于是一屁股坐到地下,翻看起里面的东西来:一些小额零钱,两张十英镑的钞票,一张信用卡和一本驾照。

两张钞票消失在兰姆肥胖的拳头里。

"你这究竟是在干什么?"

"汽油钱,"兰姆说。他扫了一眼那张驾照,"呦,呦,呦。克雷格·邓恩。"

"他要醒了。"何说。

那个年轻人的眼睛在眼皮下动着。凯瑟琳用掌心轻轻拍了拍他的脸颊。

"那真是急救的手法吗?"兰姆怀疑地问,"看着好像在逗小狗。"

"你为什么不做点有用的事,去叫辆救护车呢?"

"我已经很有用了,"兰姆说。他看看何,"又怎么了?"

"我付的汽油钱。"

"你需要填一张报销申请单,"兰姆说,"路易莎会告诉你怎么弄。"

克雷格·邓恩呻吟了一声,睁开眼睛。


一眼望过去,那片荒地上空无一人。黑箭那辆货车停在一辆轿车附近,看着像是路易莎的。那边还有一只箕斗、成堆的砖石和一摞放倒的栅栏,但他们先前看到的那帮开车进来的人,都消失了。

"他们去哪儿了?"

"不要注意人。注意声音。"

就像那种儿童解谜玩具:你盯着一棵树的图片看,直到能把其中的松鼠看出来。

他们自己也正躲在阴影里——树多松鼠少,并小声交流着。雪莉把夹克的扣子系到了头,以防白T恤太过显眼;马库斯则拉低了他的帽檐。这二人正挤在由那几栋大楼围合成的不规则四边形空地的入口处;一根用来阻挡车辆进入的杆子被固定在直立位置,一座曾潜伏着停车场服务员的木制岗亭现已空无一人,只剩下一股浓重的尿骚味。最远处那栋大楼的另一面有灯光显现,是路过的列车;但上方的天空已被一种深沉的蓝色取代,前景里什么也没有。

然后,有什么东西在远处一闪而过,就在最远那栋建筑地面层的柱子之间。雪莉意识到,她看见的是两名黑箭成员。

"我看见两个。"

"我看到了七个。"马库斯说。

"炫耀。"

"他们水平不太行,"他说,"这种地形,这么多掩护,要是我,就能隐身了。"

"我看得见你。"雪莉嘟囔了一句,然后又说,"那些是什么?聚光灯吗?"

它们分为两组,隐约可见数米高的脚手架塔,顶端安装着探照灯:其中一座立在黑箭的货车旁,另一座在几米开外,都没有亮灯，但同时对准了工厂墙面上的一处洞口。它们看起来就像超大号的安格泡工作台灯；以及，看上去像是你用一把扫帚就能打翻的样子。

"对，那正是用来——哦，天哪。"

"这是个杀戮场地。"雪莉说。

"看着像。"

"他们打算把瑞弗和其他人赶出这个设施。他们一上来，灯就打开了——砰、砰、砰。"

"嘘。"

一个人影从货车后面冒出来。头套遮住了他的脸，不过他离得太远了，戴不戴头套也无甚区别。只见他对这片区域简单考察了一番，就向他们右侧的那栋大楼小跑过去。

"八个。"马库斯说。

"你打算就这么数下去吗，还是说有什么计划？"

"这个吧，面对这种情况我会问自己，'纳尔逊·曼德拉会做什么？'"

"……说真的吗？"

"老兄在一座戒备森严的监狱里挺过了二十七年，"马库斯说，"我十分确定他很是懂得如何自保。"

"行吧，多数人可不会想到这个，当——噢，算了吧。纳尔逊会怎么做？"

"他会趁灯打开之前，先去破坏那些塔。你来行吗？"

雪莉可以。她正打算这么说，但一个人影挥着警棍出现在马库斯身后。她眼中的警觉神情给了马库斯半刻先机，他一闪身，勉强躲过被棍子击中侧脸，颈部却中了招。他整个身体非常古怪地弹了起来，又"砰"地一声摔在地上。雪莉还没来得及注意到，他的棒球帽仍牢牢固定在原位；也将将来得及上前一步，向攻击他的人下巴上飞起一脚；而完全来不及在她的腿被另一个人从身体下方抓住时，再做出任何除了脸朝下拍在地上以外的其他反应了。滚动，她心想，然后在对方直取她脑袋的那一脚踹下来时，吃了一大口土。

路易莎沿通道跑着，注意到了自己的心率……她已经好久不曾意识到自己心脏的跳动了。

瑞弗在她前方两步远，穿过一对摆式双开门时也几乎没有减速；门板撞在墙上又向她弹回来，于是她用前臂把它们挡回去。如果让他们沦为下等马前的任何一位教官看到这一幕，可能都要暴跳如雷了：他们更像小学生在赛跑，而不是特工在行动……如果他们算特工的话。如果这算一次行动的话。

其实这件事还是最像一团乱麻。不过这也没什么特别的。去年，她和明嗅到一次参与行动的机会：不比一次手拉手去锻炼的难度大多少。但那已经令他们感到比被总部扫地出门以来的任何时候都要有活力。结果呢，原来他们成了别人游戏里的棋子：明死了，而她自那以后所做的就只有白天痛苦地混日子，晚上和陌生男人一夜情；那么多陌生男人，令她快要忘记这世上还存在其他类型的人了。

现在又是这个。

穿过了更多门。她已经搞不清他们是在哪条通道了，F还是E，但那也没关系，因为他们现在已经到达目的地，就是那个他们在监控器上看到的房间。其中有成排新组装的架子，以及装在一些貌似笼子的东西里的板条箱，仿佛它们包含的信息都是凶猛的，需要关在栏杆后面。其中许多没准儿的确如此。在房间的另一端，顺着一排排架子当中的过道看去，本·特雷纳就在远处那对门旁边：他已竖起一道路障，并正站在一只翻倒的柜子上透过一小块舷窗观察着外面。他本来将手枪随意拿在身侧，但在他们进来的一瞬他立即转身，枪口对准了他们的方向。

瑞弗和路易莎分头向相反方向一跃，躲在关在笼内的板条箱后面。

特雷纳放低枪口道："见鬼的你们到底在干什么？"

瑞弗走了出来，双手举在肩膀的高度。"正要问你同样的话。多诺万在哪儿？"

一声文件盒掉在地上的响动，泄露了他的方位。

特雷纳说："我以为我让你们走了。"

"而我以为你说你们要找的是灰色卷宗。"

当瑞弗把手放下，路易莎也走到他旁边。"他们有要进来的迹象吗？"她问道。

他犹豫了一下。然后说："沿通道再过去几码有个房间。他们现在正在那里。我猜他们正在计划下一步的行动。"

其中可能包括了全面进攻，路易莎心想。不是那样就是投降，但后者看似不太可能。"他们有枪吗？"

"或许其中一两个人有。他们目前为止还没开过枪。"

又一个文件盒掉在地上。

瑞弗说："如果他打算一个一个看完那些，我们就得在这儿待上一阵了。"

"我们清楚自己在干什么。"

"他们都不需要枪。只等铰链生锈，门板自己掉下来就行了。"

路易莎沿中间那条过道朝特雷纳走去，而当她走到多诺万所在的那排架子时，停下了脚步。眼前的场景里有某种不协调的东西：就像看着洛奇[①]扮演图书管理员。他手里有一份盒装文件。她还没来及开口说话，他就把它扔掉了，然后又伸手去拿下一份。

她说："我找到了你在网上抒发的感想。"

"大肖恩D。"他说，但没停下手头在做的事。

"大肖恩D对天气有些执念，"她说，"他似乎认为他们将它武器化了。"

"嗯哼。"

"也不知道这个'他们'是谁。"

"我估计他们和把芯片植入人脑的是同一帮人，以便在人们被外星人绑架后追踪他们的动向，"他快速看了她一眼，"他们会干一些让人毛骨悚然的事，肯定会的。"

他已到达这排盒装文件的末尾；接下来一排是薄厚不等的马尼拉文件夹，有些绑着丝带，其他的则用回形针固定。文件封面上都盖着红色印章的目录编号；多诺万会先看一眼编号，再去解开带子或拆下回形针。快速扫一眼封面页对他而言似乎就已足够，然后这份文件夹就汇入了地面的那摊混乱里。

"你不得不承认，"他用一种对话的语气说，"它听起来也不是那么离谱。就算天气尚未被控制，你也可以用自己的性命打赌，一定有人正试图把它变为现实。"

"但你并不关心那个，是吧？你只是虚构了一个故事，好让自己进入这个地方。"

"怎么回事，难道我不符合你对一个阴谋论狂人的想象吗?

---

[①]洛奇（Rocky），一九七六年同名电影里的男主角拳击手洛奇，此处形容肌肉猛男。

别人告诉你我们是什么样的?"

"我估计它们应该有不同尺寸吧,"瑞弗说。他站在过道当中,视线能同时看到多诺万和特雷纳,"但无论你真正想要的是什么,我们都不能让你带走它。"

"是这样吗?"

"他们行动了。"特雷纳说。

"多少人?"瑞弗问。

"六个。更多。我这里视野有限。"

多诺万看上去不为所动。他说:"你们可能得离开了。他们其中一两个人有真枪实弹。他们甚至还知道往哪里瞄准。"

瑞弗说:"你抓了凯瑟琳·斯坦迪什。还给我发了她的照片。"

"我抓了她。"多诺万说着。他又从架子上抽出一份文件夹。他扫了一眼,不动声色地耸肩。文件夹落地。

"你很早以前就认识她,"路易莎说,"当她还在总部的时候。"

多诺万又打开一份文件夹。他看了看封面页,似乎刚要扔掉,然后又看了一眼,距离更近了些。

"但我想知道,"路易莎说,"你怎么会知道斯劳部门的?"

玻璃的破碎声传来,她转过身。透过架子上被多诺万的扫荡制造出的空隙,她看见特雷纳正举枪冲着他刚刚击碎的窗户:两声枪响回荡在通道里。对方的回应接踵而至。一声更大的巨响传来,同时涌入一片强光,照亮了整个房间后又消退,仅在原地留下一片模糊暗影。特雷纳被震下了柜子,柜体也颤动着划过地板,发出重重的刮擦声。那对双开门向内凹陷,左边的一扇已被那股冲击波从墙上扯下。最靠近爆炸点的架子倒向了隔壁一排,于是所有档案架就如同多米诺骨牌般一排排倾覆下来。多诺万立刻扑倒在地；路易莎被他拽了一下胳膊，也紧随其后趴下，架子倒下时，文件和文件夹就砸在他们头上。原先的过道现在变成了一条隧道；直到末尾那排架子最终倒伏在第一排板条箱上，头顶的连续撞击才算平息。瑞弗不知所终。有那么两秒钟，路易莎的大脑一片空白，她耳中充斥着噪音，她眼里只见一片白光；但随后，一种生存本能觉醒了：她用双手和膝盖匆匆爬过满地碎屑，来到曾是中央过道的地方，从那里她可以看出一些人影正从墙上的一个洞里投射出来，那是之前双开门的位置。她匆忙直起身，发现自己被一个面部罩在黑色羊毛头套下的陌生人抓住了。她以手掌侧沿砍中他的喉咙，那人就后退了两步，滑稽地喘不上气来。然后另一个同样装扮的人取代了他的位置。这次路易莎被摔在了地板上，一根类似棍子的东西向她挥了下来。若不是一只文件盒抢先砸到了那男人脸上，路易莎就要被击中了。他摇摇晃晃地歪向一边，被瑞弗一拳揍在头上，倒了下去。

路易莎挣扎着站起来。一层薄雾笼罩了整个房间，像烟雾，但主要是尘土。有的黑箭成员在破门而入后显得有些不知所措；还有一两个更加积极主动的，正坐在本·特雷纳身上，已经把他翻了过去，正在往他手腕上戴手铐。肖恩·多诺万从她身后冒出来，她看到他伸手去拿门被炸开时他正在查看的那份文件夹。他把它塞进衬衫里，然后才站起来。

瑞弗大喊："你还好吗？"

她觉得他喊的是那句吧。她还在耳鸣。

他喊道："该走了。"而接下来，他的身体突然一僵，眼中的神采也消失了。

从他摔在地上的样子，她确定他死了。

雪莉向侧面一滚，于是本来要直接攻击她头部的那一脚，只是擦过了她的耳朵。与此同时，她用脚勾住袭击者的一条腿，将他掀翻在地。她从眼角余光看到第一个人把警棍对准马库斯的腹部挥了下去，但那是在几码开外——另一个时区了；而她也有自己的敌人要对付。她向他扑了过去，双手死死按住他的肘部。他比她重了好几十公斤，穿着战斗装备；她则穿着牛仔裤、T恤衫和夹克，但就算她缺少一条用具齐全的武装带和一根警棍，至少还有一颗坚硬的头。当她将这件武器撞向他的鼻子，就心满意足地听见了骨头撞击的嘎吱声。那个懦夫尖叫起来，手里的棍子在水泥地上横冲直撞。雪莉半直起身，又给了他一记重拳，非常重，仍旧打在刚刚被她撞的那个位置。她又来了第三下，但随后不得不闪到一边去躲避第一个人的警棍。棍子紧贴着她的脸呼啸而去，她简直能尝出它的味道。她在地上翻滚两周，然后一跃而起，进入蓄势待发状态，就像一名等待发令枪响的赛跑者。在她对面，那人向自己张开的手掌中拍着警棍，一下、两下，就像一个邀请。第二个人沉重地喘息着，脸上冒着血泡。马库斯趴在地上，看来一时半会儿动弹不得。还有更多人正向这边赶来：她能听见他们装备的摩擦碰撞声，还有威猛男人沉重的脚步声。对面的警棍又是"啪"地一声——过来拿啊。

她可以制伏他的。只要让她尽情发挥五秒钟，他就要在这余下的漫漫长夜忙着从屁股里取出那根棍子了。

但是，要对付的不止他一人。趁那些声音还没离得太近，她假装向左一冲，随后移向右边，脚跟一转就跑掉了。

抱歉，马库斯。

阴影吞噬了她，雪莉消失在黑暗里。

她没看见马库斯被包围，被带向了那辆黑色货车的一幕。

英格丽德女爵坐在落地灯投下的光晕里，在外人看来，或许显得平静安详；鉴于她那金色假发形成的光环效果，甚至还有几分神圣。然而，如果这位观察者再凑近一些，忽略掉那层柔光，她就会发现英格丽德女爵眼中的镇静，是岩石里蕴含的那种镇静，包含着一种对造就了她的那些力量的极度冷漠，以及无论发生什么都要坚持下去的坚定意图。

并不存在什么观察者，但英格丽德·蒂尔尼还是揉了揉脸颊，仿佛被陌生人的呼吸打扰了似的，然后拍拍她的假发，以确保它还待在原位。经历了今天这场行动，就算发现一缕假发像她很久以前曾拥有过的真头发那样掉落在肩膀，她也不会感到惊奇了。今天已是充满惊奇的一天；充满了扮猪吃老虎式的欺骗和突然反转。来自彼得·贾德的构陷毫不令人意外：PJ是什么货色她心知肚明——公众眼里的小丑，私底下的迅猛龙；自他擢升内政大臣以来，英格丽德女爵就在枕戈待旦预备着接受如此一击。而戴安娜·泰维纳的阴谋诡计亦与她的秉性不无相符，但令英格丽德女爵感到心有余悸的是，泰维纳此番谋划，无疑是酝酿多年的产物。

花半小时做些调查，就足以证明这件事。

英格丽德女爵但凡对局内行动的实际执行情况有所关注，肖恩·多诺万这个名字都应该能让她想起点什么。多诺万曾是一名职业军人，注定为荣誉而生；他的非战斗职责还曾包括在联合国参会，提供有关打击抵抗组织，或言平息叛乱的建议——如何表述，就要看处于支配地位的是谁了。当时陪同他出席的还有一名艾莉森·邓恩上尉，而她与多诺万的下属本杰明·特雷纳中尉订了婚。一切都很温馨，简直无须太丰富的想象力，都能凭空想出无数种让事情节外生枝的可能。然而后来真正出的事并非感情纠葛，而是政治上的轻举妄动。在纽约中城区的一家酒吧，一名来自某个苏联加盟共和国的初级代表，来同艾莉森·邓恩寒暄。邓恩很清楚与这样的人相处要保持清醒；而那位初级代表，要么是丝毫不受这种智慧的约束，要么就是在假装酩酊大醉，以掩饰自己不太利落的舌头。又或许——你也无法排除这种可能性，他的动机无比高尚。无论如何，他传递给邓恩的情报令她大为震惊，就在返回英国时她向内政部提交了一份报告，并盖上了仅供大臣过目的章。

事后证明，那是一步错误的棋。

英格丽德女爵噘起嘴唇，使自己看起来——要是她知道就好了——像一条失望的鱼。毫无疑问，在招募多诺万和特雷纳时，戴安娜宣称艾莉森·邓恩之死及多诺万的随后入狱，幕后主使都是英格丽德本人；同样毫无疑问，她已为他们提供了详细指导，着手去查维吉尔级别的档案，就可证实艾莉森·邓恩在纽约听到的那个故事。那可是足以终结英格丽德·蒂尔尼职业生涯的情报。

而灰色卷宗确实……她早该看出那是个诱饵。本来是能识破的，谁料它外面还包裹了一层糖衣：如果彼得·贾德的猛虎队干将只是一对在现实中受挫的阴谋论爱好者，他们就不构成真正的威胁；这样的结局实在是很理想，令英格丽德不假思索地接受了它。她叹了口气……一直以来，她就是太轻信于人了。这是个存在已久的弱点，是她最大的性格缺陷。若她赶在最后一刻将他们集体剿灭的尝试未能成功，那么最终导致她失势下台的，正是自己的这个弱点。

此时此刻，黑暗又向屋内蔓延进来一些，反衬出开着灯的角落更加明亮。没什么可做的了，只有等。而在等候的同时，她不免对戴安娜·泰维纳那股不达目的誓不罢休的韧劲，暗中生出些钦佩之情。

在英格丽德女爵看来，其中最大胆的一面就是，她没借助任何文书工作，就达成了这一切。

# 15

整洁的战场方为好战场,尼克·达菲心想。他不确定这字字珠玑是否也曾出现在那些自以为是的城里人在地铁中读的兵法书上,但它正符合他此刻的心情。以他现在的视角来看,那些栅栏、那只簸斗、那堆都市垃圾都变成了地标:为即将到来的那件事提供掩护点位——理想情况下,不出一分钟就会结束战斗。那些聚光灯也在严阵以待,准备将废弃工厂外的这片区域化为一座舞台。一旦那件事开始,任何登台表演的人都将发现,自己的戏剧生涯就这样戛然而止。当此事发生在台上,他们称其为死亡;当此事发生在别处,他们同样称其为死亡。

在最靠近铁路线那栋建筑的阴影深处,他置身其间,背靠着一根柱子。虽然并不确定脚下那座综合体里正在发生什么,他仍感到气定神闲;那是一切都在按部就班进行的感觉。对那红发男孩扣动扳机就是计划上的一环。你以为那会将他推往相反的方向,以为他现在会有一种内心被掏空的感觉,紧张不安;然而他的内心并不是那么想的。他内心想的是,一切都会顺利的;否则的话,如今他已杀了那个孩子,后果就会不堪设想。而尼克·达菲不做不可设想的事。

一名黑箭成员走了过来,甚至都不打算稍作隐蔽。他用颤抖的声音说:"我们抓了个俘虏。"

有那么一秒钟，达菲还以为自己错过了什么事。"他们已经出来了？"

"不。是在外围发现的，他正在监视我们。"

外围，达菲心想，这些玩具兵还真喜欢拽词。

"是个大块头，黑人。问题是，还有个人和他在一起。"

达菲在脑子里过了一遍斯劳小队的全体成员。一个黑人大块头，应该就是马库斯·朗里奇；另一个人，不是雪莉·丹德尔就是罗德里克·何。他打赌是丹德尔。何是个坐办公室的。

"但那人逃跑了。"

"妈的。有人去追她了吗？"

"据我们所知，她在一号大楼里。"

黑箭的人在他身后比画了个手势，以免达菲忘了具体位置。

"问题是……"

还有问题？达菲说："什么？"

"他们把他关进货车里了。就是我们关第一个俘虏的地方？"

"很好。"

"只是……第一个俘虏？"

"他怎么了？"

"他死了。"

"然后呢？"

"老天，我是说……"玩具兵变成了娃娃兵——达菲现在随时都能看出来，他的下唇颤抖着，"没人说过这次是要杀人的。"

达菲点点头。这名黑箭成员看不到他的脸，或许这样也好，因为他的表情并不会帮对方缓解忧虑。他俯身靠向那个人，为了消除如此情形可能显露的模棱两可，他边靠近边用一只戴着手套的手掐住对方喉咙："那么你以为我们是他妈的要做什么？给他们打上标签，然后放生回社区？"他将嗓音降了一个八度，每当他要解释残酷的现实时，用上这个装饰音总是很奏效。

"但那只是——"

"那什么也不是。过去六个月来一直在领导你们这个蹩脚小机构的家伙，今天成了国家敌人。现在我们面前有两条路来了结这件事。我们可以来一场有理有据的亲切讨论，紧接着就会是一轮全面调查，在那之后你们所有人就再也找不到工作了。更不必说军情五处也会跟在你们屁股后面穷追不舍，让你的后半生都风声鹤唳、不得安宁。或者呢，我们可以按我的办法来，那就是速战速决、无声无息且不留后患。如果你的男子气概不足以面对，就直说。但是先用你的脑瓜好好琢磨一下。如果你不是解决方案的一部分，那就会是问题的一部分。明白了吗？"

那个黑箭成员点点头。

"没听到啊，孩子。"

"……是的。"

"欢迎入伙。这名新俘虏，给他铐上了吗？"

"是的。"

"很好。我来应付他。你到自己的位置上去。一旦有人从那座工厂跑出来，就把灯打开，然后你们就干掉他们。明白了吗？"

这一次他没打算等到对方答复，把黑箭的人撇在这栋衰败建筑的恶臭里，直奔货车而去。


在罗迪·何看来，自己主动采取了行动，却没因此获得足够认可。"想想做点什么，"兰姆对他说。"做点什么。"马库斯也说过。无论你怎么看，把一辆公交车开进一栋房子的正门，都算得上"一点什么"了吧。尽管后来发现是多此一举，但那也是个"事后诸葛亮"的结论，都怪在他头上也不太公平。

按照他脑海里的幻想，故事的演绎就截然不同了。他会从驾驶室里径直翻滚而出，解除正用枪指着兰姆的暴徒的武装；当他用一记快速双连击将那名暴徒制服在脚下，内心些许老派的自然优雅开始发挥作用。

稍后，和路易莎在一起时他说："真的，兰姆那么说的？我只是下意识的反应，宝贝。"

"老天，罗迪，有人说你是英雄的时候，就坦然接受吧，好吗？顺便问一句，你兜里那个东西，是他的枪吗？"

"该死的。你被砸那一下就变聋了还是怎样？"

而这是兰姆在说话，将罗迪·何拉回了现实。

"邓恩。艾莉森·邓恩。就是多诺万杀死的那个女人的名字。"

何说："对。不。我不记得了……"

"饶了我吧。如果我需要的是你的脑子，我们就都有大麻烦了。而我想用的只是你的打字技能而已。查一下她，看看这家伙和她有关系吗？"

一时间，何没有摸到自己的智能手机在哪儿，而他一生的故事还在眼前闪过，包含了不少游戏 $GTA$ 的片段。然后他找到它了——原来在新的皮套里，嘻。于是他输入自己的安全局内网登录密码。打字技能，打字技能。兰姆不明白的是，简单的打字技能背后还包括很多更复杂的东西。

艾莉森·邓恩，已故。军方背景。向下滚动，去找她还在世的家人。

"知道吗,"兰姆环顾着门厅里这片由公交车制造出的烂摊子,说道,"我第一次见到你时,还以为你只是个占着茅坑不拉屎的家伙。"

何正忙着,没来得及忍住一丝讪笑。他一听就知道,讲到这里要有个转折了。"那你是什么时候改主意的?"

"我什么时候啥?"

凯瑟琳从他们安置邓恩的那个房间走出来。"既然你把手机拿出来了,就叫辆救护车吧。"

"才不呢,"兰姆说,"我们会把他铐在暖气片上,让'看门狗'来把他接走就是了。事情够乱套的了,顾不上再跑一趟急诊室了。"

"他是一个平民,"凯瑟琳说,"我们无权这样处置他。"

何从他的手机屏幕上抬起头。斯坦迪什正怒视着兰姆,那样子令何感到庆幸被瞪的不是自己。宝贝,他对路易莎说,那位女士也能变得非常凶悍,你听到我说的了吗?还在世的家人有她的母亲和一个兄弟,克雷格。还有她的未婚夫,一个叫本杰明·特雷纳的。

特雷纳……

"还有件事你应该知道。"他对兰姆说。


雪莉发现一个楼梯间,防火门只有一个铰链连着,直通上一层。闻起来都是尿和大麻的气味——对于一栋建筑,你不必在大自然重新介入之前就过早地放弃它。即便在这里,不太算得上这座城市的心脏,而是它的阑尾之类的——它的膀胱吧。她走到顶时几乎绊倒了,幸好没有;她走出楼梯间来到第一层①,并沿一条走廊轻手轻脚地跑起来,透过这里没有玻璃的窗户,就能看到那片荒地的全貌。现在太他妈的黑了,下方是一大片黑暗。但雪莉能分辨出轮廓。那边是黑箭那辆货车,就是他们把马库斯带去的地方。她希望那是他们把马库斯带去的地方。如若不然——如果他们并不打算关押俘虏,情况就不堪设想了。

因为别的先不说,至少有一个他们的人眼下正在尾随她。

在这条走廊的尽头,她突然拐向右边:更多的窗户,现在能看见铁路线了,就在一堵镂空砖墙的后面,墙头拉着一根根长铁丝,最上边那根还带着倒刺。一辆挖掘机停在墙边,铲斗半直立着,形成一个像折叠梯似的夹角。那类车总归是黄的或红的。这一辆是黄色的。

有个敞开的门洞。她一转身钻了进去,立刻蹲下,等待着。这些私人安保机构总是意在招募那些最聪明、最优秀的人:他们要具备强健的体魄、聪明的头脑以及充足的常识,知道在没有事先熟悉地形的情况下,不应贸然闯入黑暗去追踪一个未知目标。然而,多数情况下,他们实际招到的却是些笨拙的模仿者,以为在酒吧停车场里殴打一个哥特装扮的人,就能让自己成为杰森·斯坦森。尾随雪莉的这个家伙,就像托马斯小火车一般气喘吁吁地从她身边开过,武装带上的装备拍打着他的大腿,形成一套对位繁复的复调。突然间,那段旋律化为一声简短的独奏,是她猛然撞向他腰的高度,使他飞出了没有玻璃的窗户。他也没掉下去多高——这只是一楼,但他就像一袋扳手般乱七八糟地摔在了地上。雪莉想尽力记起马库斯之前说他看到了几个黑箭的人,

---

① 指地面以上的第一层,也就是二楼。

但记不得了。无论如何,一个人废了。

听见楼梯井里传来更多脚步声,她一闪身躲回视野之外。与此同时,注意到自己脸上有种奇怪的感觉;一种她不甚习惯的肌肉紧绷感。她用手摸了摸——真的,她似乎是咧开嘴笑了。

什么都比不上没嗑药就产生的兴奋感,她心想,并在阴影中静候下一个黑箭成员的一举一动。


瑞弗没有死。

瑞弗可能死了,但你要装作就像瑞弗没死一样。

那么:瑞弗没有死。

以上那些,或一些类似的想法,就是路易莎在同刚刚把瑞弗击倒的那名黑箭成员面对面(头套)站立时,内心产生的思虑。有时候,当一个戴面具的男人露出笑容,你也是能觉察的。她佯装一拳打向他的腹部,笑容消失了。事后证明,其实没必要做那个假动作——就算他尽全力躲避,那一拳或许还是会打中的;然后她猛击了他的喉咙,因为那是今晚到目前为止她用起来最得心应手的一招。当他旋转着向后倒去,她就跨过瑞弗趴向下的身体,沿着中央过道向那个破裂的门洞迈了两大步。

俯冲,翻——滚——……

她几乎又能听见教官对她吼出的那句指令了,就像从前在地狱般的漫长一日里、一遍遍重复的那样。发出指令的那名教官长得就像个性爱娃娃:身高一米五,一头金色卷发,红宝石色的嘴唇似乎从未闭上过……可是我的老天,她可真能吼。"俯冲,翻滚!"任何人只要没俯冲,或没翻滚得令她满意,就要在接下来连续做十五分钟的立卧撑。而像所有品质上乘的性爱娃娃一样,她从没真正满足过,总是想要更多。

但你确实学会了俯冲和翻滚,那不是你在仓促间就会忘记的技能。

于是路易莎便俯冲并翻滚起来,当她再次直起身,手中已握好了特雷纳倒地时脱手的那把枪。她首先射向了击倒瑞弗的那个人,然后是正在看守特雷纳的那两个。此时,其余的人已四散而逃,穿过破裂的门洞跑了回去,或是躲在倒塌的架子后面。

有人向她还击了两枪,但她已变换位置,并将瑞弗也拖到了掩体后面。

"他妈的什么东西?"他流着口水说。

那就是没死。

"那个,"她告诉他,"是把泰瑟枪。"

"怎么又是它……"

"好枪法。"有个声音说。而她差点佐证了他的观点,也冲他开枪。

那是多诺万。

"本在哪儿?"

路易莎用枪指了指。特雷纳还在他被放倒并铐住的地方:十码开外,倒在地上一动不动。而紧挨着他的那两个人,一个在抽搐,另一个没动静。

"活着吗?"

"应该是。"她说。

"有多少人?"

"我们从监控器上看到很多。十二个?十五个?倒下三个了。"

瑞弗咕哝了一句什么,他妈的泰瑟枪,她觉得说的是这个。

多诺万也有一把枪。"我和这帮家伙共事过,"他说,"他们有的人是不到黄河不死心。也有的会想,今天真是提前过圣诞了。"

又有人向这边开了一枪。子弹打进一只木质板条箱,一时间箱子侧面木屑四溅。路易莎快速起身,朝子弹飞来的方向开了两枪,然后俯身躲回掩体。

就像她不曾移动似的,多诺万指指瑞弗说:"他还好吗?"

"他之前就被泰瑟枪电过,"路易莎说,"我觉得他有点喜欢上它了。"

"你射杀了电击他的人。"

路易莎没回应。

"在我看来,那是优秀的士兵表现。"多诺万说。

"我们不是一伙的。"

"也许不是吧,"他说,"但我宁可与你为敌,也不想同这帮小丑为友。"

小丑当中有人因此恼羞成怒,又向他们这边放了一枪。路易莎缩了一下,但子弹打偏了。

瑞弗支撑着坐了起来,然后开始干呕。"老天。"

"低下你的头。"路易莎悄声警告道。然后她示意性地向多诺万的衬衫前襟点点头,其中塞着他要带走的文件夹。"无论你拿到了什么,肯定有人不想让你得到它。"

"没错,"他说,"而无论那个人是谁,都没派正规的装甲兵来,你注意到了吗?他们反而派来一帮雇佣兵。你或许可以思考一下这件事。"

"等我们从这里出去,我就不得不把它从你手里拿走了。"

"我会期待那样一场切磋的。但现在,掩护我。我去救本。"

然后不待她回话,他就动身了。


她不禁很想整晚都在这家酒吧里盘桓。待到她露面时,事情应该就结束了:多诺万和特雷纳可能拿到了那份足以葬送英格丽德·蒂尔尼的证据,或是他们自己已然葬身在海斯地面之下的洞穴里。若是后者,戴安娜就必须为蒂尔尼的盛怒做好准备了。幸亏,她想到,这位女爵没什么幽默感。否则的话,戴安娜没准儿会发现自己面临的是流放斯劳屋……

那还不如在背后捅上一刀。这可不是隐喻。

奇怪的是,搅起这整场风波的那个事件,当初却是为维护安全局的利益而策划的。那还是在英格丽德女爵执掌安全局大权伊始,好一个令戴安娜·泰维纳心驰神往的职位;但她也足够清醒,承认自己还没为此准备好。那时候,她看来还有大把时间,而一艘不会颠簸摇晃的船,就相当于一条理智且明智的路线。所以,当一份报告呈送到内政大臣的案头,威胁要从水下凿漏那艘船的时候,戴安娜出手了。

当时在位的内政大臣,是每个安全局高层梦寐以求的上司人选:没有骨气,优柔寡断,害怕负面新闻,而且总在焦虑,但愿自己永远不要陷入困境。那时,英格丽德·蒂尔尼还没开启从副局长们手里削减权力的大计,戴安娜每周都和大臣开一次例会:他自称,喜欢与各方进展保持同步。其注意力的聚焦之处印证了他的措辞[①]。但就在那特别的一天,他被自己收到的这份报告弄得实在心烦意乱,都顾不上对她的胸脯投去太多垂涎的目光了。

---

[①] 大臣所说的"同步"原文为"abreast",包含词根"breast"(胸部)。根据后文可知,这位大臣喜欢盯着戴安娜的胸部看,故言。

"这个，"他对她说，"让这玩意儿消失，行吗？"戴安娜就将此话视为了全权委托。

那是一次各方面都做得天衣无缝的基层行动：没在纸面留下蛛丝马迹，也没出纰漏；唯有一笔从行贿基金打给两名冲锋小队准退役队员的款项，以满足他们在告别间谍世界、过上平民生活之前急于积攒一笔积蓄的心愿。目标是军方人员，最好让她死于一场意外；在加了香料的饮品和动过手脚的方向盘双管齐下之下，目的顺利达成。被他们下了料的甚至不是邓恩喝的东西——运用了一点横向思维。于是在世人眼中，最终对艾莉森·邓恩之死负有责任的就是肖恩·多诺万；而随后，作为一名军人，多诺万体会到了附带伤害的本质。他的抗议被无视了——无法否认自己存在酗酒问题，然后整个人就在军事司法系统中销声匿迹；他那一度成功的事业，在黑暗中留下了一对刹车痕。

戴安娜离开了酒吧。她没注意到那个打扮时髦的男人就跟在自己身后。到了外面，太阳虽已西沉，却几乎感觉不到凉爽；人行道烫得发黏，空气也像裹在热馅饼里。令人无须展开联想都会觉得，天气出了什么问题。这就让她在为此次新行动杜撰前因后果时，有了个现成可用的细节……

因为自从处理了艾莉森·邓恩，这些年来戴安娜自己的事业也已停滞不前；虽然程度还不像多诺万那般惨烈，但也同样决绝。她的角色变成了另一个平庸乏味的中层管理者，与此同时，蒂尔尼却义无反顾地踏上一段征程，要以首席执行官的姿态，将安全局转型为一个枯燥乏味的国家安全交付系统。预算会议啦，企业品牌啦。削减各部门的权力，直到实现"一个更垂直的结构"为止；任何通向权力的传统路径——长期服务、积累资历，或是爬过前方那堆流血尸体的意愿，都已不再奏效。无怪乎戴安娜的心思转向了借助旁门左道实现升迁。而她一向为自己的手腕之优雅、精妙感到自豪。当她要征召一名编外特工时，还有谁能比一个既心怀怨恨、又身怀技能的人更合适呢？

她没费什么力气就说服了多诺万，他是一场阴谋的受害者；又多花了点口舌令他相信，那是英格丽德·蒂尔尼干的好事。戴安娜为他提供了一个复仇的机会，而他又拉上了自己的军中密友、艾莉森·邓恩的未婚夫一起。

在一个角落里，挨着一排自行车的地方，她点起一支烟，又看了看手机。没有消息。然后，趁自己还没改主意，她拨通了彼得·贾德的号码。当初她为贾德呈上猛虎队的点子时，并未向他透露更深一层谋划。而今天下午，他已明确表示怀疑她对自己有所隐瞒……他会是一个交往起来颇为危险的朋友，这个PJ，但有时你也别无选择。唯有爱侣之间才是真正的敌人，此外的一切人际关系，永远都在变换。

铃响第二声，他接了。"戴安娜。"

"PJ。我有件小事得对你坦白。"

"你是指之前没和我完全讲实话吗？"他的语调就像路一样平，"我很震惊，戴安娜。震惊至极。"

"我的确认识你的老虎，我是说，在操作层面，"在外线上不提姓名，"但他们今天早上干的那件事，并不是任务的一部分。"

情绪在彼得·贾德的世界里不扮演什么重要角色，或者说，当摄像机没有开启时便是如此。"司康不涂点果酱可不好吃，"他说，"但是说真的，戴安娜，我们找个私人场合再讨论这件事会自在得多。为什么不让塞博帮你叫辆出租车呢？"

"塞博是谁？"她问出这句时，对方已经挂断，随后一名外表光鲜、一头深色秀发由高高的额头梳向脑后的男人突然出现在她身旁，让她吃了一惊。

"叫出租车吗，泰维纳女士？今晚您真幸运，这就过来了一辆。"他抬起一只手臂招呼车过来，另一只手则非常轻地放在她的臂肘上。

雪莉发现，你不会连着走运两次。

她的第二个对手，是一道难得多的命题。

她用同样的擒抱动作攻击了他，就在两分钟前这一招还取得了那样辉煌的成功。于是她已在脑中开始幻想，随着自己把整排敌人一个一个解决掉，一堆缺胳膊断腿的黑箭人在楼下叠成一摞的景象。然而，这次的对手并未翻出窗户，而是就势倒地，并将她也一同拉倒，从而抢占先机。她重重跌在地上，感觉到某种金属质感的尖锐碎裂声。一时间，他们几乎搂在了一起，她都能闻到他的体味，在傍晚的炎热中格外难闻。他手持的那根短棍，看上去就像你会通过非法渠道购买的那类东西：又短又粗，很难看。但他还无法挥舞它，此刻他们正扭打在一起。当他试图用一条胳膊锁住她的喉咙时，她咬了他的手腕。他像条狗似的嚎叫起来，她就从他手里挣脱了，但又被他抓住一只脚，两手撑地向前摔去。雪莉先将一条腿松弛下来，然后一通猛踢，命中了他的某处，她希望是脸，但感觉起来没那么软。这下她的脚自由了，于是向前爬了一两码，起身站稳再转向他，掌心沾满了砂砾和玻璃。她在裤子上蹭了蹭手，目不转睛地盯着眼前这个男人。

对方比她身型高大，但多数男人都如此。更要紧的在于，他把那根棍子扔出了窗外；取而代之的是一把带着邪恶凹槽的匕首。

他咧开嘴一乐,牙齿在黑色头套的衬托下显得比实际更白。"我要活剥了你的皮,小甜心。"

省省力气,她告诫自己。

"要在你身上打窟窿。"

她沿走廊后退着,脚踩在地面上嘎吱作响。

"让你像小猪一样尖叫。"

他猛扑过去,她闪开了,伸出前臂把刀挡到一边,并用手掌扇了他一耳光。本来此举是足够反击的,但她有点失去平衡,没有用上本可发挥出的力道。他向后一仰,她也向后一仰。

"在跳老式快步舞,哈?"

他倒是看过不少电影,她心想。没关系。他说得越多,力气就越少。

"咱们看看你有什么本事,亲爱的。"

我的本事是愤怒管理问题,显而易见。

"因为咱们可以来软的,也可以来硬的。"

去他妈的,咱们就来硬的。

她冲着他的胸口打出一拳,又高又快,但还不够快。他向后一仰,就抓住了她的胳膊,开始将她向后拖。她被死死压在他的胸前,那刀尖突然抵住她的下巴。

"你现在的位置就正遂我意,亲爱的。"

"对,"雪莉说,"我也觉得。"然后就把没被他抓住的左臂伸过肩膀,将半张光盘的破碎边缘插进了他的眼睛。当他尖叫着放开她,她便一转身,对之前出拳打过的位置又飞起一脚。他踉踉跄跄地后退,大腿撞在窗台上,于是跌了出去,彼时仍在不停尖叫。

雪莉用手指比了个交叉线的标志。标签:史诗级失败,白痴。

他把那副匕首也带了下去,不过当她拍拍自己的夹克口袋,发现另外一半"拱廊之火"的光盘还在,就是在她刚才那次摔倒时弄碎的。或许会派上用场。

在下方的地面上,一个黑影正向着黑箭的货车走去。

雪莉跑回了楼梯井。


多诺万在朝特雷纳倒地的位置前进途中开了三次枪,都是冲门洞的方向。当他来到自己朋友身旁,就跪下来,切开束住他双脚的塑料绑带。路易莎站起开了两枪,两枚子弹都从已经破损的门框上又削下一些碎片。

三分钟前我杀了一个人,她想,或许是两个,也可能三个。

这个想法感觉就像被一个旁观者塞进她头脑里的;一个在此次行动中置身事外的人,这样才能持有一种主观评判式的态度。

门洞那边,有个人影一闪而过,并向多诺万扣动了扳机,不过打偏了。

他眼下正在切割特雷纳手腕上的束缚。

瑞弗说:"他这样不行的。"

"感谢你的贡献。"路易莎说着又起身开了两枪,心里盘算着"二、三、二、二、二"。这个弹匣能装十五发。如果特雷纳不止开了她所见的那两枪,那么她的子弹很快就要用完了。

"不客气。"

说着瑞弗就又跑掉了——他经常这么干,从他们的隐蔽处跳出来,跑向多诺万正奋力解救特雷纳的现场。门洞里的人影再次出现在视野:他开了一枪,然后在路易莎还击时缩回安全地带。瑞弗大喊多诺万的名字,于是那名军人弯下腰,把自己的枪从地面上滑了过去,随后拽着特雷纳站起身。瑞弗捡起枪,迅速移动至那些翻倒的文件柜后站定,就在这时,破墙之后那个人影又出现了,并冲两名军人连开了三枪。多诺万和特雷纳倒下了。瑞弗站定,瞄准,然后开火。就在那个时刻,位于他身后某处的路易莎,做了同一个动作。那名黑箭枪手猛然向后一倒,仿佛他头顶的线绳被剪断了。

此时已经能闻到气味了:有硝烟,也有血腥。档案周围的灰尘在空气中飘荡。

一根警棍砸向紧挨着瑞弗脑袋的文件柜,但它是被投掷出来的,而非由人挥舞。一个影子消失在一堆板条箱的后面。瑞弗考虑了射击,但没那么做;如果对方有武器的话,就应该向他开枪了。

路易莎来到他身边。"这间屋里至少还有一个没撂倒,"她说,"不知那里边还有多少人。"

她指的是那扇炸毁的门背后的通道里。

瑞弗说:"如果那是唯一一条他们能进来的路,可就要成活靶子了。"

"我们没什么弹药了。"

"他们又不知道。"

他从地上捡起一本账簿,向那个门洞利落地扔了过去:它不偏不倚地飞了进去。

"好枪法,"路易莎说,"到底要证明什么?"

"或许他们也没什么弹药了。掩护我。"

她站起来瞄准那个门洞,双臂稳稳架在文件柜顶上,然而那里没人出现。瑞弗像螃蟹一样半蹲着跑向多诺万和特雷纳,两人都倒在地上一动不动。当瑞弗把多诺万拉起来时,只见他的脸上全是血。

但那些血是本杰明·特雷纳的,他的后脑勺已经不见了。

多诺万也中弹了,然而是影视作品里的正派人物会受的那种伤——正派人物会在肩部中弹。不过,他的双眼无法看清,瑞弗挣扎着把他从地上扶起来,半拖半抱地将他弄回翻倒的文件柜后隐蔽,然后放下他,大口喘着气。

"他们要么是在集结兵力,要么就是完全不知该干什么了。"

"或者他们已经走了。"路易莎说。她正在解开多诺万的衬衫扣子——瑞弗猜测是为检查他的伤口。

多诺万苏醒过来,然后用他没受伤的那只手攥住她的手腕。"别。"

路易莎把枪放到一旁,轻轻掰开他的手。"你的朋友死了,"她说,"而还有一批数量不明的敌人在向我们射击。我想我们可以确定地说,你的行动失败了。"

"本死了?"

"我很抱歉。"

他再次闭上眼睛,她就又解开一颗扣子,然后把他一直随身携带的那个文件夹抽了出来。这是一份普通的马尼拉文件夹,上方一角沾着他的鲜血,或是他朋友的。

她把它递给瑞弗:"咱们把它保管好。"

"你的意思是,不把它重新放回架子了。"瑞弗说着,将它塞进自己的衬衫,把没有血迹的那一边掖进裤腰里。

"对,唔,也许它值得研究。看看那些人为了干掉我们有多拼命。"说着她把多诺万的衬衫拉到一边,察看了他的伤口。"看起来不算太糟。"她对他说。

"那就好,"他咬紧牙关说,"另外那个怎么样?"

哦唷。

他的大腿也中弹了,却不太像一个正面人物式的伤口,骨头都从裤子下露了出来。

瑞弗从柜子边缘往外窥探着。"有动静。"

"哦,好的。"

"我们可能得快点想出个计划了。"

"无意冒犯,"路易莎说,"但我真希望马库斯在这里。"

"可不是吗,"瑞弗说,"我也在想,要是雪莉在就好了。"

有个坚硬的圆形物体,通过那处破碎的门洞飞了进来,撞在文件柜上又弹开了。

随后,一切变成了白昼。


马库斯·朗里奇的双手被牢牢缚在身后,用的是最近特别时兴的那种塑料手铐。他的脚踝也是用类似方式绑住的。他侧躺在黑箭货车的后部,清晰地意识到自己不是单独一人,并且记起了这位同伴从前的样子。一枪爆头就代表一锤定音了。几乎毫无疑问,他自己也面临着同样的结局。

然而奇怪的是,那顶该死的棒球帽仍然戴在他头上。

尼克·达菲没有摘下头套,因为规矩就是规矩,它们能保证你活下去。但他知道朗里奇已经认出他了。事实上,达菲曾主动联系过他,那是在他沦为下等马之前。达菲问他是否愿意加入"看门狗"队伍:他们总归用得着具备马库斯这身技能的人。有时他们奉命捉拿的一些人往往会拒捕,并在负隅顽抗的方法上接受过颇为专业的训练。因此,若有比他们在擒拿格斗方面更加训练有素的自己人,就是个优势了。于是达菲发出了邀请。

对此,朗里奇的答复是:"我的屁股让你闻起来像培根那么香吗?"达菲在其后的工作记录中将此话进行了转述,但其中的意思他无须谷歌翻译也能领会。

"那玩意是用尼龙扣粘在你脑袋上了吗?"达菲此时问道。

朗里奇刚刚经受了毒打,并在粗粝的地面上被拖拽了几百米;他运动衫的一只袖子扯了下来,右侧脸颊已血肉模糊。按说,帽子到这会儿早该弄丢了。达菲俯下身,把它从他头上摘了下来。用的不是尼龙扣,而是封包裹的胶带,棕色较厚实的那种。部分胶带用来把帽子粘在头上,还有部分把他的枪藏在帽底:一把小左轮,看起来十分娘娘腔,坦率地说,朗里奇拿着它本应会觉得挺羞耻的。

"你把枪放在帽子里?"

"看不出来,是吧?"马库斯说。

"是,行吧。我发誓,这下没人救得了你了。"

"去你妈的,伙计。如果你要动手,就来吧。"

"好的。"

"蠢货。"

"多谢,"尼克·达菲说,"这样一来就简单多了。"

# 16

有时候,高速公路上也挺安静的——就像现在。往来交通的嘈杂几乎全停滞下来,只有迎面而来的车灯像偶尔划过的彗星。凯瑟琳挨着何坐在前排;兰姆则在后座。他们把克雷格·邓恩留在了农舍里,并在凯瑟琳的坚持下叫了辆救护车。兰姆正在摆弄一支烟,心不在焉地拿滤嘴那端在脸颊上蹭着,偶尔又将它藏进自己稀疏的头发里。凯瑟琳已经声明,他若将它点燃,就会被遗弃在路边的紧急停车带。

"这辆车已经像一家八十年代的酒吧那么难闻了。"

"那时候你可以在酒吧里抽烟?"何问。

兰姆深深叹了口气,好似一头正在呼气的大象。

"这是一场复仇,"凯瑟琳继续说道,"一定是的。邓恩的死并不是意外。"

"可真够跳跃的。"兰姆说。

"好吧。那我们来想一想,还有什么理由能让他们几个联合起来。她的弟弟、她的未婚夫,还有那个本应为她的死负责的人。"

"致敬乐队[①]?"

---

[①]一种模仿和演绎著名乐队或歌手的音乐风格、形象和表演的乐队,以向原艺术家表示敬意。

"他们一定认为那是某种阴谋,"何说,"发生在邓恩身上的事。所以他们才要去找灰色卷宗。"

"罗迪,"兰姆还没开口,凯瑟琳就说,"他们并不是真的要找灰色卷宗。那是个计策,好让他们能够进入那个存放灰色卷宗的地方。"

"你确定?"

"肖恩·多诺万可能有很多面,"凯瑟琳说,"但他绝不是个阴谋论狂人。无论他们在找什么,都不是在灰色卷宗里。他们要找的是她被谋杀的证据——我是说被安全局谋杀。"

兰姆说:"那他们可就走运了。如果是安全局干的,可不会把他们下的命令记录在案。蒂尔尼是个政府文员,但即便是她也不会跟干'脏活儿'的要收据。"

"然后呢?"

兰姆盯着一侧车窗外足有两分钟,面色逐渐沉了下来。当他再次开口时,语气平静而又不容置疑。"蒂尔尼不是一层一层升上来的。她是个委员会常客;她擅长主持会议,而不是调遣特工。邓恩是六年前死的。那时候,蒂尔尼还根本不熟悉基层情况呢,自然更没有能力派某个人去干掉部队人员——即便只是名上尉。"

"你的意思是,他们不是冲着蒂尔尼去的?"

"我的意思是,如果他们是冲着蒂尔尼去的,操纵他们行动的就另有其人。首先,他们是怎么知道斯劳部门的?"

"噢。"凯瑟琳说。

"是啊,对吧。噢。"

"什么啊?"何说。

"超出你的薪酬等级了,"兰姆说,"在下个服务站停一下。"

"我们的汽油还够用。"

"我担心的不是汽车的燃料,"兰姆说着,把那支尚未点燃的烟叼在了嘴上,"是我自己的。"


他们耳中,只听得到嗡鸣;他们眼里,只看得出物体的剪影。似乎一切都重叠在了一起,无从分辨。

但如果那枚闪光弹没有反弹回去,而是穿过柜子落在了他们这一边,情况就要糟糕多了。

瑞弗正紧闭着眼睛,于是伸出手摸索着去找路易莎。

"嘿,你的手。"

"你还好吗?"

"嗯哼。你呢?"

他点点头,然后说:"嗯哼。"闪光弹的特点就在于,它会引爆在一轮攻击之前。但或许,这种情况只在你把它扔对了地方的前提下才成立。

"他们还说我们需要特殊照顾呢。"他嘀咕着。

"什么?"

"我们得离开这里。"他看着多诺万,"你能走路吗?"

多诺万摇摇头。他已是满脸大汗了。

"你还有这把枪的弹匣吗?"

"左手兜里。"

瑞弗把它摸出来,换上。多诺万伸出了手。

"你在开玩笑吧?"

"不不。你们俩走。沿我们来的方向原路返回。"

路易莎说:"你正在失血。我是说,真的,很多的血。"

"所以我打算就躺在这儿,静静流血了。但把我的枪留下吧。我来对付其余这帮人。"

瑞弗和路易莎交换了一个眼神。

多诺万一把抓住瑞弗的衬衫:"你觉得我们做这一切是无缘无故的吗?本早就知道我们可能被杀。现在,他死了。而如果那个文件夹留在了这下面,他就白死了。"

路易莎说:"我已经和你说过,我们跟你不是一伙的。"

"那你和他们一伙?"

"事情没这么简单。"

"我们只是因为你抓了凯瑟琳才被卷进来的。"瑞弗说。

"那就把它给凯瑟琳。"他短暂闭上了眼睛。

瑞弗把多诺万的手指从自己的衬衫上揪了下来。

路易莎环视了一圈文件柜周边。只见两个身影正蹑手蹑脚地穿过那面破墙,其中一人持枪。她开了一枪,子弹从两人头顶飞过去,于是他们逃回安全范围。

多诺万再次睁开眼。"把它交给凯瑟琳吧,"他重复道,"然后到那时,你们转告她,我很抱歉。"

路易莎说:"再过一分钟,顶多两分钟,他们就会再来。"

瑞弗说:"我们等会儿必须带上他。"

"你不能那么做!"多诺万又够向瑞弗,但他的手被瑞弗挡开了,"你敢把我挪动半步,我就反抗。你以为你们带着我能走多远?"

"你真心想死吗?"

"我真心想让那份文件大白于天下。"

"路易莎?"

她说:"如果他不愿配合,我们谁也出不去的。"

"要是我们拿走枪,他就死定了。即便从这里到出口之间还有敌人,他们也不可能有武装,否则此刻早就闹出动静了。"

路易莎说:"地面上还会有更多他们的人。"

"你这么想?"

"你不这么想?"

瑞弗说:"对,可能吧。但他们也不都是全副武装的。"

"他们不需要都是,"她说,"一个就够了。"

"那你定吧。"他说。

她看看多诺万,又回头看看瑞弗。"哦,真要命。把枪留给他。"她说。


"蠢货。"

"多谢,"尼克·达菲说,"这样一来就简单多了。"

一场金属的疾风骤雨袭来,货车的挡风玻璃向内崩碎了。

马库斯弓起后背,将捆住的双脚同时踢出,正中达菲胸腔:他向后飞去,撞上货车的后门。车门一开,他就顺势滚到了地上。他的枪也在黑暗中不知去向。与此同时,那架翻倒的聚光灯在车顶终止了它的反弹。随着一声撞击的巨响,灯体被砸了个粉碎,一时间玻璃碎片四溅。马库斯仰面躺着,双腿举到半空,试图将身体穿过铐上的双手围成的那个圈,把自己解脱出来,样子就像在一辆公交车上做瑜伽。他的注意力集中到了车厢侧板表面的那片污渍上,也就是正渗向地板的脑组织。"现在快弄,再用三秒,否则那就是你未来的模样了。"他要全力争取重获掌控感,好把握住局面。然而他甚至无法把握自己该死的腿。当一个身影挥舞着一把枪、从货车敞开的后门一跃而入时,马库斯依然困在那个姿势里,绑住的双手卡在屁股后面,双腿伸向空中,好像一只鸡。

他眨着眼,准备受死。

"找到了这个。"雪莉说,声音听起来很明快。

随后她说:"哈!你这是什么样子啊?"

那些如多米诺骨牌般倒塌的档案架被阻截在中途,是板条箱在那头挡住了它们的去路。而要到达板条箱那边,就得先奋力穿过东倒西歪的盒子、文件及铺天盖地的纸张;在这段旅程中,想不发出太多噪声可不容易。当路易莎被一截木条绊了一跤,瑞弗冒险回头看了一眼。在他们的视野里,那个门洞被翻倒的文件柜挡住了,但多诺万已努力挺直身子,持枪准备好。桥上的霍雷修斯①,瑞弗一边如此想着,一边把路易莎扶了起来。他记不清霍雷修斯后来怎么样了。他应该是成了英雄,但成为英雄的也有很多死去的人。

"你行吗?"

"行,"短促的回答,"快跑。"

他们到了房间的后半部分,那些板条箱依然井然有序地排列着,里面装着什么,就只有上帝才知道。更多档案,更多隐秘历史的遗存。他们意识到自己正身处一条狭窄的过道中,对于过道任何一端的人,他们都是易于攻击的目标。于是他们飞奔着通过这里,就在几乎抵达远端那对双开门时,听到了第一声枪响。瑞

---

①桥上的霍雷修斯(Horatius at the bridge),是一则古罗马传奇。霍雷修斯是古罗马共和国的一名军官,相传在公元前六世纪克卢西乌姆入侵罗马的战争中,他在罗马城外一座木桥上以一己之力英勇抵抗大军入侵,拯救了罗马。

弗跳到一旁躲避；路易莎则继续奔跑，在最后一刻跃起，一个俯冲直接撞过了双开门，头和双肩先着地。门就在她身后弹回去，关上了。她又完成了一个后滚翻。一名黑箭成员正站在她的上方，手持一把警棍。他将它举了起来，正要向下打在她身上。而她作为回应，双手举起那把她也不甚确定是否还有子弹的枪，对准他的脸。

"别动。"她说。

"……你也别动。"

"我不会的。只要你把那个扔掉，然后走开。"

他又犹豫了一阵，可能觉得比起让他"自己的机会自己把握"，她话里的真实性还更可靠些。于是他微曲膝盖，让警棍掉在地上，然后夺门而逃。他打开门时，恰好赶上瑞弗从对面推门而入，一时间两人目光交汇，都把对方吓得不轻。然后黑箭的家伙就跑了，回到那间档案储存室的混乱里。

"我就知道后边跟着一个。"瑞弗说。

"对，行吧。你说对了。"

"虚张声势做得不赖。"

"就当我是在虚张声势吧。"她嘟囔着，双手握住那把可能子弹已空的手枪，沿着通道一路走去，朝向道格拉斯的房间，还有其中那个通往人间的舱门。

"那是达菲。"

"尼克·达菲？"

"尼克·达菲。"

"尼克·达菲，看门狗的头儿？"

"老天,雪莉,你还想换几种说法?那就是尼克·达菲,看门狗老大。要么是他越界了,要么就是我们走进了一次大清洗行动的现场。"

她用那半张带锯齿的光盘割开了他的手铐;而马库斯做的第一件事就是抓起帽子,将他那把左轮枪撕了下来。有枪在手,他感觉开心多了。但一想到这可能是一次大清洗,又没那么开心了。

雪莉说:"那些黑箭的人不是安全局的员工。他们没受过训练,而且不会弹跳。"

"我们离开这儿吧。"

他们半蹲着跑向那个簸斗作为掩护,还以为会被射击。但没人朝他们开枪。

"你让灯倒在了货车上。"他把显而易见的事又陈述了一遍。

"纳尔逊应该就会这么做。"

"那一招很聪明。"

"你是说,对一个瘾君子而言?"

"想打个赌吗?"

她咧嘴一笑。

"那是达菲的枪?"马库斯问。

"嗯哼。"

"他往哪边跑了?"

"不确定。我当时正在躲避乱溅的碎片。"

他由簸斗边缘向毗邻铁路线的那栋大楼张望。

雪莉说:"如果这是一次大清洗,那搞得也真不怎么样。就像我刚才说的,这些黑箭的人完全是兼职。而且他们没有枪。"

"有些人有,"马库斯说,"达菲有。车里那个孩子就是被枪杀的。"

"好吧，对，有些人有。但他们大多已经跑散了。我们应该把另外那盏灯也搞掉吗？"

马库斯看看那盏灯，在二十码开外。"它照的是那座建筑，"他指着那间工厂，"正冲着墙上那个洞。"

"一定是入口。想去看看吗？"

"我想做的是，"马库斯说，"去找到达菲。"

"那分头行动？"

"当心点。"

他们碰了一下拳头，就分开了。


兰姆从加油泵那边走开，绕到了出售DVD、定价过高的日用杂货以及彩色塑封色情杂志的二十四小时商店一侧，靠在免费给车胎充气的机器上，点燃了香烟。他查了手机信息：什么也没有。这就意味着无论卡特怀特和盖伊正在干嘛，要么他们还没忙完手头的事，要么就是一切进展顺利，或者一切已经变得糟糕至极。

那样的话，斯劳屋里就要空出不少工位了。

当凯瑟琳·斯坦迪什出现在他身后时，兰姆一点没表现出惊讶。

"他们会没事的。"她说。

他把手机收了起来。"谁？"

"肖恩·多诺万是个愤怒的人，"她说，"但那股怒气不是冲我们来的。"

"是啊，他今天已经干掉一个人了。提醒我别惹毛他。"他丢掉烟头，紧接着又点上了一支，"他给你酒了，不是吗？"

凯瑟琳转过脸盯着他，面无表情。

兰姆说："我能闻出来，一进那屋的门就闻到了。"

"我很惊讶你一个大烟鬼还能闻得出味道。"

"怎么和你说呢？我可是高度敏感的，"他向她凑近，鼻孔抽动一阵，然后正回身，"只是现在我没闻出来什么。"

"那你很幸运。你最近一次换衬衫是什么时候的事？"

"没必要搞人身攻击。简直是你们这些老姑娘的典型做派。一过更年期，你们就觉得自己可以畅所欲言了。"

她叹了口气。"你讲的这些有什么重点吗，杰克逊？因为我真的很想回家洗个澡。"

"你喝了吗？"

"我喝了吗？你才刚刚和我说过你'什么也没闻出来'。我以为那句话的意思是，你那高度敏感的嗅觉一点酒精气味都没侦测出来。"

最后这句，用上了一种措辞精确的女教师式口吻；这是个警告信号——如果兰姆愿意留心倾听的话。

"对，这个嘛，没准儿你把脑袋塞到水龙头底下了什么的。你们这些酒鬼可狡猾呢，我清楚得很。"

"你对酒鬼的全部认知都是从自己身上学到的。好了，你介意别再说了吗？我累了。"

"只因为他是你从前的一个酒友，是吗？肖恩·多诺万。所以他才给你留了一瓶酒？看在过去的分儿上？"

她说："你到底想说什么，杰克逊？"

"只是担心你会不会旧疾复发。我可不想一到办公室就发现你光着身子，浑身都是呕吐物。事实上，当你今天早上没露面时，我们还以为就是那样的。"

"是嘛?"她说道，嗓音似乎能割开玻璃。

"差不多吧。我们首先去附近公园的长椅上找。"

"谢谢你。"

"然后在它底下找。"

"好了，闭嘴吧，杰克逊。"

"如果多诺万是如此高尚的一个人，那他为什么还给你酒?"

"我说过他很高尚的话吗?"

"你似乎很想把他描绘成一个白衣骑士的样子。而这完全是臆测，记得吗?也有可能，他就是表面上看起来那样。一个酒后驾车的杀手，而且认为这个国家是被蜥蜴人统治的。"

"而这是因为你认为他给我留了一瓶酒?天哪，"凯瑟琳·斯坦迪什很少咒骂别人，"从你的嘴里说出来也太荒诞了。"

兰姆撇了撇嘴。"给你倒一杯酒，和把你跟酒关在一间屋子里，还是有区别的。"

"唔，原谅我不敢苟同。此外，给我留下酒的不是肖恩，而是贝利——我是说邓恩，克雷格·邓恩。他只是想表达善意而已。"

"真是一位得体的小绅士。我把你的意志力锻炼得还不错，不是吗?"

"你吗?"她笑了。兰姆很少听到凯瑟琳·斯坦迪什笑出声来。"相信我，我能保持清醒并非拜你所赐。如果我要感谢什么人，那也是我的老上司。因为查尔斯和你不一样，他是信任我的。他对我展现友善，他对我充满信心，而且他将我留在了身边，换成别人早就把我扔出去喂狼了。所以，令我把那瓶酒倒进了洗脸池而不是自己喉咙的，是查尔斯·帕特纳。而你所做的就只是跑过来把那可怜的男孩打得失去意识,可他本来也打算让我走的。现在,抽完那根脏东西就回车上来吧。我想回家。"

兰姆从嘴里拿出那支烟,盯着它研究了半晌,仿佛担心它真如凯瑟琳说得那么脏似的。然后他又将它放回嘴里,对她投去同样残酷的目光。在前院里,一扇车门"砰"地关上,有音乐声短暂响起。然后那辆车就开走了,而兰姆仍然盯着她,也仍然抽着烟。最终,他扔掉烟头,然后一反常态地将它在地上重重碾压;直到它变成脚底的一摊污迹。做这一切时,他的眼睛始终盯着凯瑟琳。

直到她发出"喊"的一声然后转身要走时,他开口了。他的话让她走到半路就停下了脚步。

"你可真会挑人,不是吗?你的英雄?查尔斯·帕特纳?你想知道他把你留在身边的真实原因吗?"

"你敢,兰姆……"

"查尔斯·帕特纳,你的老上司,也是我的老上司,在他人生的最后十年里一直在给苏联人传递秘密情报。为了钱。那就是你的英雄,斯坦迪什。你那如此忠诚的朋友。而且他把你留下,正因为你是个酒鬼。你以为他想在自己身边安排一个足够警觉、足够理智的人,好能察觉到他在搞什么名堂吗?不不。没错,他是信任你。他知道自己可以确信你是个过一天算一天的人,从不考虑未来的事。一朝是醉鬼,永远是醉鬼。"

"你在撒谎。"

"这听起来像谎话吗?说真的?还是更像某些你自始至终都知道、却从来不敢承认的东西?"

凯瑟琳僵在原地,看向兰姆后方,仿佛在他的肩膀之后潜伏着什么怪物般的骇人之物。随后她移动目光,转而直勾勾地盯住他，那种恐怖感仍停留在她眼里。她的嘴唇动了动，但没发出声音。

"我没听见。"

"我说去你的，"她说，声音没比沉默大了多少，"去你的吧，杰克逊·兰姆。我不干了。"

"毫不意外。"

但她没再答话，转身就走了。

兰姆回到车跟前时，罗德里克·何指着一座人行天桥，凯瑟琳刚从它上面跨过高速公路，消失在路的另一头。

"她要去哪儿？"

"她决定走回去了。"

何说："这大概有，三十英里……？"

"谢谢你，旅行应用软件先生。就好好开你他妈的车吧，行吗？"

何发动了引擎。"去哪儿？"

"你说去哪儿？"兰姆咆哮道，"斯劳屋。"


雪莉冲着工厂那面墙走到中途，就遭遇了枪击，两颗子弹打在前方的砖墙上。于是她立即转身，跑到剩下那座聚光灯底下蹲起来，勉强把灯架当做不完美的掩护。等了一分钟，下轮枪响也未发生，她就将尼克·达菲枪上的消音器取了下来，转身埋伏进暗处，朝天空放了一枪。

还击的子弹，来自她左侧的那撂金属栅栏。

她蜷缩在地面瞄准，开了三四枪。子弹纷纷从栅栏上弹飞，制造出烟花表演般的音效，每次弹飞都像一声钟响……她暂停片刻,然后又射出一串子弹。当那通噪音终于褪去,回声仍在周围的墙壁上回荡,她听见有人跑向最近的那栋大楼躲避。

"弱鸡。"她嘟囔了一句。

于是她重新站起身,跑向工厂及其瓦楞铁皮墙上的那处锯齿状裂缝。钻进去之前,她回头检视了一下那片荒地。就她目力所及,没有移动的物体。无论黑箭派来多少人,其中多数可能都已回到了街头,仓促编造着不在场证明。只是在伦敦,趁有人报警之前可发生的枪战次数实在有限,或早或迟,警笛声将响彻这个夜晚。

她深吸一口气,又暗中一笑,然后感觉有支枪管顶住了她的脖颈,就僵住了。

然后只听:"雪莉?"

"……他妈的。"

那把枪收了回去,路易莎从工厂墙上那个洞口走出来,瑞弗紧随其后。

"他妈的,"雪莉又说了一遍,"你们大家都还好吗?"

"你在这儿干吗?"

"随便看看。"

"马库斯跟你一起来的?"

"这个,嗐。对,他在那边的什么地方,"雪莉挥着枪指了指远处那栋大楼,"正在追踪尼克·达菲。"

"追踪谁?"路易莎说。

然而瑞弗已经没影了。


一列火车疾驰而过,向着伦敦市区开去。车上的乘客们疲倦、饥饿、暴躁、警觉、急切、兴奋或快乐，心境各不相同；但没有一个人，对他们左边那栋窗户尽失、喷满涂鸦的废弃建筑稍作留意，更不会看见其中有个全副武装的男人，正在阴影笼罩下的底层空间里追踪着另一人的场景。

马库斯手臂僵硬，双手紧紧握住那支娘娘腔的手枪；而尼克·达菲不见了踪影。

脚下的沙砾暴露了他的一举一动，但他仍尽可能轻地在柱子间移动。从这里他能看到那堵将铁路线隔开的镂空砖墙和铁丝网，黄色挖掘机就停在墙根，但他没看到达菲。

保持沉默的时间大概过去了。

"达菲？"

没有回应。

"我不会为难你的，达菲。"

没有回应。

马库斯能感觉到自己脖子上的汗，和大腿肌肉的紧张感。他已经很久没有过这种体验了：置身黑暗中，警惕着麻烦；也很久没像三分钟前那样接近死亡了；而且他不记得死神曾以自己前同事的面目出现过。

"现在走出来，举起手，我不会开枪打死你的。"

没有回应。

出汗很好，紧张感也很好，因为它们都是在提醒他，自己还活着。那些耗在各种机器上和数不清的柜台间——纸牌、跑马和轮盘上的数字，追逐金钱的日子；他所做的只是在寻找一扇可踹开的门，他想要的只是一个作为对手的人。

"我会把你的屎都踢出来，但我不会开枪打死你。"

不知从哪儿飞出半块砖头，弹在一根柱子上，打着旋儿掉进了黑暗里。

马库斯一转身,差点开枪,但还是没有。

掌控感。

"刚才那一下真他妈的可悲,"他说着,慢慢转身,扫视着每个角度,"这下就不一样了,不是吗?我是说,没被铐在地上的我。"

没有回应。

"告诉你,你甚至连砖头都用不好,是吧?"

这一次,砖头砸中了他的头。

他踉跄地后退,但仍紧紧握住了枪。当达菲用一个经典的橄榄球式擒抱向他的腰部袭来,他连开三枪,都成了对天花板的惩罚。然后他就倒在地上,达菲在他上方,一拳向他脸上打来。

马库斯张开左手手掌,一把接住了那拳,又用右手举起枪,但正当他要再次扣动扳机时,达菲用手肘将枪推开了。然后马库斯的前臂被紧紧抓住,达菲将他的手在地面上砸了两次、三次、四次,枪跳进了阴影里。当达菲的身体将将离开他的胸口,马库斯突然能动弹了,立即一个翻滚爬起来,抢在达菲够到那把枪之前扑向他的脚。他手一滑,只抓住了一只脚,达菲摔了个大马趴,但片刻后,他的脚踹在了马库斯的下巴上。马库斯一下子咬掉了自己的舌尖,嘴里瞬间血流如注,可他仍没放开达菲的脚,直到第二脚又飞了过来,正踹中他的鼻子。他顿时泪如泉涌,眼前的世界模糊成一片。于是达菲挣脱了。一切都变成慢动作。马库斯双手和双膝着地,鲜血不停滴在地面上;而尼克·达菲喘着粗气爬起来,那把娘娘腔的手枪已在他手里。他俯视着马库斯,摇着头。"你可太他妈的老了,"他说,"也太他妈的该死了。"但他还没来及开枪,一根金属管就从侧面击中了他的脑袋,他倒了下去。

瑞弗扔掉管子，弯下腰大口喘着气。"我要在他外套上留一张便条，"他说，"这样他醒来后就会知道是我干的了。"

"如果他醒过来，"马库斯含含糊糊地说，吐出一大团红色血块，但嘴里立刻又被填满了，"你就把他结结实实地揍一顿。"

"不用谢。"

"周围还有人吗？"

"我觉得他们大部分都逃跑了。"瑞弗说。

"嗬。"

"路易莎干掉几个。"

"好啊。"马库斯又吐了一口，感到舌头麻木了。他突然记起今天早上吃冰激凌的事——草莓和开心果，于是怀疑自己是否再也尝不出味道了。

瑞弗用脚戳了戳尼克·达菲，看他是否还有知觉或者还活着；然后非常用力地踢了他一脚，没什么特别的原因。今天真是漫长的一天。

"他还在喘气吗？"马库斯问。

"鬼知道。我不关心。"

"搭把手？"

瑞弗把他扶起来，然后他们就站在那里喘了会儿气。这时又一列火车驶过，透过那堵镂空砖墙上的空隙，投来一截截短促的光亮，并用它带起的气流翻搅着周边的垃圾。这之后，周围就再次暗了下来，空气在炎热的温度中变得愈发沉闷，远处城市的哀号时断时续地传来。马库斯拾起他的枪，又吐了一口，然后摇摇头。

"我有点失望，没人被火车碾压。"

"是，你简直能预料到，不是吗？"瑞弗说，"在这种地方。"然后他们就穿过那片荒地，向正等着他们的其他人走去。

# 17

这是午饭之后的时段,天气的炎热换了种调子;一丝微妙的变化带来了解脱的希望,哪怕只是因为天气不太可能永远这样热下去也好。在帕丁顿附近一处形状不规则的广场上,树木无精打采地垂在干枯的花床上方,树荫之下蹲着鸽子,看上去更像些石头而不是鸟。一只狗当街叫了起来,鸽子们也没怎么扇动翅膀。而当杰克逊·兰姆脚步沉重地沿小路走来时,它们更懒得动弹了。他的衬衫没塞进裤腰,一根鞋带也没系好。他戴着一副塑料太阳镜,手里拿了个用一段粉丝带系上的马尼拉文件夹。换作其他人,会被当成一名律师;而兰姆看上去就像刚从一个垃圾桶里把它捡出来似的。

他一屁股坐到长椅上戴安娜·泰维纳的身旁,后者就像从城里的富人区漫步到此处的样子,她的衬衫清新挺括,灰色的亚麻裤子洁净笔挺;只有当她从古驰墨镜上方看向他时,眼里流露的那丝不合时宜的冷静出卖了她。

"杰克逊。"

"你就不能找一家酒吧吗?找个有空调的地方?"

"最好还是在一个我们不会被窃听的地方吧。"

"那可多亏了你的这份心虚,我现在浑身湿得就像个傻妞的乳沟。"他向后瘫坐,用那份文件夹给自己扇着风,"再热一点的话，我就要光膀子了。"

泰维纳忍住一阵冷战，说道："看起来，你的手下昨天自己好好办了场小派对啊。"

"你知道的。阳光正灿烂，学校放学了。把他们关在屋里似乎也太可惜了。"

"在我们海斯附近的设施里扔着相当多具尸体。"

"听上去像我家附近的酒吧，"兰姆说，"一到周六晚上就变得有点混乱。"

"我们能稍微说点正经的吗？"

兰姆用他空着的那只手做了个表示慷慨的手势。

"特雷纳死了，多诺万死了。他还拉了好几个黑箭的人陪葬，似乎还要再加上尼克·达菲的两个手下。而至于达菲本人……"

"对，卡特怀特还问起他。脑袋受伤了？"

"大脑功能受限。"

"看得出变化吗？"

"你授权了一次小规模战争，杰克逊。会有人来提出质询的。"

"我什么也没授权。"他从兜里掏出两支烟，别在耳后一支，并点燃了另一支。泰维纳挥手把烟扇走。兰姆说："英格丽德·蒂尔尼批准了我们昨天的外出活动。我猜随后改变主意的也是她，就派了支部队过去，"他晃了晃文件夹，"在她意识到多诺万到底想要什么之后。"

"不是灰色卷宗。"

"不是灰色卷宗。但在你开始编织童话故事之前，戴安娜，这件事上布满了你的指纹。那两个当兵的年轻人可不是从电话簿里找到斯劳部门的。他们获得的每一条信息，从我手下的名字到英格丽德·蒂尔尼的私人号码,都来自一个内部人士。"

戴安娜望着广场,目光游移,没准儿正在探究兰姆是否带了后援。但过了半天,并没有谁引起她的注意。于是她转而看向兰姆:"真可惜。我本来还希望让你相信那都是斯坦迪什女士干的。她喜欢被……'绑架'的感觉吗?让她获得了比平时多得多的关注吧,我本来是这么想的。"

兰姆说:"你甚至还告诉了我它们在哪儿——我是说那些疯子档案——就在上次我们通电话的时候。显然是有意引导。"

"那么,就不谈论斯坦迪什女士了吗?好吧,杰克逊,是的,这次我投降。猛虎队是我的主意,我把它兜售给了贾德。把多诺万拉入伙的也是我,不过在黑箭制造就业岗位的办法是他本人的主意,不是我的。杀死蒙蒂思也一样。这就是雇佣自由职业者的麻烦。你无法确保他们的才华总是用在正道上。"

"但你必须跨出总部大门,因为你需要一个第三方把这个公诸于众,"兰姆又晃了晃那份文件夹,"关于安全局如何在黑监狱里动用私刑,你们始终想要知道、却不敢询问的一切。"

"别装得就像你很惊讶似的。"

"相信我。我并不惊讶。"

他这话说了和没说一样。

"那些我们都用了很多年了,兰姆。'防水计划'。就是一个跳过所有那些兴师动众的扯淡法规、驱逐不受欢迎者的方式。而且它又不是我们一国特立独行的操作。在从前美好的美利坚合众国,他们一直以来都是那么做的。"

"也许是吧,"兰姆说,"但我以为我们已经否认了,曾在英、苏、威与北爱的联合王国里使用过它们。"

"那正是重点所在。我们已经否认使用过它们。而且是当着议会委员会的面否认的。更关键的是，我们都清楚那个否认使用过它们的人到底是谁。"

"英格丽德·蒂尔尼。"兰姆说。

"这个名字在书面文件里随处可见，你简直要把它当成安全局标识了。航班计划、交通申请、汽油费……你不可以没凭没据地变出一趟国际航班。但这些地方又不会自己跑过来把人接走。你那儿有多余的烟吗？"

兰姆摸了摸还塞在耳后的那支烟，说："没有。"

"反正现在太热了也不想抽……而我们现在聊的可不是注册的慈善机构。它们是真正的监狱，或者说曾经是。现在它们是……特殊用途的场所了。而且需要付费使用。"

"用来将形形色色的恶棍从社会中永久清除。"兰姆平淡地说。从他语气里无法听出个人好恶。

"这个嘛，如果你从未被宣判，也就不能举行假释听证会了。"她发出一声短暂的苦笑，"我不想让我的评判听起来显得太主观。但他们大体而言，都是我们确实不希望在街道上四处游荡的那些人。"

"大体而言？"

她一耸肩。"有谣言说，蒂尔尼曾因私人原因，通过'防水'让人消失。"

"职务之便。"

"我确定首相会这样看待此事。"

"他或许还会请她把这个计划用在贾德头上。那么这就是那个叫邓恩的女人那天晚上在纽约得知的情况。"

"那个接近她的家伙，他是个外交代表，来自……呃，我们就说那些'斯坦'中的一个吧。在那之前，他促成过一单交易，要对他们国家格外偏远的几处高安全等级的设施加以征用。"她顿了顿,"他们所谓的高安全等级,可不像你想象中的那么高科技。那基本就意味着厚实的墙壁和没有任何管道。"

"我知道。"兰姆说着,用第一支烟的烟蒂点燃了第二支烟,然后把仍在燃烧的烟蒂用手指一弹,正中距他最近的那只鸽子。它也没什么反应。

"而最终,几年之后,他看到了光明,于是觉得有必要和盘托出;或者,也许只是想给邓恩上尉留个好印象。"

"实际上却签发了她的死刑执行书。"

"我们都是近墨者,兰姆。不要假装你的手就是干净的。"

他没有立刻作答。这二人就坐在那里,看着被他扔掉的烟蒂逐渐熏黑了周围本就枯萎的草叶。假以时日吧,假以时日,这样的开端可以焚毁整座伦敦城。

最终他说:"那现在怎么办?"

"能证明这项计划真实存在的书面证据,可不只是蒂尔尼的一个职业污点了。它会成为一触即发的国际事件。所以最高层会出面把它盖住。贾德会鼓动她退休。那样就会导致安全局领导人的职位出现空缺。"

"将继任的是……?"

"我可绝对不能发表评论。"

"而作为回报,"兰姆说,"你将为贾德入主唐宁街十号铺平道路。这应该是易如反掌的事,因为你可以接触到各种机密材料,例如首相的审核档案。"

"他会是个可靠的人选,我肯定,"泰维纳说,"我们昨天碰了个面,其实。"她将手掌在大腿上来回擦了擦,边擦边抚平亚麻布料的皱褶,"他向我保证了,他对安全局怀有最高的敬意。

他之前关于重组的一切想法,现在都搁置了。"

"他就是个他妈的神经病。"兰姆说。

"那就更有理由把他关在帐篷里,向外撒尿了。"

"这可是彼得·贾德,"兰姆说,"我更担心他会拉一泡屎。除此之外,你一直忽略了一件事。你并没有那个证据。我有。"

他再次敲了敲瑞弗·卡特怀特交给他的那份文件夹。

"因为当然了,"他说,"如果这份东西全部被公开——如果它设法流入——比方说《卫报》手里;好了,那样一来情况就不同了,不是吗?一次公开曝光取代了一场定向爆破。蒂尔尼还是会走人,但贾德也会被冲击波命中。而少了一位友善的大臣来助推你的事业……你觉得呢,戴安娜?认为自己还做得成一把手吗?"

泰维纳说:"你不会想在这样的巨力面前螳臂挡车的,杰克逊。"

"噢,我不知道。别忘了,我还要替我的团队考虑。"

"真的?头一回听你这么说。"

"他们对我有一种与生俱来的敬仰。"

"那不是敬仰。是斯德哥尔摩综合征。"

"有那么多家伙想杀他们,如果我说咱们就让这件事过去吧,你觉得他们会是什么感觉?他们有权知道这是怎么回事,"他皱起鼻子,大声地嗅了嗅,"也许投票表决一下。"

"……你一定是在开玩笑。"

兰姆把沉重的目光转向她,面部表情暂时被他呼出的一团烟雾所遮蔽。然后他说:"我当然是他妈的在开玩笑。就他们而言,被枪射击就是投身竞技的一天。"

"老天,兰姆……"

"而且我也不会让他们投票选出自己最爱的早餐谷物。"他把文件夹递向她,但在她拿住之后并未放手,"不过关于贾德我是说真的。你抓在了一头真老虎的尾巴上。"

"我能应付他。"

"确定?"

"我说了我能应付他。"

他对此嗤之以鼻,但还是松开了那份文件夹。戴安娜几乎是从他紧紧攥住的手中把它抢走的。

兰姆站起身,这次那些鸽子飞了起来:不假思索、姿态笨拙地攀上高空,又稀里糊涂地在空中兜了一会儿圈,就被人遗忘了。

泰维纳说:"说真的,凯瑟琳·斯坦迪什,她还好吗?"

"显然她辞职了。"

"很遗憾听到这个消息。"

"这就扯平了,"兰姆说,"我以为昨天被我解雇了一对,但看来他们自己改了主意。"

随后他就沿着小路离开了,被此时明晃晃的白色日光映衬着,留下一个硕大的剪影。

戴安娜·泰维纳注视着兰姆,直到他消失在视野里。对这个体型的男人而言,他这消失的速度也算快得惊人了。然后她解开文件夹的丝带,将它拉松,让它在指间柔顺地滑动了好一会儿。然后她打开文件夹的封皮。在封面页上,只有一行用马克笔潦草写着的 V 就是维吉尔,和一个红色印章盖出的目录编号,其余都是空白。她拿掉了这张纸。

其下躺着一册《钓鱼时代》杂志,就没别的了。

"噢,杰克逊,"她说,"你这个人好蠢、好蠢啊。"

她抬眼去找鸽子，它们都不见了；又抬头看看天，天空还在那里；最后看向自己的包，去找手机。

彼得·贾德在铃响第一声就接了。

"我们讨论过的那个最坏的结果？"戴安娜说，"刚刚发生了。"


奥尔德斯盖特大街就要变天了。别的地方也正在变天，已迫不及待要将伦敦路面散发出的热沥青味冲刷掉。但在奥尔德斯盖特大街的上空，气象变化显得最为暴烈，这里的紫罗兰时刻已经让位给提前降临的暗夜。雷声隆隆，好似近在眼前。目前为止雨还没落下来，但巴比肯大厦的居民们都来到窗前守候，希望能看到壮丽的天际景色；与此同时，便道上那些仍身着符合当日早间燥热天气的穿戴的行人，正匆忙赶往他们所能找到的随便一处地点避雨。在通往斯劳屋后院的小巷里，一股怪异的风卷起炙热的尘土，在云层相互撞击（每个孩子都知道，这就是雷声产生的真正原因）的声响之下，似乎能听见一扇门刮擦着打开的声音；那是一扇无论什么天气里都会卡住的门，即便是在这种山雨欲来的时刻……但如果有人进入了斯劳屋，楼梯上就会传来动静，而实际并没有。毫无疑问，只有幽灵，可以爬上斯劳屋那出了名的爱吱嘎作响的台阶，而不发出半点窸窸窣窣的声音。

如果那是幽灵，必是个好奇心尤其旺盛的，它在第一层楼梯平台就驻足观望起来。这里的房门一如既往地大敞着，虽然屋中无人，但即便是幽灵也能毫不费力地认出，哪个是罗德里克·何的房间；而哪个是马库斯·朗里奇和雪莉·丹德尔的。后面这间，今晚沾染上了一些复杂矛盾的情绪。仿佛那个新来的男性一直在反思，尽管自己拥有那么丰富的战斗经验，昨天却两度命悬一线，而且都是被他原本轻视的人所救。这不禁令他对掌控感产生了怀疑……至于那个女性，她获得的启示是，自己最近在身体层面的发挥尽管都那么令人满意，或许也不是亲密关系的长久替代品——而作为一种短期措施，也只能推迟、却无法消除她对另一类兴奋的需求。不过与此同时，她还收获了一份实实在在的解脱感，因为昨天的解雇决议似乎已被撤销；或说至少，这件事在对昨晚行动的冗长事后剖析中，再也没被提起。得知自己仍可跻身下等马之列，还会松一口气，可能这也算怪癖了吧。但每个幽灵都清楚，世上再没有比活人更复杂的生物了。

与此同时，在之前那间办公室，一个感官格外敏锐的幽灵或许可以捕捉到对话的只言片语留下的痕迹；比如那句"一辆公交车？好吧，那可真有点老派"——是马库斯说的，罗德里克·何则欣然接受；还有何已在心里默默重复了一遍又一遍的那些话，直到它们被另一句同样无声的祈祷文所取代：那么，宝贝，想去喝一杯吗？这句话也是他以窗代镜练习过一遍又一遍的，并在这句话的目标接收对象已经出现在楼下的街面之后，又默念了很久。而后者已将斯劳屋，当然还有罗迪·何，一起抛诸脑后了。

现在再上些台阶。往前，往上。上面那层楼梯平台又有两个空房间，同样充斥着现任使用者刚刚留下的厚重存在感，其中一个就是刚才提到的路易莎·盖伊。现在，她正坐在一只吧台凳上，并且，一如既往不停受到那些讲着普通台词的普通男人的试探，不过今晚她发现自己一直在说"抱歉，不感兴趣"，在拒绝他们的同时，她回忆起昨天傍晚的一个片断：不是她干掉的那些男人，不是悲惨死去的道格拉斯，甚至不是勇敢无畏、孤注一掷的多诺万，而是当她摔倒时把她拉起来的瑞弗·卡特怀特。一个短暂接触的瞬间，不知怎么就打消了她今晚同任何人回家的可能。这感觉或许比她喝的第三杯伏特加后劲还大，但当然了，也可能并不会。至于瑞弗本人，出于一种他自己也说不清的原因，那天午休时他匆匆穿过市区，再次赶赴蜘蛛韦布的病榻边，却发现房间已空，床已重新铺过，那些永远滴哒作响的机器也都撤掉了。这个发现令他产生了不安的疑虑：昨天那趟摄政公园之旅，以及他为编造借口对戴安娜·泰维纳撒的谎——"如果他有一天身负重伤插上了各种仪器，如果只有这样才能维持他的生命，他希望把机器都关掉"，或许导致了一个他意料之外的后果。这个念头着实令人倒抽一口凉气，他不愿多想，于是选择去看望外公——老家伙，听听安全局之谜和间谍街传奇的老故事，把内心所有自我反省挡在外面。

再一次，雷声大作，近得就像会劈开房顶砸下来一般，而且这次还伴随着——没错，一道闪电，电光乍现的一瞬，这些未拉窗帘的房间都被彻底照亮，只要屋内有人，此时必会被看见，恰似被抓拍般在那道闪电中留下身影……但屋里什么都没有。什么都没有，只是角落里的那道黑影较之于它本应有的样子深邃了一些，厚重了一些，也扎实了一些……只是它移动起来像个幽灵，无声地掠过了最后那段台阶，到达顶层。这里的房间都更小，也更接近天堂……

那第一间，虽然同其他房间一样空无一人，但今晚不知怎的显得更空了，仿佛它的状态已获得了一种永恒性；仿佛凯瑟琳·斯坦迪什的缺席，延续着一份长长的缺席者名单，共同构成了斯劳部门赖以发展的基石；仿佛这栋建筑只有将其中的居民一个个都驱逐出去才会满意。仿佛它从失去中获取滋养。要是一个幽灵，当然会熟悉这种语言。一个幽灵会选择在这处门口徘徊，品味着荒凉的空气、帽架上那把被遗忘的伞和桌面与窗框上已经积起的灰尘。但是这个幽灵——如果存在一个幽灵、且它就在那里的话,似乎对凯瑟琳·斯坦迪什的结局毫无兴趣。相反,这个幽灵徘徊在楼梯平台上,在整栋建筑现在唯一关着的那扇房门之外。一门之隔,里面传来的隆隆声让人联想到农场谷仓;或许,是一头不满足的猪发出的鼾声。隆隆的雷声也在头顶上方再度响起,并于这处顶层空间里回荡。但那雷声是警醒、果决的,而那头猪听上去睡得正酣。

雨终于下下来了,或许是被刚才提及的雨伞所召唤。起初是窗户上密集的敲击声,然后速度加快,最后连缀成一片;雨点敲打着屋顶,也猛击着墙壁。奥尔德斯盖特大街,一如伦敦其余各处,为这一刻已等了太久。如果城市的街道可以叹息,那便是这条大街现在会做的事。其实它们当然可以,而且它们也叹了气,确实如此。这种声音总会被雨声遮蔽;那人行道发出的感恩的叹息。

不过在斯劳屋内,鼾声仍在持续。或许是阴阳两界间的分隔暂时发生了混淆,因为一个幽灵要穿过那扇门本不成问题——对任何名副其实的鬼魂,一扇门都构不成阻碍;然而却见一只戴手套的手握住了门把,将它悄无声息地一转再一推,于是,在某人生命当中的最后时刻,一个发型光鲜的存在终于显露出真面目。那是彼得·贾德的手下塞博——PJ 机器里的幽灵,奉命来取杰克逊·兰姆手上的东西;也顺便来终止那谷仓里的隆隆声。兰姆对自己的下属可以随心所欲地折磨;但当你惹恼了大人物,总是要付出些代价的。

那扇门一下就打开了,出奇地安静。杰克逊·兰姆就在那里,瘫在他的办公桌后面,空气中瞬间充满了他的气味:以前的与新放的屁，陈年的与新抽的烟，以及几天乃至几周前曾经洁净的衣服。他那强悍而规律的鼾声，并未被塞博的闯入搅扰半分。那么接下来的任务就应该简单得要命了，无非再洗一只瓶子罢了——要不是兰姆的眼睛睁着，要不是兰姆的手中端着兰姆的枪。

塞博在自己的魂魄离别世界前学到的最后一件事就是，只要你打开足够多扇门，最终总会遇到一只老虎。

兰姆这才止住鼾声，把枪放回了抽屉，然后从兜里摸出一支香烟。不过在点燃它之前，他伸手去掏自己的手机。

处理尸体，真是桩该死的麻烦事。

好在他有一帮下等马替他收拾烂摊子。

Real Tigers
© Mick Herron 2016
First published in Great Britain in 2016 by John Murray (Publishers), An Hachette UK company
Simplified Chinese edition copyright: 2024 New Star Press Co., Ltd.
All rights reserved.
著作权合同登记号：01-2024-0277

---

**图书在版编目（CIP）数据**

猛虎 /（英）米克·赫伦著；吴船译 . -- 北京：新星出版社，2024.8. --（"流人"系列）. -- ISBN 978-7-5133-5715-9

Ⅰ . I561.45

中国国家版本馆 CIP 数据核字第 2024KD3752 号

午夜文库
谢刚 主持

---

"流人"系列 03

## 猛虎

［英］米克·赫伦 著；吴船 译

| 责任编辑 | 曹晓雅 |
| --- | --- |
| 责任校对 | 刘 义 |
| 责任印制 | 李珊珊 |
| 装帧设计 | @broussaille 私制 |

| 出 版 人 | 马汝军 |
| --- | --- |
| 出版发行 | 新星出版社 |
|  | （北京市西城区车公庄大街丙 3 号楼 8001　100044） |
| 网　　址 | www.newstarpress.com |
| 法律顾问 | 北京市岳成律师事务所 |
| 印　　刷 | 北京天恒嘉业印刷有限公司 |
| 开　　本 | 910mm×1230mm　1/32 |
| 印　　张 | 12.375 |
| 字　　数 | 289 千字 |
| 版　　次 | 2024 年 8 月第 1 版　　2024 年 8 月第 1 次印刷 |
| 书　　号 | ISBN 978-7-5133-5715-9 |
| 定　　价 | 79.00 元 |

版权专有，侵权必究。如有印装错误，请与出版社联系。
总机：010-88310888　　传真：010-65270449　　销售中心：010-88310811